LA BÊTE NOIRE

Collection dirigée par Glenn Tavennec

L'AUTEUR

Né en 1974, Ingar Johnsrud a exercé le métier de journaliste dans l'un des plus grands groupes de médias de Norvège. Il fait ses débuts littéraires en 2015 avec *Les Adeptes*, premier volet d'une trilogie annoncée, qui a été salué pour son sens aiguisé du détail, sa narration riche et innovante. Johnsrud se positionne d'évidence comme l'une des étoiles montantes du *crime* scandinave. Il vit avec sa femme et ses trois enfants à Oslo.

INGAR JOHNSRUD

LES ADEPTES

Une enquête du commissaire Fredrik Beier

Traduit du norvégien par Hélène Hervieu

LA BÊTE NOIRE
Robert Laffont

La publication de cette traduction a été rendue possible grâce au financement de NORLA, littérature norvégienne à l'étranger.

NORLA

NORWEGIAN LITERATURE ABROAD

Titre original : WIENERBRORSKAPET

ISSN 2431-6385
ISBN 978-2-221-19018-0
(éd. originale ISBN 978-82-03-35893-7, Aschehoug & Co., W. Nygaard, Oslo)

« Dans toute population hétéroclite, comme par exemple la société des hommes, le choix – la sélection – joue un rôle déterminant. Plus la sélection est sévère, plus l'espèce a des chances de se maintenir.

Ce choix parmi les exemplaires les meilleurs et les plus viables de l'espèce fut à l'origine opéré par la nature elle-même et par les hommes, aussi longtemps que ceux-ci agirent en harmonie avec elle. En effet, les premières "interventions" humaines ne se produisirent pas contre la nature, mais au contraire pour aider la nature dans son travail. Que les moyens employés à cette fin fussent brutaux, voire cruels selon nos concepts, est une autre affaire. Reste à se poser la question de savoir si notre époque, en allant à l'extrême opposé, en mettant en avant tout ce qui est faible et fragile, n'a pas commis de nouvelles cruautés qui peuvent se mesurer aux anciennes en matière de barbarie. »

Extrait de l'introduction à *Hygiène raciale*
de Jon Alfred Mjøen
Éditions Jacob Dybwads Forlag, 1938

Jon Alfred Mjøen est mort en 1939.

PREMIÈRE PARTIE

1

DANS LA PÉNOMBRE, l'hôtesse de l'air débarrassa le plateau repas intact, avec saumon fumé, mérou du Bosphore et *apfelstrudel* viennois. Des gestes rapides. Si souvent répétés qu'elle aurait pu les faire les yeux fermés. Pendant que ses mains s'activaient, elle lui lança un coup d'œil et son visage changea d'expression. C'était ce qui arrivait à presque tous ceux qui observaient cet homme de près. Comme si l'image apparaissait soudain déformée, sans qu'on puisse se l'expliquer. Quand elle tendit le bras pour saisir la coupe de champagne, il posa sa main sur la sienne. Qu'elle retira aussitôt.

Prudemment, il releva le store devant son hublot. Les autres passagers de la rangée dormaient. Le clignotement du feu à l'extrémité de l'aile jetait des reflets pâles sur la vitre. En bas, loin en bas, défilaient des concentrations de lumières dorées. L'Europe. Ça faisait un bail. Il ferma les yeux, glissa la pointe de ses doigts sous son masque, et songea à ce qu'il laissait derrière lui.

Les particules de poussière avaient dansé avec nonchalance dans la douce brise, cet après-midi-là, sous un soleil brûlant, lové dans une couche pâle d'un gris bleuté. La steppe s'étendait à mille mètres d'altitude. La couche atmosphérique y était plus fine, la résistance à l'air plus faible. On ne pouvait rêver meilleures conditions.

Ils attendaient à plat ventre, sans bouger, dans l'escalier en pierre près d'une mince ouverture tout en haut de la tour du vieux minaret. La température extérieure avoisinait les quarante degrés. Il faisait meilleur ici à l'intérieur, même si la chaleur restait éprouvante.

Il prit le temps de reposer ses yeux. Cligna et fixa les nuages en contrebas, parfaitement conscient du fait que la Baleine surveillait la scène depuis son télescope. La rencontre avait duré presque quatre heures. Si le gouverneur voulait regagner sa maison fortifiée avant la tombée de la nuit, il ne fallait pas qu'il tarde trop à prendre congé.

La Baleine lui tapota l'épaule. Sachant ce que cela signifiait, il cala l'arme dans le creux de celle-ci et approcha l'œil de la lunette. Le mur qu'il aperçut était d'un brun rougeâtre. Un homme tête nu, vêtu d'un gilet sombre et d'un *perahan tunban* clair – la tunique traditionnelle portée par de nombreux Afghans – avait ouvert la porte du balcon. C'était Hassam, l'informateur qui avait attiré le gouverneur ici.

Hassam s'écarta et laissa un individu plus âgé choisir sa place sur le balcon en fer forgé : le gouverneur Osmal Abdullah Kamal. Le réticule glissa le long de son turban brun, descendit sur la barbe fournie et grisonnante. Les deux hommes gardaient apparemment le silence, le regard tourné vers les champs de pavot.

Le recul fit qu'il perdit de vue la cible. Mais quand il abaissa le fusil, il constata que le .338 Lapua Magnum l'avait touchée en pleine poitrine, à environ cinq centimètres sur la droite. Le projectile aurait pu dévier encore davantage et tuer malgré tout. La contrariété lui fit battre les tempes. Au lieu de produire un trou rouge de la taille d'une orange dans la tunique blanche du gouverneur, sa poitrine fut comme déchirée en deux. Une fontaine de sang éclaboussa le balcon, Hassam et le mur derrière eux. Le gouverneur se tordit de douleur avant que son corps ne vienne heurter la porte et s'immobilise dans cette étrange position, légèrement courbé, que la boiserie fragile ne cède et qu'un nuage de poussière ne confirme la chute du cadavre sur le sol.

Toujours en position de tir, le doigt sur la détente. Le bruit de la douille qui tombe dans l'escalier.

Hassam se recroquevilla près des sandales du gouverneur. Faisait-il une prière ? Était-il gagné par la panique ? Jouait-il la comédie pour les gardes du corps qui accouraient ? Aucune importance. Le tireur corrigea en fonction de la dérive du vent et augmenta la pression du doigt sur la détente. L'instant d'après, le corps de Hassam bascula sur le côté. La matière grise, le sang, des restes de cheveux et de crâne formèrent une auréole vermillon sur le mur en terre.

Le meurtrier cligna des yeux. L'œil est un appareil photo, pensa-t-il. Il cligna encore des yeux et perçut cette petite obscurité à peine perceptible quand le miroir pivote et que le temps s'immobilise. Ce moment était le sien, refermé sur lui-même à tout jamais.

— Adieu, Hassam, conclut la Baleine.

Le tireur enveloppa le fusil dans un grand bout de tissu. Tandis que la Baleine rangeait le télescope, il se releva et grimpa les trois marches jusqu'à l'homme, poings et pieds attachés, sur le palier juste au-dessus d'eux. Des mouches voletaient autour de son front et du sang séché. Avec le bandeau qu'il portait sur les yeux, on pouvait difficilement déterminer si le vieil imam était encore conscient. Sa respiration était saccadée, rauque. Le tireur sortit le pistolet automatique de son holster de cuisse. La Baleine esquissa un bref « non » de la tête.

— Ce n'est pas la peine.

À l'extérieur du minaret, ils prirent congé l'un de l'autre sur une poignée de main.

— L'Organisation te souhaite bonne chance en Norvège, dit la Baleine.

Il émit une sorte de sifflement.

2

— FREDRIK BEIER. Avec un *i*. Pas un *y*.

— Adresse ?

— 6 rue Sorgenfrigata. Quartier de Majorstua.

— Dans l'immeuble Heinecke ?

— Hein ?

— Je crois que le bâtiment où vous habitez s'appelle l'immeuble Heinecke. Et vous êtes né... ?

— Euh... ici, à Oslo. Quelle importance ?

— Désolé, je voulais parler de votre date de naissance. Vous avez quel âge ?

— Quarante-huit ans.

Assis sur le canapé en cuir, le commissaire de police tendit un bras maigrichon. Il saisit la cuillère avec le café en poudre et touilla jusqu'à obtenir la couleur matte désirée. Dans le reflet du métal courbe, il devinait à peine les fins cheveux gris qui avaient poussé sur ses tempes. En revanche, sa petite moustache fine semblait avoir été peinte sur son visage, dans un état second.

Le psychologue de l'entreprise lui faisait face. Avec, au-dessus de lui, un poster d'Ernest Hemingway torse nu. Le visage impassible, l'écrivain posait, muni d'un fusil.

— Hemingway ne s'est pas tiré une balle dans la tête ?

— Si, comme son père.

— Bizarre, non, quand on est psychologue, de décorer son bureau avec un type qui s'est fait exploser la cervelle ?

— Je ne vois pas ce qu'il y a de bizarre là-dedans. Pas plus que vous, quand vous déclarez habiter rue Sorgenfrigata, répliqua le psychologue en faisant référence, d'un mouvement de tête, à l'épais dossier du patient – fiable, lui – qui était posé entre eux, sur le bureau.

L'enquêteur eut un petit ricanement. Pour l'adresse, il s'agissait, au mieux, d'une coïncidence.

— C'est mon ex-femme qui avait choisi l'appartement.

— Vous avez donc été marié. Des enfants ?

— Trois… Deux. Deux, je veux dire.

— Trois ou deux ?

— L'un est mort.

— Désolé. C'est arrivé comment ?

Le psy à double menton resserra l'élastique de sa queue de cheval.

Ici venaient les flics de toute la ville pour se vider quand la coupe était pleine, déversant chaque jour leur rancœur, leur sentiment d'impuissance et leurs angoisses puantes qui s'échouaient contre les murs en toile de jute, peinte d'un blanc crasseux. Le bureau du psychologue faisait la taille d'une cellule et Fredrik Beier manquait d'air. Le cuir usé du canapé crissa quand il se releva. Debout, son corps déplié touchait presque le plafond. Il se planta devant la fenêtre. Le vent faisait trembler les rideaux jaunis devant les montants en aluminium fouettés par la pluie.

Le psychologue ne se donna pas la peine de le suivre des yeux et quand Fredrik tourna la tête, il aperçut seulement sa queue de cheval minable et son crâne dégarni brillant de sueur. Sous ce crâne logeait un cerveau qui avait mariné dans les secrets les plus sombres de la police. Ce type faisait office de chiottes extérieures pour les flics d'Oslo. S'il s'imaginait qu'il allait lui parler de son fils, et puis quoi encore ?

— Vous vivez avec vos enfants ?

Fredrik se frotta les yeux.

— Non, ils vivent à Tromsø. Avec leur mère, Alice. Et son nouveau conjoint. – Un craquement douloureux se fit entendre dans son genou gauche au moment où le policier se laissa retomber sur le canapé. – Je ne suis pas ici de mon plein gré. C'était ça ou un congé longue durée.

Le psychologue passa un doigt dans le pli de son double menton.

— Parce que vous ne pensez pas être malade ?

Son intonation ne laissait aucun doute quant au peu d'estime qu'il accordait à ceux qui posaient eux-mêmes leur diagnostic.

— Timbré, vous voulez dire ? lança Fredrik en le regardant droit dans les yeux.

— Non.

3

LE CIEL GRIS DE JUIN flottait au-dessus de la place de la gare. Derrière la vitre de la voiture, les habitants d'Oslo se pressaient, imperméable sur le dos, parapluie fermé. Fredrik baissa le pare-soleil, se regarda dans le miroir et passa la main dans ses cheveux courts. Puis il sortit ses nouvelles lunettes de sa poche. La monture était en métal, avec de grands verres presque carrés. Ça lui donnait l'air d'un agent de police est-allemand, ce qui n'était pas pour lui déplaire. Le commissaire serra les lèvres, lissa du doigt sa moustache et jeta un coup d'œil à son passager.

— Kari Lise Wetre, répéta son adjoint, Andreas Figueras, d'une voix un peu forte cette fois, tandis qu'il tapotait sur le volant. On ne lui a pas fourni des gardes du corps pendant une période ?

Fredrik s'appuya contre les billes en bois de l'appuie-tête.

— Ça ne s'est pas fait, finalement.

Son collègue fit claquer sa langue pour montrer que ça lui revenait, alors qu'ils tournaient dans la rue Kongensgate, direction ce secteur de bureaux et de bâtiments administratifs sans vie où seuls traînent des touristes égarés, des sous-fifres, des putes et des petits malfrats. La tristesse d'un quartier qui change de nature à la fermeture des bureaux et qu'on appelle la Quadrature.

— Il s'agissait de quoi, déjà ? demanda Andreas. Une histoire avec des homos ?

— Si on veut. Elle a été témoin d'une scène devant le cinéma Colosseum où un couple homosexuel s'est fait tabasser. Quelques jours avant le procès, elle a reçu un coup de fil d'un homme qui a menacé de lui taillader les parties génitales si elle se présentait à la barre. Plusieurs personnes ont fait l'objet de menaces, mais comme c'est une personnalité, on a préféré prendre des précautions.

— Oui, évidemment, elle a eu droit à un traitement spécial. Ah, ces politiciens à la con ! pesta Andreas qui retira ses lunettes, juchées sur ses boucles argentées, pour les mettre sur son nez. – Bien qu'Andreas ait quelques années de plus que lui, Fredrik était son supérieur. – Est-ce qu'il y a un lien avec cette affaire ? poursuivit-il puisque que Fredrik ne répondait pas à son invitation à déverser son fiel sur les représentants du peuple.

— Non, rien a priori.

— Car, maintenant, sa fille a disparu ?

— Sa fille et son petit-fils. Ils feraient partie d'une communauté très spéciale.

— Bref, encore une histoire pourrie, soupira Andreas, en faisant la moue avec son menton fort.

À de rares moments – quand il ne tirait pas la gueule –, avec ses yeux d'un brun profond, sa peau mate et son visage carré, Andreas était sans doute le plus beau flic de la ville.

Fredrik ferma les yeux et songea à la femme qu'ils allaient rencontrer. Elle occupait le poste de première secrétaire chez les démocrates-chrétiens, après avoir perdu ce que les médias avaient décrit comme une guerre ouverte pour la direction du parti. Elle avait de la classe – à se demander si elle était vraiment norvégienne. Sur l'écran, c'était l'une des rares personnalités politiques à maîtriser l'art de paraître sincère, sans verser dans l'hypocrisie.

Ils se garèrent sur la place couverte de gravier devant l'imposant pavillon blanc de la Société militaire d'Oslo, situé près du mur de la forteresse d'Akershus. En haut des marches, une porte en ogive. Fredrik réajusta sa veste en velours côtelé et glissa son tee-shirt blanc dans son jean. Il jeta un coup d'œil à son collègue. Andreas possédait trois chemises plus tout à fait blanches, trois pantalons gris et deux vestes de costume coupées assez près du corps. Ce genre de tenue lui allait comme un gant et il portait rarement autre chose.

— C'est une cérémonie pour les vétérans de la guerre, expliqua Fredrik lorsqu'ils passèrent entre les deux petits canons postés de chaque côté de l'allée.

À l'intérieur, ça sentait le citron et les crevettes. Dans la vaste salle de réception se pressaient une centaine d'hommes au visage marqué, ainsi que quelques rares femmes. Des chasseurs de nazis et d'islamistes, des Casques bleus. Le chef d'état-major des armées et quelques vétérans qui avaient connu leur heure de gloire occupaient les places d'honneur sous les portraits du couple royal. Kari Lise Wetre se trouvait à l'autre bout de la pièce où la devise nationale, « Tout pour la Norvège », figurait en lettres d'or sous le plafond. Elle était en pleine conversation avec ses deux voisins de table. L'un était roux et corpulent, la cinquantaine, avec une moustache qui faisait penser à une chenille aux poils drus ; l'autre était un vieillard assez décrépit. Dans une vie antérieure, ce dernier avait dû avoir le visage sérieusement amoché. Des brûlures, apparemment. Sur la plus grande partie du crâne, sa peau tirée avait la couleur d'un carton humidifié qui aurait séché. Ses mains, aussi blanches que de la craie, reposaient sur le manche arrondi d'une canne noire.

Fredrik se fraya un chemin entre les tables et croisa le regard de Wetre.

— Je suis le commissaire Beier. Nous nous sommes parlé au téléphone…

La femme politique eut un bref sourire.

— Messieurs, je vais devoir vous interrompre. Beier, je vous présente Stein Brønner, historien de la guerre, dit-elle avec un sourire au moustachu. Et voici Kolbein Ihme Monsen. M. Monsen est un de nos héros de la Seconde Guerre mondiale.

Les yeux bleus du vétéran lui lancèrent un regard noir.

— Beier…, marmonna-t-il.

Ils se serrèrent la main, puis le vieil homme sortit de sa poche poitrine un manche en os gravé. « K.I.M. », y était-il inscrit d'une écriture chantournée. Un peigne pliable. D'une main tremblante, il recoiffa ses rares mèches dans la nuque.

Andreas les attendait dans le salon attenant dont les murs étaient recouverts de cartes postales et de portraits peints d'officiers aux mines sévères.

La première secrétaire du parti démocrate-chrétien ne s'embarrassa pas de politesses.

— Je suis déçue de voir le temps qu'il vous a fallu pour venir. Cela fait plus d'un mois que je vous ai contactés.

Ce commentaire provoqua une lueur inquiétante dans les yeux d'Andreas.

— Votre fille est une adulte, commença-t-il. Dans la mesure où nous n'arrivons pas à déterminer avec certitude qu'il s'est produit quelque chose de criminel, il est possible qu'elle ne désire tout simplement pas avoir de contact… – il lui jeta un regard par-dessus ses lunettes – avec ses parents ?

Wetre prit une inspiration. Fredrik la devança.

— Ce que mon collègue essaie de dire, c'est que nous avons dû en référer à plusieurs instances, pour ce qui relève ou non du secret professionnel, etc. – Il enchaîna aussitôt. – À la Protection de l'enfance aussi bien que chez nous, à la police, nous sommes tous préoccupés par la situation concernant votre petit-fils. William, c'est ça ?

— William David Wetre Andersen, confirma-t-elle. Il aura bientôt quatre ans.

— Tout à fait. La Protection de l'enfance a déjà rencontré des problèmes avec la communauté dont fait partie votre fille. C'est pourquoi nous avons ouvert une enquête, au titre de la disparition d'enfant.

— Parfait, dit Wetre en lançant à Andreas un regard pénétrant.

Ils s'assirent.

4

SI ON LUI AVAIT POSÉ LA QUESTION, il aurait dit quarante-cinq ans, mais il savait qu'elle était plus âgée. La cinquantaine passée. Son âge avait joué en sa défaveur lorsqu'elle avait été élue première secrétaire du parti, *seulement*. Elle avait attaché ses cheveux bruns en un chignon sur la nuque et portait un tailleur gris moulant. Autour du cou, elle avait une petite croix en argent.

— Je n'ai ni vu ni parlé à Annette depuis six mois, commença-t-elle.

Son intonation était plus grave à présent qu'elle était assise. Wetre voulait apparemment montrer qu'elle était maîtresse de ses sentiments. Un trait classique chez ceux qui ont pour habitude de susciter l'admiration. Ces gens-là méprisaient la faiblesse. Surtout la leur.

— La plupart des parents ne savent plus quoi faire quand leurs enfants se rebellent. Quand ils se saoulent, prennent des drogues pour voir l'effet que ça fait, couchent à droite et à gauche, que sais-je ? Ça n'a jamais été le cas chez nous. Ma fille m'en veut à mort parce que je suis, selon elle, trop libérale. Et moi, je suis furieuse parce qu'elle a disparu avec mon petit-fils et qu'elle est devenue une réactionnaire coincée. – Elle eut un sourire las. – Parce qu'Annette… – Sa chaise craqua quand elle se pencha en arrière et fixa le plafond, comme si les mots qu'elle cherchait étaient cachés quelque part sous les stucs. – Annette ne vit que pour Dieu.

Les cheveux de Wetre étaient brillants et soignés. Chaque mèche parfaitement à sa place ; sa main, qui ne cessait de passer dans sa frange, réfrénait toute tentative de sédition.

Cela avait commencé à l'adolescence. Annette refusait de les accompagner à l'église parce qu'elle n'acceptait pas les femmes prêtres. Ni les prêtres homosexuels. Ni les changements dans la liturgie. L'Église, selon elle, se moquait de son propre Dieu.

Wetre eut un rire bref et secoua la tête. Les ridules au coin de ses yeux apparaissaient plus marquées que sous l'objectif des caméras, mais Beier fut frappé par la ressemblance de cette femme avec son alter ego politique de la télévision. Le maquillage, en touches légères, était d'une discrétion parfaite, rehaussé par un rouge à lèvres signalant qu'elle était une personne chaleureuse et digne de confiance. Et pas seulement, devait-il s'avouer. Le coloris avait juste la profondeur qu'il faut pour être sensuel. Et terriblement élégant. En somme, ce qui passait au premier abord pour un simple rouge à lèvres s'adressait à la tête, au cœur et à la queue. Bref, le b.a.-ba de tout politique qui se respecte.

— Malgré cela, nous avons gardé une sorte d'estime mutuelle. Mais quand elle a été impliquée dans la Lumière de Dieu… cette communauté, comme vous l'appelez, cela aussi a changé.

Un serveur suédois rouquin leur apporta les cafés. Wetre se tut pendant qu'il était là.

Sept ans plus tôt, Annette avait commencé à assister aux offices religieux de la Lumière de Dieu, une congrégation dissidente de Philadelphie. Elle avait finalement interrompu sa formation de laborantine quelques mois avant son examen de fin d'études.

— Avouez que ça n'a pas de sens, soupira la femme politique.

Ensuite, Annette avait vendu l'appartement de Sankt Hanshaugen que ses parents lui avaient acheté, et elle était allée vivre avec la communauté. C'est là qu'elle avait rencontré Per Olav, le père de William. Ils ne voulaient pas se marier à l'église, mais ils avaient eu apparemment droit à une forme de cérémonie.

— Nous n'avons pas été invités. – Wetre cligna rapidement des paupières et se frotta sous les yeux de ses longs index. – Tout a dû être fait dans l'urgence, car j'ai du mal à imaginer qu'Annette ait accepté de coucher avec quelqu'un avant que la relation soit... bénie. Comme vous le comprenez, elle n'est pas ce genre de fille.

— Effectivement, elle n'en donne pas l'impression.

Mais le bonheur avait été de courte durée. Per Olav était décédé alors que William venait à peine de naître. Une sorte d'infection. À l'hôpital, les médecins n'avaient rien pu faire. Les aléas de la vie. Ou la volonté de Dieu.

— Ça dépend, bien entendu, de la personne à qui on s'adresse, dit Wetre, pensivement.

Andreas leva les yeux de son calepin.

— Où se trouve cette communauté ?

— À Maridalen. Dans une ferme qu'ils ont appelée Solro, la « Paix du soleil ». Mon mari et moi n'avons pas le droit de lui rendre visite. Personne n'a le droit d'aller les voir, selon Annette. Ils nourrissent une sorte de paranoïa envers le monde.

Kari Lise tendit sa main et examina ses ongles au vernis rouge impeccable.

Annette avait rendu visite à ses parents. Pas souvent, mais quelquefois. Peut-être que les larmes de sa mère, chaque fois qu'elle voyait son petit-fils, la touchaient. Peut-être qu'elle avait une pointe de mauvaise conscience d'avoir abandonné la belle vie que ses parents lui avaient servie sur un plateau. Mais six mois s'étaient écoulés. Six mois et pas un mot.

— J'ai participé à un débat à la radio sur les jeunes filles et l'interruption volontaire de grossesse. Je suis contre l'avortement, et vous ne trouverez pas beaucoup de membres du parti qui soient pour, mais je défends aussi l'idée que, dans certaines situations, il doit pouvoir être envisagé comme une solution. Annette avait visiblement écouté l'émission et elle était furieuse, elle m'a demandé en hurlant si j'aurais voulu qu'elle avorte de William. – Wetre leva les yeux au ciel. – Comme si cela avait le moindre rapport ! Elle trouvait que je prenais une position de juge vis-à-vis de la Création. Que j'avais rompu avec Dieu. Et depuis, nous n'avons plus eu le moindre contact. – Elle baissa les yeux. – Les derniers mois, je l'ai appelée tous les jours. Mon mari et moi, nous lui avons laissé d'innombrables messages, nous l'avons suppliée de donner signe de vie. Par deux fois, on s'est présentés à la ferme, mais on s'est fait refouler sans ménagement. Ils ont placé des hommes plus bas sur la route. Des guetteurs… – Elle croisa le regard de Fredrik. – Dans une communauté…

Une fois dehors, Fredrik se glissa sous le parapluie noir de Wetre. Ils longèrent la façade du ministère de l'Environnement situé rue Nedre Slottsgate, sous une fine pluie d'été, pendant qu'Andreas ramenait la voiture à la préfecture de police.

— Que savez-vous sur la Lumière de Dieu ? s'enquit Fredrik.

— Est-ce que le nom de Bjørn Alfsen Jr vous dit quelque chose ?

Il secoua la tête.

Bjørn Alfsen avait perdu ses parents et son frère aîné dans un accident de voiture. En tant qu'unique héritier de l'entreprise familiale Industrie Bois Alvsen, il pesait des centaines de millions de couronnes. S'il avait été plus malin, il aurait été aujourd'hui encore un des hommes les plus riches de Norvège. Mais peu après la mort de son grand-père, au milieu des années soixante-dix, il avait tout vendu. Et en l'espace de quelques années, à faire la fête et des investissements risqués, il avait réussi à dilapider toute la fortune familiale. Des sommes colossales avaient également été englouties dans une mine de diamants en Afrique du Sud. Il avait collaboré avec le régime de l'apartheid, mais s'était fait rouler par des hommes d'affaires locaux. Il avait passé tout le début des années quatre-vingt au tribunal. Des histoires de faillites et de partenaires remontés contre lui.

C'est la malédiction de la richesse, pensa Fredrik. La première génération gagne de l'argent, la deuxième gère la fortune amassée et la troisième la dépense. Rien d'étonnant, au fond. C'est difficile d'apprécier à sa juste valeur ce qu'on n'a pas eu besoin d'acquérir à la sueur de son front.

— Pendant des années, on n'a plus entendu parler de lui, reprit Wetre. Et puis, au beau milieu des années quatre-vingt-dix, il a refait surface, en tant que sponsor influent dans la communauté des pentecôtistes.

— Il s'est donc renfloué ?

— Je ne sais pas. Les gosses de riches se débrouillent pour avoir toujours de l'argent planqué quelque part. Il est devenu très conservateur en matière de finances et il a commencé à poser un certain nombre d'exigences en échange de son soutien à la communauté. Des exigences qui en ont fait réagir plus d'un. Cela a provoqué un conflit et il a coupé les ponts. Pour fonder sa propre secte.

— La Lumière de Dieu, devina Fredrik.

— Il se fait même appeler prêtre.

Fredrik leva les yeux vers les maisons à colombage sur la place du marché de Christiania. Quelques-uns des plus anciens bâtiments se trouvaient ici, héritages lointains de riches bâtisseurs dont tout le monde avait aujourd'hui oublié le nom. Le bitume vibra sous leurs pieds au passage d'un tramway.

— Je me souviens de la Lumière de Dieu. Cela remonte à onze, douze ans. Ils avaient organisé une grande manifestation, si je ne me trompe ?

— Oui. Contre une société qu'ils jugeaient décadente, répondit Wetre. Ils ont manifesté contre la construction de mosquées et devant des hôpitaux qui pratiquaient l'IVG. Ils sont venus troubler des mariages homosexuels en faisant semblant d'être pris de malaises et ils ont protesté devant des églises où officiaient des femmes prêtres. Ils étaient persuadés que Dieu nous punirait. Que le jour du Jugement dernier était inévitable... Et puis ça s'est calmé. Ils ont disparu. Honnêtement, j'ai cru que la secte s'était dissoute.

Ils s'arrêtèrent pour prendre congé devant le Parlement où Kari Lise Wetre avait passé une grande partie de sa vie d'adulte. En tant que personnalité publique, toujours. Fredrik se demanda comment c'était d'avoir une mère qui appartenait à tout le monde. Était-ce là le fond de l'affaire ? La révolte tardive d'une enfant de politique ?

— Pourquoi parlez-vous de secte ?

— Parce que c'en est une. La croyance de détenir la vérité absolue. Un leader fort. L'isolement à la ferme. Les prophéties du Jugement dernier. – À chaque argument, Wetre pointait un autre doigt en l'air. – Ça correspond exactement à cette définition. Vous trouvez que c'est un endroit idéal pour grandir ? – Sans attendre de réponse, elle lui tendit la main. – Bon, j'ai des élections à remporter. Merci de nous aider. Nous vous en sommes très reconnaissants, mon mari et moi.

Elle sourit, comme à la télé.

5

Les relents de la terre en décomposition se mêlaient à l'odeur du bacon bien grillé. Fredrik ouvrit la fenêtre sur le balcon, regarda, en plissant les yeux, la cour exiguë en contrebas. L'air frisquet de l'été l'enveloppa. Ses tétons se durcirent. Il se pencha par-dessus la balustrade et se saisit à deux mains des jardinières qu'il rentra et déposa sur le sol en béton. Un liquide brunâtre, nauséabond lui coula entre les orteils. Les fleurs qui auraient dû s'épanouir au soleil dans des tons violacés et rouges pendaient, collantes, sur le bord. On était début juillet.

Il aperçut son reflet dans la vitre de la porte du balcon. Il n'avait sur lui qu'un jean clair. Son genou le faisait souffrir après la séance de poids et il remarqua qu'il boitait. Il avait un petit visage aux pommettes saillantes. La fine moustache dont les extrémités tombaient vers la commissure de ses lèvres était un reste de sa jeunesse. Il l'avait rasée un certain nombre de fois, mais ne s'habituait pas à se voir sans. Des sourcils broussailleux au-dessus de ses yeux renfoncés. « Tu as un regard de vieux labrador, lui avait-elle dit quand il s'était étendu sur elle. C'est impossible de te dire non. »

Il savait qu'elle aimait les chiens, mais de là à se voir comparé à l'un d'eux...

Il s'arrêta sur le seuil de la cuisine. Cela faisait longtemps qu'il ne s'était pas tenu ainsi. Comme un invité. Il vivait seul, mais pas pour autant dans un appartement de célibataire. Le plan de travail était rangé, les assiettes sales dans le lave-vaisselle et les bouteilles vides, pour la plupart, se trouvaient dans des sacs en plastique. Les murs étaient peints en blanc, à part les carreaux au-dessus de la cuisinière, alternativement rouges et oranges. Criards. Cela avait été son idée à *elle*. Quand elle était partie, il avait retiré les posters de la tour Eiffel et du chat à lorgnette en train de fumer. Il voulait accrocher les siens. L'affiche jaune et noir du concert des Stones à Altamont, en 1969. Celle du festival de Kalvøya, en 1977, avec Smokie en chef de file et un bus allemand à double étage tombant du ciel. Mais pour l'instant, les murs étaient vides. En revanche, elle était là. De nouveau.

Son gros cul, nu, s'offrait devant la cuisinière. Le regard de Fredrik s'attardait sur ses fesses blanches et dodues, l'une était encore rouge. À partir de ce point d'attache rond et rassurant commençait la jolie partie de son corps. La perfection de ses courbes, de sa cambrure et de sa taille bien dessinée évoquait la forme d'un violoncelle. Les années et les grossesses successives avaient arrondi sa silhouette et laissé leurs empreintes, bien visibles. Telles des vagues dans un silex aiguisé. Un fruit mûr, pensa-t-il en la contemplant, les yeux à demi clos.

— Qu'est-ce que tu regardes ? – Elle ramena sa queue de cheval par-dessus son épaule et lui jeta un coup d'œil soupçonneux. – À quoi pensez-vous, monsieur Beier ?

Alice se retourna et il sourit. Elle tenait dans la main une poêle. Et elle n'était pas totalement nue. Autour du cou et de la taille, elle avait noué l'unique tablier qu'il possédait.

Blanc, avec un char d'assaut jaune imprimé au niveau de sa poitrine de taille moyenne. Sous l'engin, une tête grise de cabillaud. Y avait-il là une symbolique quelconque ? Auquel cas, il ne voyait pas très bien laquelle.

Ensuite, ils mangèrent en silence. Sur leurs assiettes, les miettes de pain et de gras ainsi que les traces des jaunes d'œuf et de sauce tomate indiquaient clairement la teneur du repas. Fredrik claqua la langue en buvant le café tiède et parcourut le *Dagens Næringsliv* sans vraiment le lire. Dans le salon, la playlist de la veille au soir passait Diana Krall, encore une fois. La sélection sur mesure des différents morceaux avait payé.

— Dans la vie, il ne devrait y avoir que des samedis comme celui-ci, dit Alice. – Elle se pencha en avant, écrivit un texto et reprit : – Mon avion part dans quelques heures. Il faut que j'y aille.

Elle leva la tête et lui fit une grimace. Il la regarda : son ex-femme avait enfilé un top rouge ample qui dissimulait sa silhouette. Elle allait retrouver Erik à Tromsø. Son nouveau mari. Des ridules lui étaient apparues au coin des yeux. Elle avait toujours ses taches de rousseur sur l'arête du nez.

— Il ne sait pas que tu es ici ?

— Que je couche avec toi, tu veux dire ? Non, même dans ses pensées les plus tordues, il ne pourrait pas imaginer une chose pareille.

— Tu n'as personne d'autre ?

Alice cligna des yeux.

— Enfin, Fredrik, ça va pas, non ! – Elle marqua une pause. – Il y a quand même des limites. – Elle l'examina un instant. – Comment ça va avec… elle… ?

— Bettina. Tout va bien avec Bettina.

— Vous continuez à vous voir ?

— Oui.

— Vous couchez ensemble ?

— Affirmatif.

— Tant mieux ! C'est une valeur sûre ? demanda Alice qui avait haussé la voix d'un demi-ton.

— Si on veut.

— Qu'est-ce qu'elle fait, déjà ? Un truc dans la police, c'est ça ?

Il lui sourit. Il savait qu'elle savait.

— Elle travaille pour le chef de la police.

— Ah oui, je me souviens.

Il repoussa la chaise en bois. Se leva et prit les assiettes. Il préférait changer de sujet.

— Au fait, tu savais que cet immeuble s'appelle l'immeuble Heinecke ? C'est le nom de l'architecte qui l'a construit, Georges Heinecke.

Alice lui lança un regard interrogateur.

— Depuis quand tu t'intéresses à l'architecture, toi ?

— J'ai toujours aimé les belles choses, répondit-il en lorgnant vers son décolleté.

Elle ne releva pas.

— C'est le psychologue de la police qui m'a appris ça.

Alice eut ce pli au front qu'il détestait tant. Merde. Pourquoi avait-il parlé ? Il s'en mordait déjà les doigts. Autant le préciser maintenant :

— Rien de grave. J'ai fait encore quelques crises. Des crises d'angoisse, d'après lui. – Il eut un sourire bête. – Il pense que c'est dû au stress. J'ai reçu la consigne de travailler moins. Alors, ça tombe bien, avec les vacances. Je serai content de revoir les enfants.

Alice lui adressa le regard compréhensif dont elle se servait pour le déresponsabiliser. Cela voulait dire : « Je te connais. Je te connais mieux que la plupart des gens. Mieux que tous les autres. Je sais ce qui t'habite. »

— Comment est ce psychologue ?

— Aucune idée. Je suis seulement passé pour faire tamponner mon papier.

Elle secoua la tête sans comprendre.

— Un de mes chefs a écrit une note dans laquelle il disait s'inquiéter pour moi. Alors il me fallait une autorisation pour continuer à aller sur le terrain.

Alice enfila son poncho en plastique transparent, qui avait dû lui coûter une fortune, et il la raccompagna dans l'entrée.

— Tu comprendras que je ne puisse pas venir à l'enterrement. C'est trop loin pour les enfants et moi. Jacob et Sofia l'ont à peine connue.

— Je n'y comptais pas non plus. J'arriverai bien à enterrer ma mère tout seul.

Elle lui caressa la joue.

— Est-ce que Bettina viendra ?

Il fit signe que oui.

— Au fond, elle n'est peut-être pas si mal que ça. – Alice se força à sourire et ils s'embrassèrent rapidement. – Bon, prends soin de toi, Fredrik. Les enfants ont hâte de te voir. Tu leur manques, tu sais. Fais en sorte qu'ils s'amusent bien.

— Mais oui..., répondit-il en lui donnant une petite tape sur les fesses.

Il venait d'ouvrir une cannette de Carlsberg lorsque le téléphone sonna. Il laissa le répondeur faire son boulot et vida sa bière sans se presser, avant d'aller chercher son portable sur la table de nuit.

C'était Synne Jørgensen. Sa supérieure hiérarchique à la direction de l'Office central pour la répression des violences aux personnes, à Oslo. « Fredrik, appelle-moi. Il y a eu un massacre. Dans la communauté de Solro. J'envoie une voiture te chercher. »

6

DE LOURDES GOUTTES DE PLUIE s'abattaient sur le pare-brise. Les essuie-glaces fouettaient l'eau sur les côtés. Fredrik eut toutes les peines du monde à deviner les champs de Maridalen sur le chemin.

Près des ruines de l'église Margareta, sur la rive nord du lac Maridal, le jeune policier qui le conduisait fit taire la sirène et ralentit. On n'était que deux semaines après la Saint-Jean, pourtant il faisait déjà nuit noire. Même les cyclistes grisonnants étaient restés chez eux ce soir-là.

Ils quittèrent la route principale. Au milieu de la colline, les champs s'interrompaient pour laisser place à une épaisse forêt d'épicéas. Peu après, des phares clignotants jetèrent sur les arbres des lueurs rouges et bleues. Ils s'arrêtèrent derrière une longue file de voitures de police et d'ambulances.

— Merci de m'avoir déposé, dit Fredrik en saisissant son imperméable sur le siège arrière.

L'air était froid et la pluie faisait remonter des odeurs de terre humide et de mousse. Une silhouette menue, les cheveux blonds plaqués, lui fit signe de la rejoindre sous un grand sapin. C'était l'inspecteur de police Synne Jørgensen.

— Bonsoir, dit-elle en inspirant.

La flamme d'un briquet jaillit de l'obscurité. Elle se redressa et tira une longue bouffée. Le bout incandescent de sa cigarette éclaira un visage rond, avec un petit nez plat et des yeux dénués de maquillage, qui exprima, l'espace d'un instant, une forme de satisfaction. Elle avait du mal à trouver une poche dans son ciré pour y ranger son paquet de cigarettes.

— Enfin, si on peut appeler ça un bon soir… – Elle avait le nez qui coulait. – Je te préviens, Fredrik, c'est assez violent. Nous avons cinq morts. Tués à bout portant de plusieurs balles. L'un a apparemment été exécuté en pyjama dans sa chambre à coucher. Aucun blessé, aucun survivant.

Elle trouva enfin la poche.

— Est-ce qu'Annette Wetre est parmi…, commença-t-il avant que Synne l'interrompe.

— Non. Toutes les victimes sont des hommes. Mais nous n'avons encore identifié personne.

Il l'interrogea du regard.

— Et tu es sûre qu'on est bien à Solro ? Où est le reste de la communauté ?

Elle passa la langue sur sa lèvre inférieure, à l'endroit d'une cicatrice laissée par son piercing.

— Il y avait « Solro » inscrit en toutes lettres au-dessus de l'entrée du bâtiment principal, alors crois-moi, on est au bon endroit. Mais il n'y a plus âme qui vive ici. La communauté a entièrement disparu. – En trois bouffées, elle avait fumé la moitié de la cigarette. Elle en pinça le bout, reprit son paquet et glissa le mégot à l'intérieur, avant de tâtonner à nouveau pour trouver sa poche. – Viens avec moi, dit-elle en remontant sa capuche avant de s'élancer sous la pluie.

Un sentier étroit et boueux traversait la forêt. À la lumière blanc bleuté des torches, ils débouchèrent sur une clairière en pente qui grouillait de policiers en imperméable. La pelouse faisait la taille d'un terrain de basket. Au bout se dressait une villa blanche avec, à gauche, une petite grange rouge. Sur la rampe qui permettait d'y accéder, des policiers bien protégés étaient en train d'installer une tente au-dessus de deux corps sans vie.

Au milieu de la pelouse gisaient deux autres cadavres. L'un sur le dos, l'autre sur le côté, les jambes contorsionnées, le visage partiellement emporté.

— Quand est-ce arrivé ? Qui a donné l'alerte ?

Synne leur fit contourner les cadavres pour s'approcher de la villa.

— Le standard a reçu un appel à douze heures cinquante-six. Un coup de fil anonyme. C'est censé être une sorte de vengeance. Au nom d'Allah. – Elle jeta un coup d'œil derrière elle. – On a mis du temps à localiser l'endroit. Solro n'est pas le nom officiel.

— Je sais, marmonna Fredrik. Alors, quand tu as appelé…

— J'avais tout juste commencé à me représenter le tableau. Sebastian est en route. Nous avons déclenché le plan d'alerte.

Une porte en bois permettait d'entrer dans la villa. Au-dessus de l'entrée, sur une planche massive, était suspendu le mot « Solro » en grosses lettres peintes. À l'intérieur, les techniciens avaient déposé une caisse avec des protections pour les chaussures, des gants en latex et des masques. Une grande peinture de Jésus couvrait tout un mur de l'entrée étroite. Il portait une tunique et surgissait d'un soleil en feu.

— Une vengeance. Au nom d'Allah, répéta lentement Fredrik en retirant son imperméable. Il s'agirait donc d'une sorte de conflit religieux ?

— N'est-ce pas toi qui m'as dit que cette communauté était très critique vis-à-vis de l'islam ? Qu'ils manifestaient contre les mosquées, par exemple ? demanda Synne.

— Si. Mais de là à perpétrer un massacre de masse, c'est quand même un peu fort.

— Il y a autre chose.

Quel genre de folie peut pousser quelqu'un à s'en prendre à une communauté planquée au milieu de la forêt ? Et à les abattre comme des bêtes ? Fredrik se demanda ce qu'avaient ressenti le ou les meurtriers, quand ils s'étaient retrouvés ici, dans ce couloir. Quand ils avaient vu la rangée irrégulière de patères. Les étiquettes avec les noms en lettres majuscules, écrits par des doigts maladroits d'enfants. S'étaient-ils arrêtés pour lire ces noms ? La patère en bois marquée « Annette », sans rien dessus. Ou celle d'à côté, avec une casquette de parc animalier, fixée à un mètre à peine du sol. « William. »

Il devait régner un silence de mort quand ils s'étaient introduits. Peut-être avaient-ils jeté un coup d'œil à la salle des enfants, vu tous les jouets bien rangés dans leurs caisses, puis senti l'odeur de savon noir qui flottait dans la cuisine ? Ils avaient dû traverser la salle de couture avec les ouvrages en tricot dans les corbeilles et les machines à coudre sous leurs couvercles en plastique (pour qu'un petit, levé plus tôt que les adultes, ne risque pas de se blesser). Arrivés au pied de l'escalier, ils avaient dû avoir la certitude que tout le monde dormait à poings fermés.

La communauté était sans défense. Ils étaient montés à l'étage, où se trouvaient les adeptes.

Dans l'escalier était suspendu un autre portrait de Jésus. Une toile d'un mètre cinquante sur un mètre cinquante représentant le Christ avec sa couronne d'épines, une plaie ouverte au front et des filets de sang le long de la joue.

Le visage surdimensionné mit Fredrik profondément mal à l'aise ; l'attention extrême portée à chaque détail, faisant apparaître la moindre goutte de sueur, la moindre impureté de la peau, donnait le sentiment d'un immense cri.

Ce n'était pas que l'impression de s'être approché trop près. Fredrik éprouvait aussi l'acte de violence délibéré de celui qui avait placé ce tableau ici. La dernière chose que faisaient les habitants de cette villa avant d'aller se coucher était donc de passer devant la Passion du Christ. De même chaque matin, sans exception. Ils ne pouvaient même pas se brosser les dents ou chier en paix sans qu'on leur rappelle toutes les saloperies du monde.

Le large couloir du premier étage témoignait d'une fuite précipitée. Toutes les portes étaient ouvertes. Des vêtements et des jouets traînaient pêle-mêle le long des murs, la photo encadrée d'une vue aérienne de la maison était tombée au sol et le verre avait volé en éclats.

— Est-ce que les médias se sont déjà manifestés ? demanda-t-il.

— Non. Et ce serait bien que ça dure. J'aimerais avoir le temps d'inspecter les lieux avant que les photographes ne mitraillent partout.

— Bon. Dans ce cas, je ferais mieux de prévenir Kari Lise Wetre avant que les journaux ne l'appellent.

Ils mirent le cap vers la chambre au fond du couloir. C'était une petite pièce à l'aménagement vieillot avec rideaux en dentelle et bégonias en fleur sur le rebord de la fenêtre. La couette se trouvait par terre. L'occupant de la chambre était agenouillé au pied du lit : un homme pâle, de petite taille, dans un pyjama à rayures bleues, le menton posé sur le drap, ses grands yeux vitreux ouverts sur le néant.

— C'est le pasteur Alfsen, déclara Fredrik.

— Qui ça ?

— Bjørn Alfsen Jr. C'est lui qui dirigeait la communauté.

Fredrik se pencha pour examiner le mort. Il était partiellement chauve, quelques rares cheveux gris et courts. Fredrik reconnut aussi la barbe clairsemée qu'il avait vue sur les photos que Wetre lui avait envoyées. Juste au-dessus de son oreille droite, on pouvait voir un petit trou rouge foncé. Le matelas était ensanglanté.

— Exécuté en train de prier au pied de son lit, constata Synne sèchement. Tiens, regarde.

Elle prit un stylo de sa poche poitrine et souleva le drap froissé.

Les doigts crispés du pasteur étaient gonflés : un foulard en soie verte lui enserrait les poignets. Synne désigna le foulard avec le stylo. Fredrik plissa les yeux pour analyser les inscriptions blanches, tout en arabesques.

— De l'arabe.

7

À L'ARRIVÉE DES TECHNICIENS, Fredrik était encore dans la chambre à coucher de Bjørn Alfsen. Il avait mis ce temps à profit pour examiner le contenu de sa bibliothèque. Tout en bas s'entassaient des piles de vieux cahiers, des tirages de documents trouvés sur Internet, des textes recopiés appelant à se révolter contre le cloaque diabolique qui, selon la communauté, envahissait le pays. Mais il y avait aussi des recettes de cuisine, des psaumes et des notes pour des prêches. Un téléphone portable poussiéreux.

Les quatre étagères du milieu étaient, curieusement, dégagées. Deux photos sur chaque rayonnage. Fredrik les avait étudiées de près. Le pasteur apparaissait sur toutes, mais les gens avec qui il posait variaient. On le voyait devant la villa blanche – où il venait de trouver la mort – par ce qui devait être une belle journée d'été. Sa chemise à rayures rouges était boutonnée jusqu'au col et Alfsen clignait des yeux à cause du soleil. D'un brun indéterminé, sa peau était celle d'un vieil homme. Quelques enfants. Deux trentenaires. Un homme et une femme. Annette et William. Celui-ci paraissait avoir deux ou trois ans, la photo pouvait dater de l'été dernier. Portant un short vert et un tee-shirt beaucoup trop grand pour lui où était écrit : « L'Éternel est mon berger », le garçonnet blond et souriant était placé juste devant Alfsen. Ce dernier avait les mains posées sur les épaules de l'enfant, tandis que la mère était assise sur une chaise à côté et tenait contre ses genoux la main de son fils. Fredrik savait qu'elle n'avait que vingt-sept ans, mais à côté du pasteur autoritaire, elle faisait encore plus gamine. Elle ouvrait grand ses yeux clairs, nullement gênée, semble-t-il, par le soleil qui éblouissait les deux autres. Son nez bien marqué jetait une ombre sur son petit visage. Les longs cheveux blonds d'Annette flottaient librement et elle était vêtue d'une robe blanche. Pieds nus, les genoux serrés. Absolument ravissante. Une version jeune et dorée de sa mère.

Des ouvrages religieux de référence, des livres de psaumes et quelques bibles s'entassaient sur la plus haute étagère. Un livre attira son regard : sur la tranche fatiguée était marqué en lettres d'or *Die Bibel*. Fredrik le sortit avec précaution et l'ouvrit. Sur la page d'en-tête, il put lire, dans une belle écriture d'autrefois : « *Pr. E. Brinch, Unsere Tiefste Dankbarkeit. Die Wiener Gesellschaft für Rassenpflege. Wien, 1936.* »

Fredrik se tourna vers la technicienne qui examinait Alfsen. Elle avait dû sentir ses yeux dans sa nuque.

— Sa mort remonte à au moins douze heures, déclara-t-elle aussitôt en pinçant délicatement le cadavre. Abattu à bout portant, mais il n'y a pas eu de contact entre l'arme et la victime. Je dirais une distance entre cinq et quinze centimètres. – Elle prit une pince à épiler pour relever les particules de poudre autour du point d'impact de la balle. – Un calibre faible, mais suffisant pour que la balle traverse le crâne de part en part.

Malgré sa tenue de travail qui la recouvrait des pieds à la tête, Fredrik la reconnut pour l'avoir déjà croisée sur des scènes de crime. Comment elle s'appelait, déjà ?

— Ça prendra un moment avant que je le retourne pour examiner le point de sortie de la balle. Alors si tu as autre chose à faire…

Therese, c'était ça. Therese Grøfting. Au départ médecin légiste mais, selon les rumeurs, animée d'un goût morbide qui l'avait poussée à se former comme technicienne pour être sur le terrain. Elle devait avoir une petite quarantaine, dirigeait un groupe d'assistants, était mère célibataire d'un garçon d'une dizaine d'années.

Il ne releva pas l'allusion.

— Tu parles allemand ?

— Euh, oui.

Il ânonna le texte à l'intérieur de la Bible.

— « Au professeur E. Brinch, traduisit-elle, notre plus profonde gratitude. La Société viennoise pour l'hygiène raciale. Vienne, 1936. » – Elle s'éclaircit la voix. – Bizarre pour un pasteur de posséder ce genre de vieux bouquin.

— C'est bien mon avis.

La nuit était tombée lorsque Fredrik se retrouva sur le perron de la villa. Quel endroit idyllique cela aurait pu être ! Une soirée d'été ensoleillée, la pelouse au milieu de la forêt. Les ombres douces. Une odeur entêtante de résine et de champignon se mêlait au parfum de l'herbe fraîchement coupée, des feuilles de framboisier et du sirop de cassis qu'on venait de préparer. Il pouvait deviner des rires d'enfants, le caquètement des poules dans la grange, les bruits étouffés en provenance de la cuisine, depuis la villa en bois derrière lui. À présent, il n'entendait que le bourdonnement des générateurs.

La pluie s'était muée en une bruine froide qui collait au corps comme une feuille de plastique mouillée. Des tentes recouvraient désormais les cadavres du jardin. Et une tente de commandement avait été dressée sur la pelouse devant la grange. Pourquoi avaient-ils été abattus ici, dehors ? Pourquoi n'étaient-ils pas dans leurs chambres, comme le pasteur ? Fredrik dirigea ses pas vers les cadavres sur la pelouse quand une voix qu'il connaissait bien tonna sous la tente de commandement. Sebastian Koss était arrivé.

Il existait trois dieux à l'Office central pour la répression des violences aux personnes. Le Père tout-puissant était le préfet de police, Trond Anton Neme. Il se manifestait rarement, mais il planait toujours au dessous d'eux. Il voyait tout, laissait passer des gaffes monumentales, pour s'intéresser en revanche aux erreurs les plus insignifiantes. Mais Neme n'aimait pas se salir les mains. Aussi avait-il nommé deux subordonnés : Synne Jørgensen, qui avait grimpé tous les échelons pour se retrouver à présent au sommet de l'échelle, et Sebastian Koss.

Ce juriste de grande taille n'avait jamais caché qu'il consacrerait seulement quelques années de sa vie à la police. Il avait le pouvoir dans le sang, tout comme l'argent et les jeux d'influence. Son corps était savamment musclé, sa tête bien faite, avec une crinière de cheveux, blonds comme les blés, qu'il plaquait en arrière. Il avait le visage fin et lisse, et s'était choisi Legolas comme pseudo sur Internet.

Ensemble, ce couple mal assorti devait diriger le travail très pointu qui consiste à enquêter sur les crimes, les violences de toute sorte que pouvaient être amenés à commettre les citoyens d'Oslo ou ses visiteurs.

Le préfet de police Neme pouvait être sûr d'une chose : les deux inspecteurs ne comploteraient jamais contre lui. Ils étaient le yin et le yang. Superman et Lex Luthor.

— Jørgensen ! Qu'est-ce que Fredrik Beier fait ici, bordel ! On ne peut pas se permettre d'avoir des flics qui ont des problèmes de nerfs sur une scène de crime. Je croyais pourtant l'avoir mis au placard à Grønland ?

La voix était grave mais le volume élevé. Fredrik s'arrêta à l'entrée de la tente et fixa le dos du costume de Sebastian Koss. En deux bonds, il aurait été sur lui.

— Que les choses soient bien claires, Fredrik est sous ma responsabilité, lança Synne, furieuse, elle qui n'arrivait qu'à la poitrine de son collègue. Il a ma confiance. Alors tu n'as absolument rien à…

Ils furent interrompus par un toussotement appuyé d'Andreas. Il se tenait avec les autres policiers sous la tente, dans un coin où tous s'étaient réfugiés, près des grands thermos. Andreas eut un sourire gêné en indiquant Fredrik qui entrait.

— Je vois que le plaisir est partagé, Koss, dit Fredrik.

L'inspecteur se contenta de bougonner.

— Bon, conclut Synne. Je veux voir tout le monde dehors. Fredrik, tu restes. Sebastian…

Elle le regarda sévèrement.

Passant devant Fredrik, les autres policiers sortirent à contrecœur dans la nuit. Seul Andreas croisa son regard.

— Quel con…, marmonna-t-il assez haut pour que Koss l'entende.

Fredrik et Koss prirent place autour de la table de camping délavée sur laquelle quelqu'un s'était amusé à dessiner une bite et une grosse paire de couilles. Fredrik laissa son doigt suivre le tracé irrégulier en gardant les yeux baissés. Synne servit de généreuses doses de café en poudre avant de verser l'eau bouillante du thermos. Sachant pertinemment que Koss préférait le thé.

— C'est moi qui l'ai trouvé, tu sais. – Koss regarda son collègue comme s'il était transparent. – Complètement incapable de s'expliquer, recroquevillé autour d'une poubelle dans une salle d'interrogatoire. Tu ne comprends donc pas, Synne ? Les gars parlent entre eux. Ils ont besoin de savoir sur qui ils peuvent compter. Et nous étions convenus de laisser Beier en dehors des grosses enquêtes qui pouvaient... le perturber. Lui aussi était d'accord, si je ne me m'abuse ? – Il s'adossa à sa chaise branlante et croisa les bras sur sa poitrine. – À quoi ça rime de se coltiner des âmes trop sensibles sur des lieux qui grouillent de cadavres ?

Synne secoua la tête.

— Préviens-moi, Sebastian, quand t'auras fini de dire n'importe quoi. Je te signale que Fredrik a été déclaré apte au travail. Tu le sais parfaitement. – Elle regarda Beier. – Tu as quelque chose à ajouter ?

— Non. Tu m'as demandé de venir. Je suis venu. J'aurais bien passé un été peinard..., dit-il en tournant la tête vers Koss, derrière un bureau à Grønland, avec mon affaire de disparition. Le problème, c'est seulement que la femme et le gosse que je cherchais habitaient ici. Donc, d'une certaine façon, c'est devenu *mon* affaire.

Incrédule, Koss dévisagea Synne qui se racla la gorge, pour confirmer ce qui venait d'être dit.

— Solro était le siège de la communauté la Lumière de Dieu dont Annette Wetre faisait partie.

— La fille de Wetre, du parti démocrate-chrétien ? Oh, merde ! soupira l'inspecteur.

Dix minutes plus tard, Fredrik et Andreas se retrouvèrent à l'extérieur. Avec le sourire, Fredrik raconta que Koss, pâle comme un linge, avait téléphoné à Neme pour l'informer que la fille et le petit-fils d'une des femmes politiques les plus en vue du pays avaient disparu. Autant dire que l'information avait été mal accueillie.

— Fais gaffe à cet imbécile, lui glissa Andreas à voix basse en se dirigeant vers la tente blanche, plantée au milieu de la pelouse.

À l'intérieur, deux médecins légistes étaient à l'œuvre, agenouillés. Le cadavre défiguré aux jambes tordues gisait dans la même position, telle une œuvre primitive mise en pièces. L'un des hommes vêtus de blanc se leva et vint à leur rencontre.

— Deux individus de sexe masculin, la trentaine, tirés quasiment à bout portant avec une arme automatique. Deux impacts de balles pour l'un et trois pour l'autre. Et je n'ai pas compté celle qui lui a *ouvert* l'esprit…

— Je vois, dit Fredrik avec douceur.

Il n'enviait pas le travail de ces toubibs. Cet humour macabre était leur façon de supporter ces journées de merde. Il jeta un coup d'œil par-dessus l'épaule du type : les deux cadavres étaient pieds nus dans leurs chaussures, ils portaient un pantalon de jogging sous un tee-shirt. Les corps et les vêtements étaient trempés.

— Cela devrait vous intéresser, déclara le médecin légiste en indiquant de la tête plusieurs sachets en plastique transparent près de la toile de la tente.

L'un contenait un spray au poivre, l'autre un Taser. Les dards délivrant une décharge électrique censée paralyser la victime n'avaient pas été déclenchés. Fredrik et Andreas se regardèrent. C'était une arme de défense. Illégale en Norvège. Pourquoi une communauté au milieu de nulle part s'était-elle procuré une arme de ce genre ?

8

— Fredrik Beier ! Est-ce que Fredrik est là ?

Un pan de la tente s'écarta et laissa apparaître un type à lunettes rondes vêtu d'une combinaison blanche qui les regardait fixement.

— C'est moi.

— Venez.

L'homme les entraîna rapidement vers la tente installée sur la rampe d'accès à la grange et s'arrêta devant les deux cadavres. Le spectacle était éprouvant. Andreas eut du mal à respirer.

Devant eux gisait un homme au bord de la rampe, le haut du corps pendait dans le vide. Ou plutôt, Fredrik supposa qu'il s'agissait d'un homme. Jamais il n'avait vu un être humain aussi déchiqueté. Jambes, peau, éclats d'os, tout avait été arraché, brisé. Le sweat à capuche était tout poisseux de chair et de sang et il ne restait plus rien du visage.

— Au moins une vingtaine de traces d'impacts de balles. Tirées à bout portant à l'arme automatique. Une agressivité extrême, déclara le technicien avec sobriété.

Fredrik fixa longtemps le corps supplicié avant de parvenir à détacher son regard.

— Mon Dieu.

Il jeta un coup d'œil à Andreas. Son collègue, pâle, avait les yeux toujours rivés sur le cadavre. Un Taser était coincé sous la cuisse de la victime.

— Il est déchargé ?

Le technicien hésita.

— Je n'en suis pas sûr à cent pour cent. Nous n'avons pas encore terminé de tout photographier.

Fredrik se pencha au-dessus des jambes criblées de balles. Le Taser était bien déchargé. Il leva la tête vers les deux autres. Le type aux lunettes rondes s'était approché du second cadavre.

— Venez, c'est ça que je voulais vous montrer.

Il sauta dans la plate-bande envahie de mauvaises herbes, de l'autre côté de la rampe. Fredrik le suivit. À deux mains, le technicien poussa un lourd morceau du soubassement en béton sur le côté. Les gonds en métal ne grincèrent pas quand s'ouvrit la porte, en béton elle aussi. Faisant environ trente centimètres d'épaisseur, un mètre de largeur et la taille de Fredrik, elle était habillée de pierres pour mieux se fondre avec la rampe d'accès à la grange.

— C'est quoi, ça, bordel ? demanda Andreas.

Le technicien interrogea Fredrik du regard.

— Oui, c'est quoi, ça, bordel ?

Derrière se trouvait une autre porte. En acier, celle-là. Fredrik vit son reflet sur la surface brillante. L'acier était parfaitement lisse, sans la moindre rayure. Aucune poignée. En revanche, un creux dans le métal, au centre. Là, six étoiles vertes clignotaient sur un écran.

— Elle est ouverte ?

— On dirait, répondit le technicien.

Fredrik enfila ses gants de latex. Le renfoncement ne donnait aucune prise pour les doigts, alors il essaya de pousser la porte. Elle ne bougea pas. Tout à coup, il comprit. Il n'y avait pas de gonds. C'était une porte coulissante.

Une légère impulsion des doigts dans le creux suffit. Il y eut comme un déclic et la porte glissa avec la souplesse d'une cloison en papier japonaise. – Une cloison qui faisait deux fois l'épaisseur d'une porte normale et semblait être en acier massif.

La pièce était circulaire, d'à peine un mètre de diamètre, mais pas de sol. Rien qu'une échelle en aluminium fixée au béton peint en blanc, et qui plongeait dans l'obscurité. Un néon avait été monté sur le mur. Il était fracassé.

— Prends ça.

Andreas tendit une lampe de poche à Fredrik. Il éclaira vers le bas. Il crut apercevoir le fond de ce puits.

— Je descends.

Fredrik coinça la lampe de poche entre ses dents. Au bout de quelques échelons seulement, les sons à la surface furent étouffés, il n'entendit plus que le léger bruit de l'échelle sous ses pas. En s'approchant du fond, d'autres sons se firent entendre. D'abord un bourdonnement sourd, métallique. Ensuite un déclic, puis un gémissement d'air comprimé. La séquence se répéta avec dix, onze secondes d'intervalle. Encore quelques échelons. Enfin, il perçut un sol dur sous ses pieds. D'instinct, il s'accroupit, prit la lampe et regarda autour de lui. Six mètres environ le séparaient des visages penchés au-dessus de lui. À sa droite, une ouverture dans le mur de béton marquait l'entrée d'un couloir qui s'enfonçait dans l'obscurité. Le son venait de là. La pensée qu'il se trouvait dans un sous-sol de grange lui parut irréelle. Pas d'odeur de terre, de fumier et de moisissure, ici. Pourtant il y avait une odeur. Clinique. Comme à l'hôpital. L'air était sec. Il devait faire au moins vingt degrés. Avant de se faufiler dans le couloir, Fredrik éteignit sa lampe de poche. Il n'avait pas envie de faciliter la tâche d'un éventuel tueur et espérait que sa vision nocturne lui suffirait. Après une dizaine de pas, le couloir tournait à angle droit. Il tendit l'oreille et jeta un coup d'œil dans l'angle avant de s'engager. L'obscurité était totale, encore qu'il aperçoive un mince rai de lumière. Comme venant d'une porte entrebâillée.

Il attendit. La lumière au fond lui parut clignoter au rythme du son. Les lignes droites sur le sol s'interrompirent. Fredrik se décida. Et se mit à courir.

C'était la porte qui faisait du bruit. Le mécanisme couinait, mécontent, parce qu'on l'entravait. La porte ne pouvait pas se refermer, il y avait quelque chose en travers. Un tas. Un tas humain. La lourde porte en métal cognait encore et encore, contre une tête en sang. Fredrik tenta d'agripper quelque chose et parvint à saisir des épaules toutes molles. Tirant de toutes ses forces, il traîna le corps par-delà le seuil de la porte, qui se referma dans un claquement sec. Le noir absolu. Il se pencha, tâtonna, l'oreille aux aguets. Putain ! Il alluma sa torche et retourna à toute vitesse vers l'échelle.

— Faites venir l'équipe médicale tout de suite ! Nous avons un survivant !

9

LES SAUVETEURS S'ACTIVÈRENT EN SILENCE. Accompagnés de deux policiers en uniforme, casqués et munis de pistolets, Fredrik et Andreas formaient un cercle autour de l'homme inanimé. Chacun dirigeait sa lampe de poche pour éclairer au mieux les mains des ambulanciers.

Le rescapé n'était pas habillé comme les autres victimes. Les cadavres dans le jardin étaient pieds nus dans leurs chaussures et paraissaient avoir enfilé leurs vêtements en toute hâte. Celui-ci portait des chaussures à lacets, un jean avec une ceinture serrée et un pull fin, col en V, par-dessus sa chemise. Cela pouvait signifier qu'il était éveillé lorsqu'était arrivé le tueur. Que fallait-il comprendre ? Se connaissaient-ils ?

Fredrik ne put voir sa tête, cachée derrière un suroît jaune, mais il avait vu d'assez près son visage luisant quand il avait pratiqué le bouche-à-bouche, dans l'attente des secours. Les yeux étaient fermés, la bouche entrouverte laissait couler une salive rouge, les cheveux blonds étaient tout collés de sang. Seuls de faibles gargouillements, irréguliers, témoignaient que cet homme était encore en vie.

Il devait avoir dans les quarante ans. Fredrik eut la nausée : combien de temps ce type était-il resté dans cet état, tandis que la porte métallique déformait ses tissus, ses cartilages et son crâne ?

Sa volonté de vivre était extrême. Ce n'était pas la première fois qu'il voyait des corps maltraités sur des lieux de crime. Recroquevillés et silencieux, ils gisaient comme s'ils étaient morts. Et puis, tout au fond de leur position fœtale, brillait une faible lumière.

Est-ce que cela valait la peine de tenir le coup ?

Il avait recroisé certaines de ces loques humaines par la suite. Dans le box des témoins. Les cicatrices et les greffes de peau étaient là pour attester combien le corps avait été rafistolé, à l'aide de fil d'acier et de vis. Mais les yeux… Les voix basses, incontrôlées. Les tremblements. La pitié maladroite de la famille et des amis. La bave et l'odeur de pisse des couches pour adultes. Non, ça ne valait pas le coup, si survivre ressemblait à ça…

— Alors, à votre avis ?

Fredrik chercha à croiser le regard du médecin tandis qu'ils attachaient ensemble les lanières du brancard. Il ne répondit pas. Pinça les lèvres et secoua la tête.

— Ordre de Synne : fouiller, armés, le reste des lieux.

Andreas lui tendit l'étui avec le pistolet semi-automatique Heckler & Koch. L'arme en polymère était lourde dans la main. Fredrik vérifia le chargeur et enfila par la tête son gilet pare-balles. Il était en sueur. Il n'avait pas montré de signes d'inquiétude… du moins jusqu'à maintenant. C'était l'arme qui le rendait nerveux. Il n'en aimait ni le poids contre sa cuisse ni la sensation entre ses mains. Le malaise faisait de lui un mauvais tireur. Il remarqua le regard d'Andreas. Un regard de psychologue. Il n'échapperait pas à la question de son collègue, alors autant prendre les devants.

— Ça va aller.

Les policiers armés se postèrent de chaque côté de la porte du couloir, baissèrent leurs visières et attendirent qu'il donne le signal.

Un léger déclic et la porte coulissa. La lumière à l'intérieur était aveuglante. Fredrik dut cligner des yeux pour s'habituer. Les deux policiers en uniforme couraient déjà, chacun le dos courbé le long du mur, en position de tir. Andreas resta dans l'ouverture, le pistolet brandi devant sa poitrine.

La pièce faisait la taille d'une salle de classe, aux murs et au plafond d'un blanc étincelant, où deux rangées de néons nus jetaient cette lumière crue. Le linoléum gris, d'une propreté irréprochable, ne faisait que mieux ressortir la flaque de sang à l'entrée. De part et d'autre de la pièce, des plans de travail longeaient les murs où s'alignaient pêle-mêle tubes à essai, pipettes, pinces à dissection, socles en plastique et tout un attirail de matériel scientifique. Les armoires au-dessus débordaient de flacons, de poids, de ballons à fond rond, et de tubes à essai dans un support en plastique. Sous les plans de travail, de petits frigos et des bouteilles de gaz.

C'était un laboratoire. Le chaos qui y régnait indiquait que l'endroit avait été fouillé. Au fond de la pièce, une porte était entrouverte. Les policiers en uniforme s'y précipitèrent.

— C'est bon ! cria l'un deux.

Fredrik retira son gilet pare-balles. Il avait soif. Son cœur battait à tout rompre. Il haletait. En sueur.

— Mais c'est quoi ce putain d'endroit ? dit Andreas tout haut. C'est tout sauf un lieu de prière.

Fredrik demanda aux policiers de prévenir Synne qu'ils avaient besoin d'une équipe de techniciens.

— Et de quelqu'un avec des compétences en chimie. J'aimerais bien qu'on m'explique ce qui se passait ici !

Il s'agenouilla devant l'un des frigos. Doucement, il ouvrit la porte. Vide. Il vérifia le suivant. Tous les autres. Ils étaient vides.

« Bonjour, ici Kari Lise Wetre du parti démocrate-chrétien. Merci pour votre appel. Je ne peux malheureusement pas vous répondre pour le moment, mais laissez un message et je vous rappellerai dès que possible. Pour toute demande d'interview, prière de s'adresser à ma conseillère Tina Holten. À bientôt. »

10

GERHARD MONSEN JOIGNIT SES PAUMES et parcourut l'assistance du regard, en gardant un bon moment le silence.

— La politique, commença-t-il. L'art du possible. – Il tira sur les manches de son costume seyant et sur mesure. Son regard malicieux le faisait paraître plus jeune qu'il ne l'était en réalité. – Sans résultats, la politique n'est rien d'autre qu'un exercice pour masochistes. Avec des petits-fours et du vin rouge bulgare à n'en plus finir.

Il eut un petit rire étouffé. Autour de chaque table ronde était assise une dizaine de députés, de membres dirigeants de partis et de conseillers. L'orateur, qui était descendu de l'estrade, se tenait au milieu d'eux, regardant les auditeurs à la table devant lui, celle des chefs de partis politiques.

— Je suis parmi vous pour parler de ce qu'on exige. De vous. Ce qu'on exige quand des hommes et femmes politiques de quatre partis démocrates vont, pour la première fois dans l'histoire de notre nation, gouverner le pays. Ensemble. Faire de la realpolitik. La loi de la gravité en politique. La faculté de donner pour recevoir. – Sa manière de prononcer les r trahissait son léger accent. – Un gouvernement où toutes les parties de l'appareil au pouvoir ne reconnaissent pas la Loi se consumera de l'intérieur. – Ses dents parfaitement blanches se découvrirent dans un sourire de commercial. – Car il finira par se coucher, mourant, aux pieds de l'opposition avide de revanche... – Pause. – Pour se faire mettre en pièces et finalement dévorer.

Kari Lise Wetre observa les visages autour d'elle. Pendant huit années, ils avaient été des vautours, ceux de l'opposition. Les sondages confirmaient qu'ils avaient fait du bon boulot. Il ne restait presque plus un lambeau de chair sur le squelette du gouvernement.

— Le jour où nous dirigerons ce pays, nous devrons passer outre les divergences qui existent entre nos quatre partis. Car la mauvaise herbe en politique a ceci de commun avec celle de la nature qu'elle arrive à faire exploser le béton. Ce que ne tolère aucun gouvernement. Pas même celui-ci. – Nouvelle pause. – Voilà de quoi j'aimerais vous entretenir aujourd'hui. – Comme dans un tango, il se retourna et regagna l'estrade. – Le jour où nous formerons un gouvernement...

Oui, le moment arriverait bientôt où il remporterait les élections et ce serait avec les personnes ici présentes qu'il dirigerait le pays. Non. Pas dirigerait, mais changerait le pays. La droite aurait son Premier ministre, évidemment. Ils étaient majoritaires. Wetre tourna les yeux vers Simon Riebe. Le chef du parti de droite était assis tout au bout de la table, si tant est qu'on puisse parler de bout de table pour une table ronde. Ses cheveux gris cendrés et plaqués, une coiffure typique d'homme d'État, encadraient un visage bronzé. Sa dentition, refaite et blanchie, étincelait, mise en valeur par une cravate bleu roi. Son costume sombre le moulait comme un maillot de patineur. Il serait le prochain Premier ministre.

Riebe lui fit un clin d'œil. Il savait toujours quand on l'observait en douce. Ses yeux devenaient alors des fentes. Avec un côté presque malsain.

Les membres du parti démocrate-chrétien avaient l'intention de se battre pour que leur chef de file, Vibecke Fiskvik, devienne ministre des Finances. Ronde et joviale dans un tailleur très voyant, elle ressemblait, à côté de Riebe, à un poisson-globe japonais. Ses seins débordaient littéralement à la surface de la table. Vibecke avait grandi au fond des fjords de la côte ouest. Elle venait de la base la plus conservatrice du parti. Serait-elle à la hauteur d'un tel poste ? Wetre avait des doutes. Mais ces doutes, elle les gardait pour elle aussi jalousement qu'un secret d'État. Kari Lise avait perdu le combat pour être le leader. Le parti voulait Vibecke. Elle la laisserait donc faire ses bourdes, quand le moment serait venu.

L'orateur, Gerhard Monsen, était une légende au sein de la droite.

Né à l'étranger, en Allemagne, se souvenait-elle, mais de parents norvégiens de la classe moyenne, il avait d'abord étudié à l'école des officiers avant de faire carrière dans la marine. À la fin des années soixante, il avait fait des placements judicieux et, millionnaire au début des années soixante-dix, il avait pu terminer sa formation de juriste avec ses revenus placés dans la marine marchande. À présent, c'était un philanthrope riche comme Crésus, connu pour ses largesses. Les jeunes frimeurs de la droite considéraient sa participation au séminaire comme un happening. Il faisait pour eux office de vétéran. L'un de ceux qui avaient été au cœur du pouvoir, la dernière fois que la droite dirigeait le pays. Monsen avait été deux ans ministre de la Justice et huit ans député. Wetre se souvenait bien de la manière dont il l'ignorait ostensiblement dans les couloirs du Parlement. Elle était jeune conseillère. Il était *ancien ministre*.

« Un connard incroyablement sympathique », comme le définissait autrefois son mari. C'était exactement ça. Elle fut interrompue dans ses pensées par un doigt qui lui tapota l'épaule. C'était Tina, sa conseillère.

— Il faut que tu viennes.

11

PAS UNE ONCE DE PEUR. Une détermination à toute épreuve. Les yeux froids derrière la cagoule les fixaient. Puis l'écran se brouilla et devint noir.

Ils se tenaient dans la pièce la plus au fond, sombre, de la cave de Solro. Au-dessus de la porte, une lumière rouge clignotante signalait qu'une alarme avait été déclenchée. Le sol était couvert d'une moquette antibruit et des ventilateurs fonctionnaient sous le bureau. Ça sentait le plastique chaud et la poussière brûlée. Un relent de digitale. Sur la table se trouvaient quatre écrans plats et chacune des images qui y défilaient était elle-même divisée en quatre : il s'agissait des caméras de surveillance que la communauté avait cachées un peu partout dans la propriété. Andreas avait mis une petite heure pour trouver les images de la grange.

— T'as bien bossé. Je vais prévenir Synne, dit Fredrik en lui tapotant sur l'épaule.

— Merci, camarade, répondit Andreas.

Des camarades, oui, c'est ce qu'ils étaient, Fredrik Beier et Andreas Figueras.

Pour faire plaisir à la classe politique avide de résultats, le préfet de police avait mis en place ce qu'il décrivait en ces termes : « Des troupes de guérilla propres à la police. De petites unités tactiques, promptes à l'action, pouvant passer d'une affaire à l'autre sans tenir compte de la bureaucratie. Des hommes et des femmes chargés d'enquêter et de résoudre les affaires quelles qu'elles soient. Nous les appelons l'*équipe d'élucidation*. » Cette appellation avait plu à la fois aux politiques et aux journalistes, autant dire que la moitié du boulot était faite. D'après les journaux, il s'agissait d'enquêteurs « expérimentés et responsables », avec un cœur de policier qui battait pour tous les habitants de la ville. Au sein de la maison, on connaissait bien les trois types de flics qui se retrouvaient à Grønland, mis au placard dans l'open space des bureaux : les incompétents, les malchanceux et ceux qui étaient tombés en disgrâce.

Andreas appartenait indéniablement à cette dernière catégorie : un enquêteur acharné, un de leurs meilleurs hommes pour mener un interrogatoire, un cérébral qui adorait les affaires compliquées. Mais Andreas était plus fiable qu'un prêtre et ne faisait vibrer sa fibre sociale que pour les grandes occasions et les enterrements. Résultat : sa carrière était au point mort. Aussi abattue qu'une putain après l'activité intense du Nouvel An.

Fredrik, en revanche, se considérait comme un des malchanceux. Ses crises d'angoisse étaient sa faiblesse, et la faiblesse était taboue dans une institution où la testostérone régnait en maître. Mais il avait bien servi la police. Pendant de nombreuses années. « Nous avons aussi besoin de bons enquêteurs », lui avait dit Synne en lui offrant son déjeuner. Que répondre à cela ? C'est là que la malchance était intervenue. Pour faire passer la pilule, ils lui avaient laissé choisir son partenaire et ce fut Andreas. Deux vieux grincheux qui s'épaulaient depuis qu'ils se connaissaient. Dans les histoires de meurtre, de kidnapping, de mauvais traitements et de tragédies. Ce genre de malheurs finit par vous faire oublier de vivre. Mais on se fait quelques amis en route.

Il s'était rapidement avéré que la guérilla conçue par Neme n'était jamais appelée à résoudre de grandes affaires. Il s'agissait plus de maris violents, d'amis violeurs, d'agresseurs d'enfants. Des affaires avec un agresseur et une victime rouée de coups. Des affaires de violence simples mais fortes sur le plan symbolique. Des affaires rapides. Fredrik avait détesté chacune de ces journées, sans exception, et Andreas aussi. Ils étaient des enquêteurs, pas des procureurs.

Mais ce n'était qu'un aspect de la vérité. Car, il y a bien longtemps, c'était justement à cause de ce genre d'affaires que Fredrik était entré dans la police. Pour aider les victimes de ces violences. Des enfants couverts de bleus et des femmes terrorisées. À présent, il ne supportait plus d'être confronté à tous ces drames, ni de faire un énième interrogatoire, avec encore un enfant abandonné par ceux qui devaient le défendre. Il avait déjà trop donné, il y avait trop de questions qui restaient sans réponse. Car lui-même était un de ceux qui avaient failli à leur devoir.

Et voilà qu'il avait enfin un massacre à se mettre sous la dent. C'était quand même autre chose et il n'avait pas l'intention de laisser passer sa chance.

Il entendit la voix de Synne sortant du laboratoire.

— C'est le QG d'alerte, appelle ça comme tu veux. Je suppose que c'est ici qu'il était assis. Tufte.

Synne parlait à Sebastian Koss, qui arrivait avec elle. Koss décocha un regard glacial à ses collègues qui le lui renvoyèrent aussitôt.

— Tufte ? demanda Fredrik.

— C'est en tout cas ce qu'il y a marqué sur le permis de conduire du blessé. Ivar Tufte. Quarante-deux ans. – Elle regarda fixement les écrans. – Nous avons les images ?

Ils lui montrèrent la vidéo. La caméra qui avait filmé l'agresseur était installée au-dessus de la porte de la grange. Cela durait à peine sept secondes. Une silhouette sombre armée d'un fusil automatique entrait dans le champ, s'arrêtait et faisait quelques pas vers l'objectif. Un homme. Élancé et musclé. Ses épaules se levaient et se baissaient au rythme de sa respiration. Calme. Les yeux derrière la cagoule ne fuyaient pas. Un rapide aperçu d'une bombe de peinture. Puis on ne voyait que de la neige grise.

Il y avait quelque chose dans ce regard, putain, songea Fredrik. Quelque chose d'inquiétant, de terrible. C'était le genre d'homme qu'il valait mieux éviter de croiser.

— Toutes les caméras sont localisées. Cinq étaient installées dans la maison principale, trois dans la grange et huit à l'extérieur. Onze d'entre elles ont été neutralisées, dit Andreas.

— Pourquoi une petite communauté avait-elle besoin de seize caméras de surveillance ? s'interrogea Synne. Est-ce que c'était du matériel de pointe ? Comment se sont-ils procuré tout ça ?

— Ces petites caméras coûtent relativement cher, répondit Andreas. Mais ce sont des produits courants. Les numéros de série devraient nous permettre de remonter jusqu'au vendeur.

Sebastian Koss continuait à fixer l'écran barbouillé de gris. Fredrik se demanda s'il avait remarqué la même chose que lui : l'annonce de la tempête qui allait se déchaîner, dans les yeux de l'homme.

— Mais il n'y a aucun avertissement pour prévenir que la zone est sous caméras de surveillance ? Aucune pancarte indiquant « Entrée interdite » ? s'étonna Koss, qui détacha son regard de l'écran.

Il n'avait pas tort. Les gens qui voulaient rester tranquilles mettaient toujours un panneau. En règle générale, cela suffisait pour maintenir les curieux à distance. Mais ici, les caméras avaient été installées dans les murs et cachées dans les arbres. Parfaitement dissimulées. Le système de surveillance de Solro était censé repérer la menace – une menace si sérieuse qu'un simple panneau semblait dérisoire. Fredrik songea aux morts sur la pelouse au-dessus de lui. Malgré la présence de seize caméras de surveillance, ils avaient donc échoué à se protéger.

Fredrik retourna au laboratoire. Les techniciens passaient les lieux au peigne fin. Un travail pénible, à entendre leur respiration lourde. Fredrik fit signe à l'homme qui supervisait l'ensemble.

— On envoie tout ça à la scientique, mais je suis quasiment sûr que nous ne trouverons rien. Ce que nous avons examiné jusqu'ici a été nettoyé et stérilisé. C'est à peine s'il reste un grain de poussière.

Le technicien enleva sa cagoule et essuya la sueur de son menton avec du papier absorbant qu'il replia pour l'utiliser de nouveau dans sa nuque. Fredrik l'observa, découragé.

— Tout ce que je peux dire, reprit l'homme, c'est que ce laboratoire sert à la production. Pas à l'expérimentation.

Il s'assit en faisant comprendre à Fredrik qu'il devait l'aider à retirer sa tenue, à commencer par les bottes.

— Que veux-tu dire ?

— Il n'y a pas de littérature, ici. Pas de notes. Tous les postes sont équipés du même matériel standard. Ici, aucune recherche n'a eu lieu. – La botte céda et une intense odeur de transpiration se répandit dans la pièce. – Cela me permet d'avancer l'hypothèse suivante : soit le laboratoire n'a pas été utilisé, soit la communauté s'en est servie à des fins qui n'étaient pas sans danger pour la santé, ce qui expliquerait la propreté extrême.

Fredrik se gratta la tête.

— Si le laboratoire n'était pas utilisé…, commença-t-il, pourquoi l'a-t-on mis sens dessus dessous ?

Le technicien hocha la tête.

— Justement. Ma théorie est que le laboratoire a été opérationnel, et que ces frigos contenaient quelque chose. Des médicaments ou des poisons ? De la drogue, peut-être ? Produire certains types de drogues est assez dangereux si on ne sait pas ce qu'on fait. – Il eut un geste d'impuissance. – Peu importe ce que c'était. Soit les laborantins ont pris le matériel avant l'attaque, soit il a été volé pendant celle-ci.

Fredrik le regarda.

— Les laborantins…, répéta-t-il lentement. L'une des membres de la communauté était laborantine : Annette Wetre.

En sortant, il rencontra la lumière grise du jour. Les premiers signes d'une migraine l'avertirent que ses batteries seraient bientôt à plat.

Près du thermos, sous la tente de commandement, l'attendaient Synne et Andreas. Son collègue lui tendit une tasse de café que Fredrik porta à sa bouche pour souffler dessus. Les verres de ses lunettes s'embuèrent. À travers ce brouillard, il aperçut la dernière arrivée, une jeune policière avec des taches de rousseur qui expliquait qu'elle avait passé la matinée à faire du porte-à-porte dans le coin. Elle tripotait son gobelet en carton et eut un sourire gêné en remarquant qu'il l'observait.

— Qu'ont dit les voisins ? À supposer qu'il y ait des voisins ?

— J'en ai trouvé quelques maisons plus bas, le long de la route principale. Des familles. Et puis, il y a une petite ferme vers le nord de la villa, si on traverse la forêt. Un vieux couple y habite. – Elle indiqua la direction du doigt. – Le couple m'a raconté que la communauté vivait ici depuis plusieurs années. Mais ils n'ont jamais fait parler d'eux. Il devait y avoir entre vingt et trente personnes là-dedans. Des jeunes gens, m'ont-ils dit. Et pas mal d'enfants aussi.

— Oh putain, lâcha Synne. Des enfants et des parents. Mais ils sont où, bordel ?

12

LA PLUIE AVAIT CREUSÉ DE PROFONDS FOSSÉS dans le gravier où s'enfonçaient les roues de son vélo. Pour le dernier tronçon entre Kjelsås et Kjærlighetsberget, il abandonna et fit le reste à pied. Il respirait lourdement, son cœur cognait dans sa poitrine. Une douce odeur de terre humide s'élevait de la forêt et un ciel gris foncé triomphait au sommet de la pente qu'il gravissait. Il était trempé, de mauvaise humeur et frigorifié.

Une fois en haut, le journaliste de TV2 Jørgen Mostu appuya son vélo contre un banc du parc, regarda les planches mouillées de l'assise et préféra rester debout. La rencontre devait avoir lieu à six heures. Il était six heures cinq. Le regard de Jørgen s'attarda sur le lac Maridal, à quelques dizaines de mètres en contrebas. Des nuées se détachaient de la couche de brouillard dans la vallée et flottaient sur la mer comme des agneaux égarés. Du côté de la terre, vers Frysja, ils semblaient se dissoudre.

L'homme devait être là depuis longtemps, mais dans sa tenue de jogging sombre, une veste *softshell* et un legging de sport, il était presque invisible parmi les troncs d'arbres.

Il fallut qu'il s'avance sur le plateau pour que Jørgen s'aperçoive de sa présence. Il était grand et tenait à la main un sac de sport. Il avait l'air incroyablement sportif pour son âge.

— Désolé de ne pas avoir pu vous rencontrer plus tôt, dit-il. J'étais en réunion.

Jørgen se racla la gorge.

— Je ne suis pas vraiment le genre de gars à faire une balade à vélo par ce temps. Ma femme est persuadée que j'ai une maîtresse, répondit-il en frottant son petit bedon.

L'homme en noir eut un sourire triste

— Espérons que vous trouverez que l'effort en valait la peine, dit-il en ouvrant le sac. Vous connaissez Annette Wetre ?

Jørgen fit non de la tête.

— Aucune importance. Vous connaissez sa mère, Kari Lise Wetre. – L'homme lui adressa un regard appuyé. – Sur cette clé USB apparaissent deux photos. La première représente Annette Wetre et l'autre Mohammed Khaled Omar.

Jørgen plissa le front, sans comprendre. Il savait bien qui était l'autre.

— Un avis de recherche a été lancé il y a une heure pour retrouver Mohammed Khaled Omar, dans le cadre d'un quintuple meurtre par arme à feu, perpétré dans une ferme appelée Solro, à quelques kilomètres d'ici seulement, expliqua l'homme en faisant un signe de tête. Solro était habitée par une communauté qui se faisait appeler la Lumière de Dieu. Annette Wetre est membre de cette communauté.

Jørgen le dévisagea, incrédule.

— Ça alors… Annette Wetre ? Elle est morte ?

— Disparue. – L'homme se dirigea vers la route. – Je ne sais pas si nous arriverons à temps pour le journal de vingt-et-une heures.

13

Vienne, avril 1937

IL N'AVAIT JAMAIS LEVÉ LA MAIN sur qui que ce soit. Et voilà qu'il frappait celle qu'il avait aimée neuf années durant. Il la frappait du plat de la main, avec toute son énergie d'homme.

Le bruit de la gifle fut couvert par le vacarme dehors, des charrettes que tiraient les marchands de quatre saisons, des sabots des chevaux sur les pavés de la Mahlerstrasse. Puis les cloches se turent dans l'Annakirche. Le petit appartement sentait le savon.

— Elsa, qu'est-ce que tu as fait ?

Son accent était à peine perceptible. Le jeune Norvégien écouta le son de ses paroles, tandis que la femme frêle se redressait, son ventre contracté. La joue d'Elsa Schrader était rouge cramoisi. Sa voix était comme absente. Un mur les séparait désormais.

— Le professeur m'a dit que tu réagirais ainsi. Mais j'avais pris ma décision. C'était mon enfant.

— C'est *notre* enfant, corrigea-t-il.

— Ce n'était même pas une enfant, dit-elle.

D'un geste brusque, elle fit tomber la valise du lit. Tout ce qu'il possédait s'éparpilla au sol : ses vêtements, les livres qu'il avait pu caser, ses chaussures, son blaireau et son savon à raser, son peigne. Son peigne ! Il se laissa tomber à genoux. Remit tout dans la valise, en hâte, avec un regard haineux. La haine que nourrit toujours le trahi pour celui qui l'a trahi. Cette femme qui avait promis d'être là pour toujours n'existait plus.

— J'ai enfanté un être difforme, Kolbein. Elle est mieux là où elle est maintenant.

Elsa détourna les yeux et fixa un point sur le sol.

Il saisit sa valise et partit.

L'accouchement avait été difficile. La sage-femme et le médecin avaient déclaré ne pas comprendre pourquoi l'enfant tardait tant à sortir. Pendant des heures, il avait patienté dans la salle d'attente qui puait l'éther. Les infirmières, qui ne faisaient qu'entrer et sortir, l'avaient rassuré. Elles lui avaient toujours témoigné le plus profond respect. Tous deux étaient d'éminents universitaires. Et elles travaillaient pour *lui*. Pour le célèbre professeur Elias Brinch.

Il croyait bientôt toucher du bout de ses doigts la peau chaude et molle du bébé, sentir le parfum de ce corps nouveau-né. Le son de ses cris déchirants pour téter le sein de sa mère lui résonnait dans les oreilles. Mais Elsa avait été intraitable. Dès l'instant où elle s'était penchée sur le berceau de l'enfant et avait aperçu la tête déformée, les membres chétifs et les organes sexuels surdéveloppés. « Est-ce qu'elle ne pouvait pas plutôt mourir ? Pourquoi est-elle en vie ? » avait-elle sangloté.

Les trams grinçaient sur les rails. L'air printanier qui entrait par la fenêtre entrouverte était chargé d'une odeur de fumier et de terre fraîchement labourée. Il voyait au loin les silhouettes des paysans qui se dessinaient grossièrement parmi les vignes et des hommes couverts de poussière sur le bord de la route, une cigarette au coin des lèvres. Dans les gares, les femmes riaient, le visage exalté à l'idée de partir en voyage. Comme si le monde était forcément bon.

La tempête allait s'abattre sur l'Europe. Dans la Norvège des paysans, il n'y avait pas de place pour un homme comme lui. Alors ce serait Londres.

14

Londres, février 1943

LE BROUILLARD HIVERNAL vous collait au visage et estompait chaque contour. Kolbein Ihme Monsen se hâtait sur les pavés. Beaucoup de rues sombres le séparaient encore de son appartement à l'entresol, à Ridgmount Gardens, et il en avait désormais la certitude : quelqu'un le suivait.

Il se sentit gagné par le désespoir. Car ce n'était pas la première fois. Il avait déjà connu cette peur panique et elle avait laissé une empreinte durable chez lui. Une fois, il avait couru comme un fou, à s'en faire éclater les poumons. Une autre, il s'était caché dans l'ombre des fenêtres occultées de cette métropole d'un million d'habitants. La dernière fois, il s'était arrêté, comme ça, en pleine nuit londonienne, dans l'idée d'affronter ses propres fantômes. Car personne ne le suivait. Pourquoi serait-il suivi ? Personne n'était au courant.

Mais ce soir, il tremblait de nouveau. Il avait comme un pressentiment. Il était sûr, quasiment sûr que cette fois-ci, il ne se trompait pas. Quelqu'un le suivait.

Il fourra la main au fond de la poche de sa veste élimée et s'agrippa à un manche en os. Il le serra si fort que sa paume en sentit la gravure. Celle de ses initiales. Si seulement ça avait été un couteau et non ce truc complètement idiot que son père lui avait offert pour son examen. Un peigne de voyage.

Il pressa le pas.

La conférence avait eu lieu dans l'auditorium Galapagos de la faculté des sciences de Birkbeck. Même s'ils étaient collègues, Kolbein n'avait jamais adressé la parole au professeur sur l'estrade.

Non, pourquoi un des biologistes les plus acclamés de l'université perdrait-il son temps avec quelqu'un comme lui ? Un misérable professeur du département soporifique des amniotes reptiles. Parfois, il se demandait quel genre de reptiles il était lui-même devenu. Un lézard, peut-être. À Vienne, il avait paradé à la manière du lézard à collerette australien, ce saurien vantard, coloré et fier de lui. Mais ici, il était seul. Ici, il lui fallait se fondre dans le décor. À la manière du caméléon. Personne ne devait découvrir son passé. Personne ne devait savoir. Cela le briserait. Pour de bon, cette fois.

Si le conférencier avait su qui l'écoutait au dernier rang de l'auditorium Galapagos, il se serait senti honoré. Car le Britannique d'un certain âge était encore, peu de temps auparavant, un biologiste spécialisé dans la « préservation des races ». Mais cette appellation n'avait plus droit de cité. Le prophète du professeur n'était rien de moins que Charles Darwin lui-même et il avait prêché que le darwinisme ne concernait pas seulement les organismes unicellulaires, les plantes et les animaux, mais aussi les hommes. Car Darwin avait démontré que les races évoluaient, se livraient bataille, développaient leurs propres caractéristiques. Et cela valait aussi, naturellement, pour les races humaines. Il était dans le droit de la nature qu'une race, la plus adaptée, la plus évoluée sur le plan intellectuel et social, la race aryenne, soit appelée à dominer les races inférieures. Envisager tout autre cas de figure reviendrait à faire fi de l'évolution elle-même.

Au cours de sa conférence, Kolbein s'était senti gagné par un vent de panique. Leurs regards s'étaient croisés et le vieux professeur avait eu un temps d'hésitation. Comme s'il l'avait reconnu, à partir d'une photo, d'un article, ou peut-être d'un des nombreux symposiums où les gens comme eux se retrouvaient. Puis l'autre avait détourné les yeux en laissant chez lui un malaise indéfini. Le malaise d'avoir été vu.

Il descendit rapidement l'escalier en pierre qui menait à son appartement à l'entresol. Tâtonna pour trouver ses clés dans sa poche. Au moment d'enfoncer la clé dans la serrure, il se figea. Au sommet des marches se profilait une imposante silhouette sombre.

15

Londres, février 1943

— IL FAUT QU'ON PARLE, chuchota une voix grave.

— C'est toi ? fit Kolbein tout bas.

— Enfin, répondit l'homme.

La promenade de Ridgmount Gardens, en passant par Hyde Park, se déroula en silence. Kolbein dut faire des efforts pour suivre l'homme qui mesurait presque deux mètres. Ils finirent par s'arrêter dans le quartier huppé de Kensington, devant une maison en briques edwardienne. La haute silhouette s'assura qu'il n'y avait personne alentour avant d'ouvrir la porte.

Le Norvégien se laissa tomber sur une large planche fixée au mur de la cuisine, peinte à la chaux.

— Nous avons besoin de quelqu'un comme lui, dit l'autre. – Il avait fermé les rideaux et s'étirait, ce qui faisait se tendre son pantalon sur mesure en coton, usé. Un bruit de bouteille. Du Glenlivet. Single malt. – Ils te surveillent, Kolbein.

L'homme avait gardé son accent écossais à couper au couteau.

Kolbein n'était donc pas devenu fou : il avait bel et bien été suivi.

— Ils ? Les autorités ? Et toi ?

John Monkland Acton le regarda longuement avant de poser de grands verres sur la nappe à carreaux rouges et blancs, déboucha une bouteille et remplit les verres à hauteur de deux centimètres. Il sourit. Sans dire un mot. Juste ce sourire. C'était donc vrai. Combien de fois Elias Brinch, en colère, n'avait-il pas accusé John d'espionner pour le compte des Anglais ? John avait toujours nié. « Ma loyauté va à la science. À toi et la science », lui avait-il affirmé à l'époque.

— On dit que tu te fais appeler professeur, aujourd'hui. Professeur en quoi, si je peux me permettre ?

Kolbein sortit son peigne, le déplia, et remit ses cheveux châtain clair en place. Puis il prit une grande gorgée et appuya son dos contre le mur. Laissa l'alcool faire son effet.

— En amniotes reptiles, répondit-il calmement. Les lézards, ce genre de choses, ajouta-t-il, même si John savait naturellement de quoi il parlait.

Ce n'était même pas un mensonge. Il avait soutenu autrefois une thèse. Sa première. Du temps où il étudiait au musée de Bergen.

L'homme lui jeta un regard incrédule.

— Alors, comme ça, tu as tout quitté ? Un homme de ton talent. Avec ta renommée.

— Vienne est un chapitre clos, dit Kolbein en vidant son verre, que John remplit à nouveau. Ça devenait trop compliqué pour moi. J'avais besoin d'un nouveau pays. D'une nouvelle ville. Sans fantômes. Sans histoire.

L'Écossais le regarda.

— Et ça a marché ? Tu l'as eu, ton nouveau départ ?

Kolbein grogna.

John avait quitté Vienne peu après lui.

Lorsque la guerre avait éclaté, il était devenu casseur de codes pour le service de renseignement militaire britannique.

— Je travaille sur un projet particulièrement sensible. Nous n'avons pas le droit d'en parler, ni de dire ce que nous faisons, ni avec qui nous travaillons. Nous habitons et nous vivons dans des baraquements militaires et bénéficions rarement de permissions. J'ai pu sortir sous prétexte de rendre visite à ma sœur enceinte. Même ma famille n'est pas au courant de ce que je fais, précisa John en le regardant droit dans les yeux. Il fallait m'assurer que personne ne te suive. Et m'assurer aussi que personne ne *me* suive. Alors, seulement, je pouvais prendre contact. Un homme dans ma position peut se voir traduire en cour martiale pour un simple regard échangé avec quelqu'un comme toi.

Ces paroles étaient douloureuses à entendre. Quelqu'un comme toi. Comme s'il ne nourrissait pas à l'égard d'Elias Brinch une haine plus profonde, plus intime qu'aucun Britannique bien-pensant ne pourrait jamais en éprouver. Cela ne faisait que confirmer qu'il avait bien fait de cacher son passé. Comment pourraient-ils le comprendre ? Personne ne le pouvait.

L'Écossais attendit un moment avant de poursuivre :

— Notre devoir consiste à déchiffrer les messages codés allemands. Pour des raisons que je ne peux révéler, nous sommes sacrément bons là-dedans.

Il ne se vantait pas. Sa voix avait une intonation triste. Il lui en coûtait de prononcer ces mots à voix haute. En s'adressant à quelqu'un. Et Kolbein se demanda ce qui lui valait cette confession. Comme si John avait deviné ses pensées, il fit un signe de la main.

— J'y viens, dit-il, en se levant et en allant chercher une enveloppe épaisse dans un sac à dos près de la porte. Tu te rappelles ?

L'enveloppe contenait un cadre en laiton de la taille d'un livre. Le verre était couvert de poussière. Sur une photographie en noir et blanc, on pouvait lire sur l'étroit passe-partout, dans une belle écriture, avec des pleins et des déliés : « Vienne, 1931 ». Kolbein passa le doigt sur les visages de la photo. Il n'avait pas besoin de les compter, il y en avait huit. Sept étudiants et un professeur posant devant les grandes fenêtres en arc près de l'entrée principale de l'université Heinrich von Ferstel qui datait de 1884. Universität Wien.

Derrière, le plus à gauche, se tenait le Suédois : Ulf Plantenstedt, les cheveux sombres plaqués en arrière, en costume noir à rayures, avec un début de double menton. À ses côtés, Thomas, le mathématicien autrichien avec sa barbiche et sa raie au milieu, arborant la pipe au coin de la bouche non sans une certaine arrogance. Et Kolbein lui-même, les cheveux bien peignés, le menton rasé de frais. Il paraissait heureux. Et tout aussi arrogant que les autres, devait-il admettre.

— Ça fait longtemps, dit-il, l'air rêveur.

— Ça fera douze ans en avril, répondit John.

À côté de Kolbein, ce dernier dépassait tous ses camarades de plus d'une tête. Des boucles noires s'échappaient de son chapeau sombre en feutre, du genre que portaient les gangsters à Chicago. Un visage carré, sûr de lui. Le dernier de la rangée du fond était Sigmund, le chimiste, avec ses jolies boucles noires et ses lunettes rondes. Le seul à avoir gardé sa blouse de laboratoire sur lui.

— Tu as des nouvelles ? demanda Kolbein en tapotant du doigt sur la poitrine du Juif.

John secoua la tête, l'air grave.

— J'ai peur de ce qui est arrivé aussi à Lioubov. D'après ce que j'ai entendu, Kiev est en ruine.

La jeune soviétique, une femme blonde et corpulente au visage de cheval, était assise au premier rang à droite. Elle était coiffée d'une coupe au bol et sa robe informe laissait apparaître deux épaisses chevilles. Il était assis à côté d'elle. Le professeur. Elias Brinch.

Kolbein eut du mal à déglutir.

Brinch était au centre de la photographie. Son regard intense mettait presque mal à l'aise. Le corps légèrement penché en avant, il était vêtu de manière irréprochable d'une veste en laine à carreaux qui, Kolbein le savait, sentait l'après-rasage de chez Lenthéric. Il tenait un diplôme sur les genoux, le « Prix Rudolf IV pour ses recherches remarquables, 1931, Pr Elias Brinch. » Il approchait alors la quarantaine. Les autres étaient plus jeunes.

La main gauche du professeur reposait à côté de sa cuisse. Près de la main de l'autre jeune femme assise. Mais on avait beau regarder – ce que Kolbein avait fait un nombre incalculable de fois –, impossible de déterminer si elles se frôlaient. L'autre main était celle d'Elsa. Le dos bien droit, les genoux resserrés, elle posait à côté de son maître, le regard assuré, charmeur. Elle avait relevé ses longs cheveux, dégageant sa nuque et son cou de cygne parfumé ; seule une mèche s'était défaite et tombait sur la robe qu'elle portait ce jour-là. Il reconnaissait bien ce petit visage clair au nez fin qui contrastait avec ces grands yeux et ces lèvres charnues. Et chaudes comme toujours. La lumière de côté mettait en valeur la jolie ombre que projetait sa poitrine. Aussi belle que Lioubov était laide.

Au-dessus des têtes des hommes debout, au second plan, était écrit au feutre fin : « La Confrérie de Vienne. Longue vie ! Honneur à toi ! Ton ami Elias. »

— La Confrérie de Vienne, chuchota Kolbein.

C'était comme se retrouver nez à nez avec un fantôme.

16

Londres, février 1943

Autant que Kolbein puisse en juger, John Monkland Acton était un pur génie. Il avait intégré la Confrérie du professeur Brinch pour faire avancer la recherche sur les races grâce à des calculs savants, des projections, des évaluations. John n'avait jamais été le préféré de Kolbein. Cet aristocrate d'Écossais était bien trop égocentrique et arrogant. Oui, Kolbein devait bien le reconnaître, il avait eu peur de lui, peur que ce mathématicien aux larges épaules et à la langue acérée ne fasse la cour à Elsa. Pour la lui prendre. Mais la menace avait surgi d'ailleurs.

— Dans la correspondance que nous déchiffrons, il nous arrive de tomber sur des messages d'ordre privé, dit John en le regardant. « Gretel de nouveau malade. Papa me manque », mima-t-il. Il s'agit parfois de messages militaires camouflés, comme les noms de code d'agents ou d'actions. Mais il ne faut pas toujours chercher midi à quatorze heures. Ce sont des messages qui viennent de la famille. J'en ai déchiffré un de ce genre, il y a longtemps.

Il le répéta dans un allemand parfait : « Très chère E. Je suis si fier. Le travail s'intensifie. Les résultats nous parviennent les uns après les autres. Vive la Confrérie. Mes pensées les plus chaleureuses à toi et au petit EG. E. »

Kolbein remarqua que John guettait sa réaction.

— Cela a été envoyé le 12 octobre 1942, du commandement militaire pour la Norvège du Sud à un poste récepteur à Heidelberg.

Kolbein ne dit rien. Il attendit la suite en tripotant son peigne, passant ses doigts sur les fines dents en ivoire. Elles chantaient comme une harpe.

— Au début, je n'y ai pas fait attention, dans le tas. Mais de retour au baraquement, cela m'est tout à coup revenu. La Confrérie. L'abréviation E. et E. Puis EG. Elias et Elsa. Et petit EG ? – Le regard de John se fit pesant. – Elsa est..., dit-il en s'éclaircissant la voix. Elsa est retombée enceinte. Peu de temps après que tu as quitté Vienne. Elsa et le professeur ont un enfant ensemble. Un fils.

Un fils. Les ténèbres avaient donc fini par mordre Kolbein de leurs dents empoisonnées. La morsure du dragon de Komodo. Ses épaules, ses bras et ses doigts se crispèrent, son cou se tendit et son visage grimaça.

Plusieurs dents du peigne se cassèrent sous ses doigts et s'éparpillèrent à la surface de la table.

— Je savais qu'elle attendait un enfant, répondit-il d'une voix lasse. Elsa me l'avait écrit. C'est donc un garçon. Bien formé ?

John toussa, gêné.

— Je crois. Il est né au moment où la Confrérie s'est dissoute. Je ne l'ai vu qu'une seule fois.

— Et... a-t-elle jamais mentionné son premier enfant ? Notre enfant ?

John fixa la nappe.

— Dieu seul sait à quel point je hais cet homme, chuchota Kolbein. – Il se racla la gorge. Leva la tête. Cela signifiait donc que… – Brinch et Elsa ont repris les travaux de la Confrérie de Vienne ?

John fit signe que oui.

— J'ai trouvé trois autres de ces messages.

Il montra l'enveloppe d'où avait été extraite la photographie et Kolbein en sortit des bouts de papier tout fin qu'il étala sur la table. Tous portaient la mention TOP SECRET.

— Voici le premier, envoyé le 2 juin 1941. C'est-à-dire il y a un an et demi, précisa John en posant le doigt sur l'un d'eux. « Profonde gratitude. Ai hâte qu'on soit de nouveau réunis. Pensées et propositions importantes. E. » Le même automne, daté du 5 septembre : « Premier transport arrivé en train. La Grèce paraît prometteuse. Le résultat test sans surprise. E. » – Il posa le doigt sur la dernière feuille. – Et puis entre Noël et le Nouvel An est arrivé celui-ci : « Locusta. E24G554. E. »

— Locusta, répéta Kolbein tout bas.

— Locusta, confirma John. C'est pourquoi on ne peut plus attendre. C'est pourquoi je t'ai contacté.

17

— PAKISTANAIS, SOMALIENS, AFGHANS, SUÉDOIS ET POLONAIS. Qu'est-ce que toutes ces cultures ont en commun ? Elles veulent chacune avoir leurs propres programmes merdiques à la télé.

Une nouvelle antenne parabolique avait surgi sur un balcon, dans la cour de l'immeuble en face de la préfecture de police de l'Aker vei, dans le quartier de Grønland. Neuf balcons sur vingt étaient à présent décorés d'une assiette gigantesque, orientée vers les zones les plus méridionales. On en était à quarante-cinq pour cent. D'immigrés, s'entend. « Le calcul le plus exact de la ville », comme disait Andreas.

Fredrik était seul dans une des salles de réunion du sixième étage. En rogne à compter des antennes, à calculer des pourcentages et à penser à Andreas. Une bonne nuit de sommeil n'avait pas réussi à chasser les douleurs causées par les heures passées à Solro. Il s'étira, souleva les lourdes lunettes sur son nez et inspira l'air frais et doux de l'été qui entrait comme il pouvait par la fenêtre sécurisée contre les suicides.

Dans le courant de la nuit, le beau temps était revenu. Des nuages blancs flottaient dans le ciel. À cette heure, la circulation était dense d'ordinaire, se dit-il en attendant le feu vert au carrefour de Grønlandsleiret. Mais pas aujourd'hui. Pas la dernière semaine avant les grandes vacances. Quelques voitures doublèrent paresseusement un cycliste en maillot. Deux jeunes filles aux cuisses pâles marchaient à petits pas sur le trottoir.

Il reconnut la voix de baryton de Sebastian Koss avant qu'il ouvre la porte.

— On verra bien ce qu'en disent les médias. Cinq morts. Toute une communauté qui disparaît sans laisser de traces. Je reconnais que cette foutue piste islamique n'est pas à exclure. – L'inspecteur s'interrompit de lui-même. – Et voici Beier, dont je vous ai parlé.

Koss s'écarta et fit un clin d'œil – qu'il crut discret – à l'homme qui le suivait. L'individu de petite taille, les cheveux frisés et les sourcils broussailleux, pénétra dans la pièce d'un pas déterminé.

Fredrik lui tendit la main, que l'autre serra d'une poignée ferme et moite. Un badge en plastique pendait à son cou, avec le lion, emblème de la royauté norvégienne, et trois lettres, PST[1].

— Samir Bikfaya. Direction centrale du Renseignement intérieur.

Les mots sortaient en rafale, avec une intonation qui révélait que le norvégien n'était pas sa langue maternelle. D'après son physique, il devait venir de quelque part au Moyen-Orient.

1. Les *Politiets Sikkerhetstjeneste*, l'équivalent norvégien de la Direction centrale du Renseignement Intérieur en France (DCRI). *(Toutes les notes sont de la traductrice.)*

— Enchanté, bredouilla Fredrik sans trop d'enthousiasme. Il leva les yeux.

Une autre personne venait d'entrer. Une jeune femme élancée qui arrivait aux épaules de Koss. Elle avait la peau plutôt olivâtre que mate et une raie sur le côté partageait ses cheveux noirs et épais. Son visage était large avec des mâchoires arrondies, le menton fin et bien dessiné. Ses yeux brillaient comme deux pièces de monnaie qui vous regardaient bien en face. Une Pakistanaise ou une Indienne, paria Fredrik.

— Et je vous présente Iqbal Kafa, dit Koss. Elle appartient à la section analyses du Renseignement intérieur, sous les ordres de Bikfaya. Kafa est spécialiste du fondamentalisme islamique et du terrorisme. Je l'ai placée dans ton équipe. Dans cette affaire, elle sera en charge de faire le lien entre la police d'Oslo et les services centraux.

— OK..., répondit Fredrik d'une voix hésitante.

Cela n'était pas pratique courante.

Samir Bikfaya s'éclaircit la voix.

— Comme vous le comprenez, nous prenons l'affaire très au sérieux. En conjuguant nos efforts, nous pourrons optimiser le flux d'informations, la gestion de nos connaissances et de nos expériences respectives.

Samir n'avait peut-être pas appris le norvégien tout petit, mais, de toute évidence, il maniait à la perfection la langue des bureaucrates. Tandis qu'il parlait, il avait posé sa main en bas du dos de la jeune femme, à l'endroit où sa veste courte s'arrêtait sur une jupe crayon. D'un geste ferme, la jeune agent retira la main de son supérieur et s'écarta légèrement de lui.

— Kafa Iqbal, Renseignement intérieur, rectifia-t-elle en le défiant du regard, avant de se tourner vers Koss. Iqbal est mon nom de famille.

— Ah bon, grommela l'inspecteur. Il y a pourtant marqué « Iqbal Kafa », ici, se défendit-il en pointant son doigt sur le badge de la jeune femme.

— Et il y a marqué « Koss Sebastian » sur la porte de votre bureau, répliqua-t-elle.

Fredrik ne s'attendait pas à une poignée de main aussi ferme quand elle le salua.

— Nous allons travailler ensemble, et je m'en réjouis.

Fredrik décocha à Koss un regard noir.

18

SAMIR BIKFAYA SE PRÉSENTA DEVANT LES POLICIERS. Le visage ridé. Les formations broussailleuses au-dessus de ses yeux tremblaient quand il insistait sur un point.

— La communauté de Solro est entrée en conflit avec l'un des plus dangereux réseaux religieux qui existent dans ce pays : Jamaat-e-Islami. C'est une organisation que nous surveillons depuis longtemps. Il y a quinze jours, un des leaders de cette communauté, Mohammed Khaled Omar, a basculé dans la clandestinité. Il a disparu. – Bikfaya marqua une pause. – Mais commençons par les victimes de cette attaque : la communauté de la Lumière de Dieu.

Fredrik et Andreas étaient assis au fond de la salle de réunion. Les persiennes avaient été baissées, et seules les rayures de soleil dans l'encadrement de la fenêtre rappelaient qu'on était en été. Les autres auditeurs étaient des enquêteurs de la Crim', du Renseignement intérieur et des policiers d'Oslo, soit en tout une soixantaine de personnes. Kafa Iqbal était assise au premier rang, entre Sebastien Koss et Synne Jørgensen.

Bikfaya appuya sur un interrupteur à côté de l'écran pour obtenir l'obscurité.

— La Lumière de Dieu est une communauté qui a, depuis la fin des années quatre-vingt-dix, ce que nous appelons une existence numérique, sur Internet donc.

Derrière Bikfaya, la page d'accueil du site apparut sur l'écran. Fredrik reconnut l'image en arrière-plan. C'était ce portrait dérangeant de Jésus qu'il avait vu dans l'escalier à Solro. Mais… oh non ! C'était encore pire, car l'image s'animait. Une âme créative s'était employée à faire littéralement couler le sang du visage du Sauveur, de sorte qu'une partie de l'écran se transformait peu à peu en une mare écarlate.

Comme Fredrik l'avait subodoré, Andreas ne voyait pas bien l'intérêt de laisser entrer une jeune agent du Renseignement intérieur dans leur petite mare à eux. Et il l'avait fait comprendre, en soupirant et en levant les yeux au ciel. Puis il lui avait serré la main en lançant : « *Shalom.* »

— En l'espace de cinq ans, la Lumière de Dieu a donné lieu à au moins quatre mille débats. Dans les journaux sur Internet, sur des sites religieux et divers forums, poursuivit Bikfaya. Et ils n'ont cessé de déverser leurs lourdes accusations, leurs offenses et leurs menaces divines.

La télécommande cachée dans sa main, Bikfaya marquait une légère flexion des genoux chaque fois qu'il appuyait sur le bouton. Une série d'articles de journaux défila sur l'écran.

— Et il faut rappeler qu'ils ont été des manifestants actifs. Pour mémoire, je vous invite à regarder ceci.

Les articles évoquaient toutes les actions auxquelles s'étaient livrés les membres de la communauté.

— Et cela.

Comme par magie, tous les articles furent réduits en poussière numérique, sauf un : « Bagarre entre des fanatiques chrétiens et musulmans. »

— Voilà une vieille affaire tirée d'un journal en ligne. Plusieurs membres de la communauté ont été molestés après s'être présentés devant les locaux de Jamaat-e-Islami, équipés de seaux remplis de tripes de porc, entre autres. Ils ont crié des slogans et barbouillé les portes de sang, là aussi, de porc. – Bikfaya parut trouver cet épisode plein d'humour car il laissa échapper un petit rire. – Certains jeunes islamistes ont estimé que la coupe était pleine et ils ont répliqué avec des battes de baseball. Plusieurs ont reçu des coups, dont quelques femmes. Des enfants étaient aussi présents. Trois hommes se sont retrouvés à l'hôpital et deux des islamistes ont été condamnés pour faits de violence. – Il s'approcha de Kafa Iqbal, plus près qu'il n'était nécessaire, et poursuivit d'une voix grave. – Moins d'un an plus tard, après cette confrontation avec Jamaat-e-Islami, la Lumière de Dieu a disparu des radars. Plus une seule intervention dans les débats. Plus de manifestations. Plus d'accusations. Ces dernières années, nous avons passé au crible chacune des habitudes Internet de la communauté. L'explication est toute simple. – Il remit les pans de sa chemise dans son pantalon bien repassé en tirant tellement sur le tissu que ses tétons pointèrent sous l'étoffe. – Et vous savez pourquoi ? – Bikfaya n'attendit pas la réponse. – Parce qu'ils n'ont plus personne. Personne ! Aucun profil Facebook, aucun compte Twitter, pas même une adresse IP. Après avoir été présente sur tous les fronts médiatiques, la communauté s'est fait oublier.

Il remonta au centre de l'estrade.

— Nous croyons que c'est une conséquence directe de l'affrontement avec Jamaat-e-Islami. La bagarre a provoqué une réaction, des menaces, des violences qui n'ont peut-être jamais été dénoncées à la police. Une inimitié durable est née à partir de là. – Il pointa du doigt sa subordonnée. – Mlle Iqbal va entrer dans les détails.

La jeune femme s'essuya les mains sur sa jupe et se leva. Quand elle se retourna vers l'assemblée, Fredrik tenta de décrypter son regard. Une jeune musulmane qui travaillait au Renseignement intérieur, ça ne devait pas être rose tous les jours. Il avait profité du temps avant la réunion pour consulter son dossier. Trois ans et demi plus tôt, elle patrouillait encore dans les rues d'Oslo. Puis elle avait demandé à ne plus travailler pour la police à Grønland et obtenu un des rares postes d'analyse, très recherchés dans les services centraux.

Il savait que les jeunes policiers avaient des sentiments mitigés à l'égard des enquêteurs de la Crim' en civil – et c'est un euphémisme. Derrière leur dos et celui des collègues, les histoires allaient bon train sur leur manière d'engager la conversation, taxer une chique, et trouver normal que les employés en uniforme les laissent franchir le périmètre de sécurité. Ils portaient rarement des choses lourdes, aimait-on à dire, mais ils s'exprimaient toujours en pesant leurs mots. Elle avait dû les mépriser, comme les autres. Et maintenant elle était passée de l'autre côté.

Fredrik vit que Kafa jetait un regard tendu à Bikfaya. Quel connard ! Il avait bien souligné que c'était son idée de « laisser Kafa se lancer », tout en lui caressant le dos. Elle avait eu l'air d'un cheval sauvage qu'on venait de dresser. Encore sous le coup des décharges électriques.

— Jamaat-e-Islami, contre laquelle la Lumière de Dieu a manifesté il y a dix ans, était à l'époque une jeune organisation, encore mal structurée, sans leader charismatique. Aujourd'hui, en revanche…

Fredrik connaissait bien ce mouvement – comme toute la Norvège, du reste. Il se composait de jeunes gens en colère, méprisant le pays laïque où leurs parents leur avaient donné naissance, méprisant tous les musulmans qui, n'étant pas comme eux, raillaient leur Dieu. Méprisant ces gens qui voulaient faire d'eux des Norvégiens, car ils ne seraient jamais comme eux, ni à leurs propres yeux ni à ceux des autres. Jamaat-e-Islami voulait faire de la Norvège un califat islamique.

— Pendant plusieurs années, ils ont été dans ce qu'on appelle la zone grise, avec usage de la violence contre des gens d'opinion divergente, même envers des membres de la famille, et possession illégale d'armes. Nous avons des enquêtes qui mettent en évidence des complots terroristes... – Kafa marqua une pause et s'essuya de nouveau les mains sur sa jupe. – Mais rassembler des preuves caractéristiques est un travail de longue haleine.

Elle saisit la télécommande et sélectionna une photo qui montrait le pasteur Alfsen agenouillé, mort, près de son lit. Le foulard en soie qui avait enserré ses mains était déplié.

— Est-ce que quelqu'un ici connaît l'arabe ?

Quelques mains hésitantes se levèrent.

— Une traduction approximative donne ceci, dit Kafa en suivant le texte de droite à gauche avec le crayon laser : « Laissez lutter au nom de Dieu ceux qui sont prêts à donner leur vie terrestre pour gagner l'Au-delà. Celui qui lutte au nom de Dieu, qu'il tombe ou qu'il gagne, il lui sera offert une grande récompense. » – Elle jeta un regard sur l'assemblée. – C'est tiré du Coran. Cette citation apparaît souvent dans deux contextes : elle sert aux islamistes pour justifier leurs exactions et elle sert à leurs détracteurs pour prouver la cruauté inhérente à l'islam.

Sebastian Koss l'interrompit.

— Et dans ce contexte-ci ?

Elle plissa les yeux.

— Eh bien, répondit-elle en prenant sa respiration, cela dépend du but que poursuivait la personne qui a tué le pasteur.

Koss se racla la gorge.

Pendant une demi-seconde, Fredrik s'amusa du mécontentement évident de l'inspecteur. Le ton condescendant de Kafa ne lui avait pas échappé, même s'il était presque indétectable. Une chose était sûre : qui allait devoir supporter de cohabiter avec cette bureaucrate verbeuse et imbue d'elle-même ? Pas lui, en tout cas !

Une violente discussion avait précédé la réunion. On avait demandé à toutes les équipes d'enquêteurs qui planchaient sur l'affaire de laisser la « dame de chez PST » travailler avec eux. Tous avaient refusé. Pas question de mâcher le boulot pour le Renseignement intérieur. On les connaissait, ces gens-là. Des jeunes qui n'étaient pas même trentenaires, portant des costumes de grands couturiers avec des feuilles de calcul et du matériel d'écoute sophistiqué, qui n'avaient d'autre objectif que de provoquer des avocats surpayés. Ces gens-là ne montraient pas le moindre intérêt pour le bon travail à l'ancienne de la police.

Fredrik ne se souvenait pas que Koss lui ait posé la question. Alors il en conclut que Kafa Iqbal était sa punition pour un crime qu'il avait dû commettre. Celui, par exemple, d'exister à la même époque et au même endroit de l'univers que Koss lui-même.

L'arrêt sur image d'une personne prise par une vidéo de surveillance à Solro apparut sur la moitié de l'écran. Des yeux fixaient la caméra. Sous la cagoule *balaclava*, la tête paraissait allongée et plantée sur un cou fin. Kafa cliqua de nouveau et la photo de passeport d'un homme brun, les cheveux noirs et lisses, occupa l'autre moitié de l'écran. Une cicatrice irrégulière courait de la commissure droite de ses lèvres jusqu'à sa pomme d'Adam.

— Voici Mohammed Khaled Omar. Ou l'Émir, comme il se fait appeler. Son nom de baptême est Rahim Raza Hussein. Trente-quatre ans, citoyen britannique. Il habite en Norvège depuis ces trois dernières années. L'Émir a été condamné en Grande-Bretagne pour avoir participé à une tentative d'attentat à la bombe, il y a onze ans. La bombe a explosé trop tôt et l'a blessé au visage, en plus de lui arracher quatre doigts de la main gauche, excepté le pouce. Il a fait sept ans de détention. En prison, il affirme avoir étudié l'islam pour devenir un bon musulman.

Les orteils en dehors de l'estrade, Kafa penchait le corps en avant. Fredrik se rendit compte qu'il étudiait de près la jeune femme – les jambes fines sous ses bas, et les cuisses sportives qu'on pouvait deviner sous sa jupe serrée. Un léger creux à l'entrejambe, des hanches étroites et un ventre plat. Une jolie ombre sous les seins. Il se pinça la joue et déglutit.

— Malheureusement, les images vidéo de Solro sont de trop mauvaise qualité pour que nous soyons en mesure d'en tirer de conclusions. Mais comme tout le monde ici peut le voir, ces grands yeux qui vous fixent et ce visage allongé sont des caractéristiques qu'on retrouve à la fois chez l'homme de Solro et chez l'Émir. Nos agents opérationnels qui l'ont suivi pendant un certain temps affirment que les deux se déplacent de la même façon. Ils sont sûrs à quatre-vingts pour cent qu'il s'agit du même homme. – Elle fit un sourire en coin. – Et c'est pour l'instant notre meilleure piste.

Fredrik compara encore une fois les deux clichés. Ce pouvait fort bien être ce même cinglé, mais ce pouvait tout aussi bien être quelqu'un d'autre.

Kafa appuya encore sur la télécommande. Une nouvelle image, un peu floue, de Mohammed Khaled Omar. Il se trouvait dans une cuisine et discutait au téléphone, sa main gauche, où seul lui restait le pouce, reposait sur la table. On aurait dit la nageoire d'un phoque.

— Cette photo date de dix-huit jours et c'est la dernière trace que nous ayons de lui. Elle a été prise chez lui. Il n'y est pas retourné depuis. Il ne se rend pas non plus à la mosquée. Ce qui nous laisse penser qu'il a quelque chose à voir avec le massacre de Solro.

La photocopie d'une photo de passeport apparut enfin sur l'écran. Il s'agissait d'un certain Mohammad Qambrani, âgé selon ce document de trente-six ans et mesurant un mètre quatre-vingt-quatre. Il avait le menton arrondi et de larges épaules.

— L'Émir se déplace rarement sans avoir Qambrani un pas derrière lui. Celui-ci est né en Norvège, de parents pakistanais. Le terreau des bandes à Oslo. Deux condamnations pour violences aggravées et plusieurs pour trafic de stupéfiants, vol et recel. Aujourd'hui, il fait office d'ami fidèle de l'Émir et de garde du corps. Comme son maître, il affirme qu'il a découvert l'islam. – Kafa reprit une discrète inspiration. – Tous deux font à présent l'objet d'un mandat d'arrêt national.

19

Assise au bout de la table ovale blanche, Synne Jørgensen faisait défiler des photos, une à une, tandis qu'elle parlait.

Henrik Grøvn.

— Vingt-cinq ans. Tué à l'arme automatique de deux balles dans la poitrine, sur la pelouse.

Nils Bernt.

— Trente-quatre ans. Tué à l'arme automatique de trois balles dans la poitrine et au visage, sur la pelouse.

La table haute de réunion se trouvait au milieu de l'open space où Fredrik et Andreas avaient leurs postes de travail. C'était un chaos indescriptible de bureaux croulant sous les dossiers, les classeurs, les câbles d'ordinateurs, avec, çà et là, des canapés en tissu rouge, ce qui était la dernière mode. À côté de la table, il y avait un grand tableau d'affichage que Fredrik avait libéré de toutes ses photos, cartes et schémas. Vierge. Une nouvelle affaire. Un esprit ouvert. Comme une page blanche.

Viggo Johan Farulven.

— Trente-neuf ans. Tué à l'arme automatique de vingt-deux ou vingt-trois balles dans la poitrine, les jambes, les bras et le visage, sur la rampe de la grange.

Brynjar Lissemoen.

— Trente-six ans. Tué à l'arme automatique d'une balle dans la poitrine, sur la rampe de la grange.

Bjørn Alfsen Jr.

— Soixante-quatre ans. Tué avec une arme de petit calibre d'une balle dans la tête, dans la chambre à coucher de la villa.

Ivar Tufte.

— Quarante-deux ans. Grièvement blessé. Hospitalisé à Ullevål. Blessures à la tête et au thorax, retrouvé dans la cave sous la grange. À partir d'aujourd'hui, ce sont nos employeurs, déclara Synne en posant ses mains masculines sur les photos.

Elle fixa un à un les visages des enquêteurs autour de la table. Les gens de la Crim' n'étaient pas là.

Fredrik aimait la méthode de Synne Jørgensen. La description froide, sans adjectifs, de ces hommes dont les portraits étaient sur la table et qui semblaient les regarder. Lieu de naissance. Formation. Profession. Enfants. Famille. C'étaient des photos de passeport en noir et blanc et des photos de famille tirées d'un album. Cette distance permettait à son équipe de s'interroger. Qui était donc ce jeune homme avec ses parents sur la terrasse, par une chaude journée d'été ? Ce sourire qui éclairait un visage bronzé derrière un verre de Coca-Cola, à la table d'un restaurant dans le Sud ? Cette tête qui sortait de la fenêtre d'une vieille Coccinelle ? Une branche d'un arbre familial qui, soudain, avait été cassée. Les jeunes policiers trouvaient ça motivant. Pour les plus âgés, c'était un point d'ancrage. Un rappel qu'on peut perdre la vie au moment où l'on s'y attend le moins. Mais, au sein de la police d'Oslo, pour ce qui est des questionnements philosophiques, l'équipe spécialisée dans les faits de violence s'arrêtait là.

— Varulven[1] ? Il s'appelle vraiment Varulven ? chuchota Andreas à l'oreille de la jeune policière rousse qui avait interrogé les voisins de Solro.

Elle le regarda d'un air agacé, mais la pointe de sa langue, nichée au coin de ses lèvres, trahissait qu'elle appréciait qu'il lui ait prêté attention.

— Mais non, Farulven, tu as entendu aussi bien que moi, répondit-elle, irritée, trouvant la blague nulle.

Andreas sourit et lui fit un clin d'œil. Synne les ignora et étala de nouvelles photos sur la table.

— Nous n'avons pas les chiffres exacts, mais la communauté de la Lumière de Dieu aurait été composée de vingt-cinq à trente personnes. Des hommes, des femmes, des enfants. Des gens avec des parents, des frères et sœurs effondrés, qui ne savent plus que penser. Ont-ils été kidnappés ? Se sont-ils enfuis ? Ont-ils été tués et a-t-on dissimulé leurs corps quelque part ? – Synne sortit son paquet de cigarettes de la poche poitrine de sa veste confortable, signe qu'elle en avait bientôt terminé. – Nous sommes face à une grosse affaire criminelle. Nous allons avoir la presse sur le dos vingt-quatre heures sur vingt-quatre. Le ministère, la direction de la police et le moindre homme politique doté d'un soupçon de populisme auront une opinion tranchée sur tout ce que nous entreprendrons. Nous avons peu de temps. Nous n'avons pas les moyens de faire des erreurs.

Jusqu'ici, les meurtres de Solro concernaient un nombre restreint de personnes : les victimes, les agresseurs et les flics. Maintenant, les chiens étaient lâchés. Fredrik avait eu des

1. *Varulven* signifie « loup-garou ».

frissons en voyant le reportage sur TV2 au journal de la veille. Non seulement ils étaient au courant que la fille et le petit-fils de Kari Lise Wetre avaient disparu, mais ils savaient aussi qu'une arme automatique avait été utilisée et que la piste principale suivie par la police était un groupuscule islamiste. Les fuites dans la presse étaient monnaie courante. Ce qui l'était moins, c'était la précision de certains détails. TV2 tenait visiblement ses informations d'une source proche de l'enquête.

Fredrik s'inquiétait pour une autre raison. Car ceux qui avaient filé les infos à TV2 savaient aussi que la police avait trouvé un laboratoire souterrain dans une cave secrète. Alors pourquoi n'en avait-on pas parlé à la télévision ? Peut-être que TV2 était au courant mais, pour une raison qui lui échappait, préférait ne pas divulguer l'info. Les journalistes détestaient pourtant laisser passer une exclusivité. C'était plutôt la course à qui serait le premier à en parler. Non, l'explication était ailleurs. Ce qui ne laissait qu'une possibilité. Une possibilité assez effrayante : si la source connaissait l'existence du laboratoire mais n'en avait pas parlé à TV2, c'est qu'elle devait avoir l'explication sur ce qui se pratiquait là-bas… Elle en savait donc plus long que la police.

Et seuls deux types de personnes peuvent se trouver dans cette situation : les victimes et les agresseurs.

20

— ILS ÉTAIENT DONC TROIS. Trois petits Nègres. Ou en tout cas..

Synne jeta un regard glacial à Andreas qui se tut aussitôt. Il eut un sourire gauche et espéra trouver du soutien auprès de Fredrik. Mais ce dernier avait la ferme intention de le laisser croupir dans sa graisse imbécile. D'accord, tous deux voyaient d'un mauvais œil que leur binôme, indéniablement fructueux, puisse être chamboulé, mais pas question pour autant de prendre part à une campagne de harcèlement contre Kafa.

Assise à l'extrémité du canapé rouge, Kafa se tenait la tête entre les mains.

— Bon. Comme vous le savez…, se lança Fredrik en cherchant à croiser son regard, nous sommes dans une position privilégiée dans cette enquête, parce qu'Annette Wetre et son fils s'avèrent être parmi les membres de la communauté qui ont disparu. – Il tourna la tête et jeta un regard insistant à Andreas. – Pour savoir si la communauté s'est enfuie ou bien si elle a été enlevée, nous devons comprendre quel genre de vie menaient ceux qui en faisaient partie. Et sur ce point, Kafa peut nous aider.

— Nous allons tout examiner, enchaîna Synne. Leurs finances, leurs coups de téléphone, les passages au péage, le réseau d'amis et de connaissances des différents membres, les ennemis de la communauté et ceux qui partageaient les mêmes opinions qu'eux. La police d'Oslo coordonne l'enquête, la Crim' s'occupe des expertises et le Renseignement intérieur se débrouille pour nous procurer ce qu'il nous faut. Plus de cinquante enquêteurs sont sur le coup. Comme Fredrik l'a dit, il est important de se concentrer sur Annette Wetre. Si nous la retrouvons, nous devrions logiquement retrouver le reste de la communauté. – Avec un ongle rongé, elle tapota une photo : le labo de Solro. – Fredrik pense que la raison pour laquelle ils ont été attaqués se trouve ici. Pourquoi avaient-ils besoin d'un laboratoire ?

Andreas répondit le premier :

— Pour la came. Chrétiens ou pas, je suis prêt à parier que c'était un atelier clandestin.

Sa théorie se fondait sur le meilleur outil de la police : son expérience. Jusqu'à présent, tous les labos privés qu'ils avaient découverts avaient-ils servi à produire autre chose que des substances illégales ? Non. Ce raisonnement avait l'avantage de répondre à une autre question : de quoi vivait la communauté ? Trente adultes et enfants dans une ferme au fond des bois… Sans revenus apparents. Cueillir des groseilles et des prunes ne suffisait pas à nourrir autant de monde. Avec un laboratoire de ce type, ils auraient pu approvisionner en drogue la moitié de la ville.

À l'extérieur, le soleil apparut derrière un nuage et les persiennes commandées par ordinateur s'abaissèrent en faisant de l'ombre sur le visage d'Andreas.

— Cette femme, là, qui fait de la politique…, commença-t-il.

— Kari Lise Wetre.

— Exactement. Wetre. Elle t'a dit qu'Alfsen dirigeait la communauté comme une secte. Maintenant, j'ai vu comment il vivait. Où il dormait et les tableaux qu'il avait dans sa chambre. Vous savez ce que je vois ? – Andreas se pencha en avant et tambourina la table de son index. – Je vois un vieux cochon, entouré de jeunes garçons et de petites filles qui l'adulent. Un homo, peut-être. Ou quelqu'un qui aime baiser les enfants ? – Son regard s'attarda sur Kafa, comme pour contrôler sa réaction à ces mots. – Au début, ils ont travaillé à petite échelle. C'était juste de la came pour eux-mêmes et leurs orgies sexuelles. Et puis c'est devenu un vrai business.

— Si c'est ça, l'interrompit Synne, pourquoi ont-ils été attaqués ?

— Ils ont dû se mettre en cheville avec les mauvaises personnes. Jamaat-e-Islami ne serait pas la première organisation terroriste islamiste à financer ses activités par le trafic de drogue. C'est sans doute le maillon entre le producteur et le distributeur, une vieille querelle qui est remontée à la surface, quelqu'un qui a pété les plombs. Ils ont vidé tout le stock et massacré tous ceux qui ont essayé de les arrêter. Ce n'est pas toi qui as dit que Qambrani, le garde du corps, avait été condamné pour trafic de stupéfiants ?

Andreas agita son doigt en direction de Kafa.

Une mouche s'était égarée sur les tristes murs en béton. À présent, elle tournait autour d'une tache de café sur la table. Kafa la bloqua de sa main et serra le poing.

— Jamaat-e-Islami est dirigé par des gens avec un casier judiciaire pour des actes criminels. Je ne serais pas étonnée qu'ils soient aussi impliqués dans des trafics de stupéfiants, dit-elle lentement. – Elle semblait se concentrer pour savoir si l'insecte était toujours en vie. – D'un autre côté, un chrétien fondamentaliste et une communauté islamiste qui travailleraient main dans la main après avoir eu une aussi violente altercation dans le passé ? Cela paraît un peu... – elle pinça la bouche – tiré par les cheveux.

Kafa ouvrit la main. La mouche était inanimée. Elle la prit par une aile, la laissa tomber par terre et l'écrasa de sa chaussure. Fredrik ne savait pas si c'était le fruit de son imagination, mais il crut entendre comme un craquement. Andreas continuait de marteler la table avec ses pouces.

— Par ailleurs, il reste d'autres questions sans réponse, poursuivit-elle. Si ce sont de simples criminels qui ont fait le coup, pourquoi avoir laissé fuiter des infos ? Quel est l'intérêt de la symbolique islamiste ? Où est le reste de la communauté ? – Kafa secoua lentement la tête avant de relever son pied et d'examiner l'insecte écrabouillé. – La brutalité et la détermination portent la marque de l'Émir. Mais... un deal de came qui aurait mal tourné ? – Elle se mordit sa lèvre inférieure charnue. – Ce serait en tout cas une grande première.

La belle théorie d'Andreas avait pris un sérieux coup de plomb dans l'aile.

21

AUTOUR DE LA TOMBE qui avait été creusée, les personnes présentes formaient un demi-cercle. Fredrik reconnaissait seulement quelques visages. Des amies de sa mère, de la Mission évangélique. Le pasteur au visage étroit, avec la pelle en argent. Et Bettina.

À la mort de son père, vingt ans plus tôt, il n'y avait eu que Fredrik et sa mère. Aucun frère et sœur, aucune famille qui vaille la peine d'être mentionnée. Sa mère ne s'intéressait guère à Alice et à ses petits-enfants. Une fois par semaine, il lui avait rendu visite. D'abord dans son appartement de Frogner, plus tard à la maison de retraite médicalisée. Les sujets de conversation étaient épuisés bien longtemps avant qu'on ait vidé la petite tasse de café à l'anse fine. De son vivant, il ne s'était jamais demandé pourquoi ils avaient si peu à se dire. C'était comme ça, un point c'est tout. Il lui rendait visite de la même façon qu'il se lavait les mains après avoir été aux toilettes. Parce que c'était nécessaire. Il le faisait sans joie ni peine, mais sentait que c'était un devoir. Maintenant qu'elle était morte, il se rendait compte qu'ils avaient toujours vécu ainsi. Dans son enfance, elle avait autant été sa tutrice qu'un parent. Elle avait été équitable et fait de son mieux, certes, mais au fond, il n'avait jamais connu cette femme qui était sa mère. Il ne savait pas quel était son plat préféré, avec qui elle allait à l'église, quelles étaient ses lectures, à supposer qu'elle en ait eu. Alors, qui étaient ces gens venus lui dire au revoir ? Il ne connaissait pas ceux qu'elle considérait comme ses proches, elle ne lui en avait jamais parlé.

Elle n'allait pas laisser un grand vide. Mais les visites à l'hôpital de Steinerud allaient lui manquer. Voir défiler les jardins et les routes au fil des saisons, le chêne dans la cour et la foldingue de la chambre de l'autre côté du couloir. Quand il en avait parlé à Bettina, dans un moment d'intimité, elle avait serré fort sa main et l'avait regardé, troublée. À présent, près de la tombe, elle serrait sa main encore plus fort. Comme si elle voulait, par cette pression, faire sortir ses larmes.

Le bâtiment au toit plat était mitoyen de la chapelle. Les meubles sentaient la cannelle et les pets sucrés des vieilles dames.

Au-delà de ces visages, Fredrik fixait le petit portrait de sa mère près de la cheminée. La photo avait été prise six ans plus tôt. L'été où ils avaient compris qu'elle était malade.

Il aurait dû dire non quand Bettina lui avait suggéré d'organiser un enterrement suivi d'un moment de recueillement. Il lui lançait maintenant un regard accusateur à travers l'ouverture qui donnait dans la cuisine. Il ne l'avait jamais vue ainsi auparavant. Ses cheveux d'habitude lâchés étaient attachés avec une barrette en argent. Elle portait autour du cou un collier de perles. Une robe noire simple lui arrivait jusqu'aux chevilles, mais resserrée subtilement à la taille pour faire ressortir la courbe de ses fesses. L'aigle tatoué sur son bras était caché par une étole en soie. En compagnie d'une femme plus âgée, elle était penchée sur les cafetières. Fredrik soupira. Son nouveau costume était étroit au niveau des épaules, le col en coton de sa chemise frottait contre son cou et son nœud de cravate était trop serré. C'était Bettina qui avait jugé que ce costume était ce qu'il lui fallait. Qu'il devait au moins dépenser ça. C'était quand même sa mère.

Elle n'était plus toute jeune, Bettina. Sans être vieille non plus. Comme lui. L'ombre sous ses paupières ne s'effacerait plus jamais. Le délicat delta, au coin de ses yeux, serait là jusqu'à la fin. Il se demanda s'il pouvait connecter son téléphone à la chaîne hifi – une antiquité. Un peu de musique ne ferait pas de mal. Tom Waits convenait parfaitement aux enterrements.

— Fredrik Beier, je suppose ?

Fredrik s'étonna de ne pas l'avoir reconnu près de la tombe. Avec son costume strict bleu nuit, ses lunettes stylées et ses dents à la blancheur irréprochable, sa présence tranchait parmi le reste de l'assemblée. C'était Gerhard Monsen, le vieux conseiller d'État, l'armateur, le vétéran de droite. Ils se serrèrent la main.

— Tout à fait. Vous connaissiez ma mère ?

— Disons que je connaissais surtout M. Beier. J'ai rencontré vos parents il y a de nombreuses années. Vous saviez à peine marcher, à l'époque. Ils m'ont fait une forte impression.

Fredrik resta interdit. « Réservé » et « discret », tels auraient été ses mots pour décrire son père. Jamais il n'aurait soutenu qu'il faisait une forte impression. Peut-être y avait-il confusion dans son souvenir et que Monsieur parlait plutôt de sa mère ? Elle avait été une très belle femme.

— J'ai été souvent en contact avec votre père, durant une période. À la fois sur le plan professionnel et social. C'est ainsi que nos femmes se sont rencontrées. Elisabeth, mon épouse, donc, aimait beaucoup Gunhild.

Fredrik sourit faiblement.

— Elisabeth… est-ce qu'elle est aussi ici ?

— Non, malheureusement, Elisabeth est bien trop malade. Mais elle tenait absolument à ce que je sois présent.

Ils se serrèrent de nouveau la main.

— Merci d'être venu.

Monsen ne lui lâchait pas la main.

— Si je comprends bien, vous travaillez avec mon fils ?

Fredrik l'interrogea du regard.

— Sebastian. Sebastian Koss. Sur cet horrible massacre à Maridalen.

Fredrik ne chercha nullement à cacher sa surprise.

— Vraiment ? Sebastian Koss est votre fils ? Ça ne m'était jamais venu à l'esprit, dit-il avec un sourire forcé. Nous vivons dans un petit pays…

Le vieil armateur soupira et son regard se fit aussitôt plus lointain. Plus las. Il lui lâcha la main.

— Dis, Fredrik…

Il ouvrit les yeux. Bettina avait sa verge contre sa bouche, et le regardait.

— C'était qui, le vieux ?

— Le vieux ? Lequel ?

— Celui à qui tu as parlé.

— Ah, lui ! Juste un ami de mes parents. Le père d'un collègue. Sebastian Koss.

— Il est sympa ?

— Koss ?

— Le vieux était sympa.

— Koss est un connard.

Il cala sa nuque contre l'appuie-tête.

Il était fatigué, il continuait à bander, mais il était triste. Il ne pouvait pas jouir et en finir. Il regarda par la fenêtre et vit un chien qui jouait avec une balle de l'autre côté de la rue.

22

LA FORD FOCUS BANALISÉE traversait les champs à vive allure. Une épaisse couche de brume flottait au-dessus du lac Maridal et des amas cotonneux s'effilochaient, ici et là. Du coin de l'œil, Fredrik vit que Kafa tenait à la main la clé magnétique provisoire qu'on venait de lui remettre pour entrer à la préfecture de police.

— « Koss Sebastian », l'imita-t-il. « C'est ce qu'il y a marqué sur la porte de votre bureau. »

Elle esquissa un sourire.

— Vous croyez que ça l'a énervé ?

— Le mot est faible. Se faire remettre à sa place par des subordonnés, rien ne peut être pire pour lui. Il vous a définitivement en travers de la gorge.

— C'est dommage.

Fredrik leva la main pour parodier l'un des gestes favoris de Koss, et se passa la main dans ses cheveux courts grisonnants.

— Il déteste tout le monde. Sebastian Koss est un sinistre con.

Kafa remit la clé magnétique autour de son cou.

— Comme votre partenaire. Figueras. Il s'est comporté comme si j'avais voulu briser son ménage, dit-elle froidement.

Il ressentit un pincement dans la poitrine. Vu l'effort monstrueux qu'il faisait pour réunir ses troupes, il estimait qu'elle pourrait y mettre du sien.

— Il ne s'agit pas de vous, répliqua-t-il, nous aurions seulement souhaité être associés à la réflexion. À partir du moment où on allait nous adjoindre un nouveau partenaire…

— Vous voulez dire vous « coltiner la bonne femme des RG » ?

Kafa n'avait visiblement pas eu vent de l'intégralité de la violente discussion qui avait eu lieu parmi les enquêteurs.

— Exactement. D'ailleurs, Andreas n'a pas besoin de vous pour bousiller son mariage.

— Je veux bien le croire.

À une centaine de mètres après l'embranchement pour Solro, ils trouvèrent ce qu'ils cherchaient : une boîte à lettres bleue pendue de guingois sur un poteau. Ils garèrent la voiture. Une odeur de bois en décomposition leur monta aux narines. La forêt était silencieuse. Des troncs nus s'alignaient au bord du chemin, tandis que leurs couronnes vertes dissimulaient le ciel. Au bout de quelques minutes, ils aperçurent une clairière. Au centre se dressait une maison en bois rouge à un étage. Derrière une fenêtre sale de la terrasse aménagée se tenait un vieil homme en fauteuil roulant. Il n'ouvrit les yeux que lorsqu'ils furent devant lui.

— Eh bien, vous avez fini par venir, dit-il d'une voix éraillée.

Ses doigts boudinés étaient paisiblement croisés sur la couverture qui lui couvrait les genoux. Avant même que Fredrik n'ait eu le temps de lui demander ce qu'il voulait dire par là, la porte de la terrasse coulissa et une femme maigrichonne apparut. Son chignon gris était si serré dans la nuque qu'il était difficile de lire l'expression de son visage figé.

— Nous avons de la visite, Brynjar, dit-elle en posant la main sur son épaule.

Fredrik eut un bref sourire.

— Vous êtes bien Brynjar et Signe Kvarvingen ?

Le vieil homme ne bougea pas quand Fredrik lui tendit la main, mais la femme la prit dans la sienne, osseuse au possible, glacée et aussi lisse que du papier cristal.

— Je m'appelle Fredrik Beier et je suis policier. Voici ma collègue, Kafa Iqbal.

La vieille dame les dévisagea tour à tour.

— Nous avons déjà parlé à la police. Une jeune femme. *Blanche*. Nous lui avons dit ce que nous avions à dire.

Elle joignit les mains devant son épaisse jupe de laine.

— Et croyez bien que nous vous en sommes très reconnaissants. Mais nous avons d'autres questions à vous poser concernant Solro et la communauté qui vivait là-bas.

La femme secoua la tête et poussa un profond soupir avant d'ouvrir entièrement la porte pour les laisser entrer. Un vieux canapé en cuir occupait le salon dont les murs étaient ornés de tableaux à l'huile représentant des scènes de forêt, dans des couleurs pastel. Un lac au petit matin. Un pâturage sous une source jaillissait de la montagne.

— Mon mari a peint jusqu'à ce que sa santé l'en empêche, dit la femme par-dessus son épaule.

Elle marchait d'un pas lent, le dos raide, devant eux. Dans l'étroit couloir qui reliait le salon à la cuisine, un long tissu en laine réchauffait le mur. « Prends exemple sur la fourmi, toi le paresseux, regarde ses efforts et inspire-toi de sa sagesse », pouvait-on lire, brodé dessus. Signe désigna les chaises de la cuisine et plaça la carafe vide sous la machine. Tandis que le café coulait goutte à goutte, Fredrik remarqua que la main de la vieille dame tremblait. Elle s'excusa.

— Brynjar, murmura-t-elle.

Au milieu de la table en formica étaient rassemblés quatre petits pots contenant de l'oseille. Les murs étaient recouverts d'une toile de jute blanche, et il y avait un calendrier d'une œuvre de charité avec des photographies de petits Africains accroché au-dessus de la table de la cuisine. « Camp de réfugiés au Zaïre. » À côté de l'évier s'entassait la vaisselle sale de plusieurs jours et cela sentait le chou bouilli. Avec une lenteur infinie, Signe Kvarvingen ramena le fauteuil roulant de son mari vers eux. Sur le sol de la cuisine, une lirette ralentissait encore les déplacements. Quand elle eut placé son mari près d'eux, la cafetière se mit à crépiter.

— Brynjar est un peu dur d'oreille, expliqua-t-elle en s'asseyant.

Fredrik haussa la voix.

— Comme je l'ai dit, nous enquêtons sur les événements tragiques qui ont eu lieu à Solro. J'aimerais bien vous poser quelques questions sur ceux qui vivaient là-bas.

Signe remplit les tasses. Elle jeta un regard interrogateur à Kafa qui lui confirma en souriant que ni Allah ni personne ne se mêlait de savoir si elle se permettait une goutte de café. La vieille dame trempa un morceau de sucre dans le liquide noir et le posa sur la soucoupe en porcelaine de Brynjar qu'elle lui mit sur les genoux.

— C'est si tragique. Et tous ceux qui ont disparu. Les enfants…, dit-elle lentement.

— C'étaient des gens bien, déclara Brynjar, ils restaient surtout entre eux. Mais de temps en temps, ils venaient nous rendre visite et il leur arrivait de nous offrir un bout de gâteau. Ou des petits pains frais aux raisins.

La voix de Signe était plus aiguë.

— J'espère vraiment qu'ils sont sains et saufs. Est-ce que le meurtrier est toujours en liberté ?

Fredrik fit un léger hochement de tête.

— Oui, malheureusement. Le ou les meurtriers. Nous ne savons pas qui a attaqué la ferme. La police déploie de grands moyens pour résoudre l'affaire, mais ça prendra du temps.

Signe soupira tristement.

Fredrik observa ce vieux couple. Un déclic du radiateur sous la table indiqua qu'il se mettait en veille. À moins qu'il ne se mette en marche ? Comme chez toutes les vieilles personnes à qui il avait rendu visite au fil des années, la température intérieure avoisinait dangereusement celle du corps. Comment Mme Kvarvingen pouvait-elle supporter ce cardigan boutonné jusqu'au cou ? Voilà encore un mystère – dérisoire, celui-là, comparé à cette affaire de communauté disparue. Le vieux couple n'avait aucune idée de l'endroit où elle aurait pu trouver refuge. Tous deux n'avaient jamais réagi aux prises de position religieuses et la vie se déroulait plutôt calmement, par ici.

— Avez-vous jamais eu l'impression qu'ils étaient en conflit avec quelqu'un ?

Signe eut un doux sourire, tout en trempant un autre morceau de sucre dans le café.

— À la radio, ils ont dit que la communauté était constituée d'extrémistes, mais ce n'est pas vrai. Ce sont des jeunes, gentils comme tout. Et des enfants. C'est affreux pour les enfants.

— Ce n'étaient donc pas des extrémistes ? répéta Fredrik en se penchant en avant sur sa chaise.

— Oh que non, répondit Brynjar. Ce sont de bonnes personnes.

Signe les raccompagna jusqu'à la porte. Le vieil homme resta dans la cuisine. Dans le couloir, l'œil de Fredrik fut attiré par une photo. Une photo aérienne de la maison du couple.

— Vous savez, dit-il en se tournant vers Kafa, les yeux ne voient que ce qu'ils veulent bien voir.

Elle secoua la tête sans comprendre.

Il pointa le doigt vers la photographie. Pas sur la maison des Kvarvingen, mais sur la ferme avec la petite grange et le logis principal qui se trouvait en oblique, un peu en contrebas dans la vallée. Solro. Dans le jardin s'élevait une grue. Et des pelleteuses.

— Il y avait la même photo au mur à Solro. Je l'ai vue là-bas, la première nuit. Mais je n'ai pas compris ce que ça voulait dire. – Il se tourna vers Signe. – De quand date ce cliché ?

La femme se pencha en avant en plissant les yeux.

— Oh… ça devait être au moment des travaux d'aménagement, non ? Il y a sept ou huit ans, quelque chose comme ça.

Fredrik adressa un clin d'œil à Kafa et tapota de l'index le verre au-dessus de la grue. Une longue banderole blanche pendait sur le côté : « Oslo Montasjemiljø AS ».

— Le constructeur de la cave, conclut-il avec satisfaction.

23

Les policiers qui surveillaient Solro leur donnèrent les clés. Fredrik conduisit Kafa à la grange, au laboratoire, puis ils firent le tour des pièces de la villa. Elle s'attarda longuement à la fenêtre de la chambre à coucher du pasteur Bjørn Alfsen, immobile, à fixer les nuages gris au-dessus de la ferme de l'autre côté de la vallée. La fenêtre entrouverte laissait entrer un air glacial.

— Je vous suis reconnaissante de prendre le temps de me montrer tout ça, lui dit-elle quand ils se retrouvèrent dehors et que Fredrik lui décrivit en détail les cadavres retrouvés sur la pelouse.

Il la regarda. Kafa avait sagement laissé son tailleur gris au vestiaire et portait à la place un pull rouge qui lui couvrait les fesses et un jean moulant bleu foncé glissé dans une paire de bottines noires.

— Je ne fais pas ça pour vous, rectifia-t-il avant de se rendre compte que la formulation était assez brutale. Je veux dire… ça m'est utile, à moi aussi. – Il eut un sourire gauche. – Les premières heures sur le lieu d'un crime sont toujours si intenses, les impressions sont si fortes. – Il s'accroupit et posa les mains dans l'herbe mouillée. Son genou craqua de manière désagréable. – J'aime la paix qui retombe quand les corps et les preuves sont mis à l'écart. C'est comme se promener dans une photo retouchée. Il ne reste que tout ce qui est vieux et inintéressant. Ainsi était ce lieu *avant* de devenir la scène d'un crime. Exception faite de toutes les personnes présentes, naturellement.

Il gémit en se relevant et s'essuya les mains.

— C'est poétique, sourit Kafa.

Était-ce de l'ironie ? Peut-être pas.

— Euh, merci. Ça fait juste partie du travail de police à l'ancienne. Je préférerais que vous n'en parliez pas à votre chef.

Kafa s'esclaffa.

— À Samir ? À ce porc ? – Elle semblait en avoir gros sur le cœur mais se contenta d'esquisser un sourire énigmatique. Elle se mordit la lèvre inférieure et s'éloigna, pensive, de quelques pas. – Parmi les hommes disparus, il y a deux frères, Fritjof et Paul Espen Hennie. Leurs parents se retrouvent seuls, sans savoir ce qui a pu leur arriver. – Elle se racla la gorge et sa voix se durcit. – L'assassin devait avoir un poste d'observation à proximité. Quelqu'un a forcément surveillé les moindres faits et gestes des adeptes : quand ils allaient se coucher, quand ils se levaient, qui était présent. L'attaque devait avoir un but et, pour atteindre ce but, il a fallu guetter. – Elle se gratta la tête. – Et je… je crois que je sais où était ce poste d'observation.

Sans rien ajouter, elle se retourna et se dirigea en toute hâte vers la villa.

Fredrik était essoufflé quand il la rejoignit dans la chambre à coucher du pasteur Alfsen. Il suivit son regard qui se perdait dans la vallée.

— Oh, merde, s'écria-t-elle. Ça brûle.

Une épaisse fumée s'élevait d'une grange, au loin.

24

POUR OTTAR SKAREN, l'alternative était simple : soit il attendait un jour humide et sans vent, mettait le feu à la cabane, appelait les pompiers et leur déballait un bobard quelconque, soit il se coltinait ce dont son père aurait dû s'occuper depuis longtemps. Et qu'il lui demandait maintenant d'accomplir. Démolir cette cabane de malheur. Planche après planche. Utiliser ce qui pouvait encore servir et jeter tout le reste. Comme s'il n'avait pas suffisamment de travail sans ça. Il s'était déjà fait la réflexion l'été dernier. Et celui d'avant, aussi. Choisir la facilité ou l'honnêteté ? Il existait une autre solution. Il n'avait qu'à adopter la même posture que son père. Laisser tout tel quel. Refiler le problème à quelqu'un d'autre. À ce vieux couillon, toujours si sûr de lui.

Tous les jours, cette pensée se pressait dans sa tête de paysan quand la grange surgissait au sommet de la colline, dans la clairière. Il rentrait des écuries après avoir vérifié que tout se passait bien avec les jeunes filles de la ville qui s'occupaient des chevaux. Au fond, pourquoi ne pas marquer ce jour d'une pierre blanche ?

Ottar Skaren rangea la voiture sur le bas-côté du chemin en gravillons, se pencha sur le volant et plissa les yeux. Il regarda la coquille vide de la grange. Il arrivait que des gens s'introduisent là, aussi. Un jour, il avait été obligé de reconduire deux adolescentes chez elles, en ville. Elles étaient parties camper au mois d'avril, en jupe et doudoune. Elles avaient bu tellement de cidre qu'elles s'étaient égarées dans la grange. Il revoyait encore leurs jambes bleuies par le froid et leurs culottes de gamine à pois rouges.

Ottar Skaren mesurait deux mètres trois sous la toise et pesait cent quarante-cinq kilos. Il avançait en tanguant, le long du sentier recouvert d'herbes folles qui menait du bâtiment principal à la vieille grange. Soupirait et jurait quand il devait tirer sur la boucle de sa ceinture pour empêcher son jean informe de tomber, en traversant la forêt de bouleaux. Arrivé à la clairière devant la grange, il sortit le lourd trousseau de clés de sa poche. Mais cela ne s'avéra pas nécessaire : à peine s'appuya-t-il contre la porte qu'elle s'ouvrit. En la refermant derrière lui, il l'entendit grincer de nouveau. Elles étaient bizarres, ces vieilles portes. À l'automne dernier, il avait huilé les gonds et limé le bois moisi et gondolé pour qu'elle puisse fermer. Et voilà qu'elle était de nouveau de travers. Est-ce que les policiers qui étaient venus ici l'avaient laissée battante, sous la pluie ?

Ça avait grouillé de flics après le carnage de ce cinglé de terroriste islamiste, à l'arme automatique, de l'autre côté de la vallée. Des policiers avaient sonné plusieurs fois chez lui. Mais il n'avait rien vu, rien entendu. Ottar Skaren avait assez à faire avec lui-même. Jamais il n'avait entendu parler de secte et il les pria d'aller au diable.

Sa jambe l'élança quand il monta l'escalier étroit qui menait de l'atelier à la grange, à l'étage, par un trou percé dans le plafond en béton. Une fois là-haut, il fit deux pas de côté pour s'écarter de l'ouverture. Le bruit de ses bottes était étouffé par la paille pourrie. Le paysan attendit. Il voulait habituer ses yeux à l'obscurité. Ici, la lumière filtrait des quelques fissures de la charpente.

L'eau de pluie formait des flaques brillantes et nauséabondes sur le sol inégal. Ça rebondissait et tambourinait sur les voitures mises au rebut, les établis, les seaux de peinture – une vraie cacophonie. Les émanations des produits chimiques et de l'huile se mêlaient à une odeur de moisi. Il aurait besoin de plus de lumière. Il se dirigea donc vers l'armoire de sécurité fixée au mur. Et, une fois devant, s'arrêta net. Frissonna. Il y avait un truc bizarre.

La clé était dans la serrure et elle vibrait. C'était parce que le compteur électrique tournait à l'intérieur – ce compteur qu'il avait lui-même bloqué. À l'automne dernier, quand il avait débranché tous les fusibles. Un malaise s'empara de lui. Il fallait qu'il inspecte l'ensemble de la grange. Les sons lui parurent tout à coup disproportionnés et embrouillèrent son esprit. Il eut la sensation qu'il n'était plus seul.

Il cogna du poing sur l'interrupteur, à côté de l'armoire de sécurité. La lumière aurait dû s'allumer puisque le courant était enclenché, mais rien ne se passa. Il n'entendit que le craquement électrique à hautes fréquences. Le géant tourna son corps lourd pour observer, fébrile, autour de lui, mais la pluie d'étincelles du bout de l'ampoule nue au-dessus de sa tête l'aveugla. Il la regarda fixement : on avait enroulé des fils d'acier autour de la vieille douille en céramique. Court-circuit. Une violente détonation de la boîte au mur. Le fusible s'enflamma. La pluie d'étincelles cessa et une odeur de caoutchouc brûlé s'échappa du bout de fil fumant.

C'était quoi, ce bordel ? Il s'agissait de sortir, et au plus vite. Il n'avait qu'à passer la barrière devant la porte à deux battants et il serait dehors, sur la rampe de la grange. Pas question de rester ici une minute de plus. Les ombres glissaient autour de lui quand il se fraya un chemin parmi les carrosseries ; de vagues traînées de lumière venant du plafond se reflétaient dans les vitres des voitures, les boîtes en métal, dans le miroir près de l'évier. Il arriva enfin devant la porte à deux battants. Il agrippa la barrière et voulut la soulever. Merde ! Il contracta tous ses muscles et utilisa la force de ses jambes pour soulever cette putain de poutre...

Mais elle ne bougea pas. Pas d'un millimètre. Et quand il la lâcha, il comprit pourquoi. Un cliquetis métallique. La chaîne destinée aux pneus des tracteurs, d'ordinaire pendue au mur, enserrait la poutre et son support. Il était pris dans un cul-de-sac. Seule solution pour sortir : reprendre le chemin qu'il avait suivi pour venir. À travers le trou dans le sol. La sensation de ne pas être seul se renforça. Au fond, rien de plus normal : il n'était pas seul.

Le temps de tourner le dos pour aller vers la porte de la grange, la silhouette imposante était déjà près de lui. Vêtue de noir, grande. Massive. Une capuche sur la tête. Une partie de visage, un sourire figé.

Ottar Skaren ne vit jamais le couteau. Mais il comprit qu'il allait mourir. La lame froide en acier trempé lui entra dans l'abdomen, juste au-dessus de la symphyse pubienne, et, d'un geste violent, elle fut tirée vers le haut, coupant ses intestins, ouvrant son ventre, tranchant les veines principales qui ramenaient le sang vers le cœur hypertrophié du géant.

À aucun moment, il n'eut mal. Juste une sensation de froid. Puis de chaleur. Quelque chose de mouillé. Ensuite, plus rien.

25

LORSQUE FREDRIK ET KAFA arrivèrent sur les lieux, les flammes avaient déjà été étouffées. Sans doute par la bruine, aidée en cela par l'humidité des murs moisis. En tout cas, la plus grande partie de la grange avait survécu à l'incendie.

Deux heures plus tard, on avait dégagé le toit effondré des épaves de voitures calcinées. Une odeur acide de vernis monta aux narines de Fredrik quand il se pencha au-dessus de la vieille Passat. À travers le pare-brise en miettes, il examina le cadavre derrière le volant. Le corps volumineux avait cramé et puait comme un porc qu'on aurait trempé dans de l'essence et oublié sur le grill. De l'abdomen à la poitrine, le corps avait été éventré. Les intestins grésillaient encore.

— J'exclus tout accident. Et je doute fort qu'il s'agisse d'un suicide, dit le médecin légiste qui se tenait de l'autre côté de la voiture. – C'était le même médecin dans sa tenue blanche qu'à Solro, avec son humour noir. – Le type et la bagnole ont été aspergés d'essence. Oui, il va falloir tout analyser et examiner à la loupe à travers le trou de balle d'un chihuahua pour en savoir plus, mais je donne ma main à couper que le type s'est fait ouvrir la panse, qu'on a versé un produit inflammable sur la bagnole, qu'on a allumé et qu'on a foutu le camp, dit-il en se léchant les commissures des lèvres. Faudra gratter un peu avant de pouvoir l'identifier.

Fredrik jeta un regard par-dessus son épaule. Sept à huit policiers ainsi que Kafa passaient au peigne fin la partie de la grange encore debout. La température restait élevée après l'incendie et elle avait retiré son pull. Elle travaillait en simple tee-shirt blanc moulant, auréolé de sueur sous les bras.

— D'après les voisins, c'est un paysan qui vit dans cette ferme. Seul. Il fait la taille d'un ours, alors on a de bonnes raisons de croire que c'est son cadavre, déclara Fredrik. Skaren, il s'appelait. Ottar Skaren.

La vue et l'odeur de l'homme éventré lui donnaient la nausée. Il s'éloigna. Kafa se tenait près d'un tas de plaques de fibrociment et regardait avec attention le mur de la grange.

— Vous avez trouvé quelque chose ? lui demanda-t-il.

Elle haussa les épaules.

— Il y a une petite plate-forme avec une lucarne ouverte qui donne sur Solro. Je crois que c'est ça qui a servi de poste d'observation.

Un trou d'environ un mètre de diamètre avait été creusé dans le mur, à un peu plus de deux mètres au-dessus d'eux. De là, ils aperçurent la cime des arbres dans la clairière en contrebas. Un escalier raide menait à la plate-forme. Les marches craquèrent sous leur poids.

Kafa avait raison. Cet endroit avait servi de poste d'observation. On avait coupé un vieux câble qui descendait du toit. Un autre, d'un blanc étincelant, avait été branché au cuivre nu, et le bout du câble conduisait à une grosse multiprise, placée dans l'embrasure de la lucarne. À côté, on voyait des traces dans la poussière. Des traces d'un trépied. Du genre dont on se sert pour stabiliser des jumelles ou un appareil photo.

À travers l'ouverture dans le mur, il vit la villa en bois, la pelouse et la grange qui constituaient la ferme de Solro à un peu plus d'un kilomètre. D'ici l'observateur pouvait tout voir, librement. Il allait le dire quand une voix triomphante le devança :

— Fredrik. Fredrik ! Regardez ! – Juste en-dessous de lui, Kafa s'était mise à genoux dans le tas de gravier et de tuiles tombées du toit. – Voici la raison pour laquelle le meurtrier est revenu. Il cherchait ça !

À la lumière tamisée, il vit ce qu'elle brandissait.

— C'était là, dans le gravier, s'écria-t-elle. C'est une sorte d'étui. Avec un téléphone à l'intérieur. Et une carte !

26

Les pantalons synthétiques des uniformes produisaient un bruit de frottement régulier, et le gravier crissait sous les bottes militaires. Les policiers coururent se cacher derrière le container devant les portes massives du hangar.

Fredrik suivait l'opération à travers les vitres teintées du fourgon de planque blanc. À côté de lui, sur une chaise bancale, était assis Sebastian Koss. L'inspecteur chuchota dans le micro :

— On passe à l'action.

Les policiers levèrent leurs armes et se mirent en mouvement. On entendit leurs respirations sourdes, interrompues par des messages prononcés tout bas :

— Prêts ?

— Prêts.

Fredrik examina la carte retrouvée dans la grange. Le mince cercle rouge tracé entre Kampen et Valle Hovin, à l'est de la capitale, était à peine visible. Indubitablement, ce cercle sur la carte indiquait l'ancien hangar industriel d'Ensjø.

— Prêts !

Il faisait chaud dans le fourgon et, avec toutes les portes et fenêtres fermées, l'oxygène commençait à manquer. Personne ne devait soupçonner leur présence.

— Prêts !

Il avait le front moite. Il se passa la langue sur les lèvres et goûta les minuscules gouttelettes qui perlaient au bas de sa moustache. Cela sentait le cuir de chaussures et la transpiration. Fredrik se pencha en arrière et croisa le regard de Kafa. Il secoua la tête. Une autre minute s'écoula.

— Prêts !

Une voix assurée se fit entendre sur la ligne :

— Inspecteur Koss, le hangar a été fouillé. Il n'y a rien ici.

Koss se leva lentement de sa chaise. Se passa les mains dans ses cheveux blonds, en sueur, avant de se diriger vers les portes arrière, courbé en deux.

L'ambiance dans le fourgon était délétère, mais on respirait mieux.

Par petits groupes, les policiers armés sortirent du bâtiment en briques qui faisait soixante mètres de long. Une petite tour s'élevait aux deux extrémités sur le faîte, et l'année de sa construction, 1923, était gravée dans le béton au-dessus du portail. Les dimensions des portes en acier devaient permettre de faire entrer un train. Une ancienne voie ferrée apparaissait, légèrement surélevée par rapport au bitume.

— Cet entrepôt n'a pas servi depuis longtemps. Il n'y a personne ici, annonça un des policiers baraqués à Koss.

L'homme avait relevé sa visière et, tout en parlant, essuyait la sueur de son front.

Fredrik fit signe à Kafa de s'approcher. Dans la pénombre, l'air était humide et froid, les sons extérieurs portaient à peine. La voie ferrée conduisait à l'intérieur du hangar dont le sol était recouvert d'une sciure fine. Des chaînes larges comme des chevilles pendaient du plafond où les poutres en acier résonnaient de cris d'oiseaux.

En silence, ils arpentèrent le lieu, parcourant des yeux le sol et les murs. Nus. Celui du fond était en béton gris. Avec trois portes, qui avaient toutes été fracassées par le groupe d'intervention. Les deux salles sur le côté, de taille modeste, avaient servi autrefois de bureaux comme l'attestaient les tables de travail et les armoires métalliques vides. La porte du milieu était plus large et la porte blindée, très enfoncée, prouvait qu'ils avaient dû donner de violents coups de bélier pour la faire céder. La pièce faisait à peu près dix mètres sur dix et s'élevait jusqu'à la tour creusée dans la soupente. L'obscurité était ici plus forte que dans le reste du bâtiment. Toutes les fenêtres, sauf une petite dans la tour, étaient masquées ; même chose avec l'ouverture ovale sur le mur du fond. De part et d'autre, des étagères en bois avaient été installées. Vides, à l'exception de quelques couvertures en feutre pliées. Ils regardèrent tout ça, perplexes.

Fredrik secoua la tête.

— Bon, soupira-t-il, découragé. Nous allons laisser les techniciens y jeter un coup d'œil, mais il n'y a rien ici.

Kafa ne répondit pas. Elle renversa la tête et respira profondément.

— Attendez, dit-elle en s'accroupissant et en passant la main dans la sciure sur le sol. Vous ne sentez rien ?

Fredrik prit le temps de répondre. Non, il ne sentait rien.

— Il fait plus humide ici que dans le hangar. Tenez ! fit-elle en lui tendant la main.

La sciure entre ses doigts n'était pas sèche, comme partout ailleurs dans cet endroit, mais collante et rugueuse. Les couvertures en feutre aussi étaient humides. Elles avaient dû, assez récemment, être posées sur le sol. Kafa tourna le dos à Fredrik et leva les yeux vers le toit. Vers la tour qui s'élevait au-dessus d'eux.

— Fermez la porte, demanda-t-elle.

La porte blindée enfoncée grinça quand il la ferma. Il fit sombre tout à coup. Seul un filet de lumière spectrale pénétrait par la fenêtre de la tour, et les grains de poussière qui tourbillonnaient paresseusement, tels des flocons de neige, semblaient soudain phosphorescents. À l'extrémité du rayon de lumière se tenait Kafa, le visage illuminé comme dans un tableau de Rembrandt. Son profil, sa cambrure, son cul, ses seins ressortaient comme un trait blanc sur une page noire.

— La Qibla, murmura-t-elle.

— Pardon ?

— Je crois que c'est la Qibla, répéta-t-elle en pianotant sur son téléphone.

Il la regarda fixement, sans comprendre.

— C'est-à-dire ?

Elle parla, les yeux toujours rivés sur son portable.

— La Qibla désigne la direction vers laquelle se tournent les musulmans pour prier, expliqua-t-elle. Vers la Mecque, donc. Je crois que la seule fenêtre à ne pas être masquée est tournée vers la Mecque. – Une seconde plus tard, elle le regarda en souriant. – J'avais raison. C'est la Qibla.

— Comment le savez-vous ?

— Parce que cette application..., dit-elle en lui tendant le téléphone, peut à tout moment m'indiquer la direction de la Mecque. Ces couvertures ont été alignées sur le sol il n'y a pas longtemps. Des personnes se sont planquées ici. Et elles ont prié en direction de la Mecque.

— L'Émir et Qambrani, compléta Fredrik.

Kafa acquiesça, pensive.

— La question est de savoir s'ils se sont enfuis à notre arrivée. Dans le cas contraire, s'ils ignorent que nous sommes venus ici, ils peuvent revenir, dit-il en boutonnant sa veste.

L'air était confiné. Kafa secoua la tête.

— Non, fit-elle. Ils savent que nous sommes venus. Ils ne sont pas si naïfs. Mais ils reviendront quand même.

— Ah ?

— Les couvertures en feutre doivent être pleines d'empreintes. De la peau, des cheveux… Si elles sont encore là, c'est qu'ils ont dû s'enfuir dans la précipitation. Ceux qui se cachent ici espèrent juste que nous ne comprendrons pas que cette pièce est utilisée. Ils reviendront pour s'en débarrasser.

— Et à quelle heure, tant qu'à faire ? s'amusa Fredrik, avec une pointe d'ironie.

— Quand il fera nuit, répondit-elle sans apprécier son humour.

Kafa s'assit dans le coin près de la porte. C'était à peine si on la voyait.

— Je pense que vous avez raison, soupira-t-il. Je vais dire à Koss de faire comme si nous levions le camp.

27

IL HÉSITAIT. Sa jambe l'élançait, une douleur sourde au genou, et le mur rugueux lui rentrait dans le dos. La lumière de la fenêtre de la tour avait pâli, le soleil se couchait lentement. Il avait bien essayé de lire quelques lignes du bouquin qu'il avait dans la poche intérieure de sa veste en cuir, un Charles Willeford, mais cela n'avait fait que renforcer son mal de crâne. Son envie de pisser était si forte qu'il se demandait s'il allait réussir à tenir. Et elle, comment faisait-elle ? N'avait-elle pas de besoins naturels ? Kafa n'avait pas bougé d'un iota depuis qu'elle s'était laissée glisser le long du mur, quatre heures plus tôt.

Mais elle aussi avait levé la tête. Le même bruit que tout à l'heure, un grattement presque inaudible contre la vitre derrière les planches qui barricadaient la fenêtre sur le mur du fond. Il n'y avait aucun doute. On aurait dit quelque chose de massif et de lourd qu'on détachait de l'encadrement de la fenêtre. Silence. Fredrik compta. Quinze secondes. Trente. Il crut détecter un mouvement entre les interstices des planches. Des petits cailloux dégringolèrent le long du mur extérieur. Puis un coup violent. La planche, tout en bas, se détacha. Même chose pour les deux au-dessus : l'ouverture faisait à présent au moins cinquante centimètres. C'est alors qu'ils virent l'homme.

Dans la pénombre, Fredrik aperçut une silhouette aux épaules larges et au cou épais. En prenant solidement appui sur le bord de la fenêtre, l'intrus se hissa, d'abord le haut du corps, puis les jambes. Il resta un bref instant sur le rebord de la fenêtre avant de se laisser retomber avec souplesse sur la sciure. Fredrik avait contracté tous ses muscles. Aussi longtemps qu'ils resteraient immobiles, ils se fondraient dans le décor. Mais si l'homme allumait une lampe de poche, ou ne serait-ce qu'un briquet, il les apercevrait.

Pas de lumière. La silhouette massive se dirigea vers l'étagère, à quelques pas de Fredrik. Il semblait être familier des lieux. L'enquêteur pouvait sentir son odeur. De la sueur, un relent de viande épicée. Sans effort, l'homme prit la grande couverture sur l'étagère. Fredrik décida de passer à l'action dès qu'il lui tournerait le dos et lèverait les mains au-dessus de la tête pour balancer la couverture par la fenêtre. Il fallait lui faucher les jambes pour profiter du poids de son corps. La taille de l'individu n'aurait alors plus autant d'importance. Les bras derrière le dos, une bonne prise autour de deux doigts : pousser jusqu'à ce qu'il crie et que ça craque dans l'épaule…

Mais l'homme ne se dirigea pas vers la fenêtre. Il déposa la couverture sur le sol et s'accroupit pour en étendre les quatre coins. À l'intérieur, il y avait un tapis de plus petite taille. Il le déroula, le secoua, se débarrassa de ses chaussures et se mit à genoux. Le dos tourné à Fredrik, le visage orienté vers la fenêtre de la tour. En marmonnant, il se pencha en avant jusqu'à ce que son front touche le sol. Il se redressa puis répéta le mouvement.

Attaquer l'homme pendant qu'il priait ? Ça ne lui semblait pas très correct. Puis l'image du pasteur Alfsen surgit. Abattu alors qu'il priait lui-même, les mains jointes. Affaire réglée. Fredrik prit appui sur ses poings et se leva en faisant le moins de bruit possible. Rassembla toutes ses forces dans ses jambes. Le moindre mouvement ravivait sa douleur au genou, mais il parvint à se mettre debout et se décolla du mur.

La solitude est une perception. L'œil peut vous dire que vous êtes seul. Pourtant vous savez que ce n'est pas le cas. Surtout dans le noir.

Avant même que Fredrik n'ait pu faire un pas, l'individu fit volte-face, le regarda droit dans les yeux et roula à terre, comme un félin. Quelque chose brilla dans sa main. Un poignard à la lame recourbée, de la taille d'un couteau à pain. Fredrik fit un petit saut en arrière et sentit la lame le frôler. Le temps qu'il retrouve son équilibre, l'homme s'était déjà relevé. Une barbe épaisse et soignée, un rictus, des yeux haineux.

De nouveau, Fredrik dut battre en retraite pour éviter la lame. Son pantalon ample et sa tunique rendaient moins mobile l'agresseur, mais cela n'avait guère d'importance à ce stade : encore un pas en arrière et Fredrik se heurterait au mur. Impossible de tenter une autre manœuvre.

— Ne bouge plus ! Nous sommes de la police ! Rends-toi !

La voix de Kafa résonna entre les murs. L'homme tourna la tête vers elle. Troublé. Il hésita un instant, puis se retourna entièrement et les vit tous les deux. Kafa lui faisait désormais face.

— C'est mon dernier avertissement. Baisse ton arme !

Un vague sourire apparut sur les lèvres de l'homme. Il eut l'air de vouloir dire quelque chose, mais n'en eut pas le temps. Fredrik passa à l'action et lui asséna un violent coup de pied à l'entrejambe. Il y eut un bruit de coton froissé quand le bout de sa chaussure atteignit ses testicules à travers le pantalon. Il entrevit le blanc cireux de ses yeux avant que l'homme ne se plie instinctivement en deux. Les mains jointes, Fredrik donna le coup de grâce sur sa nuque de taureau.

Mohammad Qambrani heurta le sol avec un bruit sourd et triste. Fredrik pissa dans son froc. Ah, ça faisait du bien.

28

IL ÉTAIT MINUIT lorsque Fredrik gara la voiture dans le garage de la police, à côté de la Mercedes noire SLS AMG de Koss. Il ne put s'empêcher d'admirer la bête. La carrosserie qui n'en finissait pas, les pneus larges presque parfumés, les portes en forme d'ailes de mouette, le cockpit si près du sol que l'animal menaçait de se cabrer. Une prouesse technique. Ah, des traces de boue au bas de la calandre… Tant mieux.

Fredrik rendit les clés de la Ford, propriété de l'État, et se dirigea vers le T-bane[1] à Grønland. Il jeta un coup d'œil sur son téléphone. Plusieurs appels en absence, toujours le même numéro. Il rappela.

— Salut, Fredrik, répondit une voix claire et masculine à l'autre bout du fil.

— Tu as essayé de me joindre ?

— Et comment ! Je pense que tu sais pourquoi. T'as un moment pour qu'on discute ?

— Euh, oui. Maintenant ?

1. L'équivalent des RER en région parisienne.

— Pourquoi pas ? J'allais me coucher, mais... disons dans vingt minutes. À l'endroit habituel...

— D'accord. Passe le bonjour à Turid.

L'endroit habituel. Le pub le plus ancien et le plus petit à l'ouest de la Bogstad vei, où l'on pouvait encore s'offrir deux pintes de bière pour moins d'un billet de cent. La dernière fois que le proprio avait repeint, c'était longtemps avant la loi sur l'interdiction de fumer dans les lieux publics, et les murs d'un rose violet puaient la cigarette. Le patron renfrogné derrière le bar et les habitués veillaient à ce qu'il n'y ait pas trop de clients de passage.

Ce pub n'était qu'à un jet de pierre de chez lui et de l'appartement de Jørgen Mostu et sa femme Turid, ce qui leur permettait de se retrouver à mi-chemin – détail qui avait son importance pour Fredrik, dès lors qu'il s'agissait de rencontrer un journaliste.

Cela faisait un bail qu'ils ne s'étaient pas donné rendez-vous. Potes durant leurs études, puis meilleurs amis, camarades, connaissances, amis de nouveau. Fredrik se souvenait de la première fois qu'il l'avait vu : un type imposant, tout en muscle à cause du travail à la ferme familiale. À présent, Jørgen portait les stigmates de dix-huit ans passés derrière un bureau de TV2. Le ventre relâché, la peau flasque, peu masculine. En revanche, ses boucles rousses et son sourire étaient demeurés inchangés. L'enquêteur buvait sa dernière gorgée de bière quand son camarade fit son entrée. Jørgen retira ses lunettes rondes et brossa les quelques gouttes d'eau sur sa chemise en flanelle.

— Ça fait plaisir de te voir, dit-il.

Ils se donnèrent une accolade virile. Le journaliste eut aussitôt droit à une Bayer[1] tandis qu'il enlevait son coupe-vent.

1. Bière qui, comme son nom l'indique, fait référence aux bières allemandes. Brassée en Norvège, la Bayer a une couleur plus ambrée et une saveur plus maltée que la Pils.

— On a vraiment un été de merde !

Fredrik attendit qu'il soit assis pour lui demander :

— Alors, c'est comment la vie de directeur du service politique ?

— C'est... ça n'a rien à voir avec le métier de reporter, en tout cas. Il y a plus de responsabilités, plus de réunions. Mais le salaire et les horaires de boulot sont incomparables. Turid prétend que c'est le choix le plus intelligent que j'aie fait depuis qu'on s'est mariés... et ça commence à faire un certain nombre d'années. – Tous deux sourirent, avant que Jørgen ne redevienne sérieux. – Depuis que Turid est tombée malade, eh bien... c'est mieux, avec des horaires fixes. Mais je ne suis pas venu pour parler de mon boulot mais du tien, Fredrik.

Jørgen se pencha par-dessus la table.

— C'est une histoire complètement dingue. – Il secoua la tête. – Des membres d'une communauté massacrés, une secte volatilisée, des terroristes musulmans, des filles de personnalités politiques plutôt malignes... Putain, t'as vu les photos dans *Dagbladet* ? Annette Wetre a l'air assez chaude, non ? – Jørgen baissa d'un ton en voyant que Fredrik ne semblait pas excité par ce genre de détails dont la presse est friande. – Bon, toute la question est de savoir ce que tu peux me raconter...

Fredrik regarda son vieil ami d'un air pensif. Il savait qu'il pouvait compter sur lui. Comme pour le tester, il retira ses lunettes et les posa sur la table.

— Disons que je t'expose d'abord l'affaire, et nous en viendrons aux questions après.

— D'accord, convint Jørgen en tapotant la table des doigts.

Fredrik commença. Il parla de la disparition au départ anodine d'Annette Wetre et comment l'affaire avait explosé avec le coup de téléphone de Synne Jørgensen. Le chaos sur le lieu du crime, les traces laissées par la communauté disparue, la chambre d'Alfsen et les victimes aux corps criblés de balles. Puis sa voix se fit plus grave :

— Tout ça, ce n'est pas moi qui te l'ai dit, OK ?

Jørgen acquiesça en clignant des yeux. Ses doigts s'immobilisèrent.

— Ce qui est assez fou dans cette affaire, reprit Fredrik, c'est le degré de précision des éléments parus dans la presse. Tout ce que je t'ai raconté jusqu'ici est déjà connu. Vous avez apparemment une source de tout premier ordre. Mais… – Fredrik se gratta le menton, ses poils étaient râpeux sous ses doigts – vous avez une source qui est sélective dans ses infos.

Jørgen ne s'attendait pas à ça et voulait visiblement en savoir plus. Ce devait être une expression du visage qu'ils étudiaient à l'école de journalisme, car elle était monnaie courante dans le milieu de la presse.

— Sous Solro, il y a une cave. Une cave cachée, constituée d'un laboratoire et d'une salle de vidéosurveillance. C'est là qu'arrivaient toutes les images des caméras installées par la communauté autour de la ferme. À l'intérieur comme à l'extérieur.

— Un labo ? Mais pour quoi… ?

— Nous l'ignorons, l'interrompit Fredrik. Mais il s'est passé *quelque chose* à cet endroit. Quelque chose qui ne supporte pas la lumière du jour. La cave était, à notre arrivée, d'une propreté clinique. – Il lança à son camarade un regard franc. – Pourquoi votre informateur ne vous a-t-il pas parlé du laboratoire clandestin ?

Une vague méfiance se lut dans les yeux de Jørgen Mostu.

— Bonne question. C'est en effet une source très fiable, répondit-il.

Il était clair qu'il commençait à douter.

Fredrik appuya son dos contre son dossier, si bien que sa chaise menaça de basculer.

— Je crois que vous avez été manipulés, dit-il.

— Ah bon. Et pourquoi ? demanda le journaliste en plissant le front.

— Parce que quelqu'un veut faire passer cette tragédie pour une sorte de vendetta religieuse. On veut nous faire croire que ce sont les intégristes musulmans qui ont fait ça. Il est possible que ce soit le cas, mais cette affaire est plus compliquée qu'elle n'en a l'air. J'en ai la certitude. – Fredrik marqua un temps d'hésitation avant de poursuivre. – Il s'est passé des choses dans cette cave…

Jørgen leva les yeux au ciel.

— La presse se serait donc fait manipuler ? On serait tombés dans le panneau comme des imbéciles ?

— C'est toi qui emploies ce terme. Ceux qui ont fait ça ont une vision professionnelle et approfondie de la société. Ils savent appuyer sur les bons boutons, répondit-il avec diplomatie.

Il jeta un coup d'œil au verre presque vide de Jørgen.

— Un autre ?

— Oui, putain, grommela le journaliste, contrarié.

Lorsque Fredrik revint, Jørgen semblait avoir pris le temps de réfléchir.

— Et l'Émir ? Ce Mohammed Khaled Omar que vous suspectez ? Et son garde du corps ? Qambrani ? Les seules personnes qui sont activement recherchées dans cette affaire sont bien des intégristes musulmans, non ?

Fredrik n'essaya pas de mentir :

— Normalement, cela n'aurait pas dû filtrer.

— On a de bonnes sources, je t'ai dit, répliqua Jørgen avec une certaine fierté.

— Je ne veux rien ajouter sur l'Émir. On le recherche parce que nous voudrions l'interroger. Quant à Qambrani, il est hospitalisé à Ullevål. Des testicules gonflés, d'après ce que j'ai compris. – Il inclina la tête. – Puisque vous étiez au courant pour l'Émir et Qambrani, pourquoi n'en avez-vous pas parlé ?

— Je ne peux pas te le dire.

— Ah bon. Je te parie deux bières qu'il y a en ce moment une équipe de cameramen postée à la sortie de la garde à vue à Grønland. Vous avez promis d'étouffer l'affaire jusqu'à ce que l'Émir soit arrêté, n'est-ce pas ?

Jørgen sourit en levant les yeux au ciel.

— On verra.

Il sortit fumer une cigarette. Fredrik l'observa un instant derrière la vitre tachée, sous l'auvent rouge, à l'abri de la bruine. Il enfila son blouson en cuir et le rejoignit à l'exté rieur. Côte à côte, on aurait dit Laurel et Hardy.

— J'ai besoin de savoir qui est ta source, dit le flic.

Jørgen tira une longue bouffée de sa cigarette. La réponse vint dans l'expiration :

— Putain, Fredrik. C'est sacré, tu le sais aussi bien que moi.

— Tu reconnais que cette source vous manipule ?

Jørgen fit de petits claquements de langue avant de le regarder en coin.

— Mais putain, répéta-t-il, ça ne marche pas comme ça, avec moi. Tu as ouvert des portes et je garderai ça dans un coin de ma tête. Mais je ne balancerai pas notre source. Pour l'instant, je n'ai que ta version de l'histoire.

— Ça ne te gêne donc pas d'être manipulé ? insista Fredrik.

Jørgen fit la moue.

— Toutes nos sources ont un planning assez chargé. L'info a surgi là où on ne l'attendait pas. Je ne t'en dirai pas plus.

Il jeta son mégot dans la rue.

— Mais le tuyau est venu de quelqu'un dans la police. De haut placé ?

Son camarade rit tout haut.

— Arrête, je ne t'en dirai pas plus. Qu'est-ce qui te fait croire ça ?

— Je ne le crois pas, je le sais, répondit Fredrik avec assurance en se tournant vers lui. Tu connais cette affaire trop en détail pour n'en avoir eu vent que lors d'une réunion à la direction. C'est clair que tu travailles dessus. Ce qui signifie que toi ou d'autres dans ton service avez un contact direct avec votre source. Et la dernière fois que j'ai vérifié, tu travaillais au service politique. Pas aux affaires criminelles.

Ils s'apprêtaient à rentrer dans le pub quand Fredrik s'arrêta net. Il scruta pensivement la rangée de voitures garées dans la rue sombre. Un mouvement avait attiré son attention. Ou n'était-ce que le fruit de son imagination ? Les phares d'une voiture ?

Il suivit son camarade et retrouva la chaleur de la salle.

29

La lune se reflétait dans la lame du couteau. Il s'immobilisa un instant, glacé, fasciné. Puis il tourna lentement le manche jusqu'à se voir lui-même. Son regard était gris. Vide.

Avec une extrême lenteur, le rasoir à lame glissa sur le crâne blanc comme neige. Puis il prit de l'eau de la coupelle dans sa paume et sa main suivit le couteau. Le long de la tempe, sur la cicatrice irrégulière. Là où aurait dû se trouver l'oreille, sur des restes de cartilage, se trouvait une membrane aussi fine que du papier. Puis il passa derrière, dans la nuque. Il tourna le crâne jusqu'à la musculature du cou, tendue jusqu'à la douleur. Le couteau, puis la main. De l'eau entra dans le conduit auditif. Il ne posa pas le rasoir à lame, il ne jeta pas l'eau avant que le corps soit entièrement imberbe. Puis il s'accroupit. Ouvrit le pot et, avec l'index et le majeur, fit pénétrer la substance laiteuse dans la peau. Lentement, elle serait absorbée par les couches cutanées supérieures et en effacerait tous les contours.

Quand il eut terminé, il se leva. Le dos large, puissant, se détendit tel l'aigle qui, en vol plané, déploie ses ailes. Ses poings glissèrent sur la tête.

Si par hasard des gens s'étaient aventurés dans cette zone de la forêt, ils seraient tombés sur un paquet de muscles, jambes écartées, le corps nu. La peau brillante comme de la cire fondue. Ils auraient vu pendre ses organes génitaux, le reflet nacré de l'arrière de sa tête, avec cette forme parfaite d'œuf, sans oreilles. Et si l'homme s'était retourné, ils auraient reculé. D'effroi. N'en croyant pas leurs yeux. Avec la certitude que leur vie s'arrêterait là.

30

— ÇA FAIT LONGTEMPS que vous connaissez Fredrik ? Kafa avait baissé la voix. Andreas Figueras la regarda froidement.

— Oui, dit-il sans rien ajouter.

Mais elle ne comptait pas s'arrêter là.

— Qu'est-ce qui est arrivé à sa jambe ? Pourquoi boite-t-il ?

Andreas hésita. Jeta un rapide regard à l'homme dont ils parlaient. Avec ses lunettes d'agent, son tee-shirt du groupe ZZ Top et sa veste en velours côtelé, difficile pour le propriétaire du petit magasin Norsk Security & Tech de comprendre qu'il avait affaire à un enquêteur. C'est ici qu'avaient été achetées les caméras de surveillance de Solro.

— Bon, répondit Andreas à voix basse. Puisque vous allez travailler ensemble, autant que vous sachiez. Ça vous évitera de faire des bourdes.

Elle glissa sa langue sous sa lèvre supérieure. Comme si elle n'avait pas songé, déjà, qu'il y avait une bonne raison à son boitement, pas seulement une histoire de chute dans l'escalier ou de culbute à vélo. Elle le jaugeait, de ses chaussures en cuir marron lustrées jusqu'à ses boucles gris argenté. Il savait ce qu'elle pensait. Cherchait-il un moyen de l'humilier ? Elle fut vite fixée.

— Fredrik s'est abîmé le pied quand il a essayé de sauver son enfant des flammes à l'intérieur de sa maison. – Andreas la vit tressaillir. – Fredrik et sa femme, Alice, venaient d'avoir leur troisième enfant. Alice avait repris le travail, et lui était à la maison avec le bébé. Frikk. Pendant que Frikk dormait, Fredrik s'est éclipsé pour faire les courses. Trois fois rien, au coin de la rue. Il s'est absenté dix minutes chrono. Mais ça a suffi. Quand il est revenu, l'appartement avait pris feu. Il a sauté du deuxième étage avec Frikk dans ses bras. Frikk est mort et Fredrik s'est démoli le genou.

— C'est triste, dit Kafa doucement.

Andreas pinça les lèvres.

— Ouais…

Fredrik fit signe à ses collègues de le rejoindre et indiqua le contrat posé sur le comptoir ainsi que le propriétaire, un chauve d'une quarantaine d'années. Le contrat remontait à deux ans. La Lumière de Dieu avait payé presque deux cent mille couronnes pour les caméras de surveillance. Après avoir regardé attentivement les photos sur la clé USB de Fredrik, le vendeur admit très bien se souvenir de cette commande.

— Répétez ce que vous venez de dire sur le paiement.

Le vendeur souffla bruyamment, comme une baleine échouée sur le rivage. Il prenait la clause de confidentialité du magasin très au sérieux.

— Oui, je m'en souviens. Ils ont payé cash. En liquide.

— Cash ? répéta Fredrik. Ça arrive souvent ?

— Non.

— Est-ce que vous avez demandé pourquoi ils payaient en liquide ?

Le propriétaire ricana.

— On travaille dans la branche sécurité. Les gens viennent justement chez nous parce qu'ils ont des trucs à cacher. Ce n'est pas interdit de payer comptant dans ce pays, que je sache ?

— Pas pour l'instant, rétorqua Fredrik sur un ton aigre. Est-ce que vous pourriez nous décrire ceux qui vous ont passé commande ?

— Il n'y en avait qu'un seul. Mais je ne me souviens plus au juste de sa tête. Un type tout ce qu'il y a de plus ordinaire. Un peu intense, oui, c'est ça. Un regard un peu intense, si vous voyez ce que je veux dire.

— C'était lui ? intervint Kafa.

Elle avait étudié le contrat et pointait du doigt la signature qui s'y trouvait.

Le propriétaire déclara qu'il n'avait pas vérifié l'identité de l'acheteur, puisqu'il payait comptant. Mais oui, c'était bien sa signature.

Per Olsen.

Le magasin se trouvait dans une zone industrielle un peu à l'écart à Alfaset, à sept ou huit kilomètres à l'est d'Oslo. Après avoir pris un ersatz de café, ils repartirent en direction de Grønland. Kafa conduisait tandis qu'Andreas étalait feuille après feuille sur la banquette arrière. Le résultat des recherches dans les archives publiques, la veille.

— Il n'existe aucune personne, victime ou disparue, du nom de Per Olsen, dit Kafa.

— Ce peut être un nom d'emprunt, hasarda Andreas.

— Mouais… Mais un nom d'emprunt pour qui ? Le propriétaire n'a pas reconnu le pasteur sur la photo qu'on lui a montrée. Ni aucun des autres membres de la communauté. Non, je ne crois pas, conclut Kafa.

Elle avait retrouvé son ton professoral et le visage d'Andreas devint écarlate.

— On dirait quand même un nom d'emprunt, répéta-t-il, vexé comme un pou.

Il y eut un silence.

— Bon, quoi qu'il en soit, déclara Fredrik, raconte ce que tu as trouvé, Andreas.

Son collègue chaussa ses lunettes. Le pasteur Bjørn Alfsen Jr était l'araignée. Aucun doute là-dessus. Andreas avait recherché les propriétés appartenant à la communauté. Et il y avait de quoi être surpris : aucun membre ne possédait quoi que ce soit. Pas même une parcelle de jardin. Des recherches montraient qu'ils avaient eu des appartements et des maisons, comme la plupart des citoyens de ce pays, mais plus maintenant.

Fredrik s'agita sur son siège.

— Cela correspond à ce que Kari Lise Wetre a raconté sur sa fille. Annette a vendu un appartement dans le quartier de Sankt Hanshaugen, dit-il, impressionné par le nombre de papiers que son collègue manipulait sur le siège arrière.

Andreas fredonna.

— Oh que non ! Je crois que cette charmante Annette a mené sa mère en bateau. Elle n'a rien vendu du tout. L'appartement a été transmis, gratuitement, au pasteur Bjørn Alfsen.

— Oh merde.

Andreas lut à voix haute un document.

— Treize propriétés sont enregistrées à son nom, en plus de Solro. Il a hérité de ses parents deux d'entre elles, une villa dans le quartier de Bygdøy et une autre sur l'île de Tjøme. Mais à sa mort, il possédait aussi cinq appartements à Oslo, un terrain à usage commercial à Lysaker, une maison individuelle à Larvik, deux à Lillehammer, une forêt dans le Nord-Trøndelag et un chalet à Rjukan. Toutes ces propriétés ont appartenu autrefois à des membres de la secte qui les ont données à Alfsen. Et, oui, nous avons vérifié, ajouta-t-il en jetant un regard sombre à Kafa, toutes ces adresses sont inhabitées.

— Est-ce que vous avez une théorie pour expliquer cela ?

— Oui, répondit crânement Andreas, j'en ai une, de théorie. Je crois que c'était pour s'assurer une sorte de sécurité financière.

Fait étrange, Alfsen n'avait pas vendu un seul bien immobilier, à croire que la communauté n'avait eu aucun besoin d'argent. Alors comment avait-elle pu financer les travaux de construction de la cave et du laboratoire clandestin ? Comment entretenir plus de vingt personnes ? Andreas écarta les mains pour montrer que ces questions restaient sans réponse. Alfsen avait forcément un peu de liquide, mais on parlait ici de dizaines de milliers de couronnes... Surtout que cela faisait plus de dix ans que le pasteur n'avait pas de compte bancaire. Alors, s'il avait de l'argent, il avait dû le cacher dans un matelas qu'ils n'avaient pas encore ouvert.

— Et Solro ? demanda Kafa.

— Comme je l'ai dit, ça appartient à cent pour cent à Alfsen. Regardez... – Andreas déplia la carte de Maridalen. – Le terrain de Solro est relativement étendu. À peu près deux hectares, avec des possibilités d'occuper différents terrains aussi bien vers le nord que vers l'est.

— Et la cave secrète ?

Andreas chercha la photocopie d'une lettre portant l'entête de la commune d'Oslo.

— Administrativement, tout est en ordre, c'est-à-dire qu'ils ont demandé l'autorisation de construire une cave sous la grange. Dans sa requête, Alfsen ne fait aucune mention d'un laboratoire, dit-il en agitant la feuille. La commune a accepté l'aménagement, contre la promesse que les plans lui soient transmis. Ce qui n'a jamais été fait. En tout cas, on ne les trouve pas dans les archives communales.

Kafa secoua la tête.

— Et si les propriétés ne visaient pas à assurer une indépendance financière ? Si c'étaient juste des planques ? Des lieux où se réfugier si les choses tournaient mal ?

— Vous oubliez un détail, rappela Andreas sèchement. Les choses ont mal tourné. Il y a eu un massacre.

31

LES SOUVENIRS REMONTAIENT quand il renversait la tête en arrière et inspirait profondément. Il les accueillait sans déplaisir, ils n'avaient jamais rien de menaçant. Il revoyait le violeur de cet hiver. Le jeune homme de dix-neuf ans qui avait poignardé son père. Le propriétaire d'un magasin, couvert de bandages, et l'adolescent de treize ans qui avait encore le sang de son frère sur la joue. Les agresseurs. Les témoins. Et les victimes. Ceux qui se retrouvaient sur cette chaise, devant lui, étaient à leur manière des victimes.

Andreas ne se souvenait pas des dates. Ni du temps que ces gens avaient passé sur cette chaise. Il lui arrivait de ne pas se souvenir de leurs voix. Avaient-ils pleuré ? Ri ? Ou seulement parlé ? Il se souvenait des images. Pour le reste, le magnétophone s'en chargeait. Car même celui qui ne dit rien raconte quelque chose. Un regard nerveux à l'avocat, le déclic d'un stylo bille et la paume qui frappe le pied de la chaise. La respiration.

À l'extérieur de la salle d'interrogatoire, Andreas Figueras savait qu'on ne le portait pas dans son cœur. Ses commentaires inappropriés, les conflits qu'il ne cherchait pas à éviter, sa colère toujours latente. Il n'y pouvait rien. Cela entretenait une inquiétude permanente chez lui, et il ne laissait en paix que ceux qui, comme Fredrik, l'acceptaient comme il était.

Mais entre ces quatre murs, là, il faisait des merveilles. Plus aucune règle compliquée ne s'appliquait ici. Dans la salle d'interrogatoire, son pouls se calmait. Car il n'y avait que lui, une table, une porte et un miroir. Et quelqu'un avec une histoire qu'il fallait lui soustraire.

Il y avait aussi ces foutus avocats, mais bon…

— J'ai conseillé à M. Qambrani de répondre à toutes vos questions. Comme il l'a expliqué, il regrette vivement que son comportement ait pu être jugé agressif à l'égard de vos collègues. Mais comme il l'a également précisé, dès que les policiers en civil ont décliné leur identité, il a stoppé net tout geste d'autodéfense. C'est à ce moment qu'il a été neutralisé, et de manière fort brutale, c'est le moins qu'on puisse dire.

Andreas laissa l'avocat faire son laïus. L'enquêteur ne le connaissait pas et il ne s'était même pas donné la peine de retenir son nom. L'homme s'était installé dans un coin de la pièce et non à la petite table en contreplaqué où étaient assis les deux autres, de façon à communiquer avec son client par le regard. Andreas scrutait Qambrani. La peau mate de son visage paraissait douce, avec un aspect velouté malgré la barbe drue et bouclée. Sa minerve donnait l'impression qu'il avait un cou flasque.

— Je voudrais demander pardon aux policiers, dit Qambrani à voix basse. J'avais peur. Je croyais qu'ils étaient venus pour me prendre. Nous avons reçu tellement de menaces. Et après la disparition de l'Émir…

Ses propos restèrent en suspens. Il baissa la tête et regarda un fil qu'il tortillait autour de son doigt et qui pendait de sa tunique, une *salwar kameez* gris-vert, boutonnée de la poitrine jusqu'au cou. Andreas leva les yeux au ciel, en direction du grand miroir sans tain. De l'autre côté, Synne, Sebastian Koss et Fredrik ne perdaient pas une miette de la scène.

— Où est Mohammed Khalid Omar ? L'Émir ?

Qambrani se rembrunit. Fit des torsades avec sa barbe, secoua la tête. Enfin, il dut remplir le vide.

— Cela fait plusieurs semaines que je ne l'ai pas vu. Je n'ai aucune idée de l'endroit où il est.

— Quand vous êtes-vous rencontrés pour la dernière fois ?

Qambrani soupira.

— Je… ne m'en souviens plus très bien. Disons il y a trois ou quatre semaines. Nous avions organisé une réunion le soir où Omar devait prendre la parole. Je ne sais pas si je l'ai revu depuis.

Andreas resta silencieux. Sur le front de l'homme qui lui faisait face était apparue une grosse veine.

— Alors, quand avez-vous pris conscience de la disparition de l'Émir ?

L'homme joignit les paumes.

— Lors de la prière du vendredi. Il y a trois semaines. Quand on s'est tous retrouvés. Il n'est pas venu.

— Et pourquoi ?

Qambrani eut un geste d'impuissance.

— Je ne sais pas.

— De quoi avez-vous parlé le jour où vous vous êtes vus pour la dernière fois ?

— Je ne m'en rappelle pas. De rien en particulier. En tout cas rien qui m'ait marqué.

— Rien sur le fait qu'il comptait partir ? Aucun projet en dehors de la ville ?

L'homme fit non de la tête.

— Vous avez parlé de Solro ?

— Non.

— De la Lumière de Dieu ?

Qambrani ne répondit pas. Andreas haussa la voix :

— Avez-vous parlé de vos ennemis invétérés, cette communauté chrétienne de Solro ? Là où des membres ont été massacrés, il y a quatre jours ? Vous avez parlé d'eux, oui ou non ?

— Non ! – L'homme à la stature imposante tapa si fort de sa main que du café éclaboussa la table. Il se cramponna aux accoudoirs comme pour se retenir. – Non, je vous dis. Je n'ai rien à voir avec cet acte horrible. Je ne sais rien à ce sujet. Je ne comprends pas vos questions !

Il regarda, désemparé, son avocat.

— Mon client n'est en aucune façon impliqué dans les discussions, l'élaboration ou l'exécution des meurtres à Solro. Les divergences avec cette communauté ne datent pas d'hier. Alors si vous n'avez pas d'éléments tangibles tendant à prouver qu'il est lié aux crimes qui se sont produits là-bas...

L'avocat ne se donna pas la peine de compléter sa phrase, mais hocha plusieurs fois lentement la tête avec son menton charnu.

Andreas garda le silence. Il se pencha en avant, prit quelques serviettes en papier dans la boîte posée au centre de la table et les posa sur les taches de café. Puis il jeta les serviettes imbibées dans son gobelet vide avant de reprendre de nouvelles serviettes et de renouveler l'opération. Pour finir, il écrasa le gobelet dans sa main et le balança dans la corbeille à papier.

— Alors pourquoi vous êtes-vous caché dans un hangar industriel à Ensjø ?

— Nous...

Du coin de l'œil, Andreas vit l'avocat faire signe de continuer à son client. Qambrani s'éclaircit la voix.

— Jamaat-e-Islami est une organisation qui a beaucoup d'ennemis. Nous exerçons une activité religieuse légale, malgré cela, de nombreuses personnes nous haïssent. Nos locaux ont été cambriolés. Saccagés. Les propriétaires nous mettent à la porte à cause de notre foi. Alors l'Émir m'a demandé de trouver un endroit sûr. Un endroit où nous pourrions nous replier, si la situation empirait.

— Empirait ?

Qambrani haussa les épaules.

— Il suffit de regarder autour de soi. Des conflits politiques et culturels surgissent partout. Ici aussi. C'est pourquoi nous avions trouvé ce hangar à Ensjø. Je reconnais que nous n'avons pas tous les papiers qu'il faut, genre contrat de location, etc., mais nous étions en train de régulariser la situation.

Andreas leva une nouvelle fois les yeux au plafond et émit un léger sifflement.

— Vous n'avez pas répondu à ma question : pourquoi vous êtes-vous planqué ?

L'islamiste se contenta de tortiller le fil qui pendait de sa tunique. Allait-il finir par tirer dessus une bonne fois pour toutes ? Comment réussir à le pousser dans ses derniers retranchements ?

— Je ne crois pas que l'Émir nous ait quittés volontairement.

— Ah bon ?

Mohammad Qambrani avança les pieds sous la table, révélant qu'il portait des chaussettes bleues dans ses sandales en plastique Adidas. Les chaussures préférées des détenus.

— L'Émir ne nous aurait jamais laissés comme ça. Sans un mot. – Ses mains massives s'étaient calmées. – Je crains qu'il ait été enlevé et tué. Par ceux qui haïssent l'islam. Alors j'ai eu peur et je me suis caché. C'est pour ça que... j'ai réagi comme je l'ai fait lorsque les policiers m'ont trouvé.

— Donc l'Émir n'a pas séjourné dans ce hangar ?

— Non.

— Mais pourquoi n'avez-vous pas signalé sa disparition ?

Andreas Figueras ne jouait pas aux échecs, mais il avait participé à un séminaire où un vieux routier de l'école de police leur avait expliqué la parenté entre un interrogatoire et ce jeu très ancien. Il fallait placer ses pièces intelligemment avant d'attaquer. Puis veiller à ce que son adversaire n'ait *jamais* la possibilité de vous atteindre réellement. Dans une salle d'interrogatoire, la police avait toujours les pièces blanches. C'est-à-dire qu'elle avait droit au premier coup et, par là, prenait un avantage sur la partie. Seuls les mauvais policiers perdaient cet avantage. Ces propos résonnaient encore dans ses oreilles à la vue de l'air supérieur que prenait Qambrani.

— Mais c'est ce que j'ai fait.

— Ah ? dit Andreas, hésitant – il jeta un coup d'œil au miroir.

— Oui, je confirme, renchérit l'avocat. – Son ton nasillard était censé énerver. Effet réussi. – Il y a très précisément dix-neuf jours. Il y eut un appel, certes anonyme, mais du téléphone de Qambrani. Ce portable que vous avez confisqué, si je ne me trompe. Vous n'avez qu'à vérifier ses communications et, par la même occasion, étudier le journal d'appels...

Le jeu d'échecs. Andreas souffla par le nez.

— Cette affaire est d'une priorité absolue pour la police d'Oslo. Si nos ordinateurs avaient pu livrer le moindre renseignement sur l'homme suspecté d'être l'auteur du massacre à Solro, je ne crois pas que cela nous aurait échappé, dit-il.

— Et pourtant..., enchaîna l'avocat avant qu'Andreas l'interrompe d'un geste.

C'était une partie de poker en réalité. Ici, on pouvait gagner même avec un jeu pourri. Il s'agissait d'être le meilleur au bluff. De rien d'autre.

— Est-ce que la pensée vous a traversé que l'Émir pouvait vous avoir roulé ? Qu'il a peut-être uniquement *fait semblant* de disparaître ? Que sa haine envers la Lumière de Dieu et les autres chrétiens est plus forte que vous ne l'aviez cru ?

Qambrani lui jeta un regard vide.

— Non. Ça ne m'a pas effleuré l'esprit.

— Alors comment expliquez-vous ça ? – Andreas sortit d'un carnet en cuir une carte qui indiquait le hangar industriel. – Nous avons trouvé ceci dans la ferme voisine de Solro. Le propriétaire de la ferme a été tué, éventré, plus exactement, il y a deux jours.

Qambrani secoua la tête.

— Puisse Dieu avoir pitié de son âme. Je n'ai jamais vu cette carte avant. Que voulez-vous que l'Émir en fasse ? Il sait parfaitement où se trouve ce hangar.

Qambrani n'avait pas été dupe. Le bluff avait raté.

Andreas sortit une photo et la posa sur la table entre eux. Celle du pasteur. Agenouillé, les mains jointes. Une image a priori paisible, s'il n'y avait eu cette lumière crue, froide. Et la blessure par balle au-dessus de l'oreille.

Qambrani examina la photo.

— Il est... mort ?

— Oui.

— Que la paix soit avec lui, dit-il en reposant la photo. Qui est-ce ?

— Il s'appelait Bjørn Alfsen. C'était le pasteur de la communauté la Lumière de Dieu.

Qambrani acquiesça.

— Vous voyez le foulard qui attache ses mains ? Il porte une inscription du Coran. Étrange, vous ne trouvez pas ? dit Andreas en pointant la photo du doigt.

L'homme hésita.

— Je ne sais pas. Je ne suis pas un enquêteur de la brigade criminelle, moi. Mais… – Il regarda le policier droit dans les yeux. – Ce n'est pas une coutume islamique. Ceux qui ont fait ça ne sont pas des musulmans. Ce ne sont pas des amis de l'islam.

Échecs ou poker, quelle importance, au fond ? La partie était terminée.

32

BORDEL DE MERDE.

Fredrik se pencha en avant, prit le sac noir et le retourna. Il songea au visage chiffonné d'Andreas à l'issue de l'interrogatoire de la veille.

Il repensa également à la conversation avec les techniciens devant la grange. Dans le coffre de la Passat brûlée, il y avait les restes d'un sac noir qui, selon eux, avait dû contenir des tubes à essai, des récipients en plastique et des boîtes de Petri – le genre de boîtes qu'on utilise en laboratoire. Tout était à présent broyé. Le matériel et les produits chimiques de Solro s'étaient donc retrouvés ici, sur un terrain de Maridalen où une maison venait de brûler. Puis il revint à Mohammad Qambrani. La vérité, c'était qu'ils ne pouvaient retenir aucune charge contre lui. Ils parviendraient sans doute à obtenir de la part du juge quelques semaines de préventive, après quoi il serait relâché. Il fallait absolument retrouver l'Émir. Et la communauté disparue. Le meurtrier. Le temps travaillait contre eux.

Il faisait gris et sa fine veste marron en velours côtelé ne le protégeait pas du vent. Enfin, la Ford banalisée déboucha en haut de la Sorgenfrigate. Kafa baissa légèrement la vitre.

— C'est quoi, ça ? demanda-t-elle, en regardant l'épagneul.

L'animal avait de longs poils épais, des oreilles en forme de feuille d'orme et des yeux mouillés.

— Ça ? C'est une fille et elle s'appelle Crésus.

— Vous emmenez votre chienne au boulot ?

— C'est la chienne de Bettina. Une... amie. Elle est en séminaire et je dois garder son animal. Crésus n'aime pas rester seule. Ça lui file la courante.

Voilà qui n'avait pas l'air de ravir Kafa.

— Vous n'aimez pas les animaux ?

— Je suis musulmane.

— Je sais. Consolez-vous en pensant que ça aurait pu être un cochon.

Kafa remonta la fenêtre et ouvrit le coffre. Fredrik tapota à la vitre.

— Désolé, elle doit être installée à côté du conducteur. Sinon, elle a mal au cœur.

Les journaux furent déchirés et il n'en resta que des lambeaux sur la table tachée d'Henning Skaug. Son bureau était un mélange de poussière, de produit nettoyant, de ruban adhésif et de Post-it qui traînaient là depuis des lustres. Mais au milieu se détachait un rectangle net : une liasse de documents.

— Ah, ça n'a pas été de la tarte, croyez-moi. Mais bon, ça m'a donné l'occasion de ranger un peu, dit Skaug en versant du café dans des gobelets en carton. – L'ancien propriétaire d'Oslo Montasjemiljø AS prit place derrière son bureau. – Du lait ? proposa-t-il en montrant le pack de lait pour qu'on se serve librement. – Je n'ai plus droit au sucre, malheureusement.

L'entreprise d'Henning Skaug avait fait faillite quelques années après la construction de la cave à Solro. Il travaillait dorénavant pour un promoteur plus important, dont le siège se trouvait à Furuset. De ses doigts noueux, il feuilleta ses papiers et posa un croquis au sommet de la pile.

— Ah, ce contrat-là, croyez-moi, je ne suis pas près de l'oublier !

Pas étonnant. C'était un immense chantier pour lequel Skaug avait demandé une avance. Deux heures plus tard, trois gaillards étaient venus le voir à son bureau, avec une valise remplie de billets. Neuf millions deux cent quarante-quatre mille couronnes, en billets de mille et de cinq cents. Il avait eu la sensation d'être un gangster. Le constructeur marmonnait tandis qu'il leur montrait sa technique pour compter sur ses doigts.

— Alors, quand j'ai entendu parler de coups de feu dans Maridalen, j'ai tout de suite pensé que ça avait un lien avec Solro...

Il ramena ses fines mèches de cheveux derrière les oreilles. Une couronne d'olivier blanche, effilochée...

— Et pourquoi ça ? Je veux dire, pourquoi avez-vous immédiatement fait le lien ? demanda Kafa.

— Les gens là-bas, ils m'ont paru... – Skaug pinça les lèvres comme s'il cherchait le mot juste – particuliers. – Il hocha la tête comme pour confirmer le fond de sa pensée. – Si d'autres étaient venus dans mon bureau avec une valise pleine de pognon, je serais allé direct à la police. Mais ces gens-là... Ils avaient l'air si innocents. Ils n'avaient que Dieu à la bouche. Avec un côté naïf et gentil. Du moins au premier abord, ajouta-t-il en esquissant un sourire. Ils nous offraient des petits pains tout chauds et du jus de fruit à la pause de midi. Les gars étaient ravis, vous pensez ! Faut dire aussi que les filles étaient mignonnes… Pieds nus, dans des robes qui flottaient au vent. C'était comme entrer dans un conte de fées. – Une ombre passa sur le visage de Skaug. – Enfin, un conte… plutôt un film à la Bergman.

— Mais, reprit Kafa, cela n'explique pas pourquoi vous avez aussitôt pensé à la communauté lorsque vous avez entendu parler des meurtres.

— Non, je vais y revenir. Vous aimez ces films ? demanda-t-il en la regardant intensément.

— Euh… non. Un peu. Pourquoi cette question ?

— Dans le cinéma de Bergman, il y a toujours un double fond. Avec une tragédie sous des apparences idylliques.

— Est-ce que vous pourriez être un peu plus concret ?

Ce n'était pas si facile, expliqua Skaug. Il s'agissait de petites choses, comme la langue archaïque du pasteur Alfsen, sa tendance à toujours crier après les membres de la communauté et le silence immédiat lorsque les ouvriers s'approchaient de trop près. Mais c'étaient surtout les regards qui l'avaient marqué : les regards étranges que les habitants de Solro posaient sur eux. Au début, il avait pris ça pour une forme de drague… Qui sait si les membres de la communauté ne se livraient pas à la débauche au nom de Dieu ? Mais non, c'était autre chose. Comme si tous ces jeunes gens portaient un secret. Un secret grave, plus grand qu'eux, plus grand que leur communauté, plus grand que… leur vie ? Au fond, ce qu'exprimaient ces regards, c'était de l'espoir. L'espoir muet de voir Skaug tomber à genoux, prier pour être pardonné de ses péchés et venir les rejoindre. Avant qu'il soit trop tard. C'était un regard qui savait comment tout cela allait se terminer. Mal.

Le constructeur regarda à nouveau ses documents sur la table.

— Et bien sûr, j'ai aussi été intrigué par le type de travail qu'on me demandait. Tenez, voilà un croquis que j'ai fait, à partir des esquisses transmises par la communauté.

Fredrik l'avait déjà étudié et il correspondait parfaitement au souvenir qu'il avait gardé des locaux souterrains.

La communauté avait d'abord parlé d'un entrepôt. Oui, elle avait besoin d'un entrepôt. Mais les spécificités du lieu étaient en tout point différentes. Les murs devaient être épais, voire faire jusqu'à un mètre et demi à certains endroits. Une grande attention était portée à la ventilation et aux filtres d'air. Ils avaient fini par construire deux systèmes complets de ventilation, indépendants l'un de l'autre. La communauté voulait avoir des circuits électriques en double, des tuyauteries pour des toilettes et une salle de bains. Quant aux portes.. encore un chapitre à part. Importées de Suisse, elles avaient dû coûter une fortune, ça pour sûr ! La police les avait vues, non ? Des trucs vraiment sophistiqués.

Fredrik se pencha en avant et but une gorgée de café.

— Et vous n'avez jamais posé de questions ? À propos des murs ou des portes ?

— Si, mais ils répondaient qu'ils allaient stocker du matériel qui exigeait une température très précise. – Skaug haussa les sourcils pour montrer qu'il trouvait après coup l'explication peu convaincante. – Et puis, ils réglaient les factures rubis sur l'ongle. Les taxes et tout. Il n'y avait rien d'illégal dans la construction. Alors nous avons fait ce pour quoi on nous payait. Sans trop d'histoires. – Il posa ses mains l'une sur l'autre. – Vous savez ce que je crois ?

Fredrik et Kafa secouèrent la tête.

— Je crois que nous avons construit un bunker. Ils pouvaient vivre là-dedans pendant des mois. Complètement coupés du monde extérieur.

Kafa plissa les yeux.

— Et pourquoi auraient-ils fait construire ça ?

Skaug adopta une expression soucieuse.

— Le jour du Jugement dernier. Le secret qu'ils portaient, c'était le jour du Jugement dernier.

Fredrik et Kafa déclinèrent chacun la proposition d'une seconde tasse de café. Le constructeur haussa les épaules et se resservit. Quinze à vingt membres avaient vécu à Solro pendant les travaux, des jeunes, pour la plupart, et quelques enfants. Quelques personnes plus âgées, aussi.

— Bjørn Alfsen ?

— Non, pas lui, pas celui qui a été tué. Ils étaient plus vieux que lui. Nous n'avions de contact qu'avec le pasteur Alfsen et deux autres types. Les deux autres pasteurs.

Fredrik se figea. Leva les yeux de son bloc-notes.

— Les *deux autres* pasteurs ? De qui s'agissait-il ?

Skaug sortit le contrat.

— Voilà, c'est marqué là. J'avais complètement oublié leurs noms, mais ils ont signé tous les trois. Ce qui n'était pas nécessaire, d'ailleurs. Une seule signature aurait fait l'affaire, mais ils tenaient absolument à apposer leurs trois noms. Ils appelaient ça le « pastorat ». C'est le terme qu'ils ont utilisé, je me souviens.

Il poussa le contrat sur la table.

La signature de Bjørn Alfsen Jr était petite avec des boucles, mais facile à lire. Celle de Per Olsen montrait un P démesuré, tout comme le O qui mangeait toutes les lettres qui suivaient. La troisième leur donna un peu de fil à retordre. L'écriture était ramassée et les caractères avaient été inscrits en appuyant fort sur le papier. Comme si le signataire avait l'habitude de ne pas avoir assez de place pour s'exprimer. Ils finirent par déchiffrer un nom : Søren Plantestedt.

33

Ce jour d'été où sa grand-mère était morte, il avait pris sa décision. Il avait marché en silence du petit salon où gisait le cadavre jusqu'au couloir et à l'escalier recouvert d'un tapis, puis il était monté dans sa chambre. Là, il avait pris sa valise et l'avait retournée sur le lit. Pendant dix ans, il avait vécu ici. Pendant dix ans, sa valise avait été sur un porte-bagages.

Livres et jouets s'étaient renversés sur le drap. Chacun était un souvenir, mais il avait refusé de céder à la tentation. Il avait sorti trois sous-vêtements, trois paires de chaussettes, deux pantalons, deux pull-overs, trois chemises, une veste, une paire de baskets et une paire de chaussures de ville, et avait fourré tout ça dans la valise, avec sa bible, son passeport et la montre héritée de son père. Ensuite, il avait ouvert l'épaisse enveloppe dans le tiroir du bureau et glissé quelques-uns des billets dans sa poche intérieure. Il avait inséré l'enveloppe dans la bible, poussé ses chaussons sous le lit, s'était planté devant la glace et avait peigné ses cheveux noirs mi-longs.

En sortant, il avait vu son grand-père. Son large dos était comme figé au bord du lit dans le petit salon. Il avait dû l'entendre mais ne s'était pas retourné.

Le jeune homme avait laissé la voiture près de la gare. Laissant un petit mot bien en évidence derrière le pare-brise et confiant la clé à la jeune fille du relais presse, à la gare d'Uppsala. Le lendemain, la voiture avait été rendue à Plantenstedt Gods.

Cet automne-là, d'anciens camarades de classe retrouvèrent la trace de Søren Plantenstedt : il était étudiant en biochimie à l'université d'Umeå.

— Quelques années plus tard, il a occupé brièvement un emploi dans la Défense suédoise. Il travaillait comme aumônier sur le terrain. Ensuite, on n'a aucune information. Il a aujourd'hui quarante-cinq ans. Enfin… s'il est encore en vie, dit Kafa au bout du fil.

— Bon.

— Ses parents sont décédés dans un accident de voiture quand il avait douze ans. Il a vécu chez ses grands-parents paternels jusqu'à la mort de sa grand-mère. Ensuite, il a complètement coupé les ponts.

— Merci, dit Fredrik, pensif.

— Ce n'est pas moi qu'il faut remercier, répondit Kafa, mais votre vieil ami Hasse Hansson, à la police de Stockholm. Il a mis les bouchées doubles quand je me suis présentée de votre part.

— Et Per Olsen ?

— Rien. Pour l'instant, rien.

34

DANS LE GRAND LIT DOUBLE, Fredrik ne dormait pas. La nuit d'été était sombre et sans parfum après la pluie battante qui avait accompagné ses coups de boutoir froids dans le corps de Bettina. Elle était à ses côtés, couchée sur le ventre, entièrement relâchée et bronzée. Il l'entendait respirer doucement. La couette d'été la recouvrait presque entièrement, ne laissant apparaître que sa tête, posée sur le grand aigle tatoué sur son bras. Il pensa à ce qu'elle lui avait dit : « Tu me traites comme une chienne. Comme une pute qu'on appelle pour se faire sucer. Ça ne peut pas durer, ce n'est pas ce que je veux. »

Le « pastorat ». Tel était donc le terme qu'ils employaient pour se définir, Bjørn Alfsen Jr, Søren Plantenstedt et Per Olsen. Il avait regardé dans le dictionnaire : ce n'était pas un mot norvégien, mais on l'utilisait en suédois, en danois et en allemand. Une charge de pasteur veillant à l'organisation au sein d'une communauté.

Que faisaient-ils dans leur coin, sans que le reste de la communauté y participe ? Que savaient-ils que les autres ignoraient ? Bjørn Alfsen Jr était le fondateur et le sponsor

– il avait été tué. Søren Plantenstedt, un orphelin suédois venu d'un milieu aisé et ayant grandi dans un domaine à l'extérieur d'Uppsala, qui laissait tomber ses études pour devenir pasteur – il avait disparu. Per Olsen, un homme au physique quelconque, selon les mots du vendeur des caméras de surveillance, mais avec des yeux énergiques et une signature grandiose – lui aussi avait disparu.

Per Olsen. Un nom si banal qu'il n'existait quasiment plus. Fredrik avait été surpris quand Kafa lui avait donné les statistiques. Seules soixante et une personnes portaient ce patronyme dans toute la Norvège. À moins qu'il y ait un nom en plus. Ça ferait soixante-deux, dans ce cas. Si tant est que ce soit son vrai nom de baptême et non pas un nom d'emprunt, comme le pensait Andreas. Mais pourquoi le pasteur d'une communauté à moitié oubliée aurait-il eu besoin d'un nom d'emprunt ?

Bettina cligna des yeux quand il se pencha par-dessus elle pour saisir son portable qui vibrait par terre.

— Le boulot, chuchota-t-il en lui caressant le front.

Il partit nu, sur le sol froid, en direction du salon. Ses lunettes devaient être quelque part près du canapé. Là se trouvait en tout cas Crésus. Et non dans sa corbeille, comme prévu.

C'était de nouveau Kafa au téléphone.

— Allô ? Il est deux heures moins dix !

Elle alla droit au but :

— J'ai vérifié encore une fois les appels reçus lorsque nous avons lancé un avis de recherche. Je n'y ai trouvé aucun appel anonyme sur l'Émir. Mohammad Qambrani ment.

Fredrik attrapa par la peau du cou l'unique vraie chienne de l'appartement et la posa sur la terrasse. Puis il referma la porte, se posta derrière le rideau et regarda les fenêtres sombres de l'immeuble voisin.

— Je vois. C'est pour ça que vous me réveillez ?

— Non. Le rapport sur le téléphone portable est arrivé ce soir. Vous savez, celui qu'on a retrouvé devant la grange.

— Et alors ?

— Aucune empreinte digitale. Aucun ADN. Le téléphone n'a pas l'air d'avoir servi pour passer un appel. Aucun message. Une carte prépayée anonyme. – Elle marqua un temps d'arrêt. – Mais le téléphone a été utilisé pour surfer sur le Net.

— Oui… et ? – En arrière-plan, il entendit un faible bruit de moteur et une voix de radio. – Vous êtes où ?

— Dans un taxi. Quoi qu'il en soit, les analyses n'ont pas permis de retrouver les pages qui ont été consultées. Ni quand la personne a utilisé Internet…

— Alors comment savez-vous que ce portable a servi à surfer sur le Net ?

Kafa eut un toussotement de satisfaction.

— Le propriétaire a effacé tous les logins et les listes d'appels. Il a dû mettre en œuvre un logiciel puissant car on ne trouve aucune trace d'utilisation. C'est pourquoi j'ai demandé à notre service informatique de recourir à une autre méthode. – Elle marqua une nouvelle pause. – Au lieu de rechercher les anciennes données stockées, nous recherchons des cellules de données actives. Autrement dit, de petits logiciels dont le téléphone se sert pour fonctionner de manière optimale. Et c'est là que nous avons trouvé. L'appareil était programmé pour détecter d'anciens réseaux d'ordinateurs utilisés.

— Et alors ?

— Deux à Stockholm et un ici, à Oslo. Dans le centre-ville. Le téléphone est réglé pour avoir accès au réseau wifi interne de l'Oslo Hostel de la Prinsens Gate. – Fredrik n'eut pas le temps de lui poser de question qu'elle enchaîna.

– Quelque chose me dit qu'il n'a pas été livré par le fournisseur avec ce réglage…

— Et vous êtes dans un taxi en direction de… ?

— Je suis dans la Prinsens Gate, maintenant.

— C'est pas vrai… Arrêtez le taxi et ne bougez pas, vous m'entendez, j'arrive tout de suite. Oh, bordel de merde !

35

Il fit une enjambée pour éviter les flaques de boue autour des rails du tramway. Peine perdue, sa chaussure fut trempée. Il commençait à en avoir marre de Kafa qui se la jouait vraiment perso.

La silhouette près de la porte vitrée fit un pas vers lui. Kafa grelottait et avait glissé ses mains dans son petit blouson en jean. Il se ravisa en la voyant arriver. La jeune femme l'avait quand même appelé. Il ne lui en tiendrait pas rigueur pour cette fois. Il claqua la porte du taxi et vida sa chaussure.

L'entrée de l'auberge bon marché se trouvait à l'angle d'un immeuble en briques de trois étages, au carrefour entre la Prinsens Gate et la Skippergata, dans le centre interlope d'Oslo. Une caméra de surveillance était installée au-dessus de l'entrée. Des cris de jeunes sur l'avenue Karl Johan, complètement saouls, résonnaient jusqu'à eux, sinon le calme régnait – autant que faire se peut dans une ville comme Oslo. Les tramways avaient fini leur service.

Le hall d'entrée s'alluma quand ils sonnèrent. Peu de temps après, un jeune rouquin en pantalon de cuisinier apparut et les regarda à travers la vitre.

— Vous dormez ici ? demanda-t-il par gestes, sans faire mine de leur ouvrir la porte.

Fredrik sortit sa carte de police et la plaqua contre le verre.

— Po-li-ce.

Le gardien de nuit les laissa entrer et se dirigea d'un pas nonchalant derrière la réception.

— Il ne se passe rien, ce soir. Il n'y a que des touristes.

Les enquêteurs haussèrent les sourcils et échangèrent un regard.

— Qu'est-ce que vous voulez dire ? fit Fredrik.

— Je parlais des femmes, répondit le jeune homme sur un ton de connivence. Il n'y a pas de prostituées dans les chambres. Rien que des touristes.

Sur ce, il tourna l'écran de l'ordinateur vers eux.

— Je comprends, dit Fredrik en plissant les yeux devant la vingtaine de noms qui s'affichait. Ce n'est pas pour ça que nous sommes ici, poursuivit-il d'une voix lointaine. Vous pouvez m'imprimer cette liste ?

Quand le gardien de nuit eut disparu dans la salle arrière, Fredrik se tourna vers Kafa. Elle examinait un tableau accroché au-dessus d'une table couverte de brochures touristiques.

— Les autres réseaux internet auxquels se branchait le téléphone étaient en Suède ?

— Oui, deux hôtels en Suède.

— Un Suédois, alors ? suggéra Fredrik en regardant par-dessus ses lunettes. Søren Plantenstedt était suédois…

Pour l'heure, vingt-trois clients dormaient à l'hôtel. Fredrik s'enquit de chacun d'eux. Neuf habitaient seuls, trois étaient suédois. Aucun d'eux ne s'appelait Søren Plantenstedt.

— Ça vous ennuie si je jette un coup d'œil ? demanda Kafa.

Sans attendre la réponse, elle ouvrit la mince porte vitrée qui menait à la cage d'escalier. Fredrik resta avec le veilleur de nuit.

— La caméra, là-dehors. C'est juste dissuasif ?

Le jeune homme secoua la tête.

— Non, elle fonctionne. Nous avons eu quelques incidents ici... Vous connaissez le quartier. Nous avons aussi une caméra à l'intérieur, ajouta-t-il en indiquant un demi-globe blanc au plafond.

Un air froid venu de la cage d'escalier annonça que Kafa était de retour.

— On y va ?

Elle acquiesça, l'air absent.

Fredrik se dirigea vers la porte. Kafa ne le suivit pas : elle resta devant le tableau d'affichage. Sortit le téléphone, trouva le réseau et tapa le code affiché sur le tableau.

36

De sombres nuages passèrent rapidement dans le ciel. L'air de la nuit était doux. Un changement de temps s'annonçait.

Kafa traversa la rue et Fredrik lui emboîta le pas. Elle s'arrêta devant l'étroit portail en bois de l'immeuble en face de l'hôtel.

— Pendant que je vous attendais, j'ai remarqué ceci… – Elle s'appuya contre le portail qui s'ouvrit sans effort. – Deux personnes sont entrées ici et aucune n'avait de clé.

En passant, il examina la serrure. Une masse plastique, de type chewing-gum, était enfoncée dans le trou de la serrure. Le couloir en briques aboutissait à une arrière-cour exiguë. Kafa fit le tour des lieux et revint.

— Qu'est-ce qu'on fait ici ? demanda Fredrik.

— Regardez. – Elle sortit le téléphone de sa poche : il continuait à capter le signal internet de l'hôtel. – J'aurais dû comprendre ça tout de suite, marmonna-t-elle en se mordant la lèvre inférieure. L'Émir n'a jamais séjourné dans cet hôtel. Il a seulement utilisé leur réseau wifi.

Au bout du couloir, à chaque étage, elle avait observé un routeur sans fil. Il était donc tout à fait possible de capter Internet à partir de là. Et dans tous les appartements de l'immeuble d'en face qui donnaient sur la rue. Fredrik parcourut des yeux les noms sur les sonnettes. Deux escaliers. Cinq étages.

— Qui nous ouvrira à une heure pareille ?

— Essayez celui-là, hasarda Fredrik. – U. Walme, le seul habitant qui avait son nom écrit sur une petite plaque. – Quelqu'un qui fait les choses comme il faut, commenta-t-il. De plus, il habite au rez-de-chaussée.

Ils sonnèrent. Une minute plus tard, une voix pâteuse et ronchonne résonna dans l'interphone. Les enquêteurs déclinèrent leurs identités. Un bourdonnement suivi d'un déclic : la porte était ouverte. Un homme d'un certain âge les observa avec un œil qui louchait à travers sa porte entrebâillée.

— Nous cherchons une personne qui, selon nous, se trouve ici, déclara Fredrik.

— Chez moi ? Je vis seul.

— Dans cet escalier. Est-ce que vous connaissez vos voisins ?

Ulrik Walme connaissait *tous* ses voisins. Outre le fait d'être le plus ancien occupant ici, il était aussi celui qui changeait les ampoules, veillait à ce qu'il n'y ait pas de neige stagnante sur le toit en hiver et que l'arrière-cour soit rangée en été.

— Pourquoi vous arrivez comme ça, en pleine nuit ?

Fredrik ne vit aucune raison de se justifier.

— Est-ce que tous les appartements sont occupés ? Est-ce que des personnes ont emménagé récemment ?

Walme secoua lentement la tête.

— Non, ça fait longtemps. Un des appartements dans l'autre escalier a été loué à des étudiants. Ça rentre et ça sort sans arrêt. C'est un enfoiré d'avocat qui est propriétaire.

— Mais ce sont bien des étudiants ?

— Ils disent « vivre en communauté »... Peut-être qu'ils bossent ou qu'ils font des pipes, qu'est-ce que j'en sais, moi ? lança-t-il en fixant Kafa.

— Nous allons faire un petit tour, dit Fredrik, en colère.

Ils obtinrent les clés et montèrent l'escalier. Ils virent des racks à chaussures, des jouets, des sacs-poubelle et quelques journaux. La plupart des portes affichaient un nom. Un nom qui ne leur disait rien. Jusqu'ici, rien d'anormal. À partir du troisième étage, un escalier étroit menait au grenier. Sur le seuil devant la porte du grenier, une table, des chaises et des étagères barraient le passage. Même chose dans l'autre cage d'escalier. Là non plus, rien d'anormal.

Ils redescendirent et sortirent.

— Alors, à votre avis ?

— Nous enverrons une patrouille demain. Histoire d'en avoir le cœur net, mais... – Fredrik lui lança un regard franc. – Tous les bons policiers font confiance à leur intuition. Parfois ça marche, parfois non. – Il haussa les épaules. – Il faut accepter que ça ne fonctionne pas à tous les coups.

Kafa se tut, le front plissé.

— Non, finit-elle par dire. Je sais que j'ai raison.

37

DANS L'ARRIÈRE-COUR, Kafa se fondit dans l'ombre. En la rejoignant, il la retrouva, les mains posées sur les hanches, fixant l'escalier de secours en colimaçon agrippé à la façade. Elle lança un regard insistant à Fredrik qui soupira, essuya ses lunettes et secoua la tête.

— Bon, j'ai compris, on y va, grommela-t-il.

L'escalier de secours se révéla moins bruyant qu'il ne le craignait. Au sommet, un grillage en acier était fixé à l'aide de fil de fer. Fredrik eut froid dans le dos en regardant dans la cour sombre, en bas. Une chute ici et la fête était finie. Pour de bon. Son foutu genou l'élançait après l'escalade. Ils devaient se faufiler à travers une lucarne d'un mètre de hauteur pour pénétrer dans le grenier. Il n'y avait aucune serrure mais deux clous recourbés, censés empêcher la fenêtre en bois d'être poussée de l'intérieur. À présent, les clous pointaient vers le bas. Les enquêteurs échangèrent un bref regard. L'air grave, Kafa avait les yeux grand ouverts. De la sueur perlait à son front, juste à la racine de ses cheveux noirs.

— Prête ? chuchota Fredrik.

Elle acquiesça en clignant des yeux.

Le volet gémit faiblement au moment de s'ouvrir. Ils entendirent un léger cliquetis métallique. Lentement, leurs yeux s'habituèrent à la pâle lumière qui venait du vasistas. À l'intérieur, des tables s'entassaient les unes sur les autres, les pieds en l'air, dressés telles des lances. Des chaises, des canapés et des bancs étaient éparpillés. Ça sentait la poussière de bois, le vieux goudron et des effluves vaguement amers et sucrés. Un fruit pourri ? Sous le faîte, une cloison en bois brut coupait la pièce en deux et, à travers une ouverture dans le mur, l'on apercevait la lumière de la fenêtre donnant de l'autre côté sur la rue.

Le grenier s'étendait sur toute la longueur de l'immeuble. À l'intérieur, la fraîcheur de la nuit avait laissé place à une atmosphère confinée, presque étouffante. Fredrik sentit son dos ruisseler de sueur. Il mourait d'envie d'enlever sa veste en cuir mais craignait de faire trop de bruit. Car il avait le sentiment qu'il fallait être le plus silencieux possible. Il avait déjà éprouvé ça et il faisait confiance à son expérience. Le sang lui battait les tempes. Courbé en deux, il avança en se faufilant, faisant craquer, ici ou là, les lattes du plancher. À mi-chemin vers l'ouverture dans la cloison, il s'arrêta.

Aucun son, aucun mouvement ne l'avait mis en garde. Pourtant Fredrik s'arrêta. C'était un ensemble de sensations : il était passé à côté de quelque chose. Il le fit comprendre à Kafa. Ferma les yeux et tendit l'oreille. Rien. Quand il ouvrit les paupières, il promena son regard dans la pièce et alors il vit ce qui aurait dû l'alerter : il avait cru que le dessin sombre sur le mur n'était qu'un nœud du bois, mais non, c'était un trou plus grand, plus rond, plus régulier, qu'on avait récemment percé. Il s'aperçut qu'il y avait même de la sciure sur le sol. De la sciure claire, toute fraîche. Et à travers le trou, un fil était tendu. Un fil de pêche qui passait au-dessus de sa tête et allait jusqu'au volet par lequel ils étaient entrés. Il jeta un regard en arrière. Kafa l'avait vu, elle aussi. Elle tira doucement sur le fil. De nouveau, un faible cliquetis.

La deuxième pièce du grenier était plus petite. Mais elle semblait vivante. Suspendus à des fils entre le mur et le plafond mansardé, il y avait des tapis, des lirettes et des couvertures qui formaient des couloirs à travers la pièce. Au fond à droite, on apercevait une porte. Kafa lui tapota le bras. Pointa son doigt. Sur le mur, juste devant eux, étaient plantés deux clous en acier, tous deux reliés au fil de pêche. C'était ça qui avait produit ce bruit métallique. Une alarme ?

Ils échangèrent un bref regard.

— La porte, chuchota Fredrik en indiquant le bout du couloir délimité par les tapis.

Elle fit oui de la tête. Les lirettes empestaient la cigarette et la poussière.

La porte était entrouverte. Fredrik la poussa du pied et ils découvrirent une pièce carrée sans fenêtre avec, le long du mur, une baignoire sale. Devant elle, des pots en plastique et un sac-poubelle bien rempli. Ils se faufilèrent à l'intérieur.

Fredrik Beier n'était pas préparé à ce qu'il allait découvrir. Qui le serait ?

Le cadavre dans la baignoire ne ressemblait à rien qu'il ait déjà vu.

C'était un corps, indéniablement. Un être humain. Mais homme ou femme ? Blond ou brun ? Assassiné ou suicidé ? Une masse gélatineuse de la longueur d'un corps humain brûlé à l'acide reposait dans la baignoire où flottait un liquide sanguinolent, gluant, avec des lambeaux de chair plus épais, des restes d'ossements et des paquets gris.

— Mon Dieu, laissa échapper Kafa en mettant la main devant la bouche.

Le relent de fruit pourri leur monta violemment aux narines. Quand ils avaient posé le pied dans le grenier, ce n'était qu'une faible émanation. Ici, l'air en devenait irrespirable. Une odeur grasse qui emplissait le nez et collait à la peau. Fredrik eut la sensation de se noyer. Il se détourna d'un mouvement brusque et se retrouva, sans trop savoir comment, à quatre pattes. Il faillit vomir, son diaphragme se contracta plusieurs fois de manière incontrôlée et douloureuse pour chasser cette puanteur qui envahissait ses poumons. À grand-peine, il réussit à garder le contenu de son estomac. Le réflexe nauséeux avait secoué toutes ses glandes sudoripares : il grelottait et haletait. Il ferma les yeux. Mit la main devant son nez et retrouva la maîtrise de son souffle. Il se retourna enfin et put regarder de nouveau dans la baignoire.

— C'est vraiment horrible, lâcha-t-il. Vous allez bien ?

Ils échangèrent un regard effaré.

— De qui s'agit-il ? se demanda Kafa, le souffle court.

Respirant à travers l'étoffe de sa veste, elle se pencha au-dessus de ce qui avait autrefois dû être une tête. Les yeux avaient disparu, ne laissant que deux trous noirs, carbonisés. La mâchoire inférieure était enfoncée et les dents avaient un reflet jaune.

Fredrik secoua la tête et regarda à l'intérieur du sac-poubelle. Il contenait une poudre d'un blanc grisâtre. Il humidifia un doigt et allait le plonger dans la poudre quand il se ravisa. Il se racla la gorge et cracha dessus : une fumée âcre s'éleva.

— De la chaux, dit-il. De la chaux vive.

— De la chaux ?

— Ça brûle tout ce qui est organique. Ce corps se dissout, morceau par morceau, pour finir dans le fjord d'Oslo. En moins de temps qu'il n'en faut pour le dire. Si nous ne l'avions pas trouvé, quelques jours encore et il aurait nourri les algues…

Fredrik voulait regarder le contenu des pots en plastique, quand Kafa le tira par le bras et l'attira de nouveau vers la baignoire.

— Regardez !

Du doigt, elle lui montra ce qui, à un moment, avait dû être les grosses mains du macchabé. Elles se trouvaient le long du cadavre décomposé. Le poing droit était serré mais le gauche était bien visible et clairement malformé. Il manquait quatre doigts, seul restait le pouce brûlé.

— Oh, putain…

Fredrik ne connaissait qu'un homme à qui il manquait quatre doigts à la main gauche. L'Émir. Il tourna les yeux vers Kafa et s'apprêtait à lui dire quelque chose, mais ce qu'il vit le fit s'interrompre net. Les mots devinrent comme une éponge dans sa bouche. Un point rouge d'un centimètre de diamètre, dansant comme une luciole, se promenait sur les boucles noires de la jeune femme, près de ses tempes.

— À terre !

Il la poussa avec une telle force que lui-même tomba en arrière. Il n'entendit pas de détonation, mais un bruit chantant de métal. La balle était passée tout près, entre eux deux, et avait touché la baignoire. Le sifflement caractéristique d'un projectile à basse vitesse.

Kafa fixa Fredrik, qui peinait à se relever.

— Courez ! hurla-t-il.

Elle prit ses jambes à son cou. Le dos courbé, elle se précipita parmi les tapis suspendus. Il la suivit. Kafa écartait sur le côté ces rideaux mouvants, passait en dessous et les contournait. Il s'agissait d'avancer, de regagner l'autre pièce, puis la sortie. Dehors. Là, ils seraient sauvés. Kafa disparut de son champ visuel quand elle se jeta derrière le dernier tapis. Celui-ci était plus grand, plus épais et plus long que les autres, il savait qu'il fallait aller jusqu'au mur pour passer. Sa douleur au genou le handicapait. Les jambes musclées et rapides de la jeune femme étaient plus adaptées pour la fuite. Aussi fut-il surpris quand, derrière un tapis, il la découvrit immobile, à quelques mètres de lui seulement. Elle fit un pas sur le côté, puis un autre. Chancelante. S'appuya d'une main contre le bord de la porte, mais perdit l'équilibre, posa la paume sur le sol et effectua une lente rotation. Sans trop savoir pourquoi, il abaissa son regard : la fine cheville nue qui pivotait comme au ralenti, tandis que la chaussure s'était fichée dans le plancher.

En la retournant sur le dos, Fredrik vit que sa collègue saignait abondamment. Il l'enjamba et la saisit par le col de sa veste. Balança un coup de pied dans la porte. Kafa était légère comme une plume. Ses grands yeux bruns se plantèrent dans les siens, un regard angoissé, désespéré. Le sang jaillissait d'une blessure par balle à la tête. Il réussit à la porter de l'autre côté, tant bien que mal, et se retourna.

Derrière eux, une silhouette sombre avait pris vie. Le corps immense était plus grand que Fredrik, beaucoup plus massif, avec une tête ovale, totalement chauve. Le point laser rouge balayait le sol entre eux. Fredrik crut un instant que l'homme portait un masque de plongée, avant de comprendre : il s'agissait de lunettes infrarouges. Quelques pas en avant, en s'éloignant des tapis, et l'homme les verrait à la lumière du jour. Fredrik hurla :

— Arrêtez de tirer. Police !

Une rafale de sons étouffés. Les projectiles firent voler en éclats de bois la fine cloison. Avec Kafa dans ses bras, il se faufila de son mieux entre les meubles, les coussins de canapé et les tables. Il sentait contre son thorax, plus qu'il ne l'entendait, la respiration haletante, au bord du râle, de la jeune femme. Réagir, vite. Son regard tomba sur un canapé renversé sur une table. Là Kafa serait à l'abri. Il ne pouvait pas la traîner derrière lui : ce serait la mort assurée pour eux deux. Il sortit son portable de la poche intérieure de son blouson et composa le numéro d'urgence.

— Ici le commissaire Fredrik Beier. On se fait tirer dessus. Ma collègue est blessée, dit-il avant de répéter deux fois l'adresse.

Puis il glissa le téléphone entre les mains de Kafa, rabattit le canapé sur elle et s'éloigna en rampant. Se cacha derrière une commode, l'oreille aux aguets. L'homme avait forcément dû l'entendre. Combien de temps le chasseur resterait-il sur place ? Les renforts n'arriveraient pas tout de suite. Il fallait qu'il sorte, sinon il serait tué. Kafa aussi. À supposer qu'elle soit encore en vie.

De l'autre côté de la pièce, il perçut un craquement rauque. Le bruit caractéristique de semelles en caoutchouc quand elles se décollent du sol, qui se rapprochait de la lucarne. Trop tard pour espérer sortir. Il serait taillé en lambeaux avant d'être à mi-chemin. Il ne restait plus qu'une possibilité : la porte de la cage d'escalier. Celle qui conduisait à l'endroit où les meubles avaient été empilés. Elle devait se trouver quelque part à l'autre bout de la pièce.

D'un geste vif, Fredrik fit basculer la commode, dans un vacarme de tous les diables. Puis il courut. Impossible de se précipiter comme ça dans l'obscurité sans heurter quelque chose. Il renversa une table, des chaises – quelques étagères tombèrent au sol.

Mais aucun coup de feu. Aucune lumière rouge derrière lui. D'un bond, il se jeta en avant et songea qu'il y était presque. Une grande bibliothèque était appuyée contre le mur du fond, il devait se glisser entre le meuble et la cloison pour atteindre la porte. Mais il allait y parvenir, ce n'était pas si étroit que ça. Pas à pas, il longea le mur sur le côté. C'était bon. Il sentit l'encadrement de la porte. Tâtonna pour trouver la poignée…

Alors il comprit. Il comprit pourquoi l'homme derrière lui n'avait pas tiré. Et il perçut aussitôt un souffle sourd. L'homme guettait sa proie prise au piège. Car il n'y avait pas de poignée, rien qu'un trou et une épaisse planche clouée devant. À l'instant où ils avaient posé un pied dans ce grenier, ils étaient faits comme des rats. L'autre savait qu'il n'y avait aucune issue. Que tôt ou tard son adversaire se retrouverait dos au mur, au sens propre du terme. La nausée revint. Fredrik eut du mal à respirer. Ses mains tentèrent d'agripper quelque chose, un trou, n'importe quoi qui lui permettrait de sortir… Mais il n'y avait rien. Rien que du métal froid, du bois mort et du plastique. Du plastique à côté de la porte, le long de l'encadrement. Un câble. Un interrupteur.

Le plancher craqua, à l'arrière de la bibliothèque. Fredrik comprit que celui qui allait bientôt le tuer attendait. Il attendait avec délectation que la panique lui facilite le travail.

C'était maintenant ou jamais.

Fredrik donna un coup de coude dans l'interrupteur. Le néon clignota, plusieurs fois, de plus en plus vite, et la pièce fut éclairée par la lumière brutale et froide des tubes fluorescents au plafond. Il s'appuya alors contre la bibliothèque, en pesant de tout son poids, pour la faire basculer. Et se retrouva face à l'homme.

Ce dernier devait mesurer plus de deux mètres. Il était mince. Son pull moulant faisait ressortir une musculature impressionnante. Le corps penché en avant, les jambes écartées, il marchait en décrivant un cercle chaotique. De la main droite, il brandissait un pistolet semi-automatique, tandis que sa main gauche arrachait ses lunettes de vision nocturne. Dans un instant de clairvoyance, Fredrik s'était rappelé que la lumière provoquerait un éclat blanc verdâtre explosif dans ses lunettes, le temps que le système électronique trouve l'erreur. L'espace de quelques secondes, ô combien furtives, l'agresseur serait aveuglé. Fredrik se jeta en avant et frappa de toutes ses forces la tête du géant. Son poing atteignit sa mâchoire et l'homme fit un pas en arrière, chancelant. Fredrik enchaîna par un coup d'épaule dans la poitrine et tenta de saisir la main armée du pistolet. C'était comme toucher un poisson : froid et lisse. Autour d'eux, dans le grenier, les chaises se renversaient. Fredrik espérait rencontrer quelque chose de plus massif qui ferait perdre l'équilibre au géant et le projetterait au sol. La respiration sifflante de l'homme était si suggestive que Fredrik ne put s'empêcher de le fixer. Il croisa le regard de son agresseur. Pour la seconde fois cette nuit-là, il eut du mal à en croire ses yeux.

La tête était de forme oblongue, sans un cheveu sur le crâne. Même les sourcils et les cils avaient disparu. La peau blême aux reflets jaunes faisait penser à de la cire figée. Deux yeux, gris, glaçants, le fixèrent. C'était un visage martyrisé. L'homme n'avait plus d'oreilles et à la place du nez, il n'y avait qu'un orifice noir, frémissant. Cet orifice se prolongeait par une bouche sans lèvre supérieure. Comme le nez, la lèvre avait été coupée et une cicatrice boursouflée affleurait à même la gencive. Tout au fond de cette gueule béante vibrait haineusement une sorte de moignon, de rat nouveau-né : ce qui restait d'une langue.

Le corps à corps les propulsa contre la cloison de bois fine. Le choc ne fut pas violent, mais le géant en eut un instant le souffle coupé. Le temps pour Fredrik d'apercevoir, à peu près à hauteur d'épaule, le sommet d'un clou qui dépassait du mur. Rassemblant toutes ses forces, il cogna la main qui tenait le pistolet contre la pointe de métal qui s'enfonça dans la chair. L'agresseur émit un grognement, le pistolet tomba à terre. Fredrik lui envoya un coup de genou dans l'entrejambe. Et il toucha juste, l'homme défiguré poussa un son rauque. Fredrik donna un deuxième coup et s'apprêtait à recommencer, quand soudain il ne put plus bouger sa jambe. Une main de fer enserrait sa cuisse : elle en faisait presque le tour tant les doigts étaient longs. Fredrik fut violemment projeté en arrière. Il n'avait aucune chance de s'en sortir. Il saisit pourtant l'agresseur à la taille, s'accrocha à sa ceinture et le fit chuter avec lui. L'autre commença à l'étrangler, lui plaquant la tête au sol. Impossible de contrecarrer une telle force. Il le secouait comme un enfant agite une poupée. Ses lunettes valsèrent. Mobilisation. Tirer au niveau de la ceinture. Agripper les poches. Se cramponner. Le cynisme froid du policier. Il dut lâcher prise.

Le monde se rétrécit. Le visage haineux était penché au-dessus du sien. Ses mains glacées serrant son cou.

Il fit de plus en plus noir. La toute dernière lumière s'évanouit.

38

IL ÉTAIT PRISONNIER DU COURANT qui l'emportait vers les profondeurs, toujours plus bas.

Puis, à un moment donné, chacun prit une direction différente. L'embarcation qui coulait d'un côté, lui de l'autre. En apesanteur entre la vie et la mort, il donna des coups de pied pour se dégager. Remonter. Se débattit comme un forcené. Finit par regagner la surface, le visage bleu, les poumons explosés, pour respirer et redonner vie à sa poitrine, son sang, son cœur et toutes les cellules de son corps.

Il revint à lui. Ses mains étaient attachées par du ruban adhésif. Quelque chose de chaud, du sang probablement, coulait de l'arrière de sa tête jusque dans sa nuque. Il entendit le bruit de ses lunettes qu'on écrasait du pied. Il déglutit. Les douleurs qui l'élançaient dans la gorge faillirent le renvoyer vers le fond.

L'homme vêtu de noir lui tournait le dos. Entre ses pieds, il avait un sac et, à la main, un spray transparent. Ça puait l'alcool et l'ammoniac. Avec des gestes précis, l'homme nettoyait le clou au mur. Puis il prit une lampe de poche, de la taille d'un stylo bille, qu'il portait à sa ceinture, et éclaira.

Du mur au sol. Du sol vers lui. Une lumière noire UV. Il effaçait les traces.

Autre chose attira l'attention de Fredrik. Des sirènes. Des voix qui hurlaient des ordres, des claquements de porte. L'homme se pencha au-dessus de lui. Les dents serrées. Les yeux n'étaient plus grand ouverts mais comme enfoncés. Le monstre allait-il de nouveau l'étrangler ? En finir avec lui ?

La silhouette massive attrapa la chaîne à petites boules métalliques où était accrochée sa carte de police et tira dessus.

DEUXIÈME PARTIE

39

Mars, plus tôt la même année

— PIO, MON CHER, MON TRÈS CHER PIO.

Carl Josefsen se pencha en avant et l'embrassa une nouvelle fois sur la bouche. Il ne vit pas l'autre se raidir, gêné, comme toujours dans pareille situation. Mais ce soir, il ne voulait pas y penser. Ce soir, ils allaient faire la fête. Il n'en voulut même pas à Pio de fumer. Carl ferma les yeux, s'appuya contre le mur et emplit ses poumons de l'air frais hivernal. Quand il ouvrit de nouveau les yeux, ce fut pour les poser sur ce qu'il y avait de plus beau au monde. De lourds flocons de neige tourbillonnaient nonchalamment sous la lumière jaune des réverbères avant de se poser au sol un à un, couvrant la ville d'un manteau blanc. Et ils se posaient sur lui. Sur ses boucles sombres, sur ses épaules et la capuche de sa doudoune. Et ils s'évaporaient instantanément du visage du Basque aux traits si purs, laissant son visage encore plus lumineux et encore, *encore* plus beau.

— Cette soirée est la tienne, Pio. La nôtre. Je t'aime.

— Moi aussi, je t'aime.

Ils se tinrent par la main pour se diriger vers un box tout au fond du bar où les attendaient leurs amis. Pour une fois, ils balayèrent tous leurs principes et ne rentrèrent pas à la maison quand l'alcool commença à faire son effet. Ils restèrent là, heureux, jusqu'à ce que le barman leur dise d'une voix amicale mais ferme :

— Allez, les garçons, la soirée est terminée. En tout cas ici. Je ferme.

Et comme si leur bonheur, ce soir-là, ne devait pas prendre fin, un taxi les attendait à la sortie.

— Centre-ville de Skien, lança Carl gaiement au chauffeur.

Celui-ci se retourna. Il avait des cheveux blonds en bataille, des yeux clairs et souriants.

— Mais on dirait Pio ? Pio Otamendi, du parti de droite ?

Aucun d'eux ne réagit. Après six ans dans la politique locale, tous les visages appartenaient forcément à quelqu'un de l'autre bord ou bien à un ardent défenseur de ses idées, à moins que ce ne soit un membre de son parti.

— Mon amoureux a été élu aujourd'hui chef de la droite à Porsgrunn, proclama Carl.

— Je sais, répondit l'homme.

Pio fut de nouveau mal à l'aise. Il glissa ses mains sous la couverture en laine posée sur la banquette arrière.

— Pio… les gens s'en foutent, chuchota Carl en l'enlaçant.

Le Basque dormait déjà profondément avant que le taxi n'atteigne la sortie de la ville. À un feu rouge, le chauffeur se retourna.

— Dieu ne s'en fout pas, lui, marmonna-t-il.

— Hein ?

Carl sentit à peine la piqûre dans sa cuisse. Puis il sombra lui aussi.

40

— JE REGRETTE, JACOB. Passe le bonjour à Sofia.

Le téléphone lui parut lourd dans sa main. Sa voix eut un écho mélancolique dans l'appartement vide. Alice n'avait pas voulu transmettre le message, il avait été obligé de le dire lui-même aux enfants : « Je suis vraiment désolé mais vous ne pouvez pas venir. Nous sommes obligés de repousser les vacances. Papa doit travailler. »

Au bout d'un moment, Fredrik comprit que le silence à l'autre bout du fil pourrait continuer longtemps. Il se frotta les yeux et raccrocha.

Dans l'appartement de Frogner où Fredrik Beier avait grandi, tous les tableaux avaient été décrochés des murs. Il avait rempli des caisses de livres et démonté les meubles. Mais les souvenirs restaient intacts. Les odeurs, surtout : le gâteau aux pommes avec de la cannelle, le nez qui saigne et le bitume frais.

Sa mère, Gunhild Fredesen, avait dix-neuf ans lorsqu'elle était partie, seule, de l'autre côté de l'Atlantique. Deux ans plus tard, elle était en robe de mariée dans la St. Petri Lutheran Church de Grygla, dans le Minnesota. À ses côtés se tenait l'homme, beaucoup plus grand qu'elle, dont elle était tombée amoureuse. Kenneth Beier était un Américain d'origine norvégienne qu'elle avait rencontré lorsqu'elle travaillait comme secrétaire pour la délégation norvégienne de l'ONU. Le petit Fredrik était venu au monde un été où le jeune couple était en vacances au pays et, deux ans plus tard, toute la petite famille s'était s'installée en Norvège. Pour ne plus en bouger, en définitive. Il n'y eut pas d'autres enfants. Kenneth Beier était diplomate à l'ambassade américaine et Gunhild restait à la maison avec leur fils.

L'avocate se révéla être une assistante juridique aux longues jambes, vêtue d'un tailleur si serré qu'elle ne pouvait sûrement pas mettre dans sa poche les clés de son Audi rouge vif, garée sportivement sur le trottoir.

Dans son mail, il avait expliqué qu'il était commissaire et il constata qu'elle était déçue de découvrir un type qui avait pris des coups, portait un bandage autour de la tête et avait une voix qui grinçait comme du papier de verre.

Il ne pouvait lui proposer qu'une Carlsberg d'un pack de six. Elle déclina.

— Naturellement, vous êtes l'héritier réservataire de la défunte. En outre, elle vous a laissé des biens meubles dans l'appartement (des tableaux, des couverts, du mobilier) dont elle a estimé qu'ils avaient pour vous une valeur financière ou affective. Le reste, les dépôts bancaires et le bénéfice de la vente de l'appartement, va à la Mission de l'église de la ville.

— Et de quelle somme s'agit-il ?

Elle sortit un document et un stylo plume d'un porte-documents en cuir.

— Hum… Ce n'est pas une fortune. Trois millions sur le compte. Auxquels il faut ajouter la vente de l'appartement. Il y a beaucoup à faire ici, dit-elle en jetant un regard accusateur sur les murs à la peinture écaillée.

Sans doute avait-il droit au même constat, songea Fredrik, dans sa chemise délavée auréolée de sueur sous les bras et son jean troué. Là aussi, il y avait beaucoup à faire.

— Onze, douze millions de couronnes[1], peut-être, hasarda-t-elle, l'air absent.

— Ah, quand même ! laissa échapper Fredrik.

— Pardon ?

Il fit son plus large sourire.

— Mais vous allez aussi avoir votre part du gâteau, n'est-ce pas ?

L'assistante juridique préféra ne pas répondre, mais sourit à son tour.

— Ceci est aussi pour vous, dit-elle en lui tendant une enveloppe de papier kraft.

« À mon fils, Fredrik Beier ». Sa mère avait dû l'écrire vers la fin de sa vie. L'écriture était mal assurée. L'enveloppe était mince et portait le logo du cabinet d'avocats. Il l'ouvrit. Il reconnut la photographie à l'intérieur. Pendant toutes ces années, elle avait été accrochée au-dessus du canapé dans le salon, avant que sa mère ne l'emporte avec elle dans sa maison de retraite. La photo avait été prise quelque part dans la Drammensvei, un 17 mai, jour de la fête nationale, dans les années soixante – il avait alors deux ou trois ans. Ses parents se tenaient de chaque côté de lui. Son père, longiligne, avait le même costume qu'il porterait le jour de son enterrement. Sa pipe au coin de la bouche, pipe dont Fredrik pouvait encore sentir l'odeur. Sa mère était vêtue d'un tailleur clair cintré, avec de gros boutons ronds. Lui-même brandissait dans une main un drapeau norvégien, et

1. Soit l'équivalent de 1,2 ou de 1,3 million d'euros.

dans l'autre un drapeau américain. Ses parents souriaient, tandis que lui était sérieux comme un pape. Fredrik n'avait aucune idée de qui était le photographe. C'était la seule photo qu'il avait de lui et ses parents datant de cette époque.

— C'est une belle photo, dit l'assistante juridique d'un ton indifférent.

— Merci, répondit-il.

L'enveloppe contenait également le testament, une lettre explicative de la banque et un relevé de compte.

— Je vois ici un versement, fit-il remarquer en lui tendant le relevé. Dix mille couronnes par mois. De la part de votre cabinet d'avocats. D'où vient cet argent ?

Elle jeta un rapide coup d'œil à la montre en or qu'elle portait au poignet.

— Un donateur a soutenu votre mère en lui versant une somme chaque mois. Notre rôle s'est borné à la lui transmettre.

— Un donateur ? Qui ça ?

— C'est une information confidentielle. Votre mère nous a priés de procéder de la sorte. Il n'est pas rare que le testamentaire ne veuille pas révéler à ses héritiers les sources de certains revenus.

Fredrik lui jeta un regard en coin. Donateur. Testamentaire. Que voulait-elle lui faire comprendre ?

— Et ça ne vous pose pas de problème ?

— Tant que c'est légal, la décision incombe à votre mère.

— Si je comprends bien, vous savez qui a donné de l'argent à ma mère, mais vous ne voulez pas me le dire.

Agacée, elle passa ses ongles vernis rouges sous sa frange blonde.

— Écoutez. Je ne suis pas personnellement au courant, mais le cabinet en a connaissance. Et ce n'est pas inscrit dans ses dernières volontés. C'est une question de pleins pouvoirs. Il y a d'ailleurs un objet dans l'enveloppe.

Fredrik tira une clé sans la moindre étiquette.

— C'est pour un coffre de banque ?

Elle se força à sourire.

— Vous savez lequel ?

— Non, malheureusement. Votre mère pensait que vous auriez plaisir à le découvrir par vous-même.

C'était sa mère tout craché. Pour sûr, elle ne lui manquait pas.

41

UNE LIGNE QUI PARTAIT DE LA TEMPE jusqu'au-dessus de l'oreille dévoilait son crâne. Une repousse de quelques millimètres de cheveux noirs témoignait qu'une bonne semaine s'était écoulée depuis que le chirurgien avait manié le bistouri sur Kafa Iqbal. Avec une grande précision. Les deux bourrelets gorgés de sang avaient été recousus moyennant huit points de suture. Kafa essuya une larme du revers de la main et utilisa le majeur pour presser le sac lacrymal, la petite poche rouge au coin interne de l'œil.

— Ça va s'arranger ?

Andreas Figueras indiqua du doigt son œil injecté de sang.

Kafa eut un sourire prudent.

— Le médecin dit que oui. Ce n'est qu'un vaisseau sanguin qui a éclaté. – Elle soupira. – J'ai vraiment eu de la chance ! fit-elle en tournant les yeux vers Fredrik.

De la chance. Rien qu'un coup de chance. Dans ce qu'elle a de charitable. La balle ne l'avait qu'effleurée, à un ou deux millimètres de son crâne. La force du projectile avait arraché un bout de peau, de la tempe jusqu'au dessus de l'oreille gauche. Le choc, le sang qui avait jailli et la douleur avaient suffi pour lui faire perdre connaissance.

— Enfin, ce n'est pas que de la chance. Je vous suis très reconnaissante…

Kafa posa sa main sur celle de Fredrik. Cette pression le brûla au point qu'il voulut retirer la sienne. Il ne ressentait pas la moindre fierté. Ils n'auraient jamais dû entrer dans ce grenier. Sans arme, sans prévenir. C'était « impardonnable » : voilà le terme qu'avait utilisé Sebastian Koss. Et le pire, ce n'était pas que Synne n'ait pas cherché à le contredire. Le pire, c'était que Fredrik lui-même était d'accord. Ils avaient failli être tués tous les deux.

Il leva les yeux et remarqua un raccord inégal entre deux pans de toile de jute, au-dessus de la tête de Kafa. Ils se trouvaient dans la cuisine de son trois-pièces dans le quartier de Sagene. Croiser son regard alors qu'elle portait un ample bas de pyjama et un long tee-shirt blanc était trop intime. Beaucoup plus que les secondes où il avait été à quatre pattes au-dessus d'elle, tandis qu'elle saignait et l'implorait du regard. Morte de peur. Alors, il avait su ce qu'il devait faire. Maintenant, il n'avait aucune idée de ce qu'il devait dire.

Andreas s'éclaircit la voix.

— Eh bien, vous avez eu un sacré baptême du feu. Bienvenue dans l'équipe, dit-il en lui tendant la main.

Elle la serra.

— Merci pour ces bonnes paroles, Andreas.

— C'est surtout Fredrik qu'il faut remercier, fit-il avec un sourire en avançant le menton. Il ne vous a pas seulement sauvée, il a aussi sauvé l'enquête.

Fredrik recula sa chaise dans un mouvement brusque et se racla la gorge, très mal à l'aise. Il se frotta l'arête du nez : ses nouvelles lunettes lui faisaient mal, même si elles étaient la copie conforme des précédentes.

— Ce psychopathe a fait un boulot de malade pour dissimuler ses traces. Les voisins disent qu'ils entendaient des bruits là-haut et ce depuis un mois. Des rats, ont-ils pensé. Et pourtant, on ne trouve rien. Rien ! Pas un cheveu, pas une empreinte de pas, pas un fragment de tissu, soupira Andreas. Faut le faire ! Alors sans Fredrik, l'enquête serait toujours au point mort.

Il parla de la bourse en cuir que Fredrik avait arrachée à la ceinture de l'agresseur et de ce qu'elle contenait. Une clé USB.

Andreas ouvrit le porte-documents, écarta un vase rempli de fleurs fanées et posa quatre photos sur la table de la cuisine.

— Celles-ci étaient stockées sur la clé.

Kafa se pencha sur la plus nette. On aurait dit une photo de carte d'identité. Un homme au physique scandinave. Des cheveux blonds bien peignés. Un visage allongé, des yeux expressifs et des lèvres fines. Une trentaine d'années. Les deux photos suivantes, prises par la caméra de surveillance d'un relais presse, étaient floues. L'une montrait une personne de dos entrant dans la boutique. Une silhouette élancée, ni spécialement grande ni petite. C'était sur l'autre photo qu'on pouvait identifier l'homme. Ses cheveux étaient plus longs et décoiffés. Il avait au moins dix ans de plus que sur la photo d'identité, mais c'était bel et bien le même individu. Le quatrième cliché avait été pris lors d'une balade à ski. Appuyé sur ses bâtons, l'homme posait devant des sommets enneigés. Il souriait, la peau blanche. Les mêmes yeux expressifs.

— Pour ce qui est de la première et de la dernière photo, nous n'avons aucun élément de l'histoire. Pour les deux autres, en revanche… – Andreas tripotait le bouton du haut de sa chemise. – Elles ont été prises dans le relais presse de la Ullevålsvei. La date qui s'affiche remonte à l'automne dernier. Le propriétaire affirme que les images de vidéosurveillance ne sont transmises à personne.

— Alors comment se fait-il qu'on les retrouve sur la clé USB de l'agresseur ? demanda Kafa.

— Aucune idée, avoua Andreas avec un geste d'incompréhension, jetant un coup d'œil à Fredrik.

— L'homme du grenier portait ces photos sur lui. Elles sont donc apparemment importantes pour lui. Je crois que ce type... – Fredrik montra du doigt la photo d'identité – était la cible de l'agression. Cette personne ne ressemble à aucun des membres connus de la communauté de Solro : à aucune des victimes, ni à ceux qui ont disparu. Je me trompe ? » – Pour la première fois de la matinée, il croisa le regard de Kafa. – Mais regardez ses yeux. N'oubliez pas que nous savons une chose à propos du troisième pasteur : les gens étaient frappés par ses yeux...

— Per Olsen, dit Kafa.

— Le pasteur Per Olsen, en effet, approuva Fredrik.

Kafa s'adressa à Andreas :

— Les photos n'étaient pas protégées ?

— La clé USB était protégée par un code. Mais le dossier avec les photos était en libre accès. Il y a un autre dossier, mais celui-là est verrouillé. Nous travaillons à l'ouvrir.

— Bon. Et quel était le mot de passe ?

— « La Main du Seigneur ».

— « La Main du Seigneur », répéta Kafa lentement, comme si elle goûtait chaque mot. Qu'est-ce que cela veut dire ?

Ils n'en avaient aucune idée.

Fredrik sortit une boîte d'analgésiques de sa poche, prit deux comprimés dans sa main et les avala avec du café. Puis il se leva et se planta devant la fenêtre, les bras croisés.

— D'après les résultats de l'autopsie, Mohammed Khaled Omar, l'Émir, a été tué d'une balle dans la tête. Il aurait été exécuté moins d'une semaine avant que nous le trouvions dans la baignoire. Autour des chevilles et des poignets, des lésions sur les tissus cutanés prouvent qu'il a été attaché. Des liens très serrés. Autrement dit, il est resté en vie un certain temps après son enlèvement. – Fredrik marqua une pause, le regard toujours tourné vers la rue. – Pourquoi ? reprit-il. Pourquoi kidnapper un terroriste recherché activement ? Pourquoi l'agresseur a-t-il pris le risque d'enlever un homme qui, sans aucun doute, était surveillé par la police ?

Pour faire diversion. Cela leur apparut comme une évidence, à tous les trois. Il fallait tromper la police, les médias et tout le monde, leur faire croire que le massacre de Solro était la conséquence d'une rivalité entre islamistes et fondamentalistes chrétiens. Et même si Fredrik avait eu des doutes, c'était malgré tout la piste qu'ils avaient suivie jusqu'ici.

— Le plan devait être de garder l'Émir jusqu'à ce que Per Olsen soit exécuté. Il aurait fini par se libérer de ses liens, mais le meurtrier aurait déjà été loin. L'Émir a été tué parce que l'attaque à Solro ne s'est pas déroulée comme prévu.

Fredrik se tourna.

Une larme, qui avait jailli dans l'œil injecté de sang de Kafa, coula sur cette peau que Fredrik imaginait chaude et douce comme du velours. La larme ralentit sa vitesse près du menton avant de se déposer dans le creux du cou, en laissant une traînée lumineuse. Kafa ne s'en rendit pas compte, focalisée par la prochaine étape du raisonnement.

— Si nous laissons de côté l'enlèvement de l'Émir, les éléments suggérant la piste islamiste étaient d'un niveau assez amateur : le foulard en soie avec une citation du Coran et l'étrange avertissement à la police. Les auteurs devaient savoir que ce n'était qu'une question de temps, dit-elle.

Le but n'était donc pas de dénigrer les musulmans. Il ne s'agissait pas d'une campagne anti-islam. La méthode avait été simplement retenue parce que l'agresseur savait que tout ce qui ressemblait à du terrorisme islamiste faisait les grands titres des journaux. Objectif : détourner l'attention de la police avec cette piste, le temps que l'agresseur puisse s'échapper.

Fredrik acquiesça lentement.

— Ce qui signifie que l'homme sur les photos est en vie. Per Olsen est vivant et il est en danger. – Il massa sa gorge douloureuse avant d'enchaîner. – Sinon, l'agresseur se serait mis au vert depuis longtemps. Il ne serait pas resté caché dans un grenier du centre d'Oslo. – Il s'éclaircit la voix et leva les yeux. – L'agresseur n'a pas terminé ce qu'il était venu faire, dit-il d'une voix ferme. Il va frapper de nouveau. Je vais prévenir Synne.

Ils tendirent l'oreille à la circulation. Andreas fouilla dans le petit sac qu'il avait avec lui.

— En tout cas, les finances de la communauté étaient en ordre. Leur compte était au nom de Plantenstedt. C'est pour ça que nous n'avons rien trouvé pour Alfsen, dit-il en posant un relevé de banque sur la table. Soixante-douze millions de couronnes[1], annonça-t-il en scandant chaque syllabe. Peu de retraits par an. Chaque fois des centaines de milliers de couronnes. Parfois davantage.

La plus grande partie de cet argent avait surgi sept ans auparavant. Soixante millions exactement. La police avait pu remonter jusqu'à une société fictive à la Barbade. Les traces s'arrêtaient là.

1. Soit presque huit millions d'euros.

Andreas leva la tête.

— Quelqu'un se montrait particulièrement généreux envers la Lumière de Dieu.

— Avons-nous la preuve qu'il ne s'agit pas d'un héritage que Bjørn Alfsen aurait dissimulé ? demanda Fredrik.

Andreas haussa les épaules.

— J'en doute fort. Il est certainement arrivé à Alfsen de franchir la ligne jaune parfois, mais rien n'indique qu'il ait fait appel à des sociétés écrans ou qu'il ait planqué de l'argent dans un paradis fiscal. – Il se frotta le front. – Non, je crois que l'argent vient d'ailleurs.

Kafa les raccompagna à la porte et saisit Fredrik par le bras.

— Les RG m'autorisent à poursuivre l'enquête, glissa-t-elle. Même si la piste islamiste était un leurre. J'aimerais bien continuer. Avec vous.

— Bien sûr, dit-il en souriant.

— Merci, fit-elle en l'attirant vers elle.

Elle lui donna un baiser furtif sur la joue.

Elle sentait la fleur d'oranger et l'herbe fraîchement coupée.

42

Les murs peints en vert étaient nus, à l'exception d'un tableau qui annonçait que les sandwichs étaient réservés aux patients. Après être allé chercher deux tasses de café pour eux, Fredrik s'assit. Sur la chaise face à lui, attendait une femme qui semblait frissonner dans sa misérable robe de chambre d'hôpital. Elle lisait un vieux magazine, tandis que ses orteils nus pianotaient nerveusement sur le sol.

« La police confirme que le mort est le leader islamiste recherché », lut Fredrik par-dessus l'épaule de Synne Jørgensen.

— Il fallait bien qu'on leur donne *quelque chose*, déclara sa supérieure en éteignant sa tablette tactile.

En chuchotant, Fredrik lui fit part des conclusions auxquelles ses collègues et lui avaient abouti. Il fallait s'attendre à une nouvelle agression.

Synne sortit de la salle d'attente. À travers la porte vitrée en plexiglas, il la regarda, pas très grande mais solide, faire les cent pas dans le couloir, son portable vissé à l'oreille.

— Comment va Kafa ? demanda-t-elle quand elle revint s'asseoir.

— Ça va. Mais ça lui a fichu un coup.

— Tu crois qu'elle va trouver sa place dans votre équipe ?

Fredrik comprit pourquoi elle posait cette question.

— Il n'y a pas de raison. Andreas et moi voyons cette collaboration d'un bon œil. Disons que nous avons mal commencé, mais... – il lui donna une tape amicale sur le bras – il n'y a rien de tel qu'une balle dans le crâne pour lier des policiers entre eux.

Elle n'insisterait pas. Sur ce plan-là, elle était sympa, Synne. Et maintenant, ils étaient effectivement trois. « Per et Pål et Kafa Askeladd[1] », selon l'expression d'Andreas.

Le baiser sur la joue. Pourquoi était-ce cet instant qui lui était revenu à l'esprit quand Synne lui avait demandé des nouvelles de Kafa ? Qu'est-ce que ce geste avait réveillé chez lui ? Il avait lu quelque chose là-dessus. Il est important pour les personnes ayant subi un traumatisme de pouvoir exprimer leur reconnaissance. Elle l'avait embrassé sur la joue. C'était l'expression de sa reconnaissance collégiale : à ses yeux, il lui avait sauvé la vie. Qu'il n'aille pas se monter la tête ! Kafa n'était qu'une collègue, de surcroît beaucoup plus jeune que lui, et qui était sous ses ordres. Point final.

Par un toussotement, Synne le tira de ses pensées. À la voir si grave, il se sentit coupable, à nouveau. C'était elle qui avait dû répondre de sa décision de monter au grenier. Sebastian Koss avait fait en sorte que la santé psychique de Fredrik soit remise en question, une fois de plus. Mais Synne

1. Allusion à un conte populaire d'Asbjønsen et Moe, où Askeladd se révèle, malgré les apparences, le plus futé des trois garçons et obtient la main de la princesse.

s'était battue pour lui, elle l'avait défendu bec et ongles pour pouvoir le garder. Son erreur d'appréciation de la situation était retombée sur elle. Neme, le préfet de police, était un homme qui comptabilisait les bavures de ses troupes...

— Encore une fois, je suis désolé, dit-il.

Tout à coup, il se demanda si c'était pour ça que le coup de téléphone de Synne dans le couloir avait été si long. Est-ce que Koss et elle n'étaient pas d'accord sur leur jugement, uniquement parce que c'était lui ? Mais visiblement, Synne ne voulait pas qu'il sache qui était à l'autre bout du fil ni de quoi ils avaient parlé. Fredrik comprit qu'il n'en saurait pas davantage.

— Laisse tomber. – Elle baissa les yeux vers les pieds nus de la femme. – Il y a une chose que je ne comprends pas, chuchota-t-elle. Pourquoi ne t'a-t-il pas tué ?

Fredrik secoua la tête.

— Je ne sais pas.

Elle alluma de nouveau sa tablette.

— Voici la vidéo de l'hôtel.

L'enregistrement datait de quatre semaines. Filmées d'en haut, les premières images montraient un homme qui entrait, des vêtements sombres et une casquette dissimulant son visage. Les images prises à l'intérieur étaient meilleures. Du côté de la réception, son visage apparaissait clairement. Synne appuya sur pause. Fredrik plissa les yeux par-dessus ses lunettes.

— Hum... dit-il. La forme de la tête est la même. Je ne distingue pas bien ses yeux... Mais le nez et la lèvre supérieure... – Il hésita. – Il porte un masque qui paraît très... vivant.

— Mais tu crois que c'est lui ?

C'était lui. Le corps longiligne et musclé. Les mouvements souples et contrôlés. Il frissonna en voyant l'homme s'approcher du tableau avec le nom du réseau et le mot de passe wifi. Il resta devant, immobile, l'espace de quelques secondes, avant de ressortir. Confirmant en tout point l'hypothèse de Kafa.

— Je peux t'emprunter ça un instant ?

Fredrik saisit la tablette, sous l'œil surpris de Synne. Mais elle n'eut pas le temps de lui demander pourquoi, car on les appela et ils quittèrent la salle d'attente.

L'odeur de savon noir, de produits antiseptiques et de légumes trop cuits le ramena dans le passé. Des aides-soignantes silencieuses emportaient des bassines pleines, leurs pas glissaient sur le linoléum, les portes grinçaient, les conversations étaient étouffées. L'infirmière venue les chercher les précédait et elle s'arrêta devant une porte bleu clair. Une natte pendait dans son dos et une petite montre était fixée à la poche poitrine de sa blouse.

— Le médecin vous laisse dix minutes, annonça-t-elle.

La pièce carrée puait la pisse. Le lit était vide. Devant la fenêtre, un homme était assis de dos dans un fauteuil roulant.

— Ivar ? Ivar. Vous avez de la visite.

L'infirmière posa sa main sur celle du patient et fit pivoter le fauteuil. Enveloppée dans un casque de mousse et de gaze, sa tête reposait sur un oreiller placé entre le crâne et l'épaule. De la bave coulait du coin de sa bouche sur une serviette-éponge. Il avait une perfusion dans l'artère du cou.

— Ivar ? Je m'appelle Synne. Je suis de la police.

Elle s'était accroupie.

Ivar Tufte ne bougea pas. Seule une légère dilatation de ses pupilles sombres indiquait qu'il était conscient de leur présence. Fredrik repensa à la dernière fois qu'il avait vu cet homme. Inanimé dans la cave de Solro, avec une porte métallique qui lui martelait le crâne. À ce moment-là déjà, il appréhendait de revoir ce survivant.

— Ivar ? Est-ce que vous comprenez ce que je dis ?

Synne posa sa main sur les genoux du patient. À côté de la sienne. Un de ses poings était entièrement bandé et restait immobile. Les doigts de l'autre tiraient sur les fils des compresses. Elle lui caressa délicatement le pouce. La respiration de l'homme en fauteuil s'accéléra. Au prix d'un immense effort, il souleva la main et la posa sur celle de Synne.

— Èèèè..., gémit-il.

— Ivar, nous enquêtons sur ce qui s'est passé à Solro. Est-ce que vous pouvez serrer ma main si vous comprenez ?

Ils attendirent.

— Est-ce que vous pouvez serrer ?

Synne se retourna vers Fredrik : aucune réponse.

Au moment où elle se relevait, la porte s'ouvrit derrière elle. Le médecin était un homme de petite taille avec une poignée de main moite. Il les pria de l'excuser pour son retard. Ils restèrent au pied du lit. L'homme vêtu de blanc parla à voix basse avec un débit rapide :

— Le patient souffre de graves lésions cérébrales. Le pronostic est très réservé.

— Qu'est-ce qu'il a à la main ? demanda Fredrik.

— Il se mord. – Le médecin guetta leur réaction. – Voilà, vous l'avez vu, comme vous le désiriez. Si vous avez d'autres questions, je propose que nous en discutions dans mon bureau.

Les deux enquêteurs échangèrent un regard.

— Parfait, dit Synne.

Au moment de sortir de la chambre, Fredrik demanda :

— Est-ce que je pourrais... rester juste quelques minutes ? Seul avec lui ?

Le médecin l'observa d'un regard soupçonneux.

— Bon, mais quelques minutes seulement.

Fredrik ouvrit son porte-documents et en sortit une photographie. C'était celle de la carte d'identité, stockée sur la clé USB. Il commença par la tenir devant les yeux de Tufte, puis la posa sur ses genoux. Le malade ne quitta pas la photo des yeux. Puis il posa sa main blessée dessus. Caressa l'image d'un doigt, avec tendresse.

Une heure plus tard environ, Fredrik attendait dans la voiture sur le parking de l'hôpital d'Ullevål. Il appuya sur la compresse, fixée entre l'index et le pouce. Malgré l'anesthésie, la douleur l'élançait sourdement et son mal de tête était revenu.

— Qu'est-ce que tu as foutu dans la chambre ? pesta Synne.

— J'ai fait mon boulot de policier.

— Le médecin a menacé de déposer plainte contre nous. Mais qu'est-ce qui s'est passé, bon sang ?

Fredrik lui adressa un regard désarmant.

— Nous avons eu une discussion.

Synne fronça les sourcils.

— Ah bon ?

— Pour commencer, Ivar Tufte a confirmé que la photo était celle d'un membre proche de la communauté la Lumière de Dieu. Un des pasteurs disparus. – Fredrik lui tendit la photo en question. – Puis il a confirmé que cet homme était bien celui qui a essayé de le tuer. – Il lui redonna sa tablette tactile. – Le même homme qui nous a attaqués dans le grenier, Kafa et moi. J'ai montré à Ivar la vidéo de l'hôtel. Il s'est alors mis à hurler et à me mordre la main jusqu'au sang.

43

L'ACIDITÉ DU VINAIGRE apaisa sa gencive enflammée et l'odeur réveilla ses sens. Il mâchouilla le bout de tissu jusqu'à ce que sa langue s'engourdisse. Il trempa alors de nouveau le tissu dans le liquide aux reflets de bronze et suça.

La Norvège tenait ses promesses : c'était l'été et le pays dormait. La petite cabane dans les bois était loin de tout. Il pouvait continuer ses activités, pendant des semaines, sans être dérangé. Au départ, ce lieu devait simplement lui servir d'entrepôt. Mais la situation avait changé. Le chasseur était chassé.

Il avait recouvert les murs d'un plastique noir et appliqué un revêtement en feutre isolant sur le sol en terre. Aucun lit, aucune chaise, aucune table. Rien que son sac noir et sa mallette pour les armes. Question électricité, il s'était branché à un boîtier au bord de la route. Sur son sac était posé son ordinateur portable dont la lumière clignotante indiquait qu'il était en veille. Encore une fois, il avait visionné les images vidéo de Solro. Il n'y avait aucun doute. L'objet se trouvait dans la ferme lorsque le signal avait été donné. Mais vingt-cinq minutes plus tard, il n'y était plus.

Le pasteur dans le lit jurait qu'il ne savait rien. Mais on ne pouvait pas le laisser en vie. Le gardien de la cave n'était toujours pas mort, semble-t-il. Étonnant. La faculté humaine de résister à la souffrance permettait cela, parfois. Cela le frappait chaque fois que, par inadvertance, il apercevait son reflet dans un miroir.

C'étaient les quatre morts dans le jardin qui le contrariaient. Non pas pour des raisons éthiques, mais sur le plan purement quantitatif. Un nombre élevé de morts faisait toujours trop de bruit. Sous le choc, il avait failli perdre connaissance. Heureusement que les impulsions électriques du Taser avaient touché son gilet, de sorte que la décharge avait été considérablement amoindrie. D'une manière plutôt ironique, les contractions musculaires involontaires l'avaient poussé à vider son chargeur sur l'homme qui tirait sur lui. Les autres s'étaient arrêtés net à la vue de leur camarade déchiqueté sous leurs yeux. Mais c'était trop tard.

Le toit en tôle ondulé vibrait sous le vent du soir. Il posa l'ordinateur sur ses genoux et l'alluma. Attendit que la ligne soit sûre avant de taper les mots de passe et de placer le pouce sur le lecteur. Quinze secondes plus tard, le visage inexpressif de la Baleine apparut sur l'écran.

— *Oui ?*

Les doigts glissèrent avec une certaine maladresse sur les touches.

Même tant d'années après s'être fait couper la langue, il continuait de rager intérieurement d'avoir perdu la parole et d'être obligé d'écrire sur un clavier, comme un imbécile.

— *Attends les ordres.*

— Pourquoi tu ne l'as pas tué ?

Il hésita avant de répondre.

— *Il y a eu un changement dans la situation.*

La Baleine le fixa, ses yeux n'étaient qu'une fente. L'autre se pencha de nouveau sur le clavier et écrivit. Longuement.

La réponse mit aussi du temps à arriver :

— Bon. Je vais en référer à l'Organisation. – La Baleine fixa la caméra. – La situation a pris un tour fâcheux. Que va découvrir la police ?

L'homme secoua la tête.

— *Rien d'autre que l'islamiste dans la baignoire* – Il chercha un peu ses mots avant de continuer à écrire. – *Des images de l'objet. Mais cela ne leur servira pas à grand-chose.* – Pause. – *Les saisies au laboratoire ont été détruites.*

— Tu as échoué, répliqua sèchement la Baleine. La clé USB… Nous te soupçonnons d'avoir sous-estimé la résistance de la partie adverse. Il y a maintenant, en Norvège, des gens qui ont peur. Ils suivent ta mission à la loupe et sont très contrariés par toute cette agitation. Ce qui induit une surcharge de travail. Et si tu es pris ?

L'homme dans la cabane s'agaça. Il se pencha sur le clavier et écrivit très vite :

— *Je ne serai pas pris !* – Il regarda la Baleine droit dans les yeux. – *La piste islamiste aurait parfaitement fonctionné. Mais les informations étaient trop mauvaises. L'objet n'était pas là. J'ai dû improviser.*

Il baissa les yeux jusqu'à entendre à nouveau la voix de la Baleine :

— Ce n'est pas tout. Il y a un problème, en relation avec l'Afghanistan. Le gouverneur qui… est mort sur le balcon.

L'homme à la langue coupée leva aussitôt la tête.

— On t'a observé avant que tu ne quittes la province. Quelqu'un a fait savoir aux autorités qu'il y avait un lien entre ta présence sur place et la mort du gouverneur.

— *Ai-je besoin de m'inquiéter ?*

La Baleine eut un regard sévère.

— On travaille là-dessus. Mais c'est complexe. Trop de choses ont foiré, Staffan. – La Baleine respira profondément. – Quoi qu'il en soit, l'Organisation reste convaincue qu'il doit y avoir un autre laboratoire. Il faut poursuivre l'action jusqu'au bout.

Autour du trou béant, les muscles se contractèrent sur le visage de son interlocuteur.

— *Voilà qui me réjouit*.

La Baleine montra les dents et disparut.

44

— C'EST ICI QUE ÇA SE PASSE, COMMISSAIRE !

Sebastian Koss lui aboyait dessus depuis le couloir. Fredrik se retourna et contempla le visage empourpré de l'inspecteur de police. Il avait retroussé les manches de sa chemise italienne et ses cheveux étaient très légèrement décoiffés. Son bureau était déjà bondé. Andreas avait pris place sur le canapé deux places le long du mur, tandis que Synne se tenait à la fenêtre entrebâillée et fumait. La veste de Koss était posée sur le dossier de son haut fauteuil de bureau. Et, à la table de travail, trônait Trond Anton Neme, le préfet de police en personne. Le seul dans la pièce à porter l'uniforme. Quelques années de plus que Fredrik, il passait pour le policier le plus rapide, le plus rusé et le plus fort de sa génération. Ses yeux, bleu glacier, reflétaient un cerveau dépourvu d'humour et d'empathie. Un homme du goût de Sebastian Koss, avec son cœur rabougri.

Andreas lui tendit une feuille de papier. Fredrik lut, en se caressant la moustache. L'article était intitulé : « Quel bonheur d'avoir rompu avec la secte », suivi du sous-titre accrocheur : « Des anciens adeptes racontent : l'angoisse de mourir, les amis disparus, les rituels secrets de la communauté ».

Fredrik toussota, conscient que chacun essayait de déchiffrer l'expression de son visage.

« Il y a un an, le couple Annabell Wiehe (34 ans) et Bernhard Knutsen (37 ans) a quitté la communauté de la Lumière de Dieu. À présent, ils suivent avec inquiétude les recherches vaines de la police pour retrouver leurs anciens amis. Et ils sont morts de peur à l'idée que ceux qui ont massacré la communauté puissent aussi s'en prendre à eux. La police ne fait rien pour nous aider, disent-ils. »

Fredrik leva les yeux de la feuille.

— C'est quoi ça, bordel ?

— Oui, comme tu dis, intervint Koss. Eh bien, je vais te le dire ! C'est l'introduction d'un article que TV2 a mis sur son site internet cet après-midi. – Il haussa la voix. – L'interview de Wiehe et Knutsen passera au journal télévisé ce soir. – Maintenant, il éructait. – Et un reporter est en route pour nous interviewer à ce sujet ! – Koss tapa du poing sur la table, faisant vaciller la lampe dorée de son bureau. – Hein, comment t'expliques ça ? Depuis quand il faut que je regarde les nouvelles pour savoir ce qui se passe dans cette affaire !

Fredrik croisa son regard, plein d'incrédulité et de mépris. Ah non, c'était trop facile ! On n'allait pas encore lui faire porter le chapeau ! Il le fusilla des yeux jusqu'à ce que le préfet de police prenne la parole.

— TV2 m'a contacté il y a une heure, dit-il d'une voix sombre. Koss, qui est le juriste attitré sur cette affaire, ira accueillir le journaliste à la réception : pas question de le laisser entrer ici. – Neme fit comprendre à l'inspecteur que ce n'était pas la peine de discuter. – J'aurais préféré que ce soit vous, poursuivit-il en faisant un signe de tête à Synne avant de se toucher le creux du menton, ou vous. – Il pointa le doigt vers Fredrik. – Mais tant que je ne sais pas qui n'a pas été à la hauteur ici, je m'en tiens aux usages en vigueur.

Les yeux de Koss lançaient des étincelles, mais il se tut.

— Nous n'avons aucun commentaire à faire sur les propos que les anciens adeptes sont allés vomir dans les micros. Mais ils accusent la police de ne pas les protéger, ce qui jette le discrédit sur nous tous. – Neme regarda ses paumes. – Ce couple dit nous avoir contactés pour nous demander de l'aide. – Son regard se tourna d'abord vers Fredrik, puis vers Synne, qui jeta son mégot et ferma la fenêtre. – Dans un cas comme celui-là, nous n'avons pas les moyens de commettre des bourdes pareilles. Avez-vous seulement une idée de ce que coûte ce genre d'affaire ? Avec tous les moyens que nous mettons en œuvre ? Pendant ce temps, les cambrioleurs, les voleurs et les délinquants violents peuvent tranquillement continuer leurs activités parce que je suis obligé de tout faire passer au second plan. Notre priorité absolue est de mettre la main sur ce cinglé. – Il se dirigea à grands pas vers la porte et se retourna en portant un doigt à sa tempe argentée. – À partir de maintenant, je ne veux plus avoir à répondre de la moindre erreur, c'est compris ? Jørgensen ? Beier ? – Il sortit sans attendre de réponse, laissant la porte ouverte et continuant sa tirade dans le couloir. – Et retrouvez-moi cette foutue communauté !

Les enquêteurs demeurèrent silencieux un moment, puis Synne prit la parole :

— La liste d'appels du standard indique que le coup de téléphone des anciens membres a été transféré à votre poste d'équipe, deux jours après le massacre. Que pouvez-vous me dire à ce sujet ?

Fredrik regarda Andreas, qui secoua la tête.

— Personnellement, j'ai aucun souvenir d'avoir reçu cet appel. *Sorry*, il n'a pas été transféré chez nous.

— Putain ! hurla Koss en shootant dans le vide.

— Alors je propose que nous tirions ça au clair pour savoir à *qui* ils ont parlé, trancha Synne.

— Oui, répondit Fredrik. Il faut les convoquer et les interroger.

— Pas la peine, ils sont déjà là.

45

Londres, février 1943

DANS LA SALLE D'INTERROGATOIRE pendait un lustre, vert menthe, qui jetait une lueur maladive sur les quatre personnes présentes.

Le commandant des services secrets, Herbert Gowan, ouvrit sa boîte de Dunhill, en sortit un peu de tabac qu'il roula entre le pouce et l'index. Puis il en prit quelques morceaux plus compacts, de la taille de petits pois, qu'il fit à leur tour glisser entre ses doigts, avant de les enfoncer au fond d'une pipe courte en ébène.

— Bon, messieurs, pour résumer. Monsieur Acton…

John toussota et l'interrompit :

— Professeur Acton. À présent, j'ai moi aussi le grade de lieutenant et mon propre département au Bletchley Park.

— C'est vrai, reconnut le commandant Gowan après un moment d'hésitation. Donc, *lieutenant* Acton, vous êtes rattaché aux services secrets britanniques et avez travaillé un certain nombre d'années pour le compte de Sa Majesté. Quant à vous, professeur Monsen, vous êtes norvégien et vous travaillez au Birkbeck College, au sein de l'université de Londres, en tant que maître de conférences en biologie marine. Vous n'avez aucun lien avec le gouvernement norvégien en exil ou avec la résistance qu'il organise.

Cela sonnait comme une critique. Kolbein gratta la table avec son ongle.

Gowan posa sa pipe près de la feuille de papier sur laquelle il prenait des notes et se saisit à pleines mains de l'important rapport qu'on lui avait remis. Derrière lui, près de la porte qui menait au service d'analyse des renseignements, était assis un caporal fluet avec une fine moustache : son visage n'avait pas exprimé la moindre réaction durant les deux heures qu'avait duré l'interrogatoire.

— Et tous deux, vous avez fait partie du même milieu de scientifiques travaillant sur la race. Auriez-vous la gentillesse d'expliquer plus précisément la composition de ce... – le major feuilleta le rapport, en arrière – de votre groupe viennois ?

John et Kolbein échangèrent des regards avant que ce dernier prenne la parole.

— Eh bien..., dit-il en prenant un crayon sur la table. Je peux ?

De la cantine au dernier étage, ils virent le ciel du soir virer à l'orange puis au violet, avant que la ville ne revête son manteau de nuit. Les cimes nues des saules de Hyde Park se confondirent avec l'immeuble en briques de Kensington. La goulasch était parfumée et savoureuse, avec une portion étonnamment copieuse de viande.

— Parlez-nous de la rupture.

Les yeux du major Gowan étaient devenus deux fentes. Le caporal était parti, remplacé par un officier qui arborait un drapeau norvégien sur l'épaule de son uniforme. Cet homme au teint pâle s'était présenté comme le colonel Hasle de l'État-major de la Défense. Il avait les mains jointes sur une enveloppe posée sur la table devant lui et écoutait, tout en examinant ses doigts courts.

— Le professeur Elias Brinch a créé la Confrérie de Vienne au milieu des années vingt, commença Kolbein. – Il cligna des yeux avant de poursuivre. – Le premier grand projet de la Confrérie a été d'établir la disparité entre les races humaines.

Le colonel norvégien leva la tête, l'air étonné.

— Les angles du front et les formes du nez, c'est ça ? hasarda-t-il.

Kolbein toussota pour lui faire comprendre qu'il était de ceux qui considéraient la recherche sur les races beaucoup plus complexe que ça.

— Oui, ça aussi. Mais nous approfondissons surtout l'aspect médical de la biologie raciale. Il est des races qui, par exemple, surmontent plus facilement certaines maladies que d'autres. Tenez, prenons la grippe espagnole. En Scandinavie, elle a fait beaucoup plus de morts chez les Lapons que chez les Suédois et les Norvégiens. Il existe des races qui réagissent différemment à la médication, aux substances toxiques et à certains nutriments. – Il prit une profonde inspiration. – Nous autres, membres de la Confrérie de Vienne, voulions sincèrement rendre le monde meilleur. Nous voulions systématiser les particularismes raciaux pour le *bien* de l'humanité, contribuer à l'élaboration de vaccins adaptés aux différents peuples, donner des conseils spécifiques, selon les régions, sur chaque maladie et l'usage des médicaments… l'apport en nutriments et en vitamines… oui, ce genre de choses. Mais quand on possède les connaissances nécessaires pour mettre au point un remède, on a aussi les connaissances nécessaires pour fabriquer un poison.

Il frotta ses paumes l'une contre l'autre et eut un sourire, comme pour s'excuser. John prit le relais :

— Le professeur Brinch s'intéressait de près à la question de la dégénérescence de l'être humain. De nombreux chercheurs sur la race sont d'avis que la médecine moderne garde trop de malades en vie. Ceux qui, selon Darwin, perdront lors de la confrontation avec des individus mieux adaptés. Or, au lieu de mourir, ils se multiplient. Mettent bas. Selon le professeur, cet affaiblissement du matériau héréditaire est destructeur pour notre espèce. – John soutint le regard du colonel norvégien. – Il est clair que cette théorie a trouvé un écho parmi les cercles politiques et scientifiques à Berlin. Petit à petit, nous nous sommes rendu compte... – John jeta un regard rapide à Kolbein – qu'il incombait à la Confrérie de Vienne de donner un fondement scientifique à ces idées.

Kolbein baissa les yeux et enchaîna d'une voix plus sourde :

— Je ressens une grande honte à avouer maintenant que je me suis laissé éblouir par la renommée, par la liberté de poursuivre mon travail scientifique, par les belles paroles du professeur Brinch. Mais à la fin, nous avons préféré partir, pour cause de divergences trop importantes. La Confrérie de Vienne s'est divisée entre ceux qui soutenaient Hitler, ceux qui s'opposaient à lui et ceux qui refusaient de mêler politique et science comme nous le faisions alors... De peur que toute son œuvre ne vole en éclats, le professeur Brinch a proposé un pacte. Les huit membres se sont séparés, tout en étant dans une certaine mesure réconciliés : chacun était libre de voyager et travailler où il le souhaitait. Le projet de biologie raciale mené par la Confrérie de Vienne serait mis en veilleuse, jusqu'à ce qu'une nouvelle configuration politique permette de reprendre les travaux.

– Kolbein s'éclaircit la voix. – Si nous sommes ici, c'est parce qu'Elias Brinch et son assistante Elsa Schrader n'ont pas respecté ce pacte. Le professeur a repris ses expériences. Sur des sujets humains.

— Et, pour fonder ce que vous avancez, vous vous appuyiez, si je comprends bien, sur ce nom de code qui a été capté : Locusta ? demanda le colonel norvégien. Que signifie-t-il ?

— C'était l'empoisonneuse de l'empereur Néron, répondit John.

Les officiers haussèrent les sourcils.

— Locusta était une Gauloise réputée dans tout l'Empire romain pour ses connaissances en matière de plantes et d'herbes. Elle a choisi de les mettre à profit en devenant empoisonneuse. En l'an cinquante-quatre après Jésus-Christ, elle empoisonna l'empereur Claudius sur ordre de son épouse Agrippine. Ainsi, le fils illégitime de cette dernière, Néron, accéda au pouvoir. Néron protégea Locusta jusqu'à ce que lui-même soit condamné à mort. Alors Locusta fut à son tour exécutée. – John se pencha au-dessus de la table. – C'est devenu une expression dans la Confrérie : « procéder comme Locusta », signifiait que nous observions le cours de la maladie, non pas pour la battre en brèche, mais dans le but d'établir si certaines races étaient plus réceptives que d'autres au mal et à la contagion. Nous avons mis au point des poisons, cherché à inoculer des germes au lieu de guérir. Elsa Schrader et Elias Brinch utilisaient cette expression pour communiquer entre eux.

L'officier norvégien ouvrit l'enveloppe. Des doigts avaient laissé des traces de gras sur le papier. Deux photographies tombèrent sur la table. Sur la première, des sapins recouverts de neige et, au premier plan, un homme nu à côté d'une fosse. Kolbein examina la seconde photo. C'était un agrandissement d'un détail de la première qui montrait le haut du corps de l'homme. Difficile de lui donner un âge. Il avait des yeux fermés et la peau claire, il n'était ni gros ni maigre. Il avait les cheveux courts bruns, une barbe naissante grisonnante et le corps presque imberbe. Son nez épaté, au milieu d'un visage rond, lui donnait un air de Mongol. Aucune blessure apparente.

— Ces photos datent d'il y a un mois à peine. Prises près d'un camp de prisonniers à Lista, tout au sud de la Norvège. Nos hommes nous ont fait part d'un nombre très élevé de décès. Même pour un camp russe. Le camp est construit autrement, dirigé autrement que tous les autres camps que nous avons vus en Norvège. – Hasle joignit les mains. – Ce n'est pas un commandant allemand SS qui est à sa tête. Ni un représentant NS[1] ou un officier du bataillon nazi de la Jeunesse norvégienne. C'est un professeur. Les Allemands l'appellent le professeur Elias Brinch.

1. *Nasjonal Samling*, parti créé par Vidkun Quisling le 17 mai 1933 sur le modèle du parti fasciste en Italie et du NSDAP en Allemagne.

46

Des renégats. Des apostats. Pourquoi ne pas y avoir pensé plus tôt ? C'était pourtant évident. Les sectes et leurs anciens adeptes. On avait rarement l'un sans l'autre. Comme la baise et les démangeaisons, songea prosaïquement Fredrik.

Annabell Wiehe et Bernhard Knutsen attendaient dans le couloir devant la salle d'interrogatoire. Knutsen avait étendu ses jambes maigres et s'impatientait en tambourinant des doigts sur sa petite brioche. Tous deux se levèrent au moment de saluer : il fit un pas en avant tandis qu'elle esquissa un mouvement de recul. Annabell était une femme blonde aux formes généreuses, avec une frange coupée net au-dessus des sourcils. Elle portait une croix au creux du cou et son large maillot en coton laissait deviner sa lourde poitrine.

— Bon. Si on commençait par le commencement ? fit Fredrik.

Le couple prit place devant la table rectangulaire, Andreas et lui-même s'installèrent de l'autre côté.

— Volontiers.

Bernhard Knutsen avait fait la connaissance de Søren Plantenstedt et de Bjørn Alfsen onze ans plus tôt. C'était l'été, Knutsen était étudiant et travaillait comme bénévole dans l'un des cafés de la ville qui accueillait des drogués. Les pasteurs l'avaient abordé sur l'avenue Karl Johan et lui avaient demandé s'il savait que les fœtus avortés pouvaient vivre plusieurs jours après avoir été coupés du placenta. Bernhard l'ignorait et ce n'est que plus tard qu'il avait découvert que c'était un mensonge.

— Je n'ai pas été attiré par leurs idées très tranchées, mais par ce sentiment intense d'appartenir à un groupe : nous habitions ensemble, nous mangions, nous dormions ensemble. Nous avons donné tout ce que nous possédions à la communauté et, en échange, la communauté s'occupait de nous, expliqua-t-il en se touchant la lèvre inférieure. Pour moi, l'intégrisme a toujours été un mur difficile à franchir.

Au bout de quelques semaines, le jeune étudiant en protection de l'enfance avait emménagé à Solro. Là, il avait rencontré une nouvelle recrue suédoise, Annabell, originaire de Nyköping, et une vingtaine d'autres membres. Certains plus âgés sinon, pour la plupart, plus jeunes. Tous s'étaient laissés tenter par la parole libre du pasteur qui avait rompu avec le mouvement Philadelphia et fondé la Lumière de Dieu, parce qu'il jugeait que les communautés établies n'osaient pas se conformer à la volonté – *véritable* – de Dieu. Søren Plantenstedt était arrivé quelques années plus tard. Ces deux-là dirigeaient le groupe. Des pasteurs.

Bernhard joignit les mains sur son petit ventre, le regard soudain fixe.

— On sentait à cette époque une vraie force dans l'Église charismatique. Il fallait faire front, se dresser et dénoncer cette société qui courait à sa perte.

C'était la mission que s'était donnée la Lumière de Dieu, expliqua-t-il. Alors ils manifestaient. Sans arrêt. Et quand ils ne criaient pas dans la rue, devant un hôpital ou une mosquée, ils écrivaient. Ils envoyaient des citations de la Bible à des personnalités politiques et participaient à des forums de discussion sur Internet. Ils travaillaient jour et nuit.

Fredrik versa de l'eau tiède dans les gobelets en plastique.

— Et puis il s'est passé quelque chose. Quelque chose qui vous a fait vous éloigner de l'action dans la rue.

— Non, pas quelque chose. Quelqu'un. – Bernhard et Annabell se regardèrent. – Per Olsen. Ou papa Per, comme nous l'appelions.

Andreas posa sur la table les photos trouvées dans la clé USB de l'agresseur.

— Est-ce lui ?

Tous deux hochèrent la tête.

— Il ne s'agit pas de Søren Plantenstedt ?

— Non, répondirent-ils de concert.

— Søren est petit, brun et musclé. Lui, c'est Per, confirma Annabell.

Fredrik et Andreas échangèrent un regard. Ils avaient deviné juste. L'homme que l'assassin cherchait à Solro était le mystérieux pasteur Per Olsen.

— Parlez-nous donc un peu de ce papa Per, dit Andreas.

C'était la veille de Noël et toute la communauté, à l'exception des pasteurs, se trouvait réunie dans la grande salle à manger. Cela faisait deux ans et demi que Bernhard avait emménagé à Solro. En s'asseyant à table, les conversations cessèrent immédiatement entre les adultes. Au bout, où trônaient toujours Alfsen et Plantenstedt, il y avait une chaise supplémentaire. Le placement était le reflet du rang qu'on occupait au sein de la communauté : ici entraient en ligne de compte l'ancienneté et la considération dont on jouissait auprès de Bjørn et Søren.

Les deux pasteurs firent enfin leur entrée. Ils saluèrent les membres comme d'habitude et les prièrent de remplir leurs verres de vin. Puis Bjørn prit la parole :

— Chère famille. Aujourd'hui, nos cœurs sont remplis d'allégresse. Pas seulement à cause du message de Noël, de la naissance du Christ, mais aussi à cause de la naissance qui a lieu parmi nous Dans *notre* famille. Dorénavant, nous serons trois pasteurs à servir Dieu. Et pouvait-il y avoir meilleur jour que celui-ci pour fêter cette trinité ?

Après ces mots, Søren Plantenstedt ouvrit la porte de la cuisine et un homme d'une trentaine d'années, aux cheveux blonds ébouriffés et au regard intense, entra avec un large sourire en ouvrant les bras à l'adresse de l'assemblée.

— Les enfants de Dieu, mes enfants ! s'écria-t-il. Ensemble, nous irons à la rencontre du Seigneur.

Il fit ensuite le tour de la table, prenant et embrassant chacun dans ses bras, avant de s'asseoir. Il avait l'air d'un prophète.

— Lorsque Per vous regardait, il vous donnait le sentiment d'être… – Bernhard pinça les lèvres pour réfléchir – le plus important. C'était une impression très forte. Per était cultivé, il vous faisait partager son savoir et il était extrêmement présent.

Ce printemps-là, ils n'organisèrent pas de manifestations. Ils furent peu nombreux à regretter les heures à battre le pavé dans le froid, à recevoir insultes, crachats ou regards de pitié. La plupart commençaient à en avoir assez, et avaient osé l'exprimer. Papa Per s'était alors levé et avait déclaré que ce temps-là était révolu. D'ailleurs, dès cet été, des ouvriers viendraient travailler à Solro. Des tâches plus importantes les attendaient.

— Pourquoi l'appeliez-vous papa Per ? demanda Fredrik qui trouvait que ce nom avait une connotation un peu incestueuse.

Annabell et Bernhard haussèrent les épaules.

— Je ne sais pas. C'est Søren et Bjørn qui ont les premiers utilisé cette expression, je crois, hasarda Bernhard.

— Que faisait-il avant d'arriver à Solro ?

Ils n'en avaient aucune idée, ni l'un ni l'autre. Dans la communauté, c'était papa Per qui posait les questions. Pas l'inverse.

Fredrik les pria de l'excuser et quitta la salle d'interrogatoire pour aller dans la pièce sombre à côté. Depuis qu'il s'était fait passer un savon dans le bureau de Koss, sa fureur n'avait fait qu'enfler, il fallait que ça sorte. À travers la vitre sans tain, il observa Bernhard Knutsen en train de gesticuler, le thorax penché vers l'avant, ses cheveux brun foncé laissant place à une demi-lune sur le haut du crâne. Annabell Wiehe était restée adossée contre sa chaise, les épaules basses, et ne cessait de passer la main sur sa jupe ample couleur pastel. Fredrik n'entendait pas ce qui se disait car les micros n'étaient pas branchés, mais un triangle vert sur l'écran de l'ordinateur signalait que la conversation était tout de même enregistrée.

Il trouva le numéro dans son portable.

— Bonjour, Jørgen Mostu de TV2, je vous écoute…

— Salut, dit Fredrik en cognant le mur avec son poing. C'est moi.

— Salut, Fredrik, répondit Jørgen d'une voix claire. Que me vaut le plaisir ? Tu n'as plus ton vieil animal de compagnie ? Ni les acariens et les punaises qui se plaisent chez toi ? Bon, alors, qu'est-ce qu'il y a ?

— Il y a que t'es un con à qui on ne peut pas faire confiance. Pourquoi tu ne m'as pas prévenu ? Je t'ai parlé du laboratoire, moi, j'ai joué cartes sur table avec toi, putain !

Jørgen hésita un instant. Son ton se durcit :

— Te prévenir de quoi, Fredrik ? Que vous ne rappelez même pas les témoins ? Ou que nous tenons un scoop ? – Il marqua une longue pause. – Je croyais que tu avais cette affaire bien en main.

Fredrik déglutit avant de répondre :

— Non, ce n'est pas le cas. – Il toussota. – Nous ne retrouvons pas la trace de cet appel. J'aurais préféré que tu me contactes. Quoi qu'il en soit, ça aurait été un service, entre amis, que j'aurais apprécié.

Jørgen resta silencieux. Fredrik s'attendait à une grande tirade comme quoi il ne faisait que son boulot, qu'il le faisait rudement bien d'ailleurs, mais rien ne vint.

— D'accord. La prochaine fois, je t'appellerai, OK ?

— OK. – Fredrik fit les cent pas dans la pièce. – Une dernière chose, Jørgen. Ce dont nous avons parlé la dernière fois, ta source. Il y a toujours des femmes et des enfants qui ont disparu. Six personnes ont été tuées. J'ai moi-même rencontré Ivar Tufte. Il est passablement… amoché.

Le journaliste soupira :

— Fredrik, je ne balancerai pas ma source.

— Tu prends une lourde responsabilité, dit froidement Fredrik. – Cette froideur lui fit du bien.

— Tu joues ton rôle, je joue le mien. Un point c'est tout.

— Tu as pourtant compris qu'il vous a menés en bateau avec la piste islamiste ?

Jørgen renifla.

— On s'est fait avoir et vous aussi. On ne peut quand même pas demander à ce que notre source en sache plus long que la police.

Fredrik retint son souffle.

— Sois prudent. Ces gens sont dangereux.

— Merci de penser à moi, répondit Jørgen sèchement.

— Salue Turid de ma part.

— Toi aussi, répliqua Jørgen, quel que soit son nom, d'ailleurs.

Dans la salle d'interrogatoire, la conversation se poursuivait. Fredrik éteignit l'enregistrement et les rejoignit.

47

LORSQUE LA CAVE SOUS LA GRANGE FUT PRÊTE, les pasteurs divisèrent les adultes en différents groupes, raconta Knutsen. Un pour la cave, un pour la grange et un pour la maison. Et même si ça ne fut pas dit clairement, la hiérarchie entre ces groupes ne fit aucun doute pour personne. Les membres détachés à la cave étaient absents des premières heures du matin jusqu'au coucher du jour. Le soir, ils s'asseyaient ensemble à table. Si quelqu'un d'un autre groupe s'approchait d'eux, ils changeaient immédiatement de sujet et évoquaient quelques futilités. Les initiés ne témoignaient plus le moindre intérêt aux non-initiés.

On aurait pu croire que cette nouvelle configuration aurait scindé la communauté, mais elle produisit exactement l'effet inverse. Certains, tels les deux frères Hennie du groupe de la grange, ne savaient quoi faire pour témoigner leur dévouement à papa Per. Oui, c'étaient de bons garçons, Fritjof et Paul Espen, qui venaient de Hønefoss. Paul eut un fils avec une des jeunes filles. L'enfant s'appela Johannes et il naquit dans la propriété. Évidemment, l'aide à l'enfance n'avait pas été emballée par cette idée, nuança Bernhard avec un sourire gêné.

Les frères organisèrent des heures de prière, s'occupèrent de tâches supplémentaires et prirent en charge l'enseignement biblique pour les enfants. Un jour, papa Per proclama que les frères Hennie participeraient dorénavant au travail dans la cave. C'était donc possible. À ceux qui travaillaient dur, ceux dont la foi était suffisamment forte, Dieu saurait témoigner sa reconnaissance.

Annabell faisait partie du groupe de la maison et Bernhard de celui de la grange. Ils faisaient la lessive et la cuisine, tondaient la pelouse, cultivaient des légumes et nourrissaient les bêtes. Ils brûlaient d'un feu intérieur : celui de vivre pour les autres. Pour la communauté. Mais le feu que papa Per cherchait était de nature divine. Il cherchait ceux qui brûlaient pour la Parole. La seule, la Parole vraie.

Fredrik se pencha au-dessus de la table.

— Quel était le but de cette cave secrète ?

— Croyez-le ou non, répondit Bernard, nous n'en savons rien. Aucun de nous n'a jamais été là-bas. Ce n'était pas permis.

Fredrik se redressa sur sa chaise, se tapa sur les cuisses et jeta un regard découragé à Andreas. Annabell tira si fort sur sa croix que Fredrik crut qu'elle allait casser la chaîne.

— Qui faisait donc partie du groupe de la cave ?

Les pasteurs, naturellement. Et les frères Hennie. Ivar travaillait aussi en bas, Ivar Tufte, lui qui avait été si affreusement mutilé par l'assassin. En leur qualité d'anciens membres de la communauté et en bons chrétiens qu'ils étaient, ils lui avaient rendu visite à l'hôpital, oui, mais Annabell n'était même pas sûre qu'il ait réussi à les reconnaître. Il était assis à mordre sans arrêt sa main bandée. Ils avaient prié pour lui avant de prendre congé. Quant aux autres membres dans la cave, c'étaient Nils, Viggo, Johan et Brynjar. Et Per Olav. Mais lui était mort. Enfin… avant le drame.

Annabell cessa de tripoter sa croix et recommença à lisser sa jupe. Des gestes qui semblaient obsessionnels.

Fredrik passa rapidement ces noms en revue.

— Donc, parmi ceux qui étaient à la cave, trois ont été tués dans l'attaque, un est mort de maladie, un autre est entre la vie et la mort, et deux d'entre eux, les frères Hennie, sont portés disparus. Plus les pasteurs. C'est bien ça ?

Annabell leva brusquement les yeux.

— Et la nouvelle ! La fille de la politicienne, Annette. Elle est venue beaucoup plus tard. Papa Per avait dit que le groupe était complet et qu'il ne voulait pas une personne de plus. Mais Annette est arrivée… Per a dit, je crois, qu'il avait besoin d'elle. Annette faisait partie du groupe de la cave.

Annette Wetre fut la dernière à s'installer à Solro. Elle se fiança peu de temps après et, par une belle journée de mai qui embaumait les fleurs de cerisiers et le veau grillé, elle se maria avec Per Olav dans le jardin de Solro. Avant de se retirer dans sa nouvelle chambre à coucher privée, avec le pasteur Alfsen.

— Avec le pasteur Alfsen ?

Bernhard secoua la tête. Annabell ferma les yeux.

— Je ne sais pas, je ne me suis pas mariée à Solro, répondit-elle le regard fixé sur le gobelet en plastique devant elle.

— Vous comprenez certainement ce qu'Annabell veut dire, reprit Bernhard. Bjørn Alfsen avait certains… rituels de ce genre. Il était comme ça. Il était quand même le fondateur. Le pasteur Bjørn… je ne crois pas qu'il ait été si près de Dieu. Aujourd'hui, c'est facile de voir que Bjørn possédait la communauté, Per possédait la foi.

— Et Søren ?

— Søren était le ciment. Il faisait le lien entre eux.

Annabell acquiesça.

— Et comme papa Per ne critiquait jamais… ce rituel… ça se passait comme ça, dit Bernhard.

— Mais Søren et papa Per ne participaient pas à…

Annabell secoua la tête, mais ce fut Bernhard qui répondit :

— Non. Ils n'étaient pas très portés sur la chair.

Fredrik se cala dans son fauteuil en soupirant. Puis il étira ses jambes avant de poser une nouvelle question :

— Est-ce que le nom E. Brinch vous dit quelque chose ?

— Non…

— Pourtant, le pasteur Alfsen possédait une vieille bible allemande qui avait appartenu au professeur E. Brinch, offerte par la Société viennoise pour l'hygiène raciale.

Bernhard semblait croire que Fredrik plaisantait.

— Le pasteur Alfsen était un type spécial. Mais de là à être une sorte d'hygiéniste racial ? Non, je ne crois pas.

Andreas changea de sujet.

— Vous avez donc quitté la communauté ? dit-il en s'adressant à Annabell.

— Oui, ça va faire un an, répondit-elle.

— Et pourquoi ?

— C'est-à-dire que…, commença Bernhard mais il fut interrompu par un brusque geste d'Andreas.

— La dernière année à Solro, nous nous sommes mis ensemble. Nous voulions nous marier, mais pas là. Je ne voulais pas me marier là-bas, dit Annabell.

Bernhard posa sa main sur les genoux d'Annabell.

— Nous nous sommes mariés en mai, enchaîna-t-il. Dans notre nouvelle communauté.

— Félicitations.

— Juste une dernière chose. Vous avez dit à TV2 que vous aviez été en contact avec la police mais qu'elle ne vous avait pas aidés.

— Effectivement, répondit Annabell.

— Est-ce que vous vous souvenez du nom de la personne à qui vous avez parlé ?

— Oui… c'était une étrangère. Ou plutôt, elle parlait norvégien mais elle avait un nom étranger. Je l'ai noté quelque part. – Elle ouvrit son portefeuille et sortit un petit papier qu'elle poussa vers lui sur la table. – Iqbal. C'est ça. Kafa Iqbal.

48

En sortant, Annabell Wiehe passa aux toilettes. Fredrik patienta tandis qu'Andreas accompagnait le mari au parking. Ils seraient conduits à un hôtel. En partie pour des raisons de sécurité, mais surtout à cause de la presse, afin de montrer que personne ne pouvait accuser le préfet de police Neme de rester les bras croisés, quand l'affaire arrivait sur son bureau.

Au moment où Fredrik allait appeler l'ascenseur, Annabell l'arrêta.

— Encore une chose, dit-elle.

— Je vous écoute.

Elle regarda autour d'elle pour vérifier qu'ils étaient seuls dans le couloir.

— Il ne faut pas que Bernhard le sache. Il ne faut pas qu'il l'apprenne ! l'implora-t-elle.

Il s'en était douté dès qu'elle était entrée dans la salle d'interrogatoire. Elle aussi portait une histoire compliquée, en tout cas plus sombre que celle de son mari. Une histoire de trahison. Une trahison dont elle se sentait responsable, une trahison que Bernhard – elle en était persuadée – ne pourrait jamais lui pardonner, malgré toute sa bonne volonté.

Car le pasteur Bjørn s'était bien sûr opposé à ce que ces deux-là forment un couple. Bjørn était venu la trouver dès qu'il avait été au courant. Il lui avait dit que ce n'était pas le mariage en tant que tel qui comptait. Mais qu'ils soient ensemble. De *cette* façon.

Elle essuya une larme au coin de son œil. Son corps tremblait tant que Fredrik eut du mal à comprendre ce qu'elle disait.

— Il m'a forcée à... il m'a entraînée dans la cave. À... Il y avait là un laboratoire, n'est-ce pas ? Il m'a montré des sortes de tuyaux qui faisaient l'épaisseur d'un doigt...

— Des tubes à essai.

— Oui, des tubes à essai. Il a dit qu'ils... sa voix était si étrange, à ce moment-là... qu'ils contenaient quelque chose de Dieu. « Le salut de Dieu », a-t-il déclaré en me disant que je devais... pour que Bernhard et moi puissions aussi être sauvés par Dieu, je devais... lui faire une fellation. – Elle avait craché ce dernier mot comme si elle devait se purger la bouche de tout le sperme du pasteur. – À plusieurs reprises. Il me faisait venir dans sa chambre, les jours où les hommes étaient au travail. Et il m'obligeait à regarder. Quand il le faisait avec d'autres. – Annabell Wiehe se racla la gorge avant de poursuivre. – Lisa, elle acceptait ça. Et Annette. Je devais rester sur une chaise près du mur tandis qu'ils... On aurait dit qu'Annette était dans une sorte de transe. Elle était comme un animal. Ils... faisaient... Ce n'était pas normal ce qu'ils faisaient. Et elle n'a même pas attendu que Per Olav soit enterré. – Elle pleura contre sa chemise. – Bjørn Alfsen était un homme très, très mauvais, chuchota-t-elle, la tête basse.

— C'est bien ce que je pensais, répondit Fredrik en passant son bras autour d'elle.

49

TINA HOLTEN S'ADOSSA CONTRE LE BANC, à l'ombre des trembles. Leurs sacs étaient posés sur la table. Elle profita de ce moment de pause pour étaler un peu de crème solaire sur son visage. Devant elle, une prairie verte s'étendait jusqu'aux premiers rochers, au bord de l'eau. C'est à cet endroit que traînaient les jeunes gens qui n'étaient pas *seulement* venus pour l'université d'été du parti, en vue de préparer les futures élections.

Mais la plupart d'entre eux étaient là dans le but d'apporter leur soutien à leur chef de file. Kari Lise Wetre, la numéro deux du parti démocrate-chrétien, avait tout juste terminé son allocution, embrassait des connaissances et serrait des mains à droite et à gauche, lorsque Tina entendit la sonnerie du téléphone, une vieille chanson de Céline Dion. C'était le portable de Kari Lise. Son numéro personnel.

— Allô ? Ici Tina.

Il y eut un silence plus long que d'habitude, avant que la personne au bout du fil ose parler. Une voix chuchotante de femme :

— Tina Holten ? Vous travaillez pour Kari Lise Wetre ?

— Euh… oui.

— C'est Annette. Annette Wetre. Est-ce que maman est là ?

Tina en eut le souffle coupé. Elle se releva d'un bond, le cœur battant.

— Annette ? finit-elle par dire. – Elle chercha des yeux Kari Lise, encerclée de jeunes gens. – Il faut juste que je… Elle est avec un groupe de personnes… un instant…

Tina s'avança vite vers Kari Lise.

— Je ne peux pas parler longtemps, vous comprenez ? Dites simplement à maman que je vais rentrer à la maison. OK ? Dites que William et moi allons rentrer chez maman et papa. OK ?

La voix était ténue. Tremblante. Tina s'arrêta à mi-chemin. Kari Lise l'avait aperçue. Tina agita la main, mal assurée. Le visage de Kari Lise changea d'expression : elle avait compris que c'était important.

— Dites à maman qu'elle ne doit surtout rien dire à la police. Ni à personne d'autre ! chuchota Annette. – Kari Lise parvint à se frayer un chemin jusqu'à son assistante qui restait comme pétrifiée. – Je la rappellerai sur ce téléphone. L'autre est surveillé. Et celui de papa aussi. Dites-leur que je les aime et que William les aime, et que j'appellerai demain. OK ? Nous viendrons demain.

Au moment où Kari Lise Wetre saisit enfin son portable, la communication fut coupée.

50

JØRGEN MOSTU ADORAIT QUAND ÇA CHAUFFAIT. Quand Henning Herlovsen, le chef de service, passait entre les tables en insultant les stagiaires et que les journalistes couraient vers la salle de rédaction, le portable vissé à l'oreille, le calepin à la main. Il adorait voir les conseillers personnels en communication s'époumoner en voyant leurs patrons se ridiculiser à la télévision.

À cet égard, la fin de matinée était un moment privilégié, après les réunions de la première heure, une fois que les reporters étaient sortis préparer leurs reportages qui seraient diffusés dans l'après-midi. Les claviers d'ordinateur étaient silencieux. Le calme était revenu autour des tables de conférence et la cacophonie des sonneries de portable s'était tue. Dans une salle de rédaction, la tension remonte uniquement quand les rédacteurs reprennent de nouveau l'ascenseur. Les animaux de l'ombre se réveillent alors. Ceux qui *mettent en forme* l'actualité.

Cette affaire réjouissait Jørgen beaucoup plus qu'il n'osait se l'avouer. La source était la sienne, il était le premier à savoir. C'était grâce à lui si TV2 était meilleure que *VG*, *Dagbladet*, *Aftenposten*[1] et NRK[2] réunis, pour ce qui était de la couverture des meurtres commis à Solro – cette ferme que, maintenant, toute la Norvège connaissait.

D'un pas lourd, il traversa les locaux silencieux. Frappa à la porte vitrée et la referma derrière lui. Dans cette cage en verre, le rédacteur en chef Carl Solli lisait le *Finansavisen* en mangeant son sandwich quotidien aux crevettes, pris à la cafétéria. Solli leva les yeux, mais attendit que Jørgen s'installe dans le fauteuil face à son bureau pour prendre la parole.

— Alors, dit-il, on en est où, avec le conflit au sein de la direction de l'enquête ? Ce dont nous avons parlé à la réunion ce matin ?

Jørgen eut un regard lointain.

— Ah ça… C'est plus ou moins réglé, répondit-il d'un ton évasif, avant de se pencher en avant, les mains jointes. Il y a autre chose dont je voudrais discuter avec toi.

Solli baissa le journal et croisa son regard. Il vit que quelque chose chiffonnait Jørgen ; il n'appréciait pas que ses collaborateurs aient des problèmes. Cela constituait un frein pour sortir une bonne affaire.

— Il s'agit de ma source. De mon informateur principal, dit Jørgen.

— Oui, et alors ?

— La police veut savoir qui c'est.

Solli plissa le front.

— Je ne vois pas bien où est le problème. Tu n'as qu'à refuser, ce n'est pas plus compliqué que ça.

Jørgen posa les mains sur ses genoux.

---

1. Les trois principaux journaux norvégiens.
2. Première chaîne nationale de télévision.

— La police pense que mon informateur sait où se cache le reste de la communauté. Et qu'il aurait des renseignements sur l'agresseur. Et sur son ou ses commanditaires.

Ce n'était pas difficile de voir quand Carl Solli était à deux doigts de l'explosion : il devenait rouge cramoisi à partir du cou puis le long de ses joues bien rasées jusqu'aux tempes. Ses yeux n'étaient plus que deux fentes minuscules et sa respiration se faisait saccadée.

— Ils vont nous traduire en justice ? C'est ça ?

Jørgen secoua la tête.

— Non, pas d'après ce que j'ai compris.

Solli le regarda, surpris.

— Alors, c'est quoi le problème ? La protection de nos sources est sacrée, je te rappelle. C'est une des premières choses qu'on apprend à l'école de journalisme. – Le *Finansavisen* atterrit sur le sandwich aux crevettes. – Tu n'as même pas voulu me le dire, *à moi*, qui était ta source et voilà que tu veux le raconter à la police ? T'es devenu complètement fou ou quoi ?

Jørgen bouillait intérieurement. Il essayait de garder son calme mais sentait monter la colère. D'abord il s'était tapé une dispute avec Fredrik et maintenant un prêche de ce jeune prétentieux ? Ça commençait à bien faire.

— Si nous avons des infos qui mettent des vies en danger, c'est une grosse responsabilité. Imagine que quelqu'un meure parce que notre informateur sait quelque chose que la police aurait dû savoir... Je ne suis pas sûr d'avoir envie de me retrouver dans cette situation !

D'un geste ample, Solli écarta le journal. Puis il se leva et planta ses deux poings sur la table.

— Nous sommes le quatrième pouvoir de l'État, bordel ! Nous sommes indépendants. Tu crois vraiment que quelqu'un continuera à nous confier, à TV2, ce qu'il sait si nous balançons nos informateurs dans une affaire comme celle-là ? Je ne comprends même pas comment tu peux envisager ça une seule seconde ! rugit-il. Nous devrions porter plainte contre Fredrik et toute sa clique de faire pression sur nous. – Il tapa sur la table, faisant tressauter l'assiette. – La réponse est non, non et encore non. Oublie. T'as compris ?

Jørgen se leva. Déglutit. Sa voix grésilla comme de l'huile sur le feu :

— C'est exactement ce que j'ai dit à Fredrik. Mais je vais quand même contacter ma source et l'inciter à aller trouver la police. Et tant pis si nous le perdons comme informateur.

Carl Solli ne broncha pas. Tels des mâles en rut, ils se jaugèrent, guettant la moindre faiblesse chez l'autre.

— Très bien, dit-il sèchement.

Jørgen tourna les talons et sortit.

La réponse à son message arriva aussitôt : « Parfait. J'ai aussi quelque chose dont je voudrais parler avec vous ».

51

APRÈS TROIS HEURES À GENOUX, Fredrik renonça. Il s'allongea sur le canapé rouge, bien dur, balança ses chaussures et étendit sa jambe douloureuse le long du dossier. Il se tourna, aucune position n'était confortable, et il repensa au vieux canapé de cuir marron qui remontait à une autre époque, une époque où les architectes d'intérieur ne faisaient pas la loi. Il roula en boule sa chemise de travail bleue à carreaux pour en faire un maigre coussin.

Il resta ainsi à regarder Andreas ramasser des centaines d'agrandissements de photos d'identité, tombés par terre au milieu des bureaux de l'open space. Il était tard et ils se retrouvaient seuls, pour ainsi dire.

— Est-ce que tu as le fin mot de l'histoire sur le coup de fil des anciens adeptes ? Celui que Kafa a reçu ? hasarda Andreas sur un ton qui se voulait neutre.

— Je travaille dessus, marmonna Fredrik.

Andreas se releva, souleva sa veste noire sur le dossier d'un fauteuil et la brossa avec ostentation, comme pour lui montrer combien les secrets de Fredrik lui étaient indifférents.

— Koss nous tanne pour savoir ce qu'ils ont dit. Il affirme que l'enregistrement de l'interrogatoire a été bidouillé. Il manquerait la seconde moitié. Celle où ils racontent qu'ils ont parlé à Kafa…, précisa-t-il.

Même après plusieurs heures par terre, la chemise blanc cassé de son collègue était à peine froissée. À se demander où il dénichait des chemises de cette qualité, sans avoir l'air pour autant d'être sur son trente-et-un, comme ce vaniteux de Koss ! Andreas enfila lentement sa veste, comme pour laisser une chance à Fredrik de s'expliquer.

— Ça paraît quand même incroyable, lâcha celui-ci, comprenant qu'il ne s'en tirerait pas à si bon compte. Mais j'aimerais bien d'abord parler à Kafa, avant que d'autres ne l'apprennent.

— Que Koss aille se faire f… ! s'écria Andreas avant de baisser la voix. Mais fais gaffe de ne pas te faire manipuler par cette fille qui n'a pas la langue dans sa poche. Avec ses yeux de biche…

— Aucun danger, répondit Fredrik d'une voix atone.

La plus grosse pile de photos d'identité finit dans une enveloppe où Andreas écrivit au feutre noir : « Sans intérêt », avant de la glisser dans un tiroir. La deuxième pile eut droit au label : « Peu probable » et resta sur le bureau. Quant à la dernière pile – si on pouvait encore appeler ça une pile, vu qu'il n'y avait que cinq photos –, le policier la considéra encore une fois. Enfin, il s'assit sur son fauteuil à roulettes et roula vers Fredrik.

— Je ne crois pas non plus que ce soit l'un de ceux-là, dit-il d'une voix sombre.

Fredrik renversa la tête et examina son collègue de pied en cap, tandis qu'il creusait le bas de son dos pour diminuer sa douleur au genou.

En résumé, il y avait soixante et un hommes qui répondaient au nom de Per Olsen en Norvège. Plus quatre cent cinquante-neuf autres avec le patronyme d'Olsen et un double prénom commençant par Per. Il avait passé les trois dernières heures à scruter toutes les photos. Cinq d'entre eux avaient des traits qui pouvaient être ceux du pasteur Olsen. Papa Per. L'homme qui était la cible du meurtrier à Solro.

— Il va falloir convoquer à nouveau le couple déserteur, annonça Fredrik. Ils le connaissent. Ce sera plus simple pour eux.

Andreas ne répondit pas. Il examinait la photo d'un homme d'une trentaine d'années, aux cheveux blonds et au visage long et mince.

— Ce pourrait bien être celui-ci. Il ressemble, mais pas tout à fait. Regarde les yeux. Ils n'ont pas cette intensité... Tu vois ce que je veux dire ? Celui-ci est un type banal.

Fredrik posa les pieds par terre. Andreas avait dit dès le départ que Per Olsen était un nom d'emprunt. Il devait avoir raison.

— Ne perdons plus de temps avec ça, déclara Fredrik avec un geste de découragement. Tu m'as dit que tu avais été sur les forums ?

Andreas alla chercher un dossier et un ordinateur portable, et s'assit à côté de lui. Il avait parcouru toutes les discussions sur Internet auxquelles avaient participé les membres de la Lumière de Dieu. Puis il avait établi une liste de *tous les autres* participants aux mêmes débats. D'une manière ou d'une autre, la secte avait dû attirer l'attention de l'homme qui les avait attaqués. Il y avait des pages et des pages avec des identités Internet : des alias, pour la plupart.

— La liste est longue, commenta Fredrik, résigné, en saisissant le dossier. Alors t'en as déduis quoi jusqu'ici, Andreas ?

Ce n'était pas évident de s'y retrouver : certains utilisateurs étaient très actifs, d'autres moins présents, mais exprimaient des avis tout aussi cinglés ; certains étaient très actifs quelques mois seulement, tandis que d'autres continuaient pendant des années. Andreas secoua la tête.

— Pas facile de savoir par où commencer quand on ne sait pas exactement ce qu'on cherche.

Fredrik acquiesça.

— On va laisser reposer ça un peu. Il allait refermer le dossier quand un nom attira son attention. Un nom d'utilisateur. Ce dernier n'avait pas écrit souvent mais il avait participé à plusieurs forums sur certains thèmes bien précis, pendant plusieurs années. – Celui-là, dit-il en l'indiquant du doigt. Qu'est-ce que tu as sur lui ?

Andreas se pencha en avant. Tapa l'alias sur son clavier.

— La Main du Seigneur, marmonna-t-il. Nous y sommes. La Main du Seigneur apparaît dans cent quatorze débats auxquels ont participé des membres de la communauté la Lumière de Dieu. Il donne l'impression d'être très religieux et d'avoir de solides connaissances théologiques. Il partage dans une large mesure les points de vue de la communauté, ses interventions mettent toujours l'accent sur l'effondrement de la Terre, la venue proche de Jésus, le jour du Jugement dernier, le châtiment de tous les impies, etc., résuma Andreas qui leva les yeux de l'écran. Ça paraît assez extrême, mais crois-moi, après avoir lu tous ces forums, ça semble une opinion largement partagée. C'est quand même dingue, le nombre de gens qui croient à tout ça. – Andreas surprit l'expression de Fredrik. – Pourquoi tu fais cette tête ?

Fredrik croisa le regard de son collègue.

— Tu ne te souviens pas du mot de passe ? Celui de la clé USB retrouvée dans le grenier ? « La Main du Seigneur »…

Andreas le regarda, les yeux écarquillés.

— Oh, putain !

Fredrik saisit le téléphone pour prévenir Kafa, lorsqu'il se souvint qu'elle était encore en congé maladie. Instinctivement, elle avait réagi au mot de passe et à juste titre. « La Main du Seigneur » n'était pas un mot choisi au hasard. C'était l'alias de l'homme sur les photos stockées sur la clé. C'était lui, la Main du Seigneur. L'homme que les anciens membres de la secte avaient identifié comme étant le pasteur Per Olsen. Un prophète du Jugement dernier.

52

TINA HOLTEN REGARDA DE NOUVEAU L'HEURE. Un groupe de touristes se pressaient sur la place. Se prenaient en photo devant le tigre en bronze, avant de remonter l'avenue Karl Johan, en passant devant tous les marchands ambulants, les musiciens et les mendiants. Cela faisait presque trois quarts d'heure qu'elle attendait, assise sur les marches devant Oslo S., la gare centrale. Elle avait mal aux fesses.

C'était une journée d'été typiquement norvégienne. Le soleil de la matinée avait laissé place à une couche de nuages gris. Deux heures s'étaient écoulées depuis qu'Annette avait appelé. Malgré son débit rapide, le ton de sa voix semblait déterminé, comme si sa décision était irrévocable.

Il était convenu que Tina viendrait chercher Annette et son fils à la gare centrale d'Oslo. De là, ils se rendraient directement à Kringsjå, chez Kari Lise et son mari. Le boulot de Tina s'arrêterait là.

Elle regrettait d'avoir accepté. Elle ne comprenait pas qu'une femme qui avait autant la tête sur les épaules que Kari Lise Wetre ait consenti à ne pas prévenir la police. Il était quand même question de meurtres, non ? De cinq meurtres. Six, même, en comptant le musulman dans la baignoire. Tina regarda autour d'elle. Des skateurs. Une poignée de toxicomanes las. Un groupe de jeunes filles en polo bleu qui revenaient d'un tournoi de handball. Sinon, le flot habituel des voyageurs. Personne ne s'intéressait à elle en particulier, elle en avait la certitude. Enfin, presque. Son cuir chevelu, moite sous ses boucles brunes, la démangeait terriblement. Elle se retenait de le gratter, des deux mains, avec les ongles, comme cela lui arrivait quand elle comprenait qu'elle avait commis une bêtise.

Le téléphone vibra. Le numéro confidentiel.

— Allô ?

La voix à l'autre bout du fil chuchotait :

— C'est moi. Vous avez une voiture, n'est-ce pas ?

— Oui, bien sûr. Comme convenu. Elle est garée…

Annette l'interrompit.

— Passez nous prendre à la gare de Solbråtan, nous y serons dans vingt-cinq minutes.

— Mais…

Silence. Tina avait entendu en arrière-plan le grondement d'un train entrant en gare. Solbråtan ? Elle ne savait même pas où c'était.

Elle se dirigea vers le parking, avec l'intention d'appeler Kari Lise, mais elle se ravisa. Il s'avérait que Solbråtan était une petite gare juste après Kolbotn, sur la ligne du Østfoldbanen. Dès qu'elle eut quitté la nationale, elle les vit. Ils attendaient devant un kiosque. William était dans les bras de sa mère et suçait une glace à l'eau. Annette avait le visage dissimulé derrière de grosses lunettes de soleil. Ils n'avaient aucun bagage.

— Bonjour, je suis Tina.

Elle avait baissé sa vitre et passé la tête au-dehors. Mais au lieu de croiser son regard, Annette avait les yeux qui guettaient au-dessus du toit de la voiture. Tina allait arrêter le moteur lorsque la silhouette élancée se pencha et releva ses lunettes. Son visage était gris. Ses traits fins, pleins de douceur, que Tina reconnut d'après les photographies, étaient gonflés et lourds. Elle avait attaché ses cheveux blonds en une queue de cheval négligée.

— Salut, sourit l'enfant en agitant sa glace.

Tina lui adressa un clin d'œil, tandis qu'Annette laissait glisser ses lunettes sur le bas de son nez et la dévisageait par-dessus les verres teintés. Ses pupilles étaient rétrécies et en mouvement constant.

— Vous êtes venue seule ? chuchota-t-elle.

Tina hocha la tête.

— Pas de police ?

Tina la rassura.

Seuls les bruits de succion de William troublaient le silence lorsque la voiture passa devant des jardins bien entretenus, des champs, des bois. Des larmes coulaient discrètement sur les joues de la jeune femme.

— J'ai des mouchoirs, si vous voulez, proposa Tina en montrant une boîte par terre entre les jambes d'Annette.

— Merci. Je suis désolée. Vous devez croire que je suis folle. – Elle se moucha. – Je n'ai pas osé sortir de la gare d'Oslo S. Il y avait trop de monde. Et des caméras, je le sais. Alors, j'ai préféré prendre le train de banlieue qui attendait sur le quai d'en face. – Annette s'enfonça dans le siège, pour que les voitures autour ne puissent la voir. Puis elle posa les mains sur sa poitrine, dans sa tunique en coton et respira. Longuement et profondément. – Je ne sais pas ce que je dois faire, murmura-t-elle en se tournant vers Tina avant de sangloter tout bas.

Dans le rétroviseur, Tina vit que l'enfant regardait par la fenêtre, l'air paisible, tout en suçotant le bâtonnet où il n'y avait plus de glace. Elle posa sa main sur le jean d'Annette et lui caressa doucement le genou. Annette tremblait.

— Votre mère s'occupera de vous, la consola-t-elle. Kari Lise est une femme de raison. Elle saura ce qu'il faut faire.

Annette renifla.

— Je sais, dit-elle. – Tout à coup, elle releva son haut et tira une enveloppe coincée dans sa ceinture. L'enveloppe était bien épaisse. – Est-ce que vous pouvez la garder pour moi ? Rien que quelques jours ?

Sans attendre de réponse, elle glissa l'enveloppe dans la boîte à gants. Tina lui lança un regard interrogateur.

— Oui... Je n'y vois pas d'inconvénient...

Le quartier résidentiel de Kringsjå, situé à flanc de colline, surplombe la ville d'Oslo ; l'été, c'est une succession de pommiers, de pruniers, mais aussi de barbecues. L'hiver, de gros 4 × 4 avec des porte-skis sur le toit, conduits par des bureaucrates du bien-être, rendent les routes dangereuses. Toute cette partie de la ville a été expropriée par leurs soins, avec le renfort d'universitaires chouchous des médias et de personnalités du petit écran cherchant un peu de tranquillité. C'était dans ce quartier que se trouvait la maison de Kari Lise Wetre.

La voiture avait quitté le Ring 3 et s'était engagée sur de petites routes en direction de Sognsvann. Tina ouvrit la fenêtre. Des enfants jouaient dans les jardins qu'embaumaient les rosiers sauvages. Un homme se promenait avec son grand danois. Le soleil perçait à travers les nuages.

— Finalement, on a quand même eu une belle journée, dit Tina avec un sourire.

Elle n'eut même pas le temps de freiner. Une camionnette sombre déboîta et les heurta de face. Le choc fut suffisamment violent pour déclencher les airbags. En une fraction de seconde, Tina se retrouva plaquée contre le siège et ne vit plus rien. La chaleur du soleil disparut, ses côtes l'élançaient, mais elle n'éprouva d'abord aucune douleur. Elle ne ressentait rien. Son pied était coincé entre les pédales. Soudain, la douleur arriva.

— Non, s'il vous plaît. Non, non, non…

C'était Annette qui criait. Tina leva la tête. Le paysage flottait autour d'elle, à peine parvenait-elle à distinguer la rue. La camionnette avait fait marche arrière et s'était garée en travers. Tina regarda l'avant du véhicule : le siège du conducteur était vide. Que s'était-il passé ? Le chauffeur avait-il eu un malaise ?

Soudain, elle remarqua un mouvement dans le rétroviseur extérieur qui l'inquiéta. Le brouillard devant ses yeux se dissipa et ce fut comme si quelqu'un avait relâché son étreinte autour de sa poitrine. Elle tourna la tête et le vit. Quelqu'un derrière la vitre. Son cœur cessa de battre quand leurs regards se rencontrèrent. Il avait les yeux ronds, gris, presque sans vie, telle la lentille d'un appareil photo. Il l'observait sous une cagoule.

Tout à coup, il y eut une violente secousse et la portière fut arrachée. Une énorme main gantée lui serra le cou. Tina crut que sa clavicule allait se briser. Au prix d'un effort inouï, elle parvint à détacher sa ceinture de sécurité et donna des coups de pied avec sa jambe libre. La cheville de l'autre était clairement fracturée à cause des pédales, quand elle se retrouva traînée à plat ventre sur le bitume, à côté de la voiture. Sa bouche se remplit de sang et elle aperçut une paire de bottes militaires bien cirées. Son pantalon était trempé, de terreur, elle s'était pissé dessus. Allait-elle mourir ?

Elle aurait aimé fermer les yeux, se recroqueviller et crier. Crier qu'il en finisse avec elle, crier si fort que ni la douleur ni la peur ne puissent franchir l'océan de sons qui remplissait sa tête. Mais elle n'émit pas même un balbutiement. Elle ne put même pas cligner des yeux. Elle ne pouvait que regarder droit devant elle, comme un poisson sorti de l'eau. Du coin de l'œil, elle vit l'homme diriger un pistolet par la portière ouverte. Vers Annette. Tina comprit qu'il lui ordonnait sans un mot de monter dans la camionnette et que la jeune femme obéit en sanglotant. Le géant qui se dressait au-dessus de Tina s'éloigna. Une portière claqua. Elle entendit vrombir un moteur et la camionnette disparut.

Enfin, quelque chose put sortir. Un cri. En gémissant, elle roula sur elle-même, prit appui sur ses coudes et jeta un coup d'œil dans la voiture. Alors elle se tut. Car William était toujours là. Son bâtonnet de glace était cassé.

— Maman, dit l'enfant tout bas. Maman.

53

Écosse, été 1943

UNE VALISE. Ce fut tout ce que Kolbein Ihme Monsen eut le droit d'emporter lorsque deux soldats armés de fusils le conduisirent jusqu'à la gare de King's Cross. Là-bas, le colonel Hasle l'attendait. Ils montèrent ensemble à bord d'un train vers le nord.

Le voyage fut long et le colonel veilla à ce qu'ils soient seuls dans le compartiment. En route, ils eurent le temps de discuter. Hasle voulait tout savoir sur le professeur Elias Brinch, sur la recherche raciale et sur la Confrérie de Vienne. Et Kolbein raconta. C'était comme une digue qui cédait. Il laissa libre cours à ses souvenirs, qui se précipitèrent dans un flot libérateur. Il pleura quand il évoqua sa fille malformée qui avait été placée dans une institution. Il s'enfonça les ongles dans la paume quand ils parlèrent d'Elsa, de Brinch et de l'enfant qu'*eux* avaient eu.

— Quels sentiments éprouvez-vous vis-à-vis du professeur Brinch ? voulut savoir Hasle.

Kolbein garda un moment le silence et dessina un trait sur la vitre embuée du train. Par-delà la lande, on devinait la mer du Nord, d'un bleu profond, et cela lui fit penser à son pays natal, de l'autre côté de la mer.

— Je le hais. Et il en sera ainsi jusqu'au jour de ma mort.

Le colonel l'observa, la mine pensive.

Ils arrivèrent enfin à Aberdeen et prirent congé l'un de l'autre près de la voiture qui attendait le scientifique.

Le voyage de Kolbein s'arrêta à Buckie, un petit village de pêcheurs écossais, très au nord et très à l'est. On lui donna une chambre dans une maison en briques avec vue sur la mer. Ici, il pouvait chaque jour se promener parmi les pêcheurs norvégiens et leurs familles qui avaient fui la Norvège et les nazis. Et chaque soir, il restait éveillé à fixer le plafond, se sentant vide et inutile.

Les journées se transformèrent en semaines, le printemps céda sa place à un été froid et peu agréable. Un jour de juillet, le colonel Hasle revint le voir.

— Je suis ici pour vous demander votre aide. La patrie a besoin de vous.

Kolbein et Hasle étaient assis sur d'étroites chaises en bois, devant la modeste cheminée. Une lampe à pétrole pendait du toit.

— Elias Brinch est retourné en Norvège en 1938 et s'est aussitôt inscrit au parti pronazi, le Nasjonal Samling. Grâce à ses contacts en Allemagne, il a pu manœuvrer pour obtenir des postes importants, entre autres celui de directeur de la faculté des sciences de l'université d'Oslo, durant une période.

Tandis qu'il parlait, le colonel se massait les joues du bout des doigts. L'été écossais lui avait donné un semblant de bronzage, comme chez un cochon très malade.

Depuis mai 1941, Elias Brinch avait dirigé le camp de prisonniers d'Østhassel à Lista, la presqu'île à l'ouest de Lindesnes[1]. Le professeur collaborait avec Elsa qui travaillait au Kaiser Wilhelm Institut d'Heidelberg. D'après les services de renseignement britanniques, elle passait beaucoup de temps sur une île grecque située un peu à l'écart.

— Votre ancien collègue à la Confrérie de Vienne, le professeur Acton, joue un rôle non négligeable dans le décryptage de ce qui se passe là-bas.

— Je sais ce qui s'y passe, répondit Kolbein d'une voix blanche. Elsa et Elias poursuivent leurs recherches. Ils procèdent à des expérimentations en Norvège avant de les tester sur une population de race pure. C'était le rêve que nous poursuivions, à la Confrérie de Vienne. – Il déplia son peigne de voyage et le passa dans ses cheveux châtain clair. – Vous voulez m'envoyer en Norvège, c'est ça ?

— Qu'est-ce que vous en pensez ?

— Ce n'est pas une vie que je mène, ici. En Norvège, je ne suis qu'un pâle souvenir. Mes parents sont décédés. Mon enfant a été placée dans une institution, ma fiancée m'a quitté, dit-il en serrant les poings.

— C'est une entreprise qui n'est pas sans danger, précisa Hasle. Dans des conditions normales, notre organisation dans le Sørlandet aurait pu surveiller et, si nécessaire, neutraliser Brinch. Malheureusement, les circonstances font qu'une grande partie de notre troisième groupe de combat a été mise au jour. Notre mouvement de résistance est donc affaibli dans cette partie du pays. – Hasle se pencha vers lui. – Nous souhaitons que vous observiez et rapportiez ce qui se passe réellement dans ce camp. Vous serez acheminé vers un centre d'accueil, au sud de la Norvège.

C'est ainsi que Kolbein Ihme Monsen entra dans la Résistance.

---

1. Le point le plus méridional de la Norvège, matérialisé par un phare.

54

KARI LISE WETRE LUI OUVRIT LA PORTE, son petit-fils dans les bras. Elle avait les yeux éteints. Sans s'excuser, elle déclara seulement regretter de ne pas avoir prévenu la police.

Une heure plus tard, Fredrik, les pouces enfouis dans ses poches, était sur les lieux avec les techniciens qui, avec précaution, chargeaient sur la dépanneuse la Citroën bleu foncé accidentée de Tina Holten. L'avant était embouti. Des bouts de plastique coloré des phares étaient éparpillés sur le bitume. La police avait installé un périmètre de sécurité. Un peu plus loin, un groupe de voisins discutait avec des journalistes. C'était la première fois que ce genre de choses arrivait ici, à Kringsjå. Andreas avait retroussé le bas de son pantalon et s'était accroupi à l'endroit où la voiture avait été immobilisée. En se dirigeant vers lui, Fredrik fit de son mieux pour boiter le moins possible. Un journaliste un peu futé ferait vite le rapprochement avec Solro, s'ils le reconnaissaient ici.

— En pleine zone habitée ! De mieux en mieux..., grogna-t-il.

— Regarde, dit Andreas en tournant la tête.

Avec son stylo, il lui montrait un objet en acier noir de la taille d'une boîte d'allumettes qu'on avait entouré d'un gros cercle de craie. Fredrik reconnut sans peine un émetteur radio. Ainsi, l'homme qui avait kidnappé Annette savait exactement où se trouvait la voiture. À tout moment.

— Autre chose ?

— Oui, répondit Andreas en se relevant avec une expression mystérieuse dans les yeux.

Il souleva le couvercle d'une boîte en plastique sur le bas-côté qui servait à sécuriser les preuves matérielles.

— Oui, putain, c'est le moins qu'on puisse dire ! s'étonna Fredrik.

Il en sortit un sachet transparent en plastique. À l'intérieur, il y avait une enveloppe.

— À l'hôpital, Tina Holten a expliqué à nos hommes qu'Annette la lui avait confiée. Nous l'avons trouvée dans la boîte à gants. Jettes-y un coup d'œil, lança Andreas.

Fredrik fit glisser l'enveloppe hors du sachet, la soupesa dans sa main avant de jeter un coup d'œil au contenu. Il fronça les sourcils et détourna le nez.

— Mais c'est quoi, ça ? – Ça ressemblait à une limace séchée. Marronnasse, avec une odeur de viande faisandée. Il secoua doucement l'enveloppe pour apercevoir le dessous de cette chose. – Oh putain ! s'écria-t-il. Envoie ça tout de suite au labo. Je veux savoir à qui appartient ce petit doigt !

Trois appels en absence. Tous du même numéro. Il n'avait pas envie de rappeler, mais soupira et fit un effort sur lui-même.

La voix de Synne Jørgensen avait ce grain rauque depuis le jour où elle était passée des cigarettes filtre aux roulées.

— Comment Kari Lise Wetre a-t-elle pu être aussi conne ? s'emporta-t-elle.

Fredrik ne répondit pas.

— Imagine ce que ça doit être, vécu de l'intérieur. Une personnalité politique qui n'a pas confiance dans la police ! Dans une affaire aussi compliquée et médiatisée !

Il soupira.

— C'est pas possible, putain ! éructa-t-elle.

Fredrik toussota avant d'expliquer :

— C'est Annette qui l'aurait convaincue de ne pas nous prévenir. Wetre dit que seuls son mari, Tina Holten et elle étaient au courant qu'Annette allait venir. – Puis il lui parla de l'émetteur radio. – Annette était persuadée que sa mère était sur écoute, c'est pourquoi elle préférait avoir recours à Tina, continua-t-il en se passant sa main libre dans les cheveux. – Il remarqua qu'il suait. – Si Annette a raison, alors rien n'empêchait l'agresseur de mettre aussi Tina Holten sur écoute.

— Parce que tu crois ça, toi ? répliqua froidement Synne Jørgensen. Que quelqu'un a mis sur écoute une de nos personnalités politiques les plus importantes ? Et aussi son assistante ? Auquel cas, ce serait qui ?

Fredrik ne répondit pas.

— Le préfet de police est passé, reprit alors Synne. Et ce n'était pas pour nous faire des compliments. « C'est la confiance qui est en jeu », selon lui. Notre crédibilité. Et cela a des conséquences. Je n'ai pas besoin de te faire un dessin, Beier ? Neme doit faire face à une pression incroyable. Il doit montrer qu'il agit. Le sang risque de couler…

Elle raccrocha.

Il ne lui avait pas échappé qu'elle avait utilisé son nom de famille.

55

LE GRENIER ÉTAIT FINALEMENT PLUS PETIT qu'il ne l'aurait cru. Les souvenirs des pieds de tables pointant comme des lances, les canapés imposants et le mobilier de salon empilé le long des murs pâlissaient sous la lumière des projecteurs de la police. Ce n'était plus qu'un grenier banal où les meubles de mauvais goût témoignaient d'une autre époque. Comme n'importe quel grenier, dans n'importe quel immeuble d'Oslo.

Ils furent accueillis par Therese Grøfting, spécialiste au sein de la police scientifique et technique. Celle qui avait passé au peigne fin la chambre à coucher du pasteur Alfsen à Solro. Cette fois, Fredrik se rappela son nom. Elle avait remisé sa tenue de scaphandrier de l'autre jour et portait un tee-shirt blanc et un jean serré qui lui moulait les fesses en forme de cœur.

— Impressionnant, dit-elle en montrant la cloison en bois avec un stylo torche. Voici le clou contre lequel vous avez frappé sa main. Tout brillant. Il a utilisé un mélange d'alcool, d'ammoniac et d'acide, principalement de l'acide sulfurique, pour effacer toute trace organique. Nous ne retrouverons quasiment rien.

— Quasiment ? demanda Kafa en se grattant le cuir chevelu sous le bord de son bonnet, celui-ci cachant l'élastique qui retenait son bandage sur l'œil gauche.

C'était son premier jour de boulot depuis son agression. Elle ne semblait pas émue de revenir sur les lieux où elle avait failli mourir. Sur les lieux où leurs vies, à Fredrik et elle, avaient été liées par la violence.

— Ceci est tout à fait fascinant, expliqua la technicienne en écartant une mèche de son front. Du sang, du sang, du sang, encore du sang, dit-elle en éclairant différents endroits sur le mur. Nous voyons que c'est du sang, mais impossible de l'analyser : nous ne pouvons déterminer ni le groupe sanguin, ni l'ADN. La structure de la cellule a disparu. Il ne reste qu'une masse illisible. Il a nettoyé toute identité de ce liquide corporel, c'est vraiment... remarquable. Inhabituel et remarquable. Je n'ai jamais rien vu de tel.

Fredrik était loin de partager l'admiration de Grøfting. Il n'avait qu'une envie : sortir de là au plus vite.

— C'est si difficile que ça de faire disparaître ce genre de choses ?

Elle secoua lentement la tête.

— Difficile, non. Mais ça demande du temps. Surtout, ça exige une bonne dose de discipline.

Ils quittèrent le quartier de Kvadraturen pour aller vers l'avenue Karl Johan. Fredrik se rendit compte qu'il boitait et fit tout son possible pour que les autres ne le remarquent pas. Ils s'installèrent à une table de café un peu à l'écart. Il prit un muffin fade à l'avoine, pendant qu'elle picorait une salade de fruits dans un gobelet en plastique. Kafa sortit des feuillets de son sac. Des horaires de train.

— J'ai profité d'être à la maison pour vérifier ça. Je commençais à m'ennuyer, dit-elle, comme pour s'excuser.

Les tableaux montraient quels trains s'étaient arrêtés à Solbråten, l'heure précédant l'enlèvement d'Annette. Il n'y en avait que trois. L'un était souligné.

— À 14 h 28, le train de Vestfoldbanen est arrivé à Oslo S. sur la voie 5... et à 14 h 36, le train omnibus pour Ski est parti de la voie 6. Il s'est arrêté à Solbråtan à 14 h 54. – Elle lui lança un regard sur le côté. – Annette a bien dit à Tina qu'elle avait pris le train sur l'autre côté du quai, n'est-ce pas ?

Fredrik acquiesça. Aucun des autres trains qui desservaient Solbråtan ne partait du même quai à Oslo S. Il se pencha pour voir les gares desservies par le Vestfoldbanen. En partant de Skien, il desservait Porsgrunn, puis différentes villes du Vestfold avant de marquer ses deux derniers arrêts : Drammen et Asker. Il posa le doigt sur le papier.

— Donc, selon vous, c'est dans une de ces villes... – il croisa le regard de Kafa – que se trouve le reste de la communauté ?

La jeune femme sourit, heureuse qu'il ait compris.

— On peut légitimement penser qu'ils sont restés ensemble.

— Et s'ils étaient prisonniers ?

— Je ne crois pas. S'ils étaient retenus contre leur volonté, je ne vois pas pourquoi Annette aurait tellement insisté pour laisser la police en dehors de ça. Il doit y avoir une autre raison. – Kafa remonta le bonnet sur son front et lui lança, d'un seul œil, un regard différent. – J'ai demandé à Andreas pourquoi vous boitiez et il m'a parlé de votre fils, Frikk. Je suis désolée.

Fredrik ne s'attendait pas à ça. Il poussa l'assiette sur le côté, inspira et posa ses mains l'une sur l'autre.

— Oui, vous, les nouveaux, vous entendez forcément un jour cette histoire.

— Qu'est-ce qui s'est passé ?

— Vous avez vraiment envie de le savoir ? Ce n'est pas gai, je vous préviens.

Fredrik n'avait plus aucun souvenir de cette journée, sauf que c'était au milieu du mois de juin et que les arbres devaient avoir un beau feuillage vert et que l'air doux de l'été devait entrer par la porte du balcon. Et dans les nids des hirondelles, installés sur le toit juste au-dessus de leur chambre à coucher, ça n'arrêtait pas d'aller et venir. Leurs projets pour les vacances ? Aucune idée. Voilà le déroulement des événements tel qu'on avait pu le reconstituer.

Alice était allée sur son lieu de travail. Elle était professeur des écoles et encore en congé maternité, mais c'était la fin de l'année et elle ferait sa rentrée au collège mi-août. Il avait accompagné Sofia à l'école, où était organisé un barbecue. Ensuite, il avait déposé Jacob au jardin d'enfants et cherché un paquet à la poste avant de rentrer à la maison. Avec Frikk dans la poussette. Ce n'était pas si souvent qu'il pouvait s'octroyer une journée entière avec son fils. Le printemps avait été intense, côté boulot. Aussi avait-il promis à Alice de faire le ménage à fond dans la maison et de préparer le repas, la petite famille n'aurait plus qu'à mettre les pieds sous la table. Alors, pendant la sieste de Frikk, il avait couru au magasin à l'angle de la rue pour quelques dernières courses. Il l'avait déjà fait. Alice aussi. Car Frikk était formidable sur ce plan-là. Ses siestes étaient sacrées et quand il dormait, il dormait à poings fermés.

L'incendie, selon les conclusions de l'enquête, était parti de l'installation électrique dans la cuisine. Dans ce vieil immeuble, les planchers et les plafonds étaient en bois, avec des murs en planches d'aggloméré recouvertes de papier peint.

— Frikk était mort avant que je le trouve. Intoxiqué par la fumée.

Il retira ses lunettes et s'essuya le coin des yeux.

Comment garder les souvenirs d'une si jeune vie ? Au début, tous les bébés se ressemblent. Et c'était le troisième. Il avait honte de penser cela, mais c'était la vérité. Il avait du mal à se souvenir de Frikk. De qui il était. À quoi il ressemblait. Ses caractéristiques propres. Mais il avait gardé *un* souvenir de lui qui lui arrachait chaque fois des larmes : ses petites mains volontaires qui se cramponnaient à ses index. Il revoyait Frikk s'agripper avec énergie pour relever son thorax vers lui. Et son petit sourire, sans dents, quand il l'aidait à se redresser.

— Vous vous sentez coupable ? demanda Kafa.

Au début, il n'y avait de place que pour la culpabilité. Mais telle la croûte d'une plaie qui durcit et se rétracte, elle avait fini par tomber. Il ne restait plus qu'une cicatrice.

— La culpabilité, c'est comme la Lune. Elle n'éblouit pas tout, mais elle est toujours là. Et la nuit, c'est pire.

— C'est pénible pour vous d'en parler ?

— Les gens ne me posent plus de question. La plupart de ceux avec qui je travaille aujourd'hui ne savent même pas que j'ai eu un jour trois enfants. Et même ceux qui savent ont oublié. Avec le temps, tout s'oublie, sauf pour les personnes concernées.

— Est-ce pour cela que vous avez divorcé, la mère et vous ?

Fredrik soupira.

— Évidemment. À cause de moi, elle a perdu son fils.

Il fit un geste d'impuissance.

Non, cela n'avait pas été si simple. Pour schématiser, il y avait deux catégories de relations : celles qui fonctionnaient et celles qui ne fonctionnaient pas. Celles empreintes de respect et celles empreintes de méfiance. Les heureuses et les malheureuses. Fredrik savait que sa relation avec Alice avait appartenu à la première catégorie. Dans leurs meilleurs jours, ils avaient été fous amoureux, cherchant rarement dans les défauts de l'autre la réponse à leurs désaccords.

La mort de Frikk avait changé bien des choses, mais pas la nature d'Alice. Elle ne lui avait fait aucun reproche. Elle s'était occupée de lui, l'avait consolé et l'avait soutenu lorsqu'il s'accusait de tous les maux.

Comment avait-il pu abandonner Frikk ? Certes, ce n'était pas la première fois, mais que s'était-il imaginé ? Oui, à quoi pensait-il ? Ce n'était pas Alice qui posait ces questions, c'était lui. Et lui seul. C'était ce qui donnait de la force à son chagrin. Et cette force était d'une telle violence qu'il n'avait pas réussi à se relever. Pendant une trop longue période, Alice avait dû être le maillon fort. Elle avait perdu toute estime pour lui, et lui pour elle. C'était pour ça que leur histoire s'était terminée.

Il n'était resté que ce besoin de faire l'amour ensemble. Pour se remémorer parfois les odeurs et les saveurs de l'autre, sa douceur et sa dureté. Puis chacun s'en allait de son côté.

— Vous avez quelqu'un d'autre dans votre vie, maintenant ?

— J'ai une… amie. – Il secoua la tête, s'éclaircit la voix. Lui aussi avait une question à lui poser. – Kafa, puisque nous parlons ouvertement…

Il regarda sa veste en jean sur ses frêles épaules, sa natte de cheveux un peu défaite qui s'échappait de son bonnet, posée comme un bout de cordage sur son cou.

— Oui ?

— Vous avez vu le reportage sur ceux qui ont quitté la secte ?

— Bien sûr.

— La femme, Annabell Wiehe, affirme qu'elle nous a contactés.

Kafa plissa le front.

— Elle dit qu'elle vous a parlé, poursuivit-il lentement.

— Oui, c'est possible. Le téléphone n'arrêtait pas de sonner ces jours-là. – Kafa se gratta la tête sous son bonnet. – Oui, je crois effectivement avoir eu un coup de fil de ce genre. Le standard me l'a passé. Une femme avec un accent suédois, qui disait avoir fait partie de la communauté. Je l'ai fait entrer dans la base de données. Il y a un problème ?

Dans son poing, Fredrik réduisit son muffin en bouillie.

— Vous êtes sûre d'avoir mentionné l'appel dans la base de données ?

— Oui.

— On n'en trouve aucune trace.

56

LE MESSAGE D'ANDREAS ÉTAIT AUSSI BREF QUE BRUTAL.
« Fredrik, Synne est mise à pied. Koss a gagné. »

Sebastian Koss avait été convoqué par le préfet de police. La situation était tendue. L'équipe de Synne Jørgensen n'était pas parvenue à retrouver la communauté disparue et, selon Neme, elle dirigeait et protégeait une bande d'incapables. Un tuyau décisif qui avait disparu de la base de données. L'enlèvement d'Annette Wetre. Le meurtrier qui leur avait filé entre les doigts dans le grenier. Tout cela était le fruit de jugements hâtifs, auxquels Synne Jørgensen avait donné sa bénédiction. Le scandale n'avait que trop duré. Koss avait sauté sur l'occasion et, un quart d'heure plus tard, il était entré triomphalement dans le bureau de Synne :

— Tu es hors jeu, avait-il lâché.

Dès le lendemain, l'affaire serait dans les journaux. La police des polices étudierait s'il y avait eu non-respect de la loi. Neme avait trouvé son bouc émissaire. Il avait tapé du poing sur la table.

L'homme grand qui boitait, avec sa veste en velours côtelé marron, et la petite femme tout en muscle dans son sweat à capuche étaient les seules personnes assises dans l'herbe du parc devant l'église de Vålerenga. À l'ombre des sapins et de ce bâtiment en granit plus que centenaire, Fredrik attendait qu'elle se lance. Mais Synne Jørgensen enchaînait juste les cigarettes, le regard perdu vers les maisons en bois peintes de couleurs claires, en contrebas. À intervalles irréguliers, elle éteignait les mégots entre ses doigts, en faisait des résidus puants qu'elle alignait dans l'herbe, entre ses genoux.

Ils étaient assis si près l'un de l'autre qu'il aurait pu passer un bras autour de ses épaules. Mais ce n'était pas son style. Ni celui de Synne. Elle fourra son paquet de tabac dans sa poche, signe qu'elle était prête à parler.

— Cette enquête a été sabotée, Fredrik. Les fuites dans la presse. Les fausses pistes. Les tuyaux qui disparaissent. – Elle siffla en le regardant. – Qambrani disait la vérité : son téléphone montre qu'il a appelé la police au moment où il affirme avoir signalé la disparition de l'Émir. Comme il l'a déclaré durant son interrogatoire. Mais ce tuyau-là s'est, comme par hasard, évaporé *lui aussi*. J'ai du mal à croire que deux infos de cette importance, dans une affaire comme celle-là, disparaissent comme par enchantement.

Il la regarda droit dans les yeux.

— La question, dit-il, est de savoir à quel niveau se situe l'intervention. Le meurtrier de Solro ne peut pas agir ici tout seul, il y a d'autres personnes derrière. Des gens qui ont un plan. Tu crois qu'on est infiltrés ? Un policier ?

— Ou une *policière*, corrigea Synne, en lui envoyant un coup de coude. – Sa voix redevint sérieuse. – Tu fais confiance à Kafa ?

Fredrik inspira profondément.

— Oui, jusqu'ici, je lui fais toute confiance. C'est bien elle qui a eu les anciens membres de la communauté au bout du fil. Appel dont on ne trouve pas trace.

— Koss soutient que quelqu'un a manipulé l'enregistrement, dit Synne en l'interrogeant du regard.

— Manipulé… – Fredrik se gratta le nez. – C'est moi qui l'ai arrêté. Koss me donne l'impression de vouloir absolument la peau de quelqu'un. Je voudrais juste qu'il s'en prenne à la bonne personne.

— C'est tombé sur moi, marmonna Synne d'une voix lasse.

Un groupe de jeunes enfants passa devant eux dans des gilets fluo. Fredrik et Synne se relevèrent et firent quelques pas. Elle s'alluma une autre cigarette.

— Pourquoi lui fais-tu confiance ? À Kafa ?

Il prit le temps de réfléchir.

— Parce qu'elle ferait une coupable trop parfaite. Moi, elle ne me donne pas ce sentiment-là.

Synne parut sceptique.

— Quel sentiment elle te donne, alors ? Ne me dis pas que tu es amoureux !

Il secoua la tête.

— Il ne manquerait plus que ça. Je pourrais être son père.

Kafa l'appela alors qu'il garait la voiture dans le parking de la police. Il laissa sonner. Prince aurait le temps de terminer « Rasperry Beret » avant qu'il réponde.

— Vous êtes rentré ? Vous restez travailler, ce soir ?

— Oui, répondit-il lentement en se massant les globes oculaires derrière ses lunettes. J'étais sorti faire une course. Y a du nouveau ?

Et comment. Ils avaient retrouvé la camionnette qui avait enlevé Annette Wetre. Kafa manifestait un enthousiasme inhabituel.

Elle lui fit signe de venir à sa table de travail où l'attendait une tasse de café fumant. Elle avait retiré son bonnet et seul l'élastique de son cache-œil maintenait un peu ses cheveux en place.

— Le véhicule est vide et entièrement carbonisé. J'en reviens. On l'a retrouvé sur un parking dans le Nordmarka[1], près de l'étang de Rypetjern. Un cycliste a vu la fumée dans l'après-midi.

— Bon, dit-il simplement en soufflant sur son café – de minuscules gouttes s'accrochèrent à sa moustache.

La voiture appartenait à Økern Bil og Motor, une entreprise véreuse dont le nom surgissait régulièrement quand il était question de transactions louches censées être lucratives. Son activité se partageait entre la location de véhicules très usagés et celle de voitures de sport dernier cri, d'un prix hallucinant, dans des couleurs flashy.

— Ils confirment que la camionnette ne leur a pas été rendue.

— OK. Parfait. Et qui a loué la voiture ?

— C'est là que… L'entreprise dit que ce n'était pas une mais deux personnes. Un type petit et trapu et un grand costaud. Le grand a attendu à l'extérieur, c'est l'autre qui a payé. Avec une carte.

— Une carte ? Alors on a une identité ?

Il comprit alors pourquoi Kafa était si excitée. Elle hocha rapidement la tête.

1. Grande forêt avec des lacs, aux confins d'Oslo, ville verte par excellence. Lieu de balade en été et terrain de ski de fond l'hiver.

— Je ne connais pas ce nom et je n'ai pas encore eu le temps de faire des recherches. On vient de m'envoyer la copie de la carte de crédit.

Elle tourna l'écran vers lui. Fredrik se figea.

Il ouvrit lentement la bouche. Impossible de penser. Il eut une boule dans la gorge puis envie de vomir.

C'était la carte de crédit de Jørgen. De son ami d'enfance Jørgen Mostu, journaliste à TV2.

57

LE MOTEUR DE LA TONDEUSE, au-dehors, la berçait. Ces dernières nuits, elle avait peu dormi. Trop difficile. La fatigue la gagnait dans l'après-midi, alors elle s'étirait et bâillait. À l'extérieur de leur villa à un étage, noire, Kari Lise Wetre apercevait ici et là son mari entre les arbres fruitiers. La veille, il avait taillé la haie et désherbé sa plate-bande de roses à elle. Et l'avant-veille, il avait lavé et briqué la voiture. Elle le voyait seulement sourire quand il jouait avec son petit-fils. Son visage s'illuminait et ils échangeaient un rapide regard chargé d'espoir. Avant de s'éviter à nouveau. Se voir les rappelait à leur fille kidnappée. Il avait sa méthode. Elle avait la sienne. Elle pensait à la politique.

Après le massacre de Solro, à la nouvelle que sa fille et son petit-fils étaient portés disparus, Kari Lise avait prévenu son parti. « Je continue comme avant. » Et maintenant, tandis que son petit-fils jouait paisiblement au premier étage et qu'Annette leur avait été enlevée, elle devait travailler… tout en se reprochant amèrement d'avoir obéi à sa fille et de ne pas avoir prévenu la police.

Elle posa les dernières boulettes de viande dans la poêle et attendit que l'eau bouille avant d'y verser les pâtes spirales. Elle tira les rideaux de la cuisine et regarda le ciel. Lourd et nuageux. Elle prépara une assiette pour William et sortit dans le couloir pour l'appeler. Il répondit qu'il arrivait et elle fut heureuse d'entendre sa voix. Chaque fois, c'était la même joie. Puis elle se dirigea vers la porte-fenêtre de la terrasse, mais s'arrêta dans le salon, où un policier à la large carrure montait la garde.

— Venez donc manger avec nous.

— Merci, mais je viendrai quand un collègue me relaiera, répondit-il en souriant.

— Voyons, William se posera des questions si vous ne mangez pas avec nous.

Bjørn Olav Wetre jeta un regard inquiet à Kari Lise. Comme William tardait, les trois adultes avaient commencé le repas. Mais dix minutes s'étaient écoulées et le petit-fils n'était toujours pas là.

— Je vais le chercher ?

— Mangez tranquillement, les garçons. J'y vais, dit Kari Lise en se levant.

Au sommet de l'escalier, elle eut un pressentiment. Le plafond à l'étage lui parut plus bas que d'habitude. Son regard parcourut les murs où se succédaient les photos pâlies d'Annette. Elle comprit soudain ce qui n'allait pas : la porte de l'ancienne chambre d'Annette était fermée. Elle était persuadée d'avoir glissé un journal sous la porte pour la coincer et entendre l'enfant appeler, si besoin. Elle ouvrit la porte d'un coup. William sourit.

— Bonjour, mamie.

Elle n'eut pas la force de répondre, tétanisée par ce qu'elle voyait. Un homme, très baraqué, était assis sur le tapis coloré et tenait dans ses bras le garçon de quatre ans. Autour d'eux traînaient des Lego, des petites voitures et des animaux en plastique. Derrière eux, la fenêtre équipée de la protection enfant était grand ouverte. L'homme était tout en noir, avec sur son crâne allongé un bonnet qui lui descendait jusque sur les yeux. Il la fixait intensément, un doigt posé sur les lèvres. Elle remarqua à cet instant qu'il portait, de l'arête du nez jusqu'au menton, un masque. L'imitation parfaite d'un visage. En observant mieux, elle vit qu'il lui manquait ces infimes vibrations, ces tressaillements de muscles, tout ce qui rend les traits de chacun de nous si uniques.

Il avait posé une main cireuse sur le dos de William. Entre le pouce et l'index, il aurait largement pu tenir le cou de l'enfant, tant sa main était massive. Dans l'autre, il tenait un sachet de bonbons. Kari Lise Wetre vit son petit-fils y piocher un petit crocodile. Le sachet en était plein. Quand William voulut en donner un à sa grand-mère, l'homme retint l'enfant. Une lueur d'inquiétude traversa alors les yeux de William. L'homme fit un signe de tête à Kari Lise, lui indiquant une pochette en plastique transparent. Elle tomba à genoux, sans force, et sortit de la pochette la photo d'un homme. Elle la reconnut. C'était une des photographies que Fredrik Beier lui avait montrées : un certain Per Olsen, lui avait-il dit. L'un des pasteurs de Solro. Quelque chose était marqué sur la photo : « Børre Drange ». Et il y avait aussi un objet. Il lui glissa de la main. Un dictaphone.

L'homme ne l'avait pas quittée des yeux. Il assit William par terre et se leva. Puis, d'un geste souple, il enjamba la fenêtre et disparut.

58

C'EST À PEINE si l'on entendait respirer les quatre personnes dans la salle à manger de Majorstuen. La voix de l'enregistrement était mal assurée. Des pauses brèves et fréquentes entre les mots trahissaient un souffle court, inquiet : « Kari Lise Wetre, si vous souhaitez revoir votre fille en vie, utilisez vos relations pour localiser cet homme. Il dit s'appeler Per Olsen, mais son vrai nom est Børre Drange. Vous avez très exactement soixante-douze heures. À partir de maintenant. Si nous n'avons pas de nouvelles, vous ne reverrez jamais Annette. Contactez-nous en utilisant l'adresse mail au dos de cette photo. »

— Mon Dieu ! s'écria Turid Mostu en portant la main à la bouche.

Fredrik arrêta l'enregistrement et posa le dictaphone sur sa table.

— Il n'y a aucun doute, dit-il en jetant un regard consolateur à Turid.

Elle ne put que confirmer. C'était bien la voix de Jørgen.

— Nous partons de l'hypothèse que Jørgen est retenu prisonnier avec Annette Wetre, déclara Kafa d'une voix neutre.

Combien de fois Fredrik s'était-il installé ici, dans la salle à manger de ce grand cinq pièces situé dans le quartier de Majorstuen, non loin de chez lui ! Ici, ils avaient déjeuné, fêté les anniversaires des enfants, partagé leurs peines et leurs joies. Il s'était appuyé contre le dossier de cette même chaise où il était assis maintenant, il avait étendu ses longues jambes, vidé son verre et regardé au plafond les stucs qui s'effritaient… À présent, le plafond était froid et distant. À l'image de Turid. Comme si elle l'accusait d'avoir apporté quelque chose de puant, de mortifère dans son foyer en lui annonçant que son mari avait été kidnappé. Son regard papillonnait dans la pièce, à la recherche d'un objet rassurant, familier, et s'était finalement arrêté sur lui, Fredrik. Cela faisait trois jours que Jørgen avait disparu. Personne ne l'avait revu depuis.

Fredrik observa les deux autres autour de la table en pin : Kafa à côté de lui et, plus loin, Carl Solli, le rédacteur en chef de TV2. Avec ses coudes sur la table et ses joues tombantes, il n'en menait pas large.

Face à eux, la place vide de Turid qui s'était écartée, à l'aide de sa chaise roulante, pour fuir ces visages compatissants. Elle s'était dirigée vers la porte ouverte du balcon. Elle s'arrêta à l'endroit où la bruine lui caressait la nuque.

— L'analyse révèle que l'enregistrement a été réalisé à l'intérieur. Le ton de la voix indique qu'il lit un texte écrit et que votre mari… Jørgen… vit une situation sous haute tension, reprit Kafa, qui tenait le bout de papier entre ses doigts.

Le message était parfaitement clair. Le meurtrier de Solro pouvait atteindre Kari Lise Wetre et ses proches à tout moment, selon son bon vouloir.

— Mais pourquoi a-t-il pris Jørgen ? Je ne comprends pas ce que Jørgen a fait ! gémit Turid, d'une voix déchirante. – Elle avait tourné son fauteuil vers eux : peu importait qu'on la voie pleurer. – Fredrik… Fredrik, je ne comprends pas. Pourquoi Jørgen a disparu ?

Il voulut se lever pour la consoler, mais Kafa posa une main sur son bras et secoua imperceptiblement la tête. Elle avait peut-être raison. Il fallait qu'il garde une certaine distance s'il ne voulait pas altérer son jugement. Prendre les choses trop à cœur ne pouvait être qu'un handicap, ici.

— Nous faisons ce que nous pouvons, Turid. – Il se leva et s'accroupit devant elle. – La vérité, c'est que nous n'en avons pas encore la certitude, mais il nous paraît évident qu'il y a un lien avec le travail qu'il consacrait à cette affaire. Peut-être avait-il découvert quelque chose ? Ou *quelqu'un* ? Il ne t'a jamais rien dit ?

Turid secoua la tête.

— Pas même le jour de sa disparition ?

— Non.

— Il n'a mentionné aucun nom ?

Elle renifla et sourit, les lèvres pincées.

— Tu sais comment il est. Il ne dit jamais rien. Pour ça, c'est un vrai pro, répondit-elle en jetant un regard inamical au rédacteur en chef de TV2.

— Børre Drange, le nom que Jørgen a lu, tu sais qui c'est ? As-tu déjà entendu ce nom ?

Turid continua à faire non de la tête. Elle sanglota et s'agrippa encore plus fort aux accoudoirs.

— Tu as dit que le kidnappeur pourrait être le même homme que celui qui t'a attaqué…, lança-t-elle tout à coup. – Fredrik jeta un regard découragé à Kafa. – Pourquoi a-t-il obligé Jørgen à lire ce message ?

— Pour montrer qu'il est puissant, qu'il a un droit de vie ou de mort sur autrui. C'est un signal pour nous, la police. Il nous demande de garder nos distances, expliqua Kafa. Et puis... quelqu'un a déjà coupé la langue à ce monstre, ajouta-t-elle.

Fredrik se leva et alla vers Carl Solli.

— Si on vous donne cette info, c'est uniquement parce que vous êtes son employeur. Si un seul mot de ce qui est dit dans cette pièce filtre dans le journal télévisé, je vous assure qu'il y aura d'autres langues coupées ! Est-ce que j'ai été assez clair ?

Solli était très mal à l'aise. Après avoir donné à la femme de Jørgen Mostu un baiser embarrassé sur la joue, il avait fait en sorte de ne pas se retrouver à côté d'elle. Son langage corporel était facile à décrypter et sa lâcheté horripilait Fredrik, qui s'en voulait malgré tout de s'être emporté. Mais d'autres fuites le mettraient encore une fois en mauvaise posture. Après Synne, il serait le prochain à être mis sur la touche.

La mine renfrognée, Solli hocha la tête et défit le bouton du haut de sa chemise de grande marque.

— Vous aviez déjà été suffisamment explicite au téléphone. Je respecte mes engagements, répondit-il en fixant le policier du regard.

— Que savez-vous de son informateur ?

— Rien. Personne en dehors de Jørgen ne sait qui c'est. Jørgen a posé ça comme une condition sine qua non. Et j'ai accepté, malheureusement.

Fredrik ne put s'empêcher d'éprouver une forme d'empathie pour ce type. Jørgen ne lui avait jamais caché qu'il n'avait que mépris pour ce jeune loup du journalisme qui avait grimpé les échelons plus vite que lui. Solli avait douloureusement conscience que ses défauts, plutôt que ses qualités, avaient fait l'objet de maintes discussions entre ces murs. Il jouait à l'employeur solidaire, mais Turid comme lui savaient combien ça sonnait faux.

— Il n'est pas dans nos habitudes de procéder ainsi, crut-il bon de préciser. Mais il faut reconnaître aussi que l'affaire n'a rien d'habituel, c'est le moins qu'on puisse dire ! – Il regarda directement Fredrik. – S'il devait être question d'une rançon...

Fredrik l'arrêta aussitôt.

— Prenons les choses les unes après les autres. Et si nous revenions à la journée où il a disparu ? dit-il en s'adressant à Turid.

— Je sais seulement qu'il avait prévu de rencontrer sa source. Mais j'ignore si cela s'est fait. Jørgen est sorti pour le déjeuner. Il n'est jamais revenu.

59

Lista, octobre 1943

— NIET. NIET. NIET ! Non, pas moi !

La voix étrangère portait loin dans la forêt de sapins sombre. Les prisonniers avançaient par colonnes, dix rangs de sept à huit hommes, vêtus de tenues de toile grossière, le regard fixé sur la nuque rasée de celui qui le précédait.

Il s'était mis à geler la nuit, en avance de presque un mois sur le calendrier, et une fine couche de givre s'était formée à la surface des flaques d'eau. Kolbein restait en position couchée, à l'abri derrière les arbres qui poussaient serrés sur la petite colline, le long du camp. D'ici, il avait observé à travers ses jumelles, pris des notes dans son carnet et ce chaque jour depuis son arrivée à Lista, l'endroit précis où la côte norvégienne commence à remonter vers le nord.

Sa cachette se trouvait non loin d'une petite forêt dense qu'on appelait Marka, à un jet de pierres des troncs de cinquante centimètres, ces jalons qui signalisaient la clairière où était installé le camp de prisonniers d'Østhassel. Seule une étendue de lande et de pâturages, sur cent cinquante mètres de largeur, séparait la forêt de la mer, et même ici, au milieu des troncs, de la mousse et des fougères qui tapissaient le sol, on percevait une légère odeur iodée. Celle des algues qui se mêlaient aux déjections des moutons. Plus à l'ouest se trouvait la baie de Nordhasselvika, et au sud et à l'est la plage d'Austhasselstranda.

Telles des verrues épaisses, des bunkers en béton et des postes d'artillerie avaient surgi parmi les arbres, sur les champs et la lande. Nulle part ailleurs dans le pays, les Allemands n'avaient érigé des fortifications aussi rapprochées. Les prisonniers russes constituaient leur force de travail. « Le mur de l'Atlantique », avait-on surnommé la ligne de défense d'Hitler qui partait d'un fort à Kirkenes, tout au nord de la côte, et s'étendait jusqu'à Saint-Jean-de-Luz dans le sud de la France. C'était ici que les nazis comptaient arrêter le débarquement allié. Ils savaient qu'il aurait lieu, mais où ? Alors, ça grouillait d'Allemands. Ils arrivaient entassés dans des camions ou des carrioles surchargés, ils buvaient et tiraient sur les oiseaux des bois. Quand ils ne s'entraînaient pas au combat, ils culbutaient les paysannes dans les granges.

Le jour ne s'était pas encore levé quand Kolbein se rendit compte que quelque chose avait changé. Du bâtiment au centre que l'on qualifiait de caserne s'élevait une haute tour de surveillance. D'ordinaire, la lumière des projecteurs balayait les quatre blocks de prisonniers, telles des hyènes affamées. Mais pas cette nuit. Les projecteurs étaient braqués sur l'entrée du camp. Comme pour donner une fausse impression de calme. Il vit la lueur de lampes torches. Il entendit des chuchotements et l'impatience des chiens muselés. Lorsque pointa le jour, Kolbein l'aperçut enfin : il se tenait sur la dalle de béton devant la caserne, dos à lui.

Dans sa blouse blanche de laboratoire, il faisait face aux soldats, les jambes écartées, les cheveux gris peignés avec soin avec la raie sur le côté, et les mains jointes derrière le dos. Elias Brinch n'était ni grand ni petit. En revanche, il était maigre, de faible carrure, et se tenait raide. Kolbein frissonna en voyant le professeur, d'un geste du doigt, faire bouger tout ce petit monde autour de lui. On aurait dit un chef d'orchestre avec sa baguette. Kolbein l'avait déjà vu jouer ce rôle.

Les soldats se mirent à l'œuvre. De pantomime, la scène devint un manège endiablé. On entendit des coups de sifflet et on retira les muselières des bergers allemands qui se mirent à aboyer comme des fous. Les soldats et les chiens entrèrent avec fracas dans les blocks. Des coups et des cris s'élevèrent de l'intérieur. D'abord un par un, puis par petits groupes, les prisonniers sortirent en courant, encadrés par des soldats qui les frappaient dans le dos et par leurs chiens déchaînés. Des visages livides et apeurés se pressèrent aux fenêtres des autres blocks. Vite, chaque prisonnier trouva sa place, dans une sorte de garde-à-vous. Des rangées d'hommes immobiles qui s'efforçaient de devenir transparents. Il s'agissait de ne pas laisser de prise au sadisme. Puis apparut sur le pas de la porte un soldat en tenue paramilitaire[1], brandissant un sac de jute informe : le trophée. Que contenait ce sac ? Deux tranches de pain sec ? Une pelle ? Un couteau rouillé ?

Brinch leva le poing, un doigt pointé en l'air. Le soldat jeta le sac violemment par terre et désigna l'un des prisonniers. Deux soldats l'arrachèrent à sa colonne, silencieuse,

1. Une organisation paramilitaire affiliée au *Nasjonal Samling*, appelée Hirden, fut créée en 1933. C'était l'équivalent des SA en Allemagne.

impuissante, et le traînèrent jusqu'à la caserne. Elias Brinch se retourna et entra d'un pas martial, suivi des soldats avec le prisonnier. On entendait les cris de terreur jusque dans la forêt.

— C'est un type comme lui que vous recherchiez ?

Kolbein posa les jumelles et enfila ses moufles en laine. Puis il se retourna et regarda l'homme à ses côtés, qui lui tendait une flasque avec un remontant. Ses yeux clairs, qui avaient suivi la scène avec nonchalance, semblaient soudain tirés de leur torpeur. Kolbein observa ces soldats rasés de près, dans leur uniforme paramilitaire, bleu-gris, des troupes norvégiennes. Sur leur bras était cousu un petit blason portant l'inscription « Nordland ». Entre lui et l'homme à la flasque, il y avait la canne dont celui-ci se servait pour marcher. À la vue du pommeau en ivoire, qui évoquait l'os d'une articulation, Kolbein fut parcouru d'un frisson. Kjell Klepsland était un nazi et le camp de prisonniers d'Østhassel correspondait à son lieu de travail. Ils s'étaient rencontrés pour la première fois il y avait une vingtaine de jours.

Kolbein était arrivé à Abelsnes, dans le Flekkefjord, dans la cale nauséabonde d'un chalutier. Et il n'en revint pas en apprenant de la bouche du pêcheur que son contact à Lista serait un membre assermenté du NS.

— Pour sûr, il est nazi. Mais il hait Elias Brinch, avait expliqué le pêcheur.

— Assez pour que je lui fasse confiance ?

Le pêcheur n'avait pas répondu.

Deux jours après, l'homme appartenant à l'organisation paramilitaire était venu. Le pêcheur était en mer et Kolbein attendit d'entendre la voiture klaxonner une troisième fois pour sortir à quatre pattes du grenier. C'était le signal.

— Kjell Klepsland, se présenta le soldat en lui tendant une main gantée de noir.

Au lieu de la saisir, Kolbein se raidit, impressionné par le pistolet Luger Parabellum qui pendait à sa ceinture. Ce n'était pas une arme que les Allemands distribuaient au premier venu, fût-il nazi. Qui donc était cet homme ?

Il pensa au nom inscrit sur les faux papiers d'identité dans sa poche. Mais quelle importance ? Il avait été envoyé ici à titre d'espion. Il le savait et le nazi aussi le savait. Alors s'il devait mourir, autant mourir en étant lui-même.

— Kolbein. Je m'appelle Kolbein Ihme Monsen. Vous n'auriez pas une petite goutte pour que je me réchauffe ?

Kjell Klepsland était pensif au volant de son Austin trafiquée qui s'élançait vaillamment à l'assaut des sommets de Fedaheia. Le trajet en voiture durait un peu plus de deux heures. De temps à autre, le nazi émettait une sorte de sifflement, à mi-chemin entre un fredonnement et un grognement, et Kolbein ne pouvait s'empêcher de le regarder : les lèvres de sa petite bouche vibraient à peine. Il avait un nez pointu et le menton volontaire, des cheveux blonds souples qui retombaient sur ses tempes grisonnantes et soignées. Kolbein lui donnait dans les quarante-cinq ans.

Pendant la dernière partie du trajet, Kjell Klepsland lui expliqua comment rejoindre la cabane dans la forêt. Lui-même habitait à Vanse, la bourgade devant laquelle ils venaient de passer. Après s'être assuré que personne ne les voyait, Klepsland le laissa faire seul la dernière partie du chemin.

60

Il avait des fourmis dans les jambes, mais Fredrik ne bougeait pas d'un pouce. Il se tenait devant le tableau, dans la salle de leur brigade où il avait passé tant de temps que, même en fermant les yeux, il pouvait s'en rappeler les moindres détails.

Devant lui étaient affichées les images de vidéosurveillance imprécises de l'Oslo Hostel qui montraient l'homme soupçonné d'être à l'origine de l'agression à Solro, ce même homme qui, selon toute vraisemblance, avait kidnappé Annette Wetre et Jørgen Mostu. À côté de lui, une photo d'identité agrandie de Mohammed Khaled Omar : l'Émir. L'agresseur présumé qui s'avérait n'être qu'une victime de plus. Une flèche au feutre bleu pointait vers son assistant Mohammad Qambrani et d'autres membres de Jamaat-e-Islami. À droite des islamistes, des aimants rouges fixaient une série de clichés de Solro. Le vestibule avec les patères et les chaussures entassées au premier étage, le pasteur Alfsen agenouillé au bord du lit, le laboratoire. Aussi, des vues aériennes et des cartes de la commune. Sur le bord du tableau, Kafa avait écrit : « Oslo Montasjemiljø AS a construit la cave. Norsk Security & Tech – les caméras de surveillance. Økern Bil og Motor » – la camionnette. De l'autre côté du tableau, à gauche, se trouvaient les photos des morts retrouvés à Solro et d'Ivar Tufte, le survivant mutilé, ainsi que des petites photos des membres disparus de la communauté et, tout en haut, Annette et Jørgen.

Au feutre noir, il avait marqué les relations entre Turid Mostu, Kari Lise Wetre, son mari et leur petit-fils William. Il s'agissait maintenant de trouver la place de ce Børre Drange. Papa Per Olsen. Le troisième pasteur. L'homme qui, à son arrivée, avait changé le cours de la vie de toute la communauté. Son pseudonyme sur Internet. Où le situer dans cette constellation ?

Fredrik ouvrit les yeux. Fit un pas en avant. Écarta les photos de l'Émir mort et des autres islamistes au bord du tableau de façon à dégager de l'espace à côté de l'agresseur du grenier. C'était ici, au centre de cette constellation, que Børre Drange avait sa place.

— Deux personnes. Il existe dans ce pays deux personnes répondant au nom de Børre Drange.

Fredrik s'était planté devant le tableau, avait regardé son auditoire par-dessus ses lunettes de vue et pointé une baguette sur la photo de Drange. La brigade d'enquêteurs ainsi que les chefs d'équipe de la police scientifique et technique l'écoutaient, assis sur des chaises de bureau branlantes. Derrière eux, Sebastian Koss avait le visage fermé, et à côté de lui se dressait le préfet de police en personne. Neme avait posé son index sur la fossette de son menton. Au fond de la pièce, près des fenêtres, se trouvaient Andreas à la tignasse argentée et Kafa buvant une tasse de café. Avec elle, un homme qui s'appuyait contre la fenêtre et chuchotait dans son portable, en se bouchant l'autre oreille d'un doigt. Cet homme aux sourcils broussailleux n'était autre que le directeur du Renseignement intérieur, Samir Bikfaya.

— L'un a trente-huit ans, il est domicilié à Follo et travaille comme médecin dans une clinique privée. Il est marié depuis six ans et a trois enfants. Nous avons croisé les données : l'âge pourrait correspondre, même si nous pensons qu'il est un peu jeune, mais à part ça, le profil ne coïncide guère. – Fredrik marqua une pause. – Quoi qu'il en soit, Kafa ira le voir demain dans la matinée.

Il fit un signe de tête vers sa collègue. Neme jeta un regard en arrière. Rougissait-elle ou avait-il la berlue ?

— Sans escorte ? intervint le préfet de police, de sa belle voix grave.

— Au départ, oui, sans escorte...

— Nous allons réviser notre position, Beier, l'interrompit Koss.

Neme fit une moue de satisfaction. Fredrik haussa les épaules – cela n'avait aucune importance pour lui. Il poursuivit :

— Donc... en même temps que Kafa, *avec* une escorte de la police de Follo, rendra visite à ce Børre Drange, eh bien, Andreas et moi irons voir l'autre. *Sans* escorte. – Il se força à exécuter ce qui était censé ressembler à un sourire. – La seconde personne est plus mystérieuse. Les registres de l'état civil ont répertorié un certain Børre Drange, âgé de soixante-huit ans, domicilié dans le quartier de Røa, ici à Oslo. Cependant, pour le service des impôts, cet homme n'aurait que quarante-cinq ans. Ni les impôts ni l'état civil ne réussissent à s'expliquer cette anomalie. Il n'y a aucune photo, aucun renseignement dans le registre des passeports, aucun historique de déménagement, aucune inscription sur son casier judiciaire.

L'adresse mail que Kari Lise Wetre avait été priée d'utiliser ne donnait aucune piste, expliqua-t-il. On pouvait se connecter à partir de n'importe quel café Internet ou téléphone portable et, même s'il était techniquement possible de le hacker, ils n'avaient pas poursuivi leurs investigations, de peur d'être découverts. Ce compte était la seule possibilité de communiquer avec le kidnappeur. Il fallait laisser ce canal ouvert. Neme cligna des yeux, ce qui voulait dire : « Pas bête. »

Après la présentation générale de Fredrik, chacun prit place autour de la table de réunion.

— Le ravisseur a laissé un délai de trois jours à Kari Lise Wetre pour trouver Børre Drange. Il lui reste quarante heures. À mon sens, Wetre doit contacter le ravisseur au plus vite. Lui demander d'avoir plus de temps et de disposer de davantage d'informations sur Drange, avant de pouvoir lui donner une réponse définitive. – Fredrik remonta ses lunettes sur son nez avant de poursuivre. – Si le ravisseur ne plaisante pas, il devrait témoigner de la compréhension. Il doit savoir que trouver le genre d'infos qu'il demande, ça prend du temps.

Du coin de l'œil, il vit le préfet de police lever la main.

— Pourquoi croit-il que Kari Lise Wetre va pouvoir retrouver une personne de cette façon ? Sans l'aide de la police ? Cela prouve qu'il connaît mal la société norvégienne, tonna Neme d'une grosse voix.

Fredrik acquiesça.

— C'est aussi mon avis. Serait-ce le signe qu'il surestime l'influence de cette femme politique ? Ou que ce rapt n'est pas si réel que ça ? – Il haussa les épaules. – Nous l'ignorons. C'est pourquoi il me semble essentiel qu'elle puisse demander un sursis. Car, telle que la situation est aujourd'hui, c'est le ravisseur qui a les cartes en main.

Il importait de se comporter ici comme s'il s'agissait d'une banale histoire d'enlèvement, reprit-il. Ils devaient exiger d'avoir des preuves qu'Annette et Jørgen étaient encore en vie, savoir si le ravisseur avait d'autres exigences pour sa fuite, l'alimentation, les médicaments, ce genre de choses.

— Bref, tout ce qui peut nous aider à mieux cerner cet individu. Tout ce qu'on peut faire pour localiser l'endroit où sont retenus Annette Wetre et Jørgen Mostu. – Fredrik chercha le regard du préfet de police. – Nous avons besoin de comprendre pourquoi ce type est à la recherche de Børre Drange.

Le préfet de police le regarda en plissant les yeux, la mine pensive, avant de se tourner vers Sebastian Koss, assis à l'autre bout de la table avec Samir Bikfaya.

— J'ai cru comprendre que le Renseignement et vous n'étiez pas de cet avis ?

Koss décocha un regard glacial à Fredrik, avant de prendre la parole :

— Beier et son équipe étaient principalement chargés de localiser Annette Wetre et son fils avant que ne survienne cette tragédie. Ce travail… – il fit semblant de chercher ses mots – n'a pas porté ses fruits. Nous n'en savons pas plus sur le ravisseur après que Beier et sa collègue inexpérimentée des RG se sont introduits dans la planque de l'agresseur. Lors d'une opération non sanctionnée qui aurait pu leur coûter la vie à tous les deux. Si nous avions pu mettre la main sur cet homme, là-bas, nous aurions déjoué la suite et n'aurions pas ce problème sur les bras aujourd'hui. – Koss marqua une longue pause, en faisant comme s'il regardait ses ongles bien limés. – L'agresseur a jeté son gant. Allons-nous relever le défi ou bien le forcer à sortir de l'ombre ?

Cette dernière phrase, rhétorique, fut prononcée à l'intention expresse de Fredrik. Sebastian Koss voulait clairement sa tête et lui n'était pas d'humeur à se battre : l'absence de Synne le fragilisait et il ne savait pas sur quels collaborateurs il pouvait réellement compter. D'ailleurs, Koss n'avait pas tout à fait tort, l'enquête piétinait depuis des semaines : ils ignoraient toujours où était la secte et à quoi servait le laboratoire. Ils tâtonnaient dans leur chasse à l'homme et la seule certitude acquise, celle des motivations de l'agresseur, leur avait été révélée par l'agresseur lui-même. C'était un fait. C'était aussi un fait que Jørgen avait disparu. Et les sentiments qui poussaient Fredrik à retrouver son ami pouvaient lui faire prendre de mauvaises décisions.

Koss recherchait une confrontation. Une joute aux yeux de tous. Elle n'aurait pas lieu. Pour désamorcer le conflit, Fredrik leva les paumes et eut un doux sourire.

— Eh bien, parlez-nous de votre plan, nous vous écoutons.

Koss parut un instant décontenancé. Il s'était préparé à une bataille et dut changer son fusil d'épaule. Il rassembla ses esprits et prit la parole, sans quitter Fredrik des yeux :

— À mon avis, la proposition de Beier aboutira à l'exact contraire de ce que nous désirons : mettre en danger la vie des otages. Il n'y a aucune raison de faire obstacle au message clair du ravisseur. Au contraire, il faut se montrer coopératif. Organiser une rencontre et piéger le ravisseur à ce moment-là.

— Et vous croyez qu'il se laissera surprendre et cueillir aussi facilement ? l'interrompit Therese Grøfting, la chef du service scientifique et technique.

— Non, mais il ne s'attend pas à ce que nous déployions de tels moyens. Nous allons le contraindre à se montrer et à faire une erreur. Une seule erreur. Alors nous le tiendrons.

D'un hochement de tête, il invita Samir Bikfaya à poursuivre.

— Kari Lise Wetre répondra demain soir, dit-il de son ton de voix si particulier. Nous sommes en train de produire de faux portraits de Børre Drange. Nous allons en envoyer certains à titre d'*échantillons*.

Bikfaya avait mis ce dernier mot entre guillemets avec ses doigts. Il y avait toujours chez lui un côté involontairement comique : le bord de la table lui arrivait à mi-poitrine et ses sourcils gris se levaient et s'abaissaient au rythme des mots qu'il scandait.

Ensuite, une rencontre devrait être proposée entre Wetre et le ravisseur. Sur la place de l'Opéra, à Bjørvika. Wetre assurerait au ravisseur qu'elle n'avait pas prévenu la police.

Therese Grøfting s'étouffa presque.

— Devant l'Opéra ? Au milieu de la foule ? N'est-ce pas prendre un risque considérable ?

Bikfaya secoua la tête, faisant danser ses boucles.

— Justement, dit-il. Nous avons affaire à un homme qui connaît parfaitement les méthodes de la police. Il aura donc le même raisonnement que vous... – il plissa les yeux vers la carte de police, de sorte qu'ils disparurent derrière les mèches folles de ses cheveux – Grøfting. Le kidnappeur ne croira pas que ce puisse être l'œuvre de la police. Il se dira, comme vous, que jamais nous ne prendrions un tel risque. Et ainsi, nous aurons un avantage sur lui.

Son front devint soucieux.

— Si le meurtrier se doutait de quelque chose, il n'y aurait qu'à changer le dispositif, fit-il remarquer.

— Pendant ce temps, nous allons réfléchir aux modalités de l'intervention sur la place Kirsten Flagstad.

— Et Kari Lise Wetre ? voulut savoir Fredrik. Vous l'avez informée de ce plan ?

— Elle est au courant. Kari Lise Wetre acceptera tout plan que le préfet de police aura approuvé, dit Koss en jetant un regard plein de confiance vers Neme.

61

KAFA ARRIVA À VÉLO avec le soleil matinal dans le dos. Fredrik l'attendait dans la galerie au-dessus du bureau des passeports. Entre-temps, il avait observé les gens occuper peu à peu les canapés. Elle portait encore son cache-œil noir et n'avait pas l'air d'avoir beaucoup dormi. Elle le salua en soulevant un porte-documents gris.

— Vous avez l'air bien pensif.

Fredrik fit non de la tête.

— Cette action à l'Opéra…

Il se ravisa. Le manque de loyauté était peu apprécié dans ces couloirs. Il était son chef et s'il lui faisait part de ses ressentiments, il ne ferait que la mettre dans une situation difficile. Il secoua les épaules.

— Je comprends… – Avant que l'ascenseur ne se mette en mouvement, elle ouvrit le porte-documents. – Nous avons fini cette nuit d'analyser l'activité des téléphones des membres de la communauté. Peu d'entre eux en avaient un. Annette Wetre et quelques autres. Leurs portables servaient rarement. Et il n'y a eu aucun appel la nuit de l'attaque meurtrière, poursuivit-elle en boutonnant une veste d'été aux tons clairs.

Kafa ne portait plus jamais le tailleur strict sombre avec la jupe jusqu'au genou qu'elle avait sur elle les premières journées de travail avec la police. Les jeans moulants lui allaient mieux. Il aimait voir les courbes qui se dessinaient dessous.

— Et les pasteurs ?

Elle sortit un autre document. Les pasteurs avaient chacun leur téléphone. Ils avaient essayé de brouiller les pistes en achetant un tas de cartes prépayées au nom de la communauté, mais le couple d'anciens adeptes leur avait transmis les numéros qu'utilisaient les pasteurs.

— OK.

— Les données de l'opérateur montrent que les pasteurs ont passé beaucoup d'appels, surtout entre eux. Nous avons naturellement vérifié tous les autres numéros auxquels ils ont téléphoné, mais nous n'avons rien trouvé d'anormal. À une exception près. – Kafa lui lança un regard oblique. – La nuit où la communauté a été attaquée, deux des téléphones étaient éteints. Celui de Bjørn Alfsen, que nous avons retrouvé dans sa chambre à coucher, et celui de Børre Drange, alias Papa Per. Mais Søren Plantenstedt a utilisé le sien. Plusieurs fois. – Kafa feuilleta ses papiers. – Regardez : deux conversations, à six heures du matin. Après l'attaque, donc. Le premier appel a été passé près d'une antenne relais à Asker. Le second, quelques minutes plus tard, de Lier. Le téléphone a été éteint à peu près au niveau de la frontière d'Holmestrand, dans le Vestfold. – Elle marqua une courte pause. – Søren Plantenstedt s'est donc déplacé vers le sud, le long de la E18. Étant l'un des deux pasteurs survivants, l'on peut supposer qu'il a voyagé avec le reste de la communauté disparue.

— Et il a parlé avec… ?

— Il s'avère que le numéro qu'il a cherché à joindre est l'un des numéros des cartes prépayées que la communauté avait achetées. Mais ce numéro n'a jamais été utilisé avant.

— Est-ce que ce pourrait être un numéro d'urgence ? Peut-être a-t-il parlé avec d'autres membres de la secte qui étaient dans une autre voiture ? hasarda Fredrik.

— On aurait pu le penser mais c'est encore plus étonnant. – Kafa pointa le doigt sur un code. – Cette suite de chiffres est le signe de reconnaissance pour l'antenne relais qui couvre Solro. Søren Plantenstedt a appelé quelqu'un qui se trouvait bel et bien à Solro…

Fredrik secoua la tête.

— Vous voulez dire que… des membres de la secte ont contacté quelqu'un qui était à Solro plusieurs heures *après* l'attaque ?

Kafa, sûre de son fait, se mordit la lèvre inférieure. Il était impressionné. La théorie qu'elle avait avancée, à savoir que les membres de la secte se trouvaient quelque part le long de la ligne de chemin de fer du Vestold, était ici confortée. Pourquoi Søren Plantenstedt avait-il quitté Oslo juste après le massacre, tout en s'entretenant au téléphone avec quelqu'un qui se trouvait encore à Solro ? Ce quelqu'un, était-ce Børre Drange ? D'autres membres de la communauté ?

Fredrik lui donna une tape amicale sur le dos. Tous deux ne purent s'empêcher de percevoir ce geste comme peu naturel…

— Merci, dit Kafa en toussotant.

Andreas se tenait près de la place de Fredrik et l'attendait. En les voyant arriver ensemble, il afficha l'expression de celui qui a gagné un pari. Sans rien dire, il ôta ses lunettes et les nettoya avec soin.

— Il y a du nouveau grâce à l'analyse des portables, annonça Fredrik, agacé par l'expression de son collègue. Kafa vient de m'en informer.

— Parfait, fit simplement Andreas en glissant ses lunettes sur ses cheveux.

Fredrik le regarda, étonné de son manque de réaction.

— Tu voulais me dire quelque chose ?

Andreas hocha la tête.

— Le doigt. Tu te rappelles le petit doigt dans l'enveloppe ?

— Oui.

— Eh bien, selon le laboratoire, il appartient à un homme mort.

Pour la deuxième fois ce matin-là, Fredrik ne fut pas sûr d'avoir bien compris :

— Qu'entends-tu par « un homme mort » ?

— Comme l'analyse ADN prend du temps, nous n'avons pas encore pu établir l'identité de la personne, mais le laboratoire est formel sur un point : lorsque ce petit doigt a été coupé, son propriétaire était plus mort encore qu'un accord de paix israélo-palestinien…

62

LA PEINTURE S'ÉCAILLAIT SUR LA FAÇADE de la maison jaune de Røa, le jardin était à l'abandon et les poubelles débordaient. Des bénéficiaires de l'aide sociale habitaient au rez-de-chaussée et au premier étage. Le locataire Børre Drange occupait la cave. Un escalier en béton conduisait jusqu'à sa porte. Fredrik et Andreas échangèrent un rapide regard avant de frapper. Trente secondes plus tard, ils entendirent quelqu'un manipuler la serrure et la porte s'entrouvrit de quelques centimètres. Un vieil homme leur jeta un regard soupçonneux par-dessus la chaînette de sécurité.

— Oui ?

— Børre Drange ?

— Qui le demande ?

Les enquêteurs montrèrent leurs cartes de police.

— On peut entrer pour discuter avec vous ?

Børre Drange examina attentivement leurs cartes avant d'ouvrir.

La cave était comme une bulle dans le temps. Le papier peint imitation bambou dans l'entrée était jaune et défraîchi.

Le vieil homme leur fit signe de le suivre dans un couloir aux murs sombres. La lumière du plafonnier se reflétait sur son crâne chauve. Des assiettes avec des motifs de voiliers ornaient les murs et le sol du salon était recouvert d'un épais tapis marron et blanc. Le vieil homme indiqua un canapé en cuir bordeaux avant de leur demander s'ils voulaient du café. Ils acceptèrent.

La seule source de lumière naturelle provenait de deux grandes fenêtres, tout en haut du mur, devant lesquelles étaient posées des bouteilles de tailles et de couleurs variées dont les ombres se projetaient sur le sol. Un lustre en laiton pendait du plafond et, sur une table basse, installée au fond de la pièce, là où d'autres auraient posé leur télévision, il y avait un grand modèle de tanker. Il faisait presque un mètre de long, couleur crème sur le dessus et rouge sous la ligne de l'eau. À l'entrée de la cuisine, il y avait une mappemonde brune, de celles dont on peut soulever l'hémisphère nord pour découvrir, à l'intérieur de la Terre, des bouteilles de gin et de liqueur à l'œuf poussiéreuses.

Børre Drange revint au salon avec de petites tasses en porcelaine.

— Vous avez été marin ? demanda Andreas en désignant le tanker.

Ses yeux s'étaient habitués à la lumière et avaient pu lire le nom de *M/S Pallas* sur le flanc du bateau.

L'homme confirma par un toussotement.

— Vingt-deux ans, dit-il en versant le café, puis il sortit de sa poche un paquet d'Amsterdamer, brossa le vieux tabac et les miettes de son bas de jogging gris, taché, avant de se rouler une cigarette. Et puis ma bonne femme est morte et j'ai pu débarquer.

La voix était rauque. Plaisantait-il ? Dans le doute, Fredrik esquissa un léger sourire.

— Espagnol ?

— Pardon ?

Le marin avait les yeux fixés sur Andreas.

— Vous n'avez pas l'air très norvégien. Il n'est pas un peu espagnol, votre nom ?

— Si, admit Andreas. Figueras. Ça remonte loin. Un grand-père du Chili.

— Des gènes forts, constata le marin.

— Nous sommes venus ici pour clarifier une affaire, dit Fredrik.

Drange tourna le regard vers lui.

— Selon les registres officiels, il existe *deux* personnes au nom de Børre Drange à cette adresse : vous et un autre homme d'une quarantaine d'années, c'est bien ça ?

Drange alluma sa cigarette avant de répondre. À la lueur de son briquet, sa peau apparut encore plus pâle. Le marin retraité ne devait pas passer beaucoup de temps dehors.

— Non, dit-il.

Fredrik se pencha en avant pour prendre sa tasse.

— Je regrette, cela peut vous paraître assez idiot, mais en êtes-vous sûr ? demanda-t-il en prenant une petite gorgée.

— À cent pour cent, répondit l'ancien marin.

Ils s'observèrent un moment en silence.

— Alors, nous avons dû nous tromper d'adresse, finit par déclarer Fredrik en se tournant vers Andreas.

Ce dernier hocha lentement la tête.

— Ça m'en a tout l'air. Veuillez nous excuser pour le dérangement, ajouta-t-il en tendant la main pour prendre congé.

Le vieil homme leur lança un regard surpris.

— Puis-je vous demander de quoi il s'agit ?

Fredrik eut un bref sourire.

— Nous recherchons une personne du nom de Børre Drange. Mais il est beaucoup plus jeune que vous.

Le marin à la retraite ne prêta pas attention à la main d'Andreas mais les scruta tous les deux longuement avant de se relever à grand-peine.

— Attendez, dit-il. Asseyez-vous.

À travers l'ouverture de la cuisine, ils le virent détacher un article de journal aimanté à la porte du réfrigérateur. De retour dans le salon, il tendit à Fredrik le papier jauni : une annonce de décès. Celui de Børre Drange. Selon le faire-part, il était mort six ans plus tôt, à l'âge de trente-neuf ans. « La mer donne et la mer prend, était-il marqué. Mon fils, très regretté. Børre. » Et une croix.

— Vous aviez un fils ? Un fils qui *s'appelait* Børre Drange ? Et qui est mort ?

Le vieillard parut encore plus las.

— Børre a disparu dans l'océan Arctique. C'était un scientifique. Il est tombé par-dessus bord, qu'ils ont dit. Mais ils n'ont jamais retrouvé son corps. Il est tombé d'un bateau scientifique, la nuit, qu'ils ont dit. Dans l'océan Arctique. – Il baissa les yeux. – J'ai cru que c'était pour ça que vous étiez venus. Pour m'annoncer qu'on l'avait retrouvé.

Sa voix était vide.

— Est-ce que… vous avez une photo de votre fils ?

Il en avait une. C'était une vieille photo qui avait dû être prise peu après ses études. Là aussi, c'était un article de journal. « Les jeunes talents de la NTH[1] sont très recherchés par l'armée », pouvait-on lire au-dessus de la photo d'un Børre Drange souriant. Malgré l'image un peu

1. *Norges Tekniske Høgskole*, Institut norvégien de technologie, est situé à Trondhein.

floue et le papier jauni, Fredrik n'eut pas l'ombre d'un doute : les cheveux blonds souples, le regard, l'attitude... Il reconnut aussi les yeux, le visage. C'était bien *leur* Børre Drange. Per Olsen. Le pasteur. Il donna l'article à Andreas, qui siffla tout bas. Fredrik demanda à Drange de leur parler de la mort de son fils.

— Oh, il n'y a pas grand-chose d'autre à raconter. J'ai eu un coup de fil. Un policier m'a annoncé que Børre était mort. Il ne pouvait même pas me dire où. Ni pourquoi. Pourquoi il était sorti sur le pont en pleine nuit lors d'une tempête dans l'océan Arctique. Il m'a dit qu'on me tiendrait au courant dès qu'on l'aurait retrouvé. – Il secoua la tête. – Je crois qu'ils m'ont raconté n'importe quoi, poursuivit-il. Moi, je crois que Børre s'est suicidé. Qu'il a sauté. Mais qu'ils ne voulaient pas faire de peine à un vieil homme.

— Qu'est-ce qui vous fait dire ça ?

Drange se tut. Il avait posé sa cigarette dans une coupelle en argent sur la table. Il la ralluma et un peu de tabac brûlant tomba sur ses genoux sans qu'il ait l'air de s'en apercevoir.

— Il y avait quelque chose dans la voix de celui qui a appelé. Quelque chose qui... comment dire... ne sonnait pas juste. Je connaissais mon fils. Toujours tout en haut ou tout en bas. Comme sa mère.

Lorsqu'il était devenu père, Børre Drange avait vingt-trois ans et naviguait entre l'Inde et la Grande-Bretagne avec une cargaison de thé. C'était sa sixième année en mer. C'était la mère de l'enfant qui avait voulu lui donner le nom de l'homme qu'elle voyait si peu et qui lui manquait tant. Quand il était rentré, ce Noël-là, il avait été si heureux de voir un mini-Børre dans un berceau à côté du lit que le nom lui était resté. Børre Drange Jr avait seize ans quand sa mère s'était pendue dans le salon, ici, au crochet où pendait le lustre. C'était leur fils qui l'avait trouvée, qui avait coupé la corde et appelé les pompes funèbres. Lui qui avait envoyé un télégramme à son père. Mais lorsque le vieux Børre était arrivé à l'aéroport dans son beau costume, il avait dû prendre un taxi. Seul. Son fils avait déménagé dans un studio.

— Børre devait penser que j'aurais dû plus être là, vous comprenez. Pour lui, je suis responsable du fait que Bodil... soit tombée malade et se soit suicidée. Même s'il ne m'en a jamais fait le reproche ouvertement. Après l'enterrement, je suis rentré à la maison pour de bon. Børre était au lycée et ensuite il a intégré la Norges Tekniske Høgskole à Trondheim et il est devenu biochimiste. On se voyait plusieurs fois par an.

Drange fit coulisser la porte d'une armoire et en sortit un épais dossier qu'il feuilleta en grommelant jusqu'à ce qu'il trouve ce qu'il cherchait. Une feuille simple. Une attestation de décès. Børre Andreas Drange était le nom complet de son fils. Cause du décès : noyade. Date : juin. Métier : inconnu. Adresse : inconnue. Lieu du décès : inconnu. Le jeune homme était porté disparu mais déclaré mort. L'attestation n'était pas signée, mais portait le tampon de l'état civil, en juillet de la même année.

— Vous avez dit que votre fils était un scientifique ? Un chercheur ?

Drange acquiesça.

— Oui, il était très compétent.

— Alors pourquoi cela n'apparaît-il pas sur ce document ?

Le vieil homme haussa les épaules.

— Vous n'avez pas demandé ?

— Demandé à qui ? J'ai juste reçu ça dans ma boîte aux lettres.

— Étiez-vous souvent en contact les dernières années ?

Il fit non de la tête. Se gratta l'oreille avec un doigt crochu.

Après ses études à la NTH, Børre avait trouvé du travail dans la Défense et il était parti dans le nord. Ils s'étaient parlé au téléphone de temps à autre et il lui avait raconté qu'il avait à présent une petite amie. Une Américaine. Et qu'il serait amené à bouger. Après cela, il n'avait rendu visite à son père qu'une seule fois. Quatre ou cinq ans avant sa mort.

— Ça a été la dernière fois qu'on s'est parlé.

— Ce n'est pas beaucoup, constata Fredrik en regardant le vieil homme.

— C'était le choix de Børre. Il ne m'a jamais laissé un numéro de téléphone. Ni une adresse, répondit-il.

— Et vous… vous ne savez vraiment pas ce qu'il faisait dans l'océan Arctique ?

— Non, aucune idée, dit-il en secouant la tête. Il ne m'en a jamais parlé.

— Et cette petite amie… qui c'était ?

— Elle s'appelait Lisa. Je ne connais pas son nom de famille. Ils sont restés ensemble quelques années. Elle m'envoyait des cartes de vœux à Noël. Ils sont comme ça, les Américains.

Et aussitôt, il sortit du dossier deux cartes rouges avec des lutins en train de danser. Les textes étaient brefs, identiques et peu personnels : « *Happy Xmas. Lots of love. From Lisa & Børre.* » Les deux cartes avaient été postées peu avant Noël, à Arvidsjaur en Suède, douze et treize ans plus tôt.

— De Suède ?

Drange haussa les épaules.

— Je ne sais pas, dit-il. Peut-être qu'ils y étaient en vacances.

— Peut-être, dit Fredrik en hésitant. Encore que ce soit un peu inhabituel, comme lieu de vacances. Surtout deux ans de suite. – Il se redressa, vida sa tasse de café et toussota. – Il y a une dernière chose que j'aimerais vous demander. Vous avez dit que Børre était comme sa mère, « toujours tout en haut ou tout en bas ». Qu'entendez-vous exactement par là ?

Drange le fixa longuement avant de répondre, comme s'il essayait de comprendre ce qui se passait dans la tête du policier.

— Pourquoi me posez-vous toutes ces questions sur Børre ? rétorqua-t-il. Vous l'avez trouvé, c'est ça ?

Fredrik sourit avec douceur, en secouant la tête.

— Non, malheureusement, Drange. Je ne savais même pas que votre fils était décédé. Son nom est apparu dans une affaire sur laquelle nous travaillons.

— Comment ça ? Est-ce que Børre a fait quelque chose de mal avant de mourir ?

Fredrik secoua la tête de manière plus marquée.

— Nous n'avons jusqu'ici aucune preuve, nous ne faisons qu'enquêter sur tous les noms qui apparaissent.

Un pli profond barra le front du vieil homme, apparemment peu convaincu par cette explication.

— Børre était très intelligent. Déjà enfant. Mais il était, je ne sais pas comment dire… douillet. Il ne s'intéressait pas au football, ni aux voitures, ni à tout ce que les garçons aiment à cet âge. En grandissant, il est soudain devenu socialiste. Et il n'y en avait plus que pour la politique. Puis ça lui a passé et il voulait devenir scientifique. Chercheur. Il n'y avait plus que les études qui comptaient. La dernière fois que je l'ai vu, quand il m'a rendu visite, il avait encore changé. Il était devenu plus… spirituel. Il m'a dit qu'il avait rencontré Dieu. Et qu'il était devenu chrétien. – Drange réfléchit. – Ses phases « tout en haut et tout en bas », ce n'est peut-être pas une bonne description. Disons qu'il se lançait toujours à corps perdu dans autre chose. Une fois que Børre se passionnait pour un truc, il y allait à fond. Et s'il échouait, il était terriblement déçu. Et il s'en voulait à mort. Et il en voulait à tous ceux qui l'entouraient. C'est ça que je voulais dire.

Il se tut un instant avant de conclure :

— Les reproches qu'il s'adressait, il tenait ça de sa mère. Mais la colère, il l'a héritée de moi.

63

Lista, novembre 1943

LE SEUL ENDROIT où Kolbein Ihme Monsen se sentait à peu près en sécurité, c'était dans son abri.

D'après ce que lui avait raconté le nazi Klepsland, le petit refuge en pierre avait été construit pour servir d'entrepôt à munitions au pirate Peter Wessel Tordenskiold, au XVIIIe siècle. Cette cachette avait été conçue comme un prolongement d'une haute butte, plantée d'herbe, laquelle dissimulait le toit ainsi que les murs de la petite cabane en pente, et la fondait dans la nature. On pouvait parfaitement marcher dessus sans se douter qu'on était au sommet d'un abri. L'entrée était planquée par une planche de bois d'environ un mètre sur un mètre, recouverte de mousse, et la porte à l'arrière, en bois elle aussi, n'était guère plus large. Mais à l'intérieur, le plafond s'élevait progressivement, et devant le lit contre le mur du fond, à disons cinq mètres de l'entrée, Kolbein pouvait se tenir debout. Pour avoir de la lumière, il devait retirer de chaque côté quelques briques des murs. Ces ouvertures lui permettaient aussi d'évacuer la fumée du foyer. Il n'y avait ni table ni chaise, mais trois solides caisses en bois marquées « L.O. Smith – Absolut Rent Brännvin[1] » : Kolbein s'asseyait sur l'une d'elles, se servait de la deuxième comme table et utilisait la troisième pour garder au sec ses vêtements et son pistolet. La terre battue devenait humide dès qu'il pleuvait.

Sur l'ordre du colonel Hasle, il tenait un journal de bord. Des observations et des conclusions après avoir scruté sous les sapins, pendant les heures du jour qui allaient s'amenuisant, le camp de prisonniers d'Østhassel. Chaque matin, il déposait ses notes dans un sac en cuir sous une pierre près du ruisseau où il allait chercher de l'eau et faisait sa toilette. Quand il revenait, ses feuilles avaient disparu et d'autres l'attendaient au fond du sac. Parfois avec une boîte de conserve, du pain et du tabac. Il arrivait aussi qu'il trouve des sous-vêtements propres ou un savon. Il ignorait qui récupérait ses notes et il préférait ne pas y songer. Si tout se passait comme prévu, il le saurait le moment venu. Sinon, mieux valait rester dans l'ignorance.

Au fil du temps, Kolbein s'était mis à éprouver un profond sentiment d'insatisfaction. Il avait du mal à rester là, à compter les détenus qui entraient à pied dans le block d'Elias Brinch pour en sortir sous forme de cadavres qu'on chargeait dans le camion du camp. Que se passait-il à l'intérieur ? Qu'est-ce que Brinch faisait *réellement* à ces hommes ?

Cette question le rongeait. Le contrat stipulait que son travail d'observation durerait encore un mois et demi et qu'il veillerait, le jour où les Allemands seraient vaincus, à ce qu'Elias Brinch soit confronté à la justice et puisse répondre de ses exactions. Mais cela ne lui paraissait pas juste.

1. « Alcool absolument pur » en suédois.

Beaucoup de choses pouvaient se produire entre-temps. Allait-il partir d'ici sans s'être assuré qu'Elias soit châtié à son tour ?

Cela faisait six semaines à présent qu'il habitait ici. La moitié du temps qui lui était imparti. À la nuit tombée, il écrivait quotidiennement ses remarques jusqu'à ce qu'un terrible pressentiment s'empare de lui. Ce soir ne dérogeait pas à la règle. Aucun son, aucun mouvement sous la clarté de la lune ne se distinguait des sons et des mouvements qui l'entouraient d'habitude, pourtant il tressaillit, laissa tomber son crayon et éteignit sa lampe à huile. Il saisit son colt et l'arma.

Il pointa en direction de la petite porte ce pistolet qui, quelques semaines auparavant, lui avait semblé si lourd et difficile à manier. En raison du feu, la pièce se remplissait lentement de fumée. À présent il n'y avait plus aucun doute : quelque chose, ou quelqu'un, marchait sur le toit gelé de sa cabane. Les pas étaient hésitants. Pesants.

— Kolbein !

Son prénom résonna dans la forêt. La planche devant la porte fut poussée sur le côté puis la porte en bois s'ouvrit d'un coup. Kjell Klepsland plissa les yeux et toussa, agitant la main devant son visage. Ses cheveux étaient encore plus ébouriffés qu'à l'accoutumée.

— Un an, dit l'homme à travers la fumée. Ça fait exactement un an aujourd'hui. Dans l'usine de tracteurs Spartanovka. Là, les Bolcheviks ont eu ma peau… oui, ça va faire un an, jour pour jour, que j'ai été renvoyé chez moi des champs de bataille de Stalingrad. Je l'ai échappé belle, putain !

Il jura de plus belle et rampa sur les coudes pour se faufiler à l'intérieur. Il jeta sa canne au pommeau impressionnant avant de passer le reste du corps.

— Ah, cette foutue jambe ! grommela-t-il en boitant pour remettre la planche en bois comme elle était.

Kolbein ralluma la lampe et laissa sortir la fumée. L'homme du Sørlandet s'appuya sur sa canne pour se redresser. C'était la première fois que Kolbein voyait cet homme sans uniforme. Il paraissait moins impressionnant, ayant du mal à garder son équilibre, dans un pantalon de grosse toile grise et un pull épais.

Kolbein laissa exploser sa colère :

— Vous avez bu, Klepsland, ou quoi ? Qu'est-ce que vous venez faire ici ? Il s'est passé quelque chose ?

Ils ne devaient jamais se rencontrer ou se contacter autrement que sous un certain sapin aux abords du camp, selon les termes mêmes du nazi. Kjell Klepsland clopina jusqu'à la caisse qui tenait lieu de table, cala la canne contre le mur et enfonça ses mains dans les poches profondes de son pantalon. De l'une il sortit un pistolet et de l'autre une bouteille plate de Danziger Goldwasser à moitié pleine qu'il posa sur la table, après avoir écarté les papiers de Kolbein. Puis il sortit deux petits verres à liqueur, cracha dedans et les essuya avec le fond de sa poche. Il s'assit si lourdement que l'ancienne caisse à alcool craqua.

— Ce qui s'est passé, commença-t-il, c'est que Randi reçoit la visite de sa sœur. Et quand Randi reçoit sa... – il hoqueta et éleva la voix – *sœur*, eh bien, il faut que je sorte boire un coup. Parce que moi, Kjell, je *bois*. J'suis pas comme l'autre, là, Vidar. Parce que quand moi, Kjell, j'suis parti en Union soviétique pour me battre... Vidar, lui, il est parti à Kristiansand pour devenir *employé de banque*. – Il se racla la gorge. – Vidar, il boit pas, lui... – Kjell Klepsland prit un ton rêveur – il a pas *besoin* de boire.

Kolbein le regardait en silence. Klepsland se pencha en avant pour réchauffer ses doigts au-dessus de la lampe à pétrole. Puis il ouvrit la bouteille d'alcool, remplit les verres et vida le sien d'un trait. Il se resservit aussitôt.

— Qu'est-ce qui lui est arrivé ? demanda Kolbein.

Klepsland cligna plusieurs fois des yeux sans comprendre.

— Qui ça ?

— L'homme sur la place, au garde-à-vous. Le Russe qu'on a emmené dans le block d'Elias Brinch.

Le nazi s'appuya contre le mur de pierres et examina ses poings.

— Oh, lui ! dit-il avec indifférence. Les prisonniers qui ne respectent pas les règles sont punis. Ils le savent et nous le savons. Les prisonniers qui projettent de s'enfuir sont… Ils deviennent les premiers de la queue à entrer chez le docteur.

— C'est aussi simple que ça ?

— Oui.

Kolbein secoua la tête.

— Étant donné ce qu'Elias Brinch pratique ici… on peut comprendre qu'ils veuillent s'enfuir.

Une lueur passa dans les yeux du nazi.

— Ce que le médecin fait, ce sera à lui de s'en expliquer, répondit-il d'une voix lugubre. – Ils se toisèrent en silence. Klepsland but une gorgée avant de poser bruyamment son verre sur la table. – Vous avez jamais fait un truc que vous avez regretté par la suite ?

Kolbein inspira, mais les mots ne vinrent pas. Nouvelle tentative. La boule dans sa poitrine ne cessait de grandir. Il regarda fixement la table entre eux.

— Quinze ans, lâcha-t-il lentement. Il y a quinze ans que je regrette. Et ça a commencé le jour où j'ai rencontré Elias Brinch.

— Vous avez envie d'en parler ? demanda le nazi.

Kolbein fit non de la tête. Il régla la mèche de la lampe à pétrole avant de saisir son verre. En renifla le contenu et admira l'éclat des fines particules d'or. On aurait dit des feuilles d'automne tombant dans le liquide translucide. Il respira profondément, soupira et releva la tête.

— Il faut stopper Elias Brinch. Et pour ça, j'aurais besoin de votre aide.

Il était minuit passé quand Kolbein sortit de l'abri, derrière le soldat nazi. Il lui tendit ses gants, sa canne, son pistolet et la bouteille vide. Sous la clarté de la lune, ils se serrèrent la main. Quand le bruit des pas de Kjell Klepsman s'éteignit et que la forêt redevint silencieuse, Kolbein rampa de nouveau dans la cabane.

Six heures plus tard, il se réveilla. Il faisait encore nuit. Une fois dehors, il s'étira et laissa l'air frais du petit matin redonner vie à son corps.

Grâce à la lune, il put retrouver le chemin du ruisseau et faire sa toilette.

Au moment d'entrer de nouveau dans son abri, il remarqua le silence. Pas le moindre bruit alentour. Pas le moindre rongeur détalant à son passage. Aucune corneille ensommeillée se balançant à l'intérieur des branchages. Pas même une brise entre les arbres. Et soudain, le craquement d'une branche qui se casse en deux.

64

Il était minuit et les bureaux de l'open space se trouvaient en ébullition : les tacticiens de la Crim' s'étaient regroupés avec leurs ordinateurs, Samir Bikfaya était penché au-dessus d'une poignée de ses hommes, des visages fermés scrutaient des écrans et, au milieu de tout ce beau monde, Sebastian Koss présidait la grande table de réunion.

Fredrik et Kafa étaient assis à l'autre bout de la salle, où une fenêtre entrebâillée laissait entrer l'air chaud de la nuit. Beaucoup de gens n'aiment pas l'arrivée de l'automne, se sentent oppressés par l'obscurité de l'hiver et attendent désespérément les premiers signes – tardifs – du printemps nordique. Mais Fredrik redoutait plutôt les nuits d'été, car une nuit comme celle-ci le rappelait à ce qu'il avait ressenti après avoir enterré son fils. La vision d'arbres vert foncé contre le ciel nocturne, ployant sous le poids de leurs épais feuillages, l'odeur du lilas et le gazouillis des oiseaux ne faisaient que lui rappeler que le meilleur était derrière lui. Ensuite, tout serait amené à pourrir. L'hiver serait froid. La nuit d'été annonçait seulement ce qui l'attendait.

Il venait de rendre compte à Kafa de leur visite chez Børre Drange quand Andreas les rejoignit. Il avait eu l'état civil au téléphone : bien que Drange ait quitté la maison à l'âge de seize ans, il n'avait jamais communiqué une autre adresse à leurs services. Ils avaient confirmé que l'attestation de décès émanait bien de chez eux. Il avait dû y avoir une défaillance dans leur système informatique.

— Une défaillance dans leur système informatique ? répéta Fredrik, surpris.

L'état civil enregistrait et délivrait les attestations de décès, une fois la mort dûment confirmée par des médecins, expliqua Andreas. Dans des affaires comme celle-là, où le corps n'avait pas été retrouvé, il devait y avoir une décision ou une forme d'explication pour assurer que la personne concernée était bel et bien passée de vie à trépas. À partir de là seulement, l'état civil établissait une attestation de décès.

— Et ce n'est pas le cas ici ?

Andreas secoua la tête.

— Non. Ils n'ont pas un seul document. Rien que l'attestation qu'ils ont eux-mêmes établie. – Il rectifia les revers de sa veste. – La responsable, une femme sympathique, a également trouvé deux autres choses étranges : selon l'attestation, Børre Drange serait mort à une date non spécifiée, « au cours du mois de juin ». Elle ne voit pas quel bureaucrate norvégien se satisferait de si peu. Il leur faut au moins une date précise, m'a-t-elle assuré.

— Et quoi d'autre manquait ? demanda Fredrik.

— Elle a été extrêmement claire sur ce point : pour elle, il ne fait aucun doute que quelqu'un s'est introduit dans leur système informatique. Ce qui se produit seulement lorsque des ordres sont donnés d'en haut.

Avant de poursuivre, Andreas mit ses lunettes de lecture sur ses cheveux en bataille. Fredrik vit qu'il était fatigué.

Pourtant, son collègue adorait cette partie du boulot : les recherches, les analyses, les hypothèses. Enfin, ils avaient de nouveau des mystères à résoudre.

— Ce genre d'attestation n'aurait jamais été délivrée un mois à peine après le décès. Un cas pareil réclame une procédure particulière et compliquée. Il faut prendre des mesures, retrouver des documents. Et il n'y a rien de tout ça ici.

Fredrik se cala dans le canapé, respira profondément et se souvint que, dehors, c'était l'été.

— Le père de Drange nous a raconté que son fils travaillait dans l'armée. Je les ai contactés, reprit Andreas, pour savoir ce qu'ils ont dans leurs archives à son sujet : empreintes digitales, groupe sanguin, antécédents médicaux...

Kafa regarda les deux enquêteurs.

— Qu'est-ce qu'a fait Drange entre le moment où il a fini ses études à NTH et le moment où il a été déclaré mort, quatorze ans plus tard ? Et pourquoi est-il déclaré mort quand nous avons des témoins et des documents photographiques qui prouvent qu'il est en vie ? Qui l'a déclaré mort ? Pourquoi a-t-il changé d'identité ?

— Et surtout, enchérit Fredrik, pourquoi est-il poursuivi par un tueur en série ? – Il leva la tête au plafond et ferma les yeux. – Børre Drange est la clé du mystère, chuchota-t-il. C'est avec lui que tout a commencé.

Ah, si seulement il avait pu rentrer chez lui ! Il avait les jambes et les bras lourds, et sa paupière clignait involontairement. Soit le signal ultime avant la migraine.

Kafa se leva et retourna à sa place. Lorsque Fredrik voulut l'imiter, Andreas le retint.

— Il y a encore une chose, Fredrik...

— Ah bon ?

Andreas alluma l'ordinateur et ouvrit un dossier d'images. Quatre photos surgirent, une série prise à quelques secondes d'intervalle.

Fredrik frissonna en se reconnaissant dessus en compagnie de Jørgen Mostu. Jørgen fumait, ils étaient devant leur pub habituel à Majorstua. Les photos avaient été prises le soir où il avait parlé à Jørgen de l'enquête. Sur le dernier cliché, Fredrik apparaissait seul, regardant directement l'objectif de l'appareil photo. Il se souvint alors de ce moment où il s'était senti observé.

— Ça sort d'où ?

— Tu te souviens du dernier fichier sur la clé USB ? Celui qu'on avait du mal à ouvrir ?

Fredrik fit oui de la tête.

— Voilà le contenu. Nous avons réussi à craquer le mot de passe ce soir. – Andreas jeta un rapide regard par-dessus son épaule avant de poursuivre. – Je voulais que tu voies ça avant d'en informer Koss. Puisque tu es directement concerné.

Fredrik gardait les yeux fixés sur les photos. Sur le visage de Jørgen : souriant, détendu. Comment allait-il, maintenant ?

— Merci, dit-il. Au fait, c'était quoi le mot de passe ?

— « Valen[1] », répondit Andreas. Suivi d'une longue série de lettres, de signes et de chiffres.

— « Valen » ?

Andreas haussa les épaules, perplexe.

Ils furent interrompus par Koss qui avait tapé du poing sur la table pour réclamer l'attention générale.

— Le ravisseur a accepté de rencontrer Kari Lise Wetre. Devant l'Opéra demain matin, à 10 heures.

1. Homonymie avec *hvalen*, la « baleine ».

65

IL SURGIT DES EAUX TROUBLES DE LA MER comme un avion furtif : l'Opéra blanc étincelant d'Oslo. L'argent du pétrole transformé en un bloc d'architecture en marbre de Carrare. De près seulement, on s'aperçoit que l'imposant bâtiment est tout sauf blanc. Le marbre est gris, tacheté de noir et de marron. Ou plutôt de trois couleurs : gris, beige tabac et jaune chewing-gum. Mais principalement gris. En somme, toutes les nuances imaginables de la teinte la plus banale qui soit.

Au milieu de la nuit, ils avaient contrôlé les poubelles. Les chiens dressés pour repérer les bombes reniflaient autour des jupes en bronze de la sculpture représentant Kirsten Flagstad, célèbre soprano en son temps. Les policiers déguisés en ouvriers de chantier veillaient à ce qu'aucun bloc de pierre – les écailles rugueuses sur l'épiderme de l'Opéra – ne puisse se décrocher. La place devant l'entrée principale était passée au peigne fin à travers les viseurs télescopiques des fusils SIG-Sauer SSG 3000. Une équipe de tireurs d'élite était postée dans la tour nord-est du Havnelager, ce bâtiment en béton de cent quarante mètres de long, de style néobaroque, construit à l'ouest de l'Opéra, le long du quai de Tollbukaia. Deux cent trente mètres séparaient la tour et le banc en marbre devant l'entrée principale. Un exercice facile pour un tireur entraîné, même à contre-jour.

Un autre tireur d'élite et son observateur étaient postés encore plus près – du toit de l'Hotel Opera, en face de la gare d'Oslo S. –, ce qui leur permettait de surveiller l'Opéra depuis un axe nord. Au dernier étage de cet hôtel, la chambre 1001, la suite du *Lac des cygnes*, disposait de sa terrasse privative sur le toit. Un étroit sentier gravillonné longeait la terrasse. Un simple rebord en aluminium empêchait celui qui profitait de la meilleure vue sur l'Opéra de toute la ville de finir en bas, sur le bitume. Le tireur était agenouillé à même le gravier, avec le soleil venant de côté. Il n'y avait presque pas un souffle de vent. Tant que la cible était visible, un ratage était impensable.

Seul problème : le ravisseur et Kari Lise Wetre ne seraient pas seuls.

Fredrik se trouvait dans le foyer de l'Opéra, caché sous le plafond épais qui montait en pente douce depuis les portes réservées au public jusqu'en haut. Pour empêcher les regards indiscrets, toute la zone avait été bâchée en bleu, avec des panneaux jaunes annonçant : « Travaux d'entretien, accès interdit ». Fredrik se sentait à l'étroit et commençait à devenir claustrophobe. Il suait à grosses gouttes. À ses côtés était assis Sebastian Koss et derrière eux se tenaient quatre hommes masqués en uniforme, des hommes lourdement armés de la brigade spéciale d'intervention de la police.

— À ton avis ? chuchota Fredrik, en collant son oreille contre le téléphone.

Andreas garda un moment le silence avant de répondre :

— Difficile à dire, putain. C'est une véritable fourmilière. Les tireurs sont en train de s'esquinter les yeux.

Andreas patientait avec Kafa dans la chambre d'hôtel, juste en dessous de l'équipe des tireurs d'élite. Son cache-œil pendait au bout du long télescope dont ils se servaient pour surveiller la zone devant l'entrée principale de l'Opéra.

Il y avait une forte probabilité que le ravisseur se trouve déjà quelque part dans la foule. Fredrik estima qu'il devait y avoir près de quatre-vingts civils devant l'entrée, sur la place en marbre. Sans compter ceux qui se promenaient sur le toit du bâtiment en pente : des touristes en voyage organisé qui suivaient un parapluie blanc, des familles avec poussettes et des étudiants avec des casques audio posés sur le crâne. Plusieurs étaient déjà assis le long du bloc de marbre où s'installerait Kari Lise Wetre, dans douze minutes exactement. Il était 9 h 38.

Pour l'heure, elle était dans le T-bane, quelque part entre Nationaltheatret et Stortinget. Dans dix minutes et quarante secondes, elle descendrait à la station Jernbanetorget et marcherait d'un pas décidé, mais sans précipitation. Elle traverserait la gare pour rejoindre Dronning Eufemias gate et, de là, emprunterait la courte passerelle qui reliait la place de l'Opéra au port d'Oslo. À la hauteur de la statue en bronze, soit elle marquerait un bref arrêt, soit elle irait directement s'asseoir sur le banc en marbre. Si elle s'arrêtait, cela voudrait dire qu'elle avait reconnu le ravisseur.

L'idée était de s'emparer de l'homme une fois que chacun repartirait de son côté. Les tirs ne devaient intervenir que si des vies étaient menacées.

Fredrik jeta un coup d'œil à Koss qui, comme lui, avait une oreillette. Si Fredrik avait posé sa veste en cuir sur le dossier de sa chaise et portait son gilet pare-balles par-dessus sa chemise de manière bien visible, Koss avait préféré garder sur lui sa veste en cuir gras. Le gilet pare-balles en dessous lui donnait un air guindé. Ses cheveux blonds étaient peignés en arrière, comme d'habitude, et il ne dissimulait nullement sa satisfaction. Dans les minutes avant d'ordonner le silence radio, il avait balancé la tête de droite à gauche, très calme, au rythme des infos qui lui parvenaient, à l'image d'un chef d'orchestre qui acquiesce lors de la répétition générale.

Ils suivaient l'opération sur deux écrans. Les images provenaient des caméras de surveillance de l'Opéra. Les quatre membres de Delta[1] avaient pour mission de protéger Wetre : si elle pressait le coude gauche tout contre son corps, elle déclencherait l'alarme fixée sous l'armature de son soutien-gorge.

Fredrik tressaillit quand le silence radio fut rompu.

— On y va, déclara une voix étouffée.

Le signal. Fredrik regarda à nouveau sa montre. Deux minutes et quarante-cinq secondes s'étaient écoulées.

Kari Lise Wetre avait cru qu'elle aurait peur. Mais depuis l'intrusion chez elle de cet homme en noir, elle était surtout dans une colère terrible. Elle s'en voulait à mort, elle en voulait à son mari. À Dieu et à la police. Et elle en voulait à Annette.

Sur le quai, elle ne put s'empêcher de dévisager les voyageurs. L'un d'eux allait, d'une minute à l'autre, transmettre son rapport à la cellule en charge de l'opération. Elle craignait qu'une autre personne n'intervienne. En tant que numéro deux du parti démocrate-chrétien, cela n'aurait rien d'étonnant. Elle était un visage familier du public et il suffisait d'avoir été quelquefois à la télévision pour que les gens s'imaginent vous connaître. Elle avait tellement l'habitude de discuter avec des inconnus qu'il lui suffisait d'un regard

1. L'équivalent du GIGN.

pour savoir comment la conversation se déroulerait. En soi, une compétence sociale de tout premier ordre, mais qui s'avérait ici un handicap. Tous ces visages. La reconnaissaient-ils derrière ses grosses lunettes de soleil ? Dans la foule, elle n'arrivait pas à distinguer les électeurs, les policiers et *lui.* L'épiait-il quelque part ? Avait-il été assis derrière elle dans la rame ?

Voir tous ces gens déambuler, insouciants, sur la place de l'Opéra, avait quelque chose de rassurant. La police n'avait pas voulu lui révéler la position des tireurs d'élite, mais elle n'avait pas besoin de formation militaire pour se douter qu'ils devaient être postés dans un des hauts bâtiments, orientés nord. Elle fit des efforts pour ne pas regarder de ce côté-là tandis qu'elle traversait la place de marbre et s'asseyait à peu près au milieu du banc de pierre.

Il ne restait plus qu'à patienter.

Au début, il ne la reconnut pas. Ses lunettes de soleil couvraient la partie supérieure de son visage et ses cheveux abondants disparaissaient dans un large poncho dans les tons bruns. Elle portait un sac en cuir à l'épaule.

Il crut un instant qu'elle s'était arrêtée près de la statue, mais elle avait seulement ralenti l'allure et jeté un coup d'œil par-dessus ses lunettes.

Il restait neuf minutes et Wetre était en position. Le sac entre les jambes, le dos tourné à l'Opéra. Les équipes de policiers en civil se mirent en mouvement. Parmi eux, une femme et un homme promenaient une poussette le long de l'eau en direction du pont de marbre, avec des armes de service sous la couette. Une autre équipe se dirigea vers le côté sud de l'entrée, tout en bas du toit en pente, les armes dissimulées dans le petit sac à dos de la femme.

Fredrik remit sa veste en cuir. Encore six minutes et demie à attendre.

Au fond, elle n'avait pas eu de doute. Jusqu'à maintenant, en tout cas. Le préfet de police, l'inspecteur Koss et le responsable trapu des RG avaient été si sûrs d'eux. Forcer le ravisseur à sortir dans un lieu à découvert. Elle ne s'était pas demandé si ça pouvait mal tourner. Ni quelles seraient les conséquences pour Annette si le ravisseur les perçait à jour. Parce qu'elle n'avait pas osé. Cette fois, il fallait qu'elle fasse confiance à la police. Mais ici, toute seule, entourée de policiers et de touristes flânant le nez au vent, Kari Lise Wetre se sentit affreusement désemparée. Le bout de plastique rigide sous l'armature de son soutien-gorge lui faisait mal. Elle entendit le carillon de l'hôtel de ville résonner dans le lointain. Des vers du poète Bjørnson lui revinrent en mémoire : « Je roule à travers un ravissement sonore. Dans la paix dominicale avec le son des cloches. » Il était 10 heures.

10 h 06. Presque 10 h 07. Fredrik avait posé sa montre entre les écrans d'ordinateur. Le malaise de Wetre était de plus en plus perceptible. En s'asseyant, seize minutes plus tôt, elle s'était penchée en arrière et son mouvement témoignait d'une certaine assurance. À présent, elle était courbée en avant, le dos voûté, la nuque tombante. Elle avait retiré ses lunettes de soleil et essuyé son front avant de les remettre. Même la qualité moyenne des images retransmises par les caméras de surveillance ne parvenait pas à cacher le pli de désolation sur son front. Cette situation ne pouvait pas se prolonger encore longtemps. Ils cherchaient, inspectaient visage après visage, guettant le moindre comportement suspect, le moindre sac un peu trop gros, le moindre mouvement trop rapide. Qu'est-ce qui leur avait échappé ? Sebastian Koss faisait tambouriner ses doigts et enfreignit sa

propre consigne de silence radio en priant les équipes non présentes sur la place de l'Opéra de lui faire leur rapport.

— Kari Lise Wetre ? C'est vous qui êtes la femme politique ?

Enfin, il se passait quelque chose. Elle avait été reconnue. La femme se tenait juste derrière elle, lui adressant un sourire compréhensif. Wetre lui donna une petite vingtaine d'années. Jolie, élancée, un peu nonchalante, avec un côté étudiant.

— Je vous ai vue aux infos. Pour ce qui est arrivé à votre fille. J'espère que tout va s'arranger, dit la jeune femme.

— Je..., commença Wetre, qui se ressaisit aussitôt. Merci, c'est gentil de votre part. Excusez-moi, je ne vous chasse pas, mais j'attends quelqu'un.

La jeune femme secoua la tête.

— Oh, c'est moi qui m'excuse, je ne veux pas vous déranger. Tenez, voilà en tout cas votre portable.

Wetre la regarda, interdite.

— Il était là, par terre. Il y a votre nom dessus. Et sur ce, la jeune femme lui tendit un téléphone noir.

Wetre n'avait jamais vu l'appareil auparavant. À l'arrière, sur un ruban adhésif jaune, on pouvait lire : KLWETRE.

— Merci, dit-elle d'une voix hésitante.

Dès qu'elle l'eut en main, un bip lui indiqua qu'elle venait de recevoir un message.

— Eh bien, bonne journée ! dit la femme.

Kari Lise Wetre était trop accaparée par le téléphone pour l'entendre. Elle ouvrit la messagerie et il lui fallut une ou deux secondes pour comprendre ce qu'elle voyait.

C'était une photographie. En arrière-plan, le ciel, bleu et froid, à l'endroit où l'horizon rencontrait le fjord, ce bleu revêtait une teinte plus chaude. Puis elle reconnut le bâtiment de l'Opéra, à peu près au milieu de l'image, et elle comprit que le photographe se trouvait derrière elle. Elle se retourna et scruta l'hôtel près de la gare d'Oslo S.

La photo avait été prise de tout en haut, d'une étroite terrasse qui courait le long du bâtiment. Deux hommes en noir se tenaient là en faction, à genoux. Par le viseur de son fusil, l'un avait l'Opéra en ligne de mire, l'autre se tenait derrière un télescope. Tous deux tournaient le dos au photographe. Un reflet sur l'image révélait que le cliché avait été pris à travers une fenêtre. Tout en bas, il y avait un mot : « Boum[1] ».

---

1. Il y a là, de la part de l'auteur, un subtil jeu de mots, entre « boum » et « bom » qui ont la même prononciation et, en norvégien, signifie « échec », « ratage ».

66

Lista, novembre 1943

LE CHOC LUI COUPA LE SOUFFLE. Kolbein tomba en avant dans l'obscurité et s'étala de tout son long devant la cabane. Il essaya de rouler sur le côté et de détacher le pistolet de sa ceinture, mais avant même qu'il ait pu se retourner, un corps massif s'abattit sur lui. Une main le saisit par les cheveux pour lui tirer la tête en arrière et la cogner violemment contre la terre gelée de la forêt. Des genoux s'enfoncèrent en bas de sa colonne vertébrale. La peau de son visage éclata, il sentit le sang lui réchauffer le cou. La mousse avait un goût âcre. Puis ses bras furent ramenés en arrière et menottés. Des mains puissantes le relevèrent. Il chancela, tenta de fixer le regard sur la personne qu'il apercevait vaguement devant lui, mais une grosse torche braquée sur lui l'empêchait de bien voir. Tout n'était qu'ombres vacillantes.

— Tiens donc, dit une voix fluette.

La lumière aveuglante disparut. Après avoir cligné plusieurs fois des yeux, Kolbein distingua enfin l'homme :

c'était un petit gros, avec une casquette de *lensmann*[1] et un regard craintif. Il lui prit son colt et souffla dans sa moustache en retirant difficilement le chargeur.

— Fouillez-le.

Un policier commença à le fouiller, tâtant entre les jambes et le thorax.

— Vous êtes plusieurs ici ? Avec qui tu travailles ? – Le *lensmann* le secoua par le col avant de poursuivre avec son accent du Sørlandet à couper au couteau. – Tu t'appelles comment ? Qu'est-ce que tu fais ici ?

— Je suis seul, répondit Kolbein.

— Tu mens. – Le *lensmann* se tourna vers un des policiers. – Asbjørnsen, deux de tes hommes vont monter la garde. Quand le jour se lèvera, nous ratisserons la forêt. Svendsen et Haug, vous allez fouiller la cabane. Prenez tout ce qui est intéressant pour justifier sa garde à vue et quand vous aurez terminé, nous ferons sauter ce putain de cabanon. – Son regard se porta de nouveau sur Kolbein. – On ne veut pas de ça par ici, à Lista. On va le faire sauter. – Il cracha par terre devant lui. – Asbjørnsen ! Débarrasse-moi de lui.

Les deux policiers l'emmenèrent. Le *lensmann* les suivit en respirant lourdement. Il y eut un bruit de moteur qu'on mettait en marche et des phares puissants éclairèrent la route en gravier. En s'approchant du fourgon noir, Kolbein aperçut deux autres hommes en uniforme de police. À côté d'eux, une adolescente de quinze ou seize ans. Elle portait un bonnet blanc, elle avait des taches de rousseur et un joli visage aux traits fins. Le *lensmann* saisit Kolbein fermement

1. Fonctionnaire chargé, entre autres, de faire régner la loi dans les communes rurales en Norvège – l'équivalent d'un shérif aux États-Unis, en quelque sorte.

derrière la nuque, lui donna un coup dans le dos et le tint dans la lumière.

— C'était bien lui que tu as vu, Karen ?

L'adolescente trembla, mais Kolbein n'aurait su dire si c'était de le voir, lui, ou si c'était à cause du traitement brutal auquel il avait eu droit. Elle se frottait les bras de ses petites mains protégées par des moufles en tricot avec un motif de flocons de neige. Elle évita son regard avant de répondre :

— Oui, c'était lui.

— Sûre ?

— Oui, je suis sûre.

— T'en es vraiment, vraiment sûre, ma fille ?

Kolbein sursauta. C'était la voix de quelqu'un d'autre, une voix qu'il reconnaissait. Dans le faisceau de lumière, il vit d'abord un pantalon d'uniforme puis l'homme fit un pas en avant. Kjell Klepsland tenait sa canne à l'horizontale devant sa poitrine.

— Oui, papa. Je suis vraiment sûre. Absolument sûre.

Karen Klepsland leva les yeux vers son père et sourit.

67

FREDRIK COMPRIT QU'IL Y AVAIT UN PROBLÈME lorsque Kari Lise Wetre se retourna pour regarder vers le toit de l'hôtel, et les tireurs d'élite. Puis il entendit le signal. L'alarme. Plus question d'être spectateur, il était temps de passer à l'action. Il avait les mains moites, les tempes qui battaient. Les parois en plastique, humides à cause de la condensation, flottaient légèrement. Son cerveau avait besoin d'oxygène. Il renversa sa chaise en se levant et vit que les types de la brigade d'intervention sortaient déjà par l'ouverture de la bâche. Il les suivit, contrôlant de la main qu'il avait bien son pistolet, un Heckler & Koch semi-automatique, dans son étui sur la cuisse.

En l'espace de quelques secondes, l'insouciance estivale se transforma en un chaos de visages paniqués. La femme qui s'était adressée à Wetre était ventre à terre contre le marbre et hurlait, maîtrisée par le policier en civil qui avait été en faction sur le toit. Ce dernier lui avait fait une clé de bras, tandis que la policière lui braquait un pistolet sur la tête. D'une voix agressive, elle criait aux gens alentour :

— Police ! Dégagez ! C'est une opération de police !

— Police ! hurlèrent aussi les hommes de la brigade d'intervention.

La foule crut halluciner à la vue de ces quatre hommes masqués et cagoulés qui avaient jailli de l'Opéra en brandissant des fusils automatiques C8 et des pistolets-mitrailleurs MP5. Deux plaquèrent Wetre sur le sol, derrière le bloc en marbre, et restèrent au-dessus d'elle comme des boucliers humains. Quant aux deux autres, ils partirent chacun dans une direction sur la place de l'Opéra, en pointant leurs fusils automatiques.

Après avoir été un instant saisis, paralysés de peur, les gens s'enfuirent en courant. Il fallait s'éloigner au plus vite des policiers armés qui criaient, rejoindre le pont en marbre et se réfugier sur le toit de l'Opéra. Des petits qui hurlaient furent sortis de leurs poussettes, des bouteilles d'eau renversées, des livres et des sacs à dos jonchaient la place. Les yeux de Fredrik s'attardèrent sur une pomme verte dans laquelle on avait juste eu le temps de croquer et qui roulait lentement vers le bas, dans la direction opposée de celle où détalaient maintenant toutes les jambes. Le chaos offrait un boulevard à tout agresseur. Une bombe dans un sac. Un couteau dans le dos, un tireur d'élite ou un cinglé avec un pistolet-mitrailleur. Ils ne sentaient pas le danger.

— Oh, putain, murmura Fredrik. Merde ! Merde !!

Il faudrait un temps fou pour sécuriser la place. Ils étaient beaucoup trop exposés. Il courut vers les policiers qui protégeaient Wetre.

— Relevez-la ! Il faut vite l'emmener loin d'ici !

Kari Lise Wetre avait reçu un coup lorsque les policiers s'étaient jetés sur elle et sa lèvre s'était ouverte, du sang avait coulé sur son menton. Elle n'avait plus ses lunettes de soleil, et son regard était perdu, effaré. Ses cheveux en bataille.

Il courut vers l'Opéra. Au moment d'ouvrir la porte de la sortie de secours, il se retrouva nez à nez avec Sebastian Koss. Ce dernier avait les yeux qui lui sortaient des orbites.

— Il y a eu des coups de feu ? On a tiré ? brailla-t-il.

— Je ne sais pas, cria Fredrik en le poussant sur le côté.

— Par ici ! dit-il en indiquant la zone des vestiaires qui avait été sécurisée.

Les policiers passèrent devant eux en escortant Wetre. Fredrik se retourna vers Koss.

— C'est un cirque pas possible dehors.

— Mais pourquoi l'alarme a sonné, bordel ! Pourquoi elle a déclenché l'alarme ?

— Je ne sais pas. Tu l'as vu toi-même. Elle a parlé avec quelqu'un et puis…

— Débrouille-toi pour savoir ce qui s'est passé ! beugla Koss.

Sur ce, il sortit du foyer et fonça vers la foule qui essayait de gagner le pont en marbre.

En compagnie des policiers, sous le plafond bas au niveau des vestiaires, Kari Lise Wetre ne semblait plus avoir peur, mais elle paraissait encore éprouvée. Son corps était en sueur et son visage avait pris une teinte grisâtre. Elle tenait une compresse contre sa lèvre supérieure. Les deux policiers avaient retiré leurs casques, leurs lunettes de protection et leurs cagoules. Ici, à l'intérieur, la lumière était tamisée et le désordre qui régnait dehors n'était plus qu'une clameur lointaine.

Fredrik se planta devant elle.

— Vous êtes blessée ?

— Non. Je… je me suis seulement ouvert la lèvre quand j'ai été plaquée au sol.

Il insista à voix basse :

— Qu'est-ce qui s'est passé ? Qu'est-ce que cette femme vous voulait ? Pourquoi avez-vous déclenché l'alarme ?

— Je… c'est…

— C'est à cause de ça, intervint un des policiers en lui tendant un téléphone portable. Il était par terre à côté d'elle.

— Je… – La femme politique s'éclaircit la voix et parvint à la maîtriser. – Elle m'a donné ce téléphone. La femme. Elle m'a dit que je l'avais perdu. Il faut que vous regardiez le message.

Il regarda attentivement la photo.

— Oh, putain ! lâcha-t-il en se tournant vers le policier le plus proche, un type à la mâchoire carrée, avec le front qui perlait de sueur. Est-ce que vous avez des contacts avec les tireurs ? Sur le toit de l'hôtel ?

Tout en parlant, il lui montrait la photo sur le téléphone. Sans laisser paraître la moindre émotion, il essaya d'appeler ses collègues. Après deux tentatives infructueuses, il secoua la tête.

— L'image a été envoyée à partir d'un numéro non masqué.

— Quoi ?

Le policier montra le portable et Fredrik comprit que le ravisseur leur avait donné son numéro de téléphone.

Fredrik posa le portable sur le sol en leur disant de le surveiller, puis il ressortit en trombe. Entre-temps, ses collègues avaient repris la situation en main. La foule était rassemblée de l'autre côté du pont où chacun était contrôlé, un à un. Un poste de commandement mobile était venu se garer au milieu de la place de l'Opéra, à présent déserte. Sur le siège passager, une policière transmettait des messages radio. Koss était invisible.

Il s'arrêta près du véhicule de façon à ce que celui-ci fasse écran entre l'hôtel et lui. Puis il appela, et Andreas finit par décrocher, dans tous ses états :

— Quel bordel ! Personne ici ne sait rien. Qu'est-ce qui se passe ?

— Je ne sais pas, répondit Fredrik rapidement. Je sais juste que vous êtes en danger.

68

DANS LE COULOIR, on n'entendait que le ronronnement sourd du système de ventilation. Andreas et Kafa se tenaient dans l'escalier de secours, au dernier étage de l'hôtel. Il jeta un coup d'œil à sa collègue : appuyée contre le mur, son pistolet dirigé vers le sol, Kafa était en nage. Son arme paraissait démesurée entre ses mains. Elle avait les yeux écarquillés, l'un rouge, l'autre blanc. Leurs regards se croisèrent et elle fit un rapide hochement de tête. Ils progressèrent le long du couloir, brandissant leurs pistolets. Elle le suivit. Personne. Ils avaient les yeux braqués sur le mur d'en face, à une quinzaine de mètres, où était accrochée une affiche d'opéra. Tout au bout, le couloir partait vers la gauche. Là se trouvait la suite du *Lac des cygnes* et sa terrasse privative. Il courut en passant devant la baie qui donnait sur l'Opéra, jusqu'à atteindre l'autre mur. Rapide vérification en direction du petit bout de couloir : personne. Kafa arrivait derrière lui. Elle s'arrêta devant la grande fenêtre. Le photographe avait dû se tenir très exactement ici.

Fredrik attendait près du poste de commandement mobile qu'Andreas le rappelle.

— Oui ?

— Tout va bien. Des problèmes de liaison radio, apparemment. Les communications avec l'équipe des tireurs ont été coupées pendant presque un quart d'heure, mais tout est rentré dans l'ordre maintenant.

— Et le photographe ?

— Aucune trace. Nous avons vérifié tout l'étage. Rien. Il a disparu.

— Bon, dit Fredrik, pensif.

Il frissonnait comme s'il avait de la fièvre. Que se passait-il ? Quelque chose lui échappait, mais quoi ?

Kari Lise Wetre était toujours assise au milieu des vestiaires. Quelqu'un avait apporté une table, du café et de l'eau. Sa lèvre avait doublé de volume. Sebastian Koss était assis auprès d'elle. Il avait retiré sa veste, mais pas son gilet pare-balles, et sa chemise bleue en soie avait de larges auréoles sous les bras.

— La femme qui lui a remis le portable n'a rien à voir avec tout ça. Elle est totalement terrorisée et ne cesse de répéter qu'elle l'a ramassé par terre. Je la crois, annonça Koss.

— Dans ce cas, il ne pouvait pas être là depuis longtemps, dit Fredrik en se tournant vers la femme politique. Est-ce que vous avez vu quelqu'un qui… ?

Wetre le regarda avec des yeux las et secoua la tête.

— Non.

— Vraiment personne ?

Même réponse.

Koss prit Fredrik à part. Samir Bikfaya se dirigeait justement vers eux à grands pas et il tendit à Koss une pochette transparente en plastique contenant le portable.

— Nous n'avons aucun renseignement sur le numéro qui a envoyé la photo, dit-il, mis à part qu'il s'agit d'une carte prépayée étrangère, activée il y a trois jours. Cela prendra un peu de temps avant d'avoir les infos de l'antenne relais pour savoir où se trouvait l'expéditeur quand il a envoyé la photo.

— Et l'appareil ?

— Il a été déclaré perdu il y a six mois. La carte SIM d'origine a été retirée, naturellement, et remplacée par la carte prépayée anonyme.

— Alors qu'est-ce qu'on fait ? demanda Koss en regardant tour à tour Fredrik et Bikfaya. Maintenant que nous avons un numéro de téléphone qui nous amène directement au ravisseur ?

Bikfaya, très sûr de lui, joignit les mains et ordonna :

— Suivez-moi.

Il les conduisit vers les toilettes pour dames. Là avait été installée une petite table pleine d'ordinateurs, d'écrans et de serveurs. Trois opérateurs tenaient une discussion si animée qu'aucun d'eux ne leva la tête quand ils entrèrent. Des casques et des gilets pare-balles traînaient au sol.

— Nous sommes prêts pour géolocaliser la conversation, glissa Bikfaya à voix basse. S'il répond, nous saurons rapidement où il est. Nous sommes déjà branchés sur toutes les antennes relais de la zone.

Fredrik avait l'air dubitatif. Cette action ne lui paraissait pas mûrement réfléchie. Ah, si seulement Synne avait été là !

— Nous avons peu de temps. Je trouve qu'il faut appeler maintenant, dit Koss.

Bikfaya était visiblement satisfait.

Fredrik tira Koss par le bras.

— Mais est-ce que nous ne tombons pas dans le panneau,

en faisant exactement ce qu'il attend de nous ? Il ne nous a pas envoyé ce numéro par inadvertance…

Koss se dégagea brutalement. Énervé, il secoua la tête en levant un index qui tremblait.

— Comment on le saurait, hein ? Il peut très bien avoir été stressé en voyant les tireurs d'élite. Les criminels n'aiment pas vraiment avoir affaire aux hommes de Delta. – Il pointa Fredrik du doigt, menaçant. – Et, putain, t'es plutôt mal placé pour prendre des décisions dans une situation comme celle-là. Alors, ta gueule ! – Puis il baissa la voix. – Écoute, il s'agit de la vie des kidnappés ! Si nous laissons filer cet homme, nous risquons de perdre sa trace pour de bon ! Mais c'est ton pote ou pas, bordel ?

Fredrik bouillait de colère, ses yeux se réduisirent à deux fentes :

— Pourquoi nous a-t-il envoyé son numéro ? Pourquoi nous a-t-il envoyé cette photo ? C'est le ravisseur qui nous mène par le bout du nez !

Koss ne releva pas.

— Nous allons agir. Maintenant. Il ne sait pas que nous avons la possibilité de le localiser aussi vite que ça. Il ne s'y attend pas. – Il se tourna vers Bikfaya. – Nous l'appelons.

Une sorte de vibration électrique parcourut les boucles grises du chef de la DCRI. Bikfaya prit un téléphone qu'un câble noir reliait à un des ordinateurs.

Fredrik fit violemment non de la tête.

— Et si ce portable n'était qu'un…

Koss leva la main à la hauteur du visage de Fredrik, saisit l'appareil que lui tendait Bikfaya, composa le numéro et colla l'appareil à son oreille.

— … piège ?

— Ça sonne, dit Koss.

Il y eut une détonation étouffée, comme un sac en papier gonflé qu'on crève entre ses mains. Le sol vibra et les écrans d'ordinateurs clignotèrent.

Fredrik s'élança, tout autour de lui régnait le silence.

Il vit aussi les autres courir. Les hommes de la brigade d'intervention, les policiers qui étaient dans le foyer de l'Opéra. Les fenêtres proches de l'entrée principale avaient été soufflées et le crissement des bris de verre sous ses pieds fut le premier bruit qui le traversa. Ensuite, ce fut comme si, tout à coup, on avait monté le volume. Des gens hurlaient. Une sirène de police. Des ordres criés à droite et à gauche. Il reconnut l'odeur, identifiable entre toutes, d'amande et d'huile de moteur – celle des explosifs – qui devenait de plus en plus forte. Des bouts calcinés de carrosserie, de la poussière de marbre flottèrent un instant dans l'air avant de retomber sur le sol, formant une membrane entre eux et le soleil.

C'était le poste de commandement mobile qu'on avait fait sauter. La voiture avait été piégée. Les portes latérales et le toit avaient été soufflés mais les sièges avant ainsi que le devant du véhicule étaient restés sur le châssis. Tout à coup, il la vit. La policière qui était à l'intérieur de la voiture. Elle gisait à présent à côté du banc où Kari avait été assise peu avant. Deux hommes en uniforme noir de la brigade d'intervention se penchaient au-dessus d'elle. Un sang épais lui coulait de l'oreille et elle se cramponnait à la main de l'un d'eux. Sa peau pâle brillait. Fredrik continua à avancer. Juste à ses pieds, il y avait un bras. Un bras fin, blanc, nu. Et, plus près de la voiture, le bas d'un corps, arraché à peu près à la hauteur du nombril. Les jambes étaient épaisses, le pantalon déchiqueté, laissant apparaître un pénis. Fredrik s'arrêta devant l'espace arrière du fourgon. À l'intérieur, le sang avait giclé partout, avec des bouts de peau, des cheveux, de la graisse humaine. Les corps, ou du moins ce qu'il en restait, étaient ici. Annette Wetre fut facile à reconnaître, il lui manquait un bras et ses viscères jaillissaient sous sa tunique de coton, mais la tête était plus ou moins intacte. Jørgen n'avait pas eu cette chance.

Il fallut attendre le soir pour que des plongeurs retrouvent dans la mer son crâne brisé, aux boucles rousses.

TROISIÈME PARTIE

69

ELLE SE PENCHA EN AVANT, observa le résultat dans le miroir.

Les yeux formaient une ligne plus étroite que d'habitude. Les sourcils un soupçon plus clairs. La lèvre supérieure était toujours enflée.

Elle avait séché ses larmes, mais les sillons qu'elles avaient laissés ne pourraient plus jamais s'effacer. C'était ainsi. Elle n'avait pas de honte à avoir.

Le décolleté de sa petite robe en laine noire découvrait légèrement ses salières. Au creux du cou, elle avait sa croix. La robe lui arrivait aux chevilles. Et les souliers d'un noir réglisse l'attendaient près de la porte. Avant de quitter la salle de bains, Kari Lise Wetre enveloppa ses épaules d'un châle de soie blanche et attacha autour de son poignet sa montre en argent.

En descendant les marches de l'escalier, elle entendit des conversations feutrées et, à l'angle, remarqua que son époux avait versé de la limonade dans les verres à champagne. Même maintenant, c'était assez comique de voir le chef de file de la droite, l'homme en passe de devenir le prochain

Premier ministre du pays, ingurgiter cette boisson sucrée. Simon Riebe se tenait le dos droit, les jambes raides, une main dans le dos, portant une tenue toujours impeccable. En l'apercevant, il ajusta rapidement sa cravate avant d'incliner légèrement la tête dans un mouvement de respect. Même la chef de son propre parti, Vibecke Fiskvik, avait réussi à s'habiller discrètement pour l'occasion.

— Chère Kari Lise, toutes mes condoléances, dit-elle en posant son verre pour prendre ses mains dans les siennes, tout en secouant la tête d'un air pénétré – Wetre dut faire un effort pour lui rendre son sourire. – Nous sommes avec toi. Tout le parti.

Vibecke fut submergée par l'émotion et se moucha dans une serviette de table avant d'essuyer délicatement les larmes accrochées à ses cils.

— Merci, Vibecke, répondit Kari Lise.

Riebe prit sa main et lui donna un rapide baiser sur la joue.

— Tu as toute notre plus profonde sympathie. – Son regard alla de l'une à l'autre. – Il faut y aller maintenant. Ce sera déjà une chose de faite.

Avec la main de Riebe lui soutenant le dos et Vibecke un pas derrière, elle ouvrit les portes de la véranda.

Dès que le rideau fut écarté, les appareils photo la mitraillèrent. Il devait y avoir, au bas mot, une cinquantaine de journalistes dans le jardin.

La route devant la maison, d'ordinaire paisible, était à présent encombrée par les camionnettes des chaînes de télévision, partout sur les bas-côtés, et les pick-up chargés de matériel d'enregistrement, garés en marche arrière sur les voies d'accès aux maisons. Quant aux voisins, pour rien au monde ils n'auraient voulu rater cet événement.

Fredrik patientait avec Andreas. La pelouse devant eux fourmillait de journalistes. Un ruban de sécurité barrait la pente qui menait à la maison des époux Wetre.

Andreas se pencha vers son supérieur et chuchota :

— J'ai reçu une réponse de la part de la Défense. Sur Drange. Ils n'ont pas d'empreintes digitales. Mais j'ai pu retrouver un vieux test sanguin. Pris lors de sa première incorporation. Nous sommes en train de déterminer son profil ADN.

— Bien. C'est super.

Une équipe de TV2 se tenait à côté d'eux. Fredrik reconnut la jeune reporter du petit écran, Benedikte Stoltz. Elle avait la tâche ingrate de remplir les temps morts avant la conférence de presse. C'était une trentenaire à la taille si fine qu'on aurait dit une anguille affamée. Tous les journalistes et techniciens de la chaîne portaient un bandeau noir noué autour du bras, en souvenir de Jørgen. Avant le direct, Benedikte avait remonté le sien plus haut pour que les spectateurs de la télévision ne puissent éviter de le remarquer.

— C'est donc dans la villa derrière moi que les événements ont eu lieu. La police indique qu'un inconnu a forcé la porte de la maison du chef adjoint du parti démocrate-chrétien, Kari Lise Wetre, dans ce quartier résidentiel paisible de Kringsjå à Oslo, en menaçant la représentante de l'Assemblée nationale et son petit-fils. Cet incident est à l'origine de l'action qu'a menée la police et qui s'est terminée de manière aussi tragique devant l'Opéra d'Oslo, il y a quatre jours. La police a confirmé avant-hier qu'une bombe avait été posée dans l'une de leurs voitures et que la fille de Kari Lise Wetre, Annette Wetre, ainsi que le journaliste politique chevronné de TV2, Jørgen Mostu, avaient bel et bien perdu la vie dans l'explosion. En outre, une policière se trouve à l'hôpital Ullevål dans un état grave, mais ses jours ne sont plus en danger. Les deux personnes décédées avaient été kidnappées quelques jours avant l'explosion. TV2 sait que la police soupçonne l'auteur du kidnapping d'être le même homme qui avait menacé Kari Kise Wetre…

Stoltz se tut un instant en montrant le meilleur profil de son gracieux visage, une boucle blonde glissant sur son front. De toute évidence, elle recevait un message dans l'oreillette. Elle jeta un rapide coup d'œil en arrière.

— Oui… Il semblerait que Kari Lise Wetre, accompagnée de Simon Riebe et de Vibecke Fiskvik, respectivement leaders de la droite et du parti démocrate-chrétien, soient sur le point de sortir. On s'attend à ce qu'elle fasse des commentaires sur cette terrible affaire… – De nouveau, elle jeta un coup d'œil rapide vers l'arrière. – Oui… la conférence de presse va commencer dans quelques instants, me dit-on… Nous allons l'écouter.

Immédiatement derrière le ruban de sécurité, devant le parterre de rosiers parfaitement entretenu, se dressait un joli bouquet de microphones. Tina Holten, l'assistante de Wetre, l'attendait là. Ses béquilles étaient posées contre un pommier. Sebastian Koss trépignait à ses côtés, mal à l'aise, le regard sans cesse fuyant. Holten attendit que les trois politiciens soient tous là avant de s'avancer à son tour vers les micros agglutinés. Elle prononça quelques mots de bienvenue et donna la parole à Wetre.

Sa voix était un peu voilée. Mais ferme :

— Bonjour à tous. Tout d'abord, je saisis l'occasion de vous remercier pour la sollicitude que vous nous avez témoignée et qui nous a aidés, mon petit-fils, mon époux et moi-même, au cours de cette tragédie incompréhensible. Nous avons reçu des messages de nos proches et de moins proches, d'amis et d'inconnus, de membres du parti et d'opposants politiques. Des messages de gentillesse et d'amour.

Cela fait chaud au cœur. Cela nous donne de la force pour traverser cette période difficile.

Pendant qu'elle parlait, Wetre avait les mains jointes comme pour une prière. Son visage était grave mais serein. Elle semblait confiante.

C'était Fredrik qui lui avait appris la mort de sa fille. La violence des mots avait fait s'évanouir la femme politique sur le sol en marbre de l'Opéra. Elle s'était recroquevillée en position fœtale et avait éclaté en sanglots, en se tenant le ventre. Fredrik ne connaissait que trop bien cette situation pour l'avoir lui-même vécue.

— Comme vous le savez, notre petit-fils William habite avec nous, à présent. Et comme vous le savez aussi, il a vécu des événements traumatisants. Pour cette raison, j'ai décidé de me retirer de cette campagne électorale et de demander au parti un congé afin de me consacrer entièrement à ma famille. – Elle jeta un rapide coup d'œil vers Vibecke Fiskvik. – À Hønefoss, un couple de parents, Fritjof et Paul Espen Hennie, attendent des nouvelles de leurs fils. Et ils espèrent aussi recevoir de bonnes nouvelles de leur petit-fils, Johannes. Ils ne sont pas seuls : mon époux et moi-même, nous avons une pensée pour toutes les personnes concernées par le drame de Solro, qui vivent dans l'incertitude quant à l'endroit où se cachent leurs proches. Et, bien évidemment, une pensée pour tous ceux qui ont perdu l'un des leurs, quand Solro a été attaqué. – Elle s'éclaircit la voix. – De nombreuses personnes nous ont demandé de pouvoir photographier ou filmer notre maison, et certains nous ont demandé de leur accorder une interview. J'espère que cette conférence de presse répondra à toutes vos questions pour que nous puissions dorénavant protéger notre vie privée. Je n'accorderai aucun entretien avant la fin des législatives. Je vous remercie.

Plusieurs mains se levèrent. Elle allait partir quand un journaliste lança :

— Que pensez-vous de l'analyse qu'a eue la police de la situation lors de cette intervention à l'Opéra ?

Tina Holten s'apprêtait à mener Sebastian Koss devant le micro quand Wetre fit volte-face. Songeuse, elle fixa un moment le journaliste avant de se reprendre.

— Je n'ai aucune rancune envers les services de police. C'est l'œuvre d'un fou, imprévisible. – Elle poursuivit à voix basse. – Personne, sinon lui, n'est coupable du fait que mon petit-fils et les deux enfants de Jørgen Mostu doivent maintenant grandir sans l'amour de leur mère ou de leur père.

Koss prit la relève. Il s'essuya les paumes des mains sur son veston avant de commencer en soulignant combien la police était heureuse de voir l'intérêt que la presse témoignait à cette affaire.

Fredrik leva les yeux au ciel.

— Je ne peux pas divulguer toutes les informations, puisque l'enquête est en cours. Néanmoins, je voudrais faire une petite mise au point au sujet de certaines rumeurs. – Koss regarda le public attroupé. Sa mine était à l'image du ciel nuageux au-dessus d'eux. – À l'heure actuelle, nous ne savons pas à quel moment Annette Wetre et Jørgen Mostu ont été placés dans le véhicule de commandement mobile. Nous ne savons pas non plus *comment* cela a pu se dérouler. Mais le rapport provisoire d'autopsie indique que tous deux étaient lourdement drogués au moment du décès. – Koss insista sur le mot *lourdement.* Il détacha les yeux de sa feuille de notes avant de continuer. – Autrement dit, ils n'étaient *pas* conscients pendant les heures qui ont précédé l'explosion, ni pendant. – De nouveau, une courte pause. – Je peux également confirmer que nous faisons la relation entre cet enlèvement et le massacre de la ferme de Solro à

Maridalen. Comme vous le savez, Annette Wetre faisait partie de la communauté qui habitait là. Nous sommes toujours très désireux d'entrer en contact avec tous les membres de cette communauté. Pour cette raison, nous demandons instamment à tous ceux qui se trouvaient à Solro de contacter au plus vite la police. Cela concerne également tous les gens susceptibles d'avoir des renseignements sur ces personnes. – Koss leva les paumes en direction de la presse.
– Ce sera tout. Merci.

70

KAFA ATTENDAIT PRÈS DE LA VOITURE.

Elle avait ôté son cache-œil pour de bon. Impatiente, elle leur fit signe de prendre place dans le véhicule.

— Vous vous souvenez de l'affaire Pio ? Dans le Telemark ?

Fredrik la regarda d'un air étonné.

— Oui…, répondit-il, hésitant. Vaguement. Les homos ? L'homme politique local qui a disparu cet hiver ?

Kafa serra ses paumes l'une contre l'autre.

— Précisément, commença-t-elle. Le couple d'amoureux, formé par Pio Otamendi et Carl Josefsen, disparu au mois de mars sans laisser de traces, après une soirée en ville. Ils étaient sortis avec des camarades du parti de droite de Porsgrunn pour célébrer l'élection de Pio.

— Oui, c'est ça, se rappela Fredrik.

Des témoins avaient expliqué que le couple s'était engouffré dans un taxi. Plus tard, on avait retrouvé la voiture dans un bois à l'extérieur de Skien. Une Mercedes volée, avec de faux insignes de taxi.

— Le laboratoire m'a appelée il y a dix minutes. Devinez à qui appartient le doigt qu'Annette Wetre avait donné à Tina Holten dans la voiture ?... À Carl Josefsen, Le petit ami de Pio Otamendi. Les deux affaires sont liées.

Une heure plus tard, Fredrik était attablé à la terrasse de l'un des restaurants de Youngstorget avec Bettina, face à lui. Elle avait retiré sa blouse de travail blanche et l'avait posée sur la table. Dessous, elle portait un débardeur noir affichant la langue pendante des Rolling Stones. Le haut était largement décolleté et, sur sa peau bronzée, le sillon entre ses petits seins était marqué de fines ridules. L'aigle tatoué sur son bras le fixait méchamment ; elle venait de repousser sa main sous la table.

— C'est sympa que tu aies trouvé le temps de venir déjeuner avec moi, dit-elle brièvement.

Il s'était déjà décommandé deux fois, la même semaine. Elle trouvait que ça lui ferait du bien de parler de la disparition de Jørgen, son ami proche. Mais il n'était pas d'accord. Il aurait dû trouver une excuse pour se défiler aujourd'hui encore. Elle n'était pas de bonne humeur. Bettina, sa petite amie ou son amante, peu importe le statut, voulait à tout prix connaître le fond de sa pensée. Et si ce n'était au sujet de Jørgen, au moins à leur sujet, à eux deux. Il n'avait pas de réponse à lui donner.

Presque un an qu'ils s'étaient rencontrés. Tous deux étaient d'accord pour vivre chacun de son côté. Mais les choses avaient bougé, petit à petit. Une brosse à dents par-ci. Du parfum et des bijoux par-là, soudain sur une étagère. Un tiroir vidé de ses chaussettes pour accueillir de la lingerie féminine. Et la clé destinée aux amis de passage était restée définitivement sur le porte-clé. Il aimait la baiser, c'était un fait entendu, mais ce n'était pas ce que Bettina voulait entendre.

Elle estimait mériter davantage. Oui, à l'évidence, une prochaine étape se préparait. N'était-ce pas le propre de toute relation ? En tout cas, des relations fondées sur un respect mutuel ? Elle n'avait plus l'âge de batifoler. Il pouvait au moins comprendre ça, non ?

Elle se pencha pour chercher ses lunettes de soleil dans son sac à main. Il en profita pour plonger les yeux vers le bord de son pantalon : un string. En se redressant, Bettina darda son regard dans le sien.

— Je veux qu'on vive ensemble.

71

Lista, novembre 1943

IL ARRIVA, UN JOUR ET DEMI après que Kolbein eut été descendu à la cellule, sous le bâtiment blanc où habitait le *lensmann*.

Kolbein s'était allongé sur l'étroite couchette. Le clair de lune filtrant à travers la fente de la fenêtre, au-dessus de lui, dessinait des rais clairs sur le sol en béton. Puis il avait entendu qu'on tirait la barre métallique qui fermait l'accès à la cave. Enfin, il avait perçu le frottement de semelles de cuir sur les marches de l'escalier. Juste avant qu'on allume. Ils étaient plusieurs, et ils s'étaient arrêtés devant sa cellule. Kolbein fixait obstinément le mur de pierre humide.

— Alors…

C'était la voix sifflante du *lensmann*.

— Le voici.

Le silence se fit.

À quoi bon faire semblant ? Kolbein se releva, redressa la tête et les affronta.

Il était là, à côté du *lensmann*. Le professeur. Il avait enfilé ses bottes d'équitation sur son pantalon de travail et portait un long imperméable en cuir, comme aimaient en porter les officiers de la SS. Elias Brinch sourit. Une flamme brûlait au fond de ses yeux noirs. Kolbein sentit son cœur battre la chamade et il se mordit l'intérieur de la joue. Sa bouche se remplit de salive, collante et étouffante.

Avec sa langue, le docteur mouilla son pouce pour écarter une mèche blonde. L'ampoule nue au plafond dessinait l'ombre du nez, droit et fin, au-dessus de ses lèvres minces.

— Il avait ceci dans la poche, dit nerveusement le *lensmann*.

Cet homme aussi percevait la tension. Dans la main, il tenait le peigne pliable de Kolbein. Brinch étudia les initiales pendant un moment, le déplia, le replia de nouveau avant de le glisser dans sa poche.

— Kolbein…, murmura-t-il d'une voix sèche.

Il respira profondément à plusieurs reprises avant de sortir un paquet de cigarettes de sa poche d'imperméable et de le tapoter contre le dos de sa main. À la fin de sa cigarette, il l'écrasa à terre, mouilla son pouce gauche sur sa langue et écarta de nouveau la mèche blonde de son front.

— Il va venir avec moi.

Elias Brinch se gara devant le portail principal du camp de prisonniers. Dans le pâle clair de lune, Kolbein jeta un regard vers le bois, son poste d'observation où il avait eu si froid. À présent, il verrait de ses propres yeux ce qui se passait de l'autre côté des fils de fer barbelés. Et ce serait peut-être la dernière chose qu'il pourrait voir…

Au-dessus du bâtiment couleur moutarde se dressait un mirador. Les projecteurs à côté de la mitrailleuse jetaient une lumière blafarde sur la maison de Brinch, en bois peint en blanc, et sur la voie d'accès en gravier. Elle était située sur une petite hauteur, derrière le camp, avec un minuscule bout de jardin desséché. De la fenêtre de la chambre au premier étage, le médecin devait jouir d'une vue d'ensemble sur son royaume misérable. En quittant la voiture, deux soldats leur ouvrirent la porte. Ils étaient jeunes. Vingt ans à peine.

— Voici mon invité, le docteur Monsen. Il habitera dans le block de travail, dans la pièce à côté du laboratoire. Veillez à ce qu'elle soit préparée, dit Brinch en allemand.

— Oui, *Herr Kommandant*, répondit l'un d'eux, en lui adressant immédiatement un salut militaire.

Brinch regarda la montre à son poignet. Une simple montre de soldat allemand.

— Deux heures moins dix. Suivez-moi, docteur Monsen.

Le maître de Kolbein se mouvait comme s'il glissait sur les gravillons. Les épaules courbées. À chaque pas, ses pieds se soulevaient à peine du sol, tel un félin en chasse. De chaque côté, ils étaient dominés par des grillages surmontés de barbelés. Derrière se trouvaient les blocks des prisonniers, plongés dans le silence et l'obscurité.

Elias conduisit Kolbein dans une petite pièce sans fenêtre. L'espace dans le camp était éclairé d'une faible ampoule esseulée. Les murs étaient nus, à l'exception d'un miroir au-dessus d'un lavabo. Ils prirent place autour d'une table vétuste au centre de la pièce.

— Tu n'as pas bonne mine, Kolbein.

Kolbein regarda ses mains. Cet automne-là, sa peau était devenue rêche et couverte d'éraflures à moitié infectées. Le bout des ongles noirci. Cela ne l'avait pas frappé auparavant, mais il ne s'était pas vu dans un miroir depuis l'Écosse. Une éternité. Il se caressa la joue. Au début, il se rasait tous les jours. Puis une ou deux fois par semaine. Et à présent…

il ne se rappelait pas d'avoir employé le coupe-choux depuis longtemps.

— Que fais-tu ici ?

Elias passa une main dans ses cheveux bien coiffés. Les commissures de ses lèvres se tendirent, découvrant le bout de ses dents supérieures. Une tentative de convivialité.

— Tu as violé le pacte, répondit Kolbein d'une voix à peine audible. – Il baissa les yeux. – Tu te rappelles ? La fraternité devait durer jusqu'à notre prochaine rencontre, tous ensemble. Tu as rompu l'alliance. Avec Elsa.

Kolbein garda le regard baissé. La table vibrait légèrement.

Elias tambourinait dessus avec ses doigts. Puis il demanda rapidement, toujours avec une sorte de chaleur dans la voix :

— Comme le sais-tu ?

Kolbein hésita. Au mieux, il voulait s'en tenir à la vérité. Aux messages secrets et à John. Pour qu'Elias comprenne qu'il avait été percé à jour. Qu'il comprenne que, la guerre étant bientôt perdue, lui aussi était fini. Mais ce n'était pas possible. Cela aurait mis John en danger ainsi que toute l'opération en Grèce dont, selon le colonel Hasle, il faisait partie.

— Il en meurt tellement ici, dans le camp. Ça a attiré l'attention. Quand ton nom a fait surface, on m'a contacté. Les Britanniques souhaitent avoir mon opinion. – Il se racla la gorge. – Mon opinion, c'est que tu as rompu le pacte.

Il sentit le regard d'Elias vriller son cuir chevelu. Ils restèrent un moment silencieux avant que l'autre conclue :

— Et te voilà.

Kolbein releva enfin la tête. Le visage d'Elias paraissait assombri. Leurs regards se croisèrent.

— J'ai compté les corps. J'ai vu à quoi tu exposes ces

êtres humains. J'ai des preuves pour documenter le mal que tu fais, Elias.

Sa respiration s'accéléra. Il était à présent prêt à subir une réaction. Mais laquelle ? Elias allait-il se précipiter sur lui, le tuer sur-le-champ ?

Quelqu'un entra dans la pièce. Une femme de petite taille, la trentaine. Elle portait des vêtements de prison. Elias recommença à tapoter la table de l'index, vite et en rythme. Maîtrise de soi et impatience tout à la fois. La femme baissa la tête et s'avança sans un mot vers la table où elle déposa deux petites tasses. Puis elle se hâta de revenir avec une théière. Elle avait dû être jolie. À présent, son visage sillonné de ridules, ses cheveux déjà grisonnants aux tempes et son regard inexpressif lui donnaient l'air d'une vieille poupée. Elle posa la théière entre les tasses, inclina profondément la tête et ferma la porte. Elias laissa son index en repos. Il versa le thé, d'abord pour lui, ensuite pour Kolbein, puis souleva sa tasse pour l'humer.

— Cette satanée guerre…, murmura Elias. À Vienne, le thé avait un goût de fumée. Tu te souviens ? – Il le regarda droit dans les yeux. – Ah, l'odeur de l'abricot. Des arômes capables de remplir toute une pièce, même un amphi, de quiétude. De bienveillance… Sais-tu qu'Hitler se promène chaque jour jusqu'à la maison de thé Mooslahnerkopf, dans les Alpes bavaroises, quand il est au Berghof ? Rien que pour en boire une tasse ? – Il secoua la tête. – Je te garantis une chose. On ne sert pas au Führer cette eau verdâtre que l'on me donne ici. – Elias filtrait le thé entre ses dents avant de le recracher. Puis il s'employa à retirer ses bottes d'équitation. – De la pure méchanceté, renifla-t-il. C'est tellement moyenâgeux, Kolbein, si peu visionnaire. Laissons les prêtres et les politiciens s'occuper de ce genre de choses. – Il étendit ses jambes. – Tu l'as vu toi-même, dans le laboratoire ? La race slave. Costaude et travailleuse, certes, mais ô combien pataude. Une fourmi laborieuse qui boite. Et le Juif ? Ce parasite qui vit sur notre œuvre. Qui infiltre notre société et notre culture ! Les négroïdes ? Tellement peu civilisés qu'ils ont laissé des siècles durant les Européens se servir de leurs terres et de leur population sans être capables d'opposer la moindre résistance. – Il se mit debout, se planta devant la glace en laissant ses longs doigts fins glisser sur ses joues. – Et au centre de tout cet héritage à la génétique dégénérée, il y a la race nordique. Les Germains. Les Aryens. Nous ! Civilisés. Sérieux. Intelligents et logiques. Si l'humanité doit survivre, il faut que la race aryenne survive ! – Il se retourna en vociférant. – Les rats et les poux se multiplient incroyablement vite. Plus vite que l'antilope. Plus vite que le tigre et le hibou ! À la fin, il ne reste plus que des monstres. C'est purement mathématique. – Il marqua une pause, repoussa sa mèche, avant de résumer, froidement et formellement. – Il n'est pas question d'idéologie. Je parle ici d'hygiène.

Elias se laissa retomber lourdement sur sa chaise où il s'adossa, les bras croisés sur la poitrine. Ils s'observèrent. Kolbein lut le mépris dans son regard.

— Alors, ne viens pas ici me parler du mal. Dans un laboratoire, il n'y a pas de morale. Il n'y a que des faits. Des faits, des observations, des hypothèses et des expériences. Le pacte ? éructa-t-il. C'était *mon* pacte. C'était *ma* recherche. *Mes* résultats et *mes* succès. *Toi*, tu aurais pu être n'importe qui.

Encore une fois, Elias Brinch marqua une longue pause. Il grimaça en respirant lourdement. Puis, de nouveau, il se mit debout en gémissant. Tourna le dos à Kolbein et alla jusqu'au mur. Laissa ses doigts glisser le long des planches. Soudain sa voix prit des accents de sincérité :

— Les nationalistes veulent tout recommencer, Kolbein. Un nouveau monde. Une nouvelle civilisation. Que veulent les Britanniques ? Rien ! Ils veulent conserver le monde tel qu'il est. Les Juifs, infiltrés dans l'élite, gardent leurs privilèges hérités, tandis que le monde pourrit sur pied. Ouvre les yeux, Kolbein. Alors, tu verras. – Elias se retourna, s'appuya contre le mur et reprit sa diatribe. – Qu'était l'Allemagne en 1928 ? Et qu'était le pays quand nous avons quitté Vienne, dix ans plus tard ? Tout avait changé, Kolbein : détermination et conviction. Force et volonté d'agir.

Il l'observa, le front plissé. Puis il fit un pas en avant, conciliant. Leva les mains dans un geste de messie.

— Réponds-moi honnêtement. Quelle différence si ces gens meurent ici ou sur un champ de bataille ? Ce ne sont pas des gens civilisés. Ce ne sont pas des femmes et des enfants. Ce sont des soldats. Des hommes qui se sont armés pour se sacrifier. Mais au lieu de mourir pour le bolchevisme qui hait les hommes, je leur offre l'occasion de mourir pour l'humanité. Leur sacrifice est un jalon sur le chemin vers un nouveau départ. Un monde meilleur, où ceux qui doivent gouverner gouvernent et ceux qui ont été créés pour servir servent. – Il arbora un sourire dévot. – Nous réinstaurons un ordre normal. Il n'existe pas plus beau sacrifice. – Brinch fit non de la tête. – Et c'est ce que tu appelles le mal ?

Kolbein fut conduit dans une petite pièce sans fenêtre. Une tenue de travail et un costume finement rayé l'attendaient sur une couchette en fer. Puis il apparut dans l'ouverture de la porte : Kjell Klepsland. Il posa à terre un plateau : une maigre soupe et un peu de pain. Kolbein essaya de capter son regard, mais le soldat nazi fit résolument deux pas en arrière, ferma la porte et tourna la clé.

72

Le présentateur du journal de TV2, Carl Solli, regardait, l'air un peu hébété, par la porte vitrée.

Turid Mostu manœuvra sa chaise roulante pour bloquer le passage avant d'ouvrir. Les enfants se trouvaient chez leurs grands-parents, mais elle n'avait pas le courage de le faire entrer dans son appartement.

— C'étaient des funérailles dignes, dit-il d'une voix sourde. – Puis il lui tendit une boîte en carton. – Voici ses affaires.

Elle ne répondit pas, commença à fouiller dans la boîte. Tout au fond, elle sentit l'acier froid contre ses doigts. Le coffret que Jørgen lui avait demandé de sauvegarder, *si* quelque chose venait à se passer. Elle regarda l'homme en face d'elle.

— Merci, Carl. Merci pour votre aide jusqu'à présent. Et votre beau discours pendant les obsèques. Je sais que Jørgen et vous n'étiez pas toujours… – Elle hésita.

— Les meilleurs amis du monde, compléta Solli, dont le regard bovin réapparut. Mais j'avais un grand respect pour lui en tant que journaliste, mentit-il.

— Au revoir, dit Turid avant de refermer la porte.

Elle posa le coffret sur ses genoux et roula son fauteuil jusqu'à la petite pièce qui servait de bureau à Jørgen. Elle n'avait pas eu la force de la ranger, et tout était en désordre, comme toujours. Des tasses à café, des assiettes, des magazines et des coupures de presse concernant l'affaire Solro traînaient sur la table. Des phrases soulignées et des gribouillis montraient les passages que Jørgen estimait intéressants. Elle ouvrit le tiroir du bureau et trouva la clé dont elle connaissait l'existence. Puis elle ouvrit le coffret.

Il était juste assez grand pour contenir un classeur. Elle en feuilleta les pages. L'affaire Kirkerød. La fraude électorale. Les travailleurs malades des plates-formes pétrolières. La tromperie du cancer. Toutes ces vieilles affaires qui avaient marqué la carrière de son mari et lui avaient assuré sa crédibilité. C'était ici qu'il avait regroupé les noms de ses sources. Celui du médecin qui lui avait transmis les dossiers médicaux falsifiés. Ceux des avocats qui lui avaient donné accès à des documents juridiques. Celui du conseiller politique qui avait compris que le chef de parti pour la région avait fraudé pour ses impôts. Ils étaient tous là. Tous ceux qui risquaient leur travail et leur statut, leurs liens d'amitié et de famille, pour de bonnes ou de mauvaises raisons. Le classeur n'était pas gros et il ne contenait rien sur Solro. Déçue, elle le referma. Ce soir, elle le jetterait au feu dans la cheminée.

Il y avait aussi un téléphone au fond du coffret. Elle l'alluma. Pas de mot de passe. Jørgen n'aurait jamais réussi l'examen pour devenir agent secret, se dit-elle dans un soupir. Le portable n'avait été utilisé que cet été. Et toujours pour contacter le même numéro. La dernière fois, c'était le jour où Jørgen avait disparu. Un texto. Elle lut : « Un rendez-vous me convient parfaitement. Ai aussi quelque chose dont je voudrais m'entretenir avec vous. »

Elle ferma les yeux. Tint le téléphone des deux mains, et le serra fort. Très fort. Puis elle rouvrit les yeux, vérifia que le numéro était masqué et appuya sur la touche d'appel.

Cela sonna. Une sonnerie. Deux. À la troisième, on répondit :

— Simon Riebe. Je vous écoute.

73

L'OMBRE DE L'HÔTEL se profilait encore quand Fredrik Beier écarta les rideaux. Le soleil du matin était bas dans le ciel, au-dessus de la forêt qui s'étend paisiblement depuis le Telemark pour déborder sur le Vestfold. Sa migraine empirait. Il n'avait guère fermé l'œil de la nuit.

De la fenêtre, il regarda le centre de Porsgrunn, bétonné et sans aucun charme. C'était dans cette ville que le couple d'homosexuels avait été vu pour la dernière fois. Et l'étude des horaires de train à laquelle s'était rapidement livrée Kafa démontrait qu'Annette Wetre avait effectivement pris la ligne du Vestfold jusqu'à Oslo avant d'être enlevée. Porsgrunn était situé sur ce trajet.

Sur le parking devant l'épicerie, six étages plus bas, était garée la panthère noire de Sebastian Koss. En levant les yeux, il verrait la rivière, ce qui restait du cours d'eau de Telemark avant qu'il se jette dans le fjord de Frier. Les habitants de Porsgrunn l'appelaient la rivière de Porsgrunn quand ceux de Skien l'appelaient la rivière de Skien.

Fredrik n'avait jamais compris pourquoi les deux villes, qui se chevauchaient, ne s'étaient jamais réunies pour de bon. Toutes deux possédaient leur club de foot sans caractère, quelques milliers d'habitants et un profond mépris l'une envers l'autre. Skien avait produit Vidkun Quisling[1] tandis que Porsgrunn était surtout connue pour fabriquer des cuvettes de toilette en porcelaine. Voilà ce que Fredrik avait tenté d'expliquer à Kafa pendant le voyage de deux heures en voiture au sud d'Oslo. Mais de toute évidence, cela ne l'intéressait pas. Ils venaient de dépasser la sortie pour Tønsberg quand Turid l'avait appelé. Le soleil du soir jetait ses lueurs rouges et orange sur des champs labourés.

C'était donc Simon Riebe, la source de Jørgen : le chef de file de la droite avait été l'informateur du journaliste de TV2 ! Fredrik se l'était répété tant de fois ces douze dernières heures qu'il en avait le tournis. Jørgen avait-il été tué parce qu'il aurait pu exposer Riebe ? Pourquoi Simon Riebe avait-il des informations concernant une enquête en cours ? D'où tenait-il ses infos ? Et avait-il seulement des infos ou était-il également impliqué ? Putain, cet homme était en passe de devenir le prochain Premier ministre !

Fredrik tourna le dos à Porsgrunn et ferma les yeux.

Vidar Saga avait perdu des cheveux et gagné des poignées d'amour. C'est ce que constata Fredrik en serrant fermement la main de son ancien camarade de classe. Ils étaient à l'extérieur de l'hôtel.

— Beier, ça alors ! Ça fait un bail, dit l'adjoint du commissaire du district de Telemark.

Il portait une paire de lunettes rondes sur son nez en forme de patate. Fredrik secoua la tête en souriant.

— Eh oui, au moins une vingtaine d'années. Autant dire la moitié d'une vie.

1. Chef du gouvernement de collaboration avec l'Allemagne nazie, de 1942 à 1945, exécuté à la fin de la guerre pour haute trahison.

— Amen, répondit l'autre en rajustant son képi.

L'uniforme avait toujours été la tenue préférée de Saga.

Fredrik lui présenta Kafa. Vidar Saga mata son jean moulant et son haut, très échancré, avant de la regarder dans les yeux.

— Eh bien, dis donc ! Si maintenant les agents du bureau central ressemblent à ça, c'est bon à savoir, dit-il sur un ton que Fredrik ne saisit pas tout à fait – à quoi faisait-il allusion, au juste ? Au sexe, au style de vêtements ou à la couleur de peau de Kafa ?

— Et voilà donc à quoi ressemblent les policiers vieillissant à la campagne, répondit Kafa du tac au tac.

Des yeux, elle détailla cet homme, son cou blême qui ressemblait à un boudin blanc, jusqu'à sa bedaine qui débordait sur son pantalon bleu marine.

Saga coula un regard hésitant vers elle avant de lui tendre une main de la taille d'un gant de hockey sur glace.

— Hé hé..., fit-il avec un rire sec.

Quelques centaines de mètres séparaient l'hôtel de la boîte de nuit où le couple Carl Josefsen-Pio Otamendi avait été observé pour la dernière fois, cinq mois plus tôt.

— Ils ont disparu juste après la fermeture. Le taxi les attendait là-bas..., expliqua Saga en indiquant du doigt la porte d'entrée. C'est ce que nous voyons sur la vidéo de la caméra de surveillance, près de la banque, de l'autre côté de la rue. – Il joignit le geste à la parole. – La distance est malheureusement trop grande pour qu'on distingue les détails. Si ce n'est que le conducteur était probablement seul.

Dans la voiture de police, Fredrik s'installa sur le siège passager, Kafa à l'arrière. Pendant qu'ils traversaient la rivière et passaient devant les vieux bâtiments en briques de l'usine de porcelaine de Porsgrund, en direction de l'ouest,

Saga leur raconta comment l'enquête en était arrivée au point mort.

— Même la Crim' est venue sans que ça avance, dit-il pour dédouaner les policiers locaux. – Il secoua la tête si fort que ses joues tremblaient. – Nous avons recherché leurs ennemis potentiels, des ex-amants. Et puis, il arrive que certaines familles ne soient pas à l'aise avec une homosexualité aussi… affichée. Mais il ne s'agissait pas de cela non plus.

— Que savez-vous au sujet des disparus ? demanda Kafa.

— Bah ! Carl Josefsen est de Mosjøen, il est sami, trente-cinq ans. Boulanger de formation, il a travaillé pour une pâtisserie à Skien. Pas de parents, mais une sœur et un frère qui tous deux habitent dans le nord. Quant à Pio Otamendi quarante-trois ans, un Basque de Bilbao, en Espagne… Un politique assez connu, en tout cas à l'échelle du coin. Bien apprécié. A travaillé dans l'import de vin, en plus de la politique. Leur casier judiciaire à chacun est vierge. À peine un procès-verbal de stationnement.

— Et ils sont ensemble depuis longtemps ?

— Oui, en tout cas depuis une dizaine d'années. Des hauts et des bas au début. Ils sont venus d'Oslo s'installer ici voilà sept ou huit ans.

— Qu'ils soient homosexuels…, commença Fredrik, est-ce que cela aurait pu offenser quelqu'un ? En dehors de la famille, je veux dire ?

Le policier grommela, agacé :

— Je ne crois pas. Absolument pas. Rien ne l'indique. Le monde bouge. Même ici, dans notre district.

Ils continuèrent à rouler en silence. Des petites routes sinueuses les menèrent dans la campagne à l'ouest de Porsgrunn. Après trois ou quatre kilomètres, ils quittèrent la route principale pour gravir un chemin de terre cahoteux, au milieu des pins. Finalement, Saga s'arrêta sur un terrain dégagé, devant un garage en tôle ondulée.

— Ici, dit-il, c'est ici que nous avons retrouvé la voiture. Une vieille Mercedes. Pas un modèle de luxe comme celui que s'offre votre chef, hein !

La Mercedes avait été fouillée par la Crim'. Ainsi que les alentours. Il s'agissait d'un véhicule volé et le conducteur avait utilisé des gants, car on n'avait retrouvé les empreintes digitales que des deux seuls disparus. Par terre, il y avait une ampoule d'anesthésiant brisée. Vidar Saga extirpa un cliché d'une pochette en plastique montrant une capsule bleue en verre, grande comme le doigt d'un enfant.

— L'embout en feuille d'argent était percé, probablement par la pointe d'une seringue. Les gens du laboratoire ont estimé que ce n'était pas un produit industriel. Ils pensent que quelqu'un l'aurait produit pour un usage personnel.

De la mauvaise herbe poussait parmi les gravillons et le long du mur du garage de couleur métallisée. Saga s'avança vers la porte et se baissa pour attraper le lourd cadenas près du sol. Fredrik douta un instant qu'il réussisse à se relever tout seul. Le garage était complètement vide.

— À qui appartient cet endroit ? s'enquit Kafa en entrant.

— À la commune. Autrefois, on y stockait des chasse-neige, du gravier et autres bricoles. C'est par hasard que la voiture a été découverte. Le garage allait être liquidé.

Le soleil dessinait de fines rayures sur le sol en béton, là où des fissures dans la tôle ondulée laissaient pénétrer la lumière. On sentait des relents de vieille huile et de terre humide.

— Pas de trace ? Aucune ?

Kafa regarda Saga d'un œil incrédule. Il fit doucement non de la tête.

— Rien d'important, en tout cas. Nous avons bien relevé des traces dans la gadoue, à l'extérieur, qui nous ont fourni des empreintes de bottes. Mais nous n'avons pas réussi à trouver de quelle sorte de bottes il s'agissait. La pointure correspond à celle d'un homme, et les inspecteurs de la Crim' estiment que l'individu en question pèse entre soixante-quinze et quatre-vingt-quinze kilos. Mais… n'oubliez pas que c'était au printemps. Il y avait de la neige, de la boue et des conditions terribles. Cela aurait aussi bien pu être des traces de l'un des disparus.

Vidar posa les mains sur ses hanches, en fixant Kafa. Elle soutint son regard. Fredrik sortit au soleil.

— Rien d'autre ?

— Non.

— Comment étaient les deux disparus ?

— Vous voulez dire comment ils étaient physiquement ? Eh bien, tout à fait ordinaires. Des adultes on ne peut plus normaux. Ni gros ni maigres.

— On peut donc supposer que Pio Otamendi et Carl Josefsen ne sont pas venus jusqu'ici, conclut Kafa.

— Ah bon ?

— Oui. Parce que si la personne qui les a enlevés les a portés, cette personne devait peser bien plus de quatre-vingt-dix kilos, non ?

— Mais pourquoi les aurait-elle portés ?

— Parce que, dans la voiture, il y avait une capsule cassée ayant contenu un anesthésiant…

Vidar Saga ne dit mot pendant un bon moment.

74

LE SOL DE LA FORÊT était souple sous le pied. Autour de lui, bouleaux, sapins et pins luttaient à qui l'emporterait sur les collines basses. C'était un endroit idéal pour la randonnée. Il risquait de croiser des promeneurs. Aussi s'avança-t-il prudemment jusqu'à la crête, sous la colline. Ici, auprès de la montagne, il se confondait avec l'environnement. En contrebas, un éboulis, assez dangereux, permettait de rejoindre un terrain désert : c'est là que se trouvait l'entrée de l'abri anti-atomique.

Il songeait à l'Afghanistan. À toutes ces journées passées dans des anfractuosités, des grottes, sur des pans de montagnes abruptes. La Baleine, lui et le fusil. Dans l'attente d'un véhicule, dans une colonne. L'homme à la barbe poivre et sel. L'agent de l'OTAN qui vivait caché chez les bergers et leurs chèvres. La fille à la ceinture de dynamite.

Ici, il était seul, et la Baleine n'était qu'un visage sur un écran. Il était peu probable qu'ils retravaillent un jour ensemble. L'action contre le gouverneur de Kandahar avait été le point final. Comment avait-on réussi à faire le rapprochement avec le meurtre du gouverneur ? Ils n'auraient pas dû épargner le vieil imam du minaret – la Baleine avait commis là une erreur de jugement. L'Organisation était en effervescence. C'était dangereux pour des gens à pied comme lui. Il savait qu'il était bon, mais personne n'est jamais indispensable…

Après avoir déployé le filet de camouflage, il ouvrit son sac noir. Posa un tissu imperméable sur le sol et plaça devant lui le fusil automatique M4A1 et les munitions. Puis l'étui qu'il portait à la cuisse avec le pistolet CZ 75 tchèque, un modèle spécial, à côté des explosifs. Ensuite, il vérifia que son pantalon militaire noir était suffisamment serré sur ses bottes. Il enfila par la tête sa veste de combat et attacha sur lui son étui de pistolet et sa poche d'eau. À la fin, il desserra le masque. Dans l'effort, de la condensation se formait entre l'ouverture vers le palais et la silicone. Il craignait de laisser des traces.

Sa silhouette imposante se mit en position du lotus et prit l'ordinateur sur ses genoux. Au signal de la Baleine, l'opération commencerait.

Récemment, il avait été une cible, l'homme à abattre. Toute la mission s'en était trouvée menacée. Sa personne avait été en danger et il avait été forcé d'agir. C'était ainsi que l'idée lui était venue. Non seulement il devait éviter d'attirer l'attention des policiers mais, en rusant, il devait également se servir d'eux pour arriver à ses fins. Alors, quand Annette Wetre avait allumé son portable dans le train vers Oslo et qu'elle s'était rendue repérable pour ceux qui savent comment chercher, le plan était déjà en marche. Qu'elle résiste en le suppliant d'une voix fluette, les yeux tournés vers le ciel, contre la douleur et l'humiliation qu'il lui infligeait n'y avait rien fait. Qu'elle se morde la lèvre jusqu'au sang pour ne pas divulguer la cache de la secte n'y avait rien fait non plus.

Il essuya une goutte de sueur sur son menton.

Quel sentiment avait-il eu en quittant la gare d'Oslo S., quand le téléphone avait vibré dans sa poche ? En entendant la détonation sourde de la charge qui explosait derrière lui ? Un sentiment de triomphe.

C'était la police qui l'avait mené jusqu'à Porsgrunn. Après tous leurs malheurs, le nouveau chef, Koss, n'allait plus lâcher l'enquête. En démarrant sa luxueuse Mercedes pour foncer vers le sud, il lui avait tout simplement indiqué la direction à suivre.

Depuis la place de parking en contrebas de l'hôtel, il avait vu partir le boiteux un peu lourd, avec la Pakistanaise. Il les avait suivis jusque dans les bois. Et quand il avait aperçu le panneau rouillé au bord de la route forestière, il avait reconstitué le puzzle : « Kverndammen Fjellmagasin[1] ». Il avait laissé les policiers ignares continuer leur route et pris la sortie. Bien évidemment, c'était un abri de guerre. On en avait vendu un bon nombre dans ce pays ces dernières années. Une survivance inutile de la guerre froide. De silencieux halls de pierre derrière des murs épais de plusieurs mètres. Toujours le même éclairage, toujours la même température. Oubliés et invisibles. La planque idéale pour tous ceux qui ont quelque chose à cacher.

Tels les pasteurs de la communauté la Lumière de Dieu.

La vénérable mairie de Porsgrunn jouissait d'une vue splendide sur la rivière. Mais dès le centre des services municipaux, logé dans un cube de briques, un peu plus bas dans la Storgaten, la vue se limitait à la façade de l'autre côté de la rue. Pour Fredrik et Kafa, cela n'avait pas d'importance :

1. Littéralement : « entrepôt dans la montagne de Kverndammen ».

il étudiait les cartes du cadastre tandis qu'elle parlait au téléphone avec Andreas.

Quels étaient les endroits où les membres de la secte auraient pu se cacher ? Une préposée administrative chétive les avait accueillis. Elle avait fait non de la tête quand ils lui eurent exposé leur requête. À présent, elle était derrière son ordinateur et observait Fredrik avec un mécontentement manifeste. Avec ses mains dans sa tignasse grisonnante, sa veste en velours côtelé suspendue au dossier de la chaise et ses longues jambes posées au milieu de la table, il ne donnait pas l'impression de vouloir partir tout de suite. Selon le panneau sur la porte, le centre était fermé depuis plusieurs heures déjà « Les cartes existent aussi sous forme numérique », avait-elle tenté, mais Fredrik n'en démordait pas : il avait besoin de se faire une idée du terrain. Et pour ce faire, le papier était bien mieux.

Kafa finit sa conversation avec Andreas, se pencha vers lui et glissa dans un souffle :

— Je crois que nous le tenons !

Il la regarda d'un air interrogateur.

Andreas avait vérifié tous les retraits que le pasteur Plantenstedt avait effectués sur le compte de la communauté dans les filiales bancaires à l'extérieur d'Oslo. Sept ans plus tôt, en été, le pasteur avait retiré trois cent mille couronnes d'une banque de Tønsberg. Quelques heures plus tard, il avait retiré la même somme à Porsgrunn.

— Eh bien ?

— Alors, nous avons cherché s'il y avait eu des transactions concernant l'acquisition d'une propriété dans la région pour une somme de six cent mille couronnes, continua-t-elle. Nous n'avons rien trouvé. – Le large sourire découvrant ses dents blanches assurait qu'elle gardait le meilleur pour la fin. – Puis Andreas a élargi la recherche. Et il s'est avéré que Plantenstedt avait retiré deux cent mille de plus. Une dizaine de jours plus tôt à Oslo. – Elle posa sa tablette entre eux. – Regardez ici.

C'était une liste vieille de sept ans sur les ventes de propriétés à Porsgrunn. Kafa lui montra un court texte en exergue : « Le vendeur État norvégien a vendu la propriété de Kverndammen Fjellmagasin à l'acheteur Solorinvest pour la somme de sept cent cinquante mille couronnes. »

— Solorinvest, dit Kafa excitée. Solor… Solro ?

— Beau boulot !

Fredrik se releva et retourna voir la préposée administrative. Elle le regarda par-dessus ses lunettes, lui adressa un sourire hypocrite comme si elle n'avait pas remarqué l'excitation de Kafa.

— J'aurais besoin des plans du Kverndammen Fjellmagasin, annonça-t-il. Il me faudrait aussi une copie du contrat de vente.

Elle lui prit la tablette des mains et plissa les yeux. Ses narines vibrèrent.

— Les plans, j'arriverai à les trouver. Le contrat, en revanche… ça pourrait prendre un certain temps… La commune n'est pas impliquée, voyez-vous, dit-elle en tapotant l'écran du doigt.

Fredrik lui décocha un sourire condescendant.

Une demi-heure plus tard, la préposée revint des archives. Elle leur balança un contrat de vente sur la table. Le document était signé par Per Olsen.

Le soleil avait disparu derrière la crête de la colline et l'après-midi était bien avancée lorsque le bras de la porte blindée fit un bruit strident et décrivit un mouvement de trente degrés pour s'immobiliser à la verticale. Quand il s'arrêta, un son métallique retentit La serrure.

Il avait attendu. Même si les doubles portes jaune clair étaient tachées de rouille et que la peinture s'écaillait, elles avaient été conçues pour supporter une guerre atomique. Impossible de les franchir sans faire de bruit. Cela n'était pas non plus nécessaire. Plus d'un mois s'était écoulé depuis que la secte s'était réfugiée ici. Et un mois d'isolement, ça vous altère le jugement. Il le savait. À la lisière de la forêt, devant l'entrée, il trouva des branches cassées, des mégots écrasés et des traces de pas récentes dans la terre humide. Il y en avait un parmi eux qui avait pris l'habitude de sortir en cachette pour respirer l'air frais et grappiller quelques lueurs de soleil. Ce n'était qu'une question de temps.

L'entrée du Fjellmagasin faisait penser à l'ouverture d'un tunnel, où le surplomb de la montagne reposait sur une arcade tendue en béton. La large arche de protection contre la chute de pierres était devenue, au cours des ans, un espace humide, couvert de mousse. Il pensa tout d'abord que l'entrée était surveillée par une caméra, mais elle ne l'était pas. Du moins, pas de l'extérieur. Une caméra de surveillance moderne aurait pu éveiller des soupçons. Quant à savoir ce que faisait la secte derrière ces portes, c'était une autre paire de manches. Il se faufila donc jusqu'à la falaise, non loin de la porte blindée. Là, il se positionna, un genou à terre et le coude appuyé sur la cuisse, de sorte que le pistolet reste immobile entre ses mains.

Le type qui sortit était plus imprudent que l'homme au visage défiguré n'aurait osé l'espérer. Sans regarder ni à droite ni à gauche, il laissa la porte ouverte derrière lui pour s'avancer à grands pas vers la lumière. Une cigarette à la commissure des lèvres, il fouilla dans la poche de sa veste. Les tirs du silencieux lui parurent assourdissants, mais il savait que le son ne portait pas loin. Il tira sur l'homme une fois derrière, dans la tête, puis une seconde fois, entre les omoplates.

Au second tir, l'homme s'affaissa sur les genoux avant de rouler face contre terre, produisant un bruit mou lorsque son corps s'effondra sur le sol pierreux, envahi de mousse. Il se retourna, fit trois pas de côté, rapides. Il avait dans sa ligne de mire le couloir qui conduisait jusqu'à l'intérieur de la montagne. Désert. Dans sa progression, il perçut juste un faible courant d'air tiède et confiné.

Le passage était assez large pour qu'une voiture puisse passer et les murs en béton peints en blanc s'élevaient à près de quatre mètres de haut. Là, ils rencontraient le plafond de la montagne dynamitée, où pendaient des lampes en aluminium, espacées d'environ cinq mètres chacune. Il en compta cinq. Au bout du couloir, il aperçut une autre double porte blindée, du même type que celle de l'entrée. L'homme vêtu de noir rangea le pistolet dans son étui, contre sa cuisse. Il empoigna fermement le macchabée par le col et l'entrejambe, le hissa sur ses épaules. Puis il reprit son fusil automatique et se glissa à l'intérieur.

Dans un coin d'ombre près de la porte, il laissa tomber le corps. Un gargouillis se fit entendre quand l'homme toucha le sol en béton. Avec sa main gantée de cuir, il se saisit du menton du cadavre et regarda son visage. Un jeune gars. Plus jeune que lui. À peine la trentaine, barbu, de grands yeux bleus. Fixes et absents, comme ceux d'un cheval qui dort derrière ses œillères. Ses cheveux souples étaient baignés du sang qui s'écoulait du trou sur son front, de la taille d'une noix, et de la matière cervicale dégoulinait sur ses sourcils broussailleux. La cigarette était restée au coin de ses lèvres, brisée. Il le reconnut d'après le briefing : Fritjof Hennie. Un de ceux qui faisaient partie du noyau dur de la secte. Le groupe de la cave, n'était-ce pas le nom, d'après la Baleine, qu'ils s'étaient donné ? Il essuya le sang qui collait à ses doigts sur le pull-over de l'homme, avant de refermer la porte d'acier derrière lui. Ensuite, il ôta la sécurité de son fusil et se hâta d'avancer dans le couloir.

À côté de la deuxième porte, il s'accroupit et tendit l'oreille. Elle était entrouverte. Rien. Il poussa la lourde masse en acier pour l'ouvrir entièrement. Si le couloir devant lui était aussi long que celui qu'il avait déjà parcouru, le sol était en revanche couvert de tapis et des cartes postales encadrées du Groenland décoraient les murs. La température était plus élevée de quelques degrés.

Il se glissa à l'intérieur et referma la porte. Ceci était la partie privée, la partie habitée du bunker. De chaque côté il y avait des portes, et une plus large au bout du corridor. Il commença par celle de droite, puis vérifia celle de gauche – les chambres à coucher de l'abri anti-atomique. Personne. La porte au bout du couloir, en revanche, était fermée à clé. Il ne restait plus qu'une possibilité : la porte tambour à gauche.

De nouveau, il s'accroupit pour tendre l'oreille. Il lui sembla entendre le bruissement d'une conversation. Avec précaution, il déposa le sac avec les explosifs et poussa la porte tambour qui se mit à tourner. La pièce qu'il découvrit était grande, tout en longueur et faiblement éclairée. Le sol était recouvert d'un linoléum usé, des chaises sombres en plastique étaient renversées au-dessus de la table en formica, leurs pieds en aluminium brillant en l'air. Quelqu'un appela :

— Fritjof ?

Une voix masculine et fluette. Cela suffit pour réveiller son instinct. La silhouette de près de deux mètres se mit debout, leva le fusil et, d'un coup de pied, ouvrit la porte en grand. À travers le viseur, il vit que la pièce faisait sept ou huit mètres de large et presque trente mètres de profondeur.

Des tables et des chaises encombraient les deux tiers de ce qui semblait être un réfectoire. Tout au fond, des murs coulissants laissaient apparaître une cuisine de cantine. Juste devant le comptoir de service, deux hommes étaient assis sous une lampe suspendue au plafond, unique source d'éclairage. À gauche d'eux, une porte logée dans le mur, leur seule échappatoire, apparemment. Il tira.

Malgré le silencieux, les murs en béton firent caisse de résonance, provoquant un terrible écho. La première salve toucha l'homme assis, de dos. La moitié de son crâne explosa dans un nuage rougeâtre et son corps chuta vers l'avant, en faisant basculer la table. L'homme de face tomba en arrière et disparut sous la table renversée.

Le tueur s'arrêta. Jeta un coup d'œil par-dessus le viseur pour avoir une vision d'ensemble, avant de gagner à grands pas le centre de la pièce. Le point lumineux du laser balayait l'espace devant lui. La vue était obstruée par les tables et les chaises, mais cela n'avait pas d'importance, car il n'y avait que deux issues : la porte dans le mur et celle derrière lui. Il ralentit l'allure. Contracta les muscles de son dos, de ses bras, de sa nuque.

Il connaissait bien les réactions de l'être humain. Pourchassé, celui-ci tend à se sauver. Tout ce dont il avait besoin, c'était d'une vue dégagée sur la seule issue possible. À la longue, l'angoisse prendrait le dessus et, du fond de sa cachette, il cesserait ses pitoyables prières puis, dans un gémissement affligeant, se ruerait en avant, le pantalon trempé de pisse. Mais il ne ferait même pas la moitié du parcours vers la porte avant d'avoir le cœur et les poumons perforés. Et il mourrait, les yeux brillants de perplexité sous la lumière blafarde du plafond.

L'homme en noir repoussa une chaise sur une table pour mieux jouir du saccage qu'il avait provoqué. Il aperçut le corps qu'il avait troué. À une distance de moins de six ou sept mètres de lui.

Être touché par un tir ne fait pas mal. Pas au début. D'abord, on a l'impression de recevoir un coup de pied paralysant donné par quelqu'un avec une chaussure de ski. Ou un coup de batte de baseball. Quelque chose de si puissant que le corps se fait emporter et que la douleur n'est pas ressentie, mais seulement vue, tel un feu d'artifice chauffé à blanc dans un brouillard rouge. Les signaux venant de la partie du corps déchiquetée sont tellement incompréhensibles, tellement inintelligibles pour le cerveau que la zone atteinte est déconnectée du reste. L'animalité prend alors le relais. Puis arrive la souffrance.

L'impact que reçût son corps fut si violent qu'il fut projeté contre le mur. Il atterrit sur les deux mains quand il tomba à genoux, et la carabine M4 tomba par terre. À cet instant précis, le goût du sang envahissait sa bouche, il prit conscience que son épaule droite était en charpie.

Son bras ne le soutenait plus, il s'écroula en avant et sa tête heurta le linoléum. Le choc, au lieu de le mettre KO, lui éclaircit l'esprit. Il avait été touché. On lui avait tiré dessus. De derrière. Il n'arrivait pas à comprendre. Il avait pourtant vérifié que le champ était libre. Il aurait dû n'y avoir personne. Il roula sur le dos et croisa le regard de l'homme qu'il s'apprêtait à tuer, quelques minutes plus tôt.

Søren Plantenstedt s'était relevé, derrière la table renversée. Il lança vers lui un regard hagard et terrorisé.

— Søren ! Paul !

Le tueur détacha son regard de Plantenstedt et tourna la tête.

Là, près de la porte par laquelle il était entré, se tenait celui qui lui avait tiré dans le dos. Entre ses mains, un Glock semi-automatique. C'était *lui.* Impossible de se tromper, même si le visage tel qu'il apparaissait rasé de frais sur les photos que détenait la Baleine était à présent barbu. Les cheveux blonds en bataille n'avaient pas été lavés depuis longtemps. L'homme était pâle et ne le quittait pas des yeux.

— Søren ! Paul ! appela de nouveau Børre Drange.

Søren Plantenstedt s'appuya sur la table renversée, un gargouillis lui monta de la gorge, il se recroquevilla et vomit. Un liquide mousseux, orangé.

Drange s'avança à grands pas dans la pièce, puis attendit que Plantenstedt ait la force de se redresser et de s'essuyer les yeux et la bouche. Le meurtrier vit les deux pasteurs échanger un regard : Plantenstedt mort de trouille, l'autre impassible. Impassible et glacial.

— Par ici ! fit Drange à Plantenstedt en indiquant la porte du canon de son semi-automatique. – Puis il inspira profondément, s'essuya le front avec la manche de son pull bleu marine et ses yeux ne furent plus que deux fentes. – Maintenant, tu vas mourir, espèce d'ordure ! rugit-t-il en s'avançant vers le tueur à terre.

Les grondements sourds, métalliques, les surprirent tous les deux. Le pasteur tourna instinctivement la tête vers le bruit et l'homme en noir comprit que c'était sa dernière chance s'il voulait rester en vie. Il se jeta en avant, utilisa sa tête et son épaule saine pour se frayer un chemin parmi les tables, faisant s'écrouler les chaises. Il entendit trois coups de feu mais aucun ne le toucha. Il continua de ramper. Puis il s'arrêta, tendit l'oreille. Une intuition. Une intuition qu'il avait eue chaque fois qu'il s'était retrouvé face à la mort et que celle-ci l'avait évité. Il comprit qu'il était seul, que l'homme qui lui avait tiré dessus s'était enfui.

Il se leva.

Du couloir extérieur résonnait un terrible vacarme. Ça sentait la peinture brûlée et le métal fondu. On était en train de scier la porte blindée intérieure avec une puissante disqueuse.

Il se retourna et se mit à courir. Fixa sa carabine à une lanière de son gilet avant d'emprunter le même chemin que ceux qu'il était venu tuer.

75

— DEUX DE PLUS, SOUPIRA FREDRIK. Mais c'est quoi ce bordel ?

Il vit Kafa, penchée au-dessus du cadavre dans le refectoire. Devant lui, Sebastian Koss s'était assis à une des tables en formica. L'inspecteur de police avait les traits pâles et tirés. Il se passa la main dans les cheveux et jeta un regard hagard à Fredrik, secouant la tête sans rien dire. Ce fut Kafa qui, la première, rompit le silence.

— Ce sont les frères, dit-elle à voix basse. L'homme à l'entrée est Fritjof Hennie et lui, là, même si c'est un peu plus difficile à voir, je pense que c'est Paul Espen Hennie. Elle s'éclaircit la voix. Leurs parents habitent Hønefoss.

— Il faudra les prévenir, dit Koss d'une voix blanche. – Il regarda Fredrik en haussant les épaules. – N'est-ce pas ?

— Il a un fils, précisa Fredrik. Paul Espen Hennie a un jeune garçon. C'est ce qu'ont dit les ex-adeptes. Son nom est Johannes.

Brusquement, ils entendirent le souffle de la porte tambour derrière eux. Trois policiers lourdement armés firent irruption, leur casque noir à grande visière courbée accroché à leur ceinture. Le chef semblait ne pas savoir à qui s'adresser de droit. Fredrik lui fit signe de s'approcher.

Le rapport du policier fut bref :

— Nous avons bien des patrouilles à l'extérieur, mais rien pour l'instant.

La brigade d'intervention était arrivée par hélicoptère d'Oslo à peu près en même temps que la police du Telemark découpait les portes extérieures. Fredrik les suivit tandis qu'ils passaient en revue les différentes pièces, l'une après l'autre, après avoir sécurisé le petit sac à dos qui contenait des explosifs dans le couloir. Du C4. Comme ceux employés à l'Opéra.

Le Fjellmagasin se composait de trois chambres à coucher et d'un grand entrepôt, derrière la large porte tout au fond.

— J'aimerais vous montrer quelque chose, dit le chef de brigade.

Kafa et Fredrik l'accompagnèrent. Le policier s'arrêta près de la porte blindée séparant la partie habitée du couloir menant vers l'extérieur.

— Regardez ici, dit-il en se mettant à genoux.

Une plinthe en acier, usée, dépassait du sol en béton d'environ un centimètre. Le long de la plinthe, il y avait un fil en silicone, guère plus épais qu'un cheveu.

— C'est un système d'alarme. Le fil était fixé ici, dans la porte blindée, expliqua-t-il en indiquant un tout petit crochet dans la porte, à quelques centimètres au-dessus du sol.

Une boucle du fil arraché y était toujours accrochée. L'autre bout disparaissait dans un trou du mur.

— Le fil est assez long pour que la porte s'ouvre d'une quinzaine de centimètres avant qu'il se rompe. – L'homme en uniforme se retourna vers Fredrik et se gratta la tête aux cheveux ras. – Mais ce que je n'ai pas compris, c'est où l'alarme est finalement donnée. Nous avons fouillé deux fois l'entrepôt sans trouver de signaux sonores ou lumineux. Je ne comprends pas comment ça marche.

— Faisons un dernier tour, proposa Fredrik.

Ils commencèrent par la partie couchages. Trois chambres d'affilée, deux lits dans chaque. Fredrik regarda Kafa. Les lits étaient trop peu nombreux pour accueillir la totalité de la communauté disparue. Le policier leur fit signe de le rejoindre dans la pièce du milieu. Là, il leur désigna une porte basse, de la taille d'une armoire, entre les lits : une sortie de secours. Celle-ci menait à un couloir qui sortait de la montagne, du côté opposé à l'entrée principale. Ils ouvrirent la porte. Les murs et le plafond de l'étroit couloir avaient été creusés dans la roche, à la dynamite. Il y faisait humide et la température ne devait pas excéder les sept ou huit degrés. Au plafond pendaient de faibles ampoules nues. Leurs pas firent un bruit d'écho mouillé. Après avoir parcouru une dizaine de mètres, ils découvrirent une autre porte blindée sur le mur latéral.

— Celle-ci mène à l'entrepôt principal. Le couloir lui-même continue encore sur une cinquantaine de mètres et se termine par une porte solide qui débouche sur l'extérieur. Elle était ouverte, précisa-t-il.

— L'issue pour s'enfuir, dit lentement Kafa.

Ils entrèrent dans l'entrepôt principal. La hauteur sous plafond y était d'au moins quinze mètres. Comme dans le reste de l'entrepôt, la température était bien plus agréable. L'air était sec. La porte vers l'issue de secours claqua derrière eux.

— Vous avez remarqué ? demanda Kafa.

Les deux autres eurent l'air étonné.

— Il y a une surpression ici. C'est pourquoi la porte claque si fort. Vous ne l'avez pas senti dans vos oreilles ?

Les deux hommes en convinrent.

— La pression élevée fait que l'air pollué à l'extérieur ne peut pas pénétrer à l'intérieur. Ce qui est utile, par exemple, contre les radiations après une attaque nucléaire. Mais de telles installations de surpression sont onéreuses à maintenir. Normalement, on ne fait marcher l'installation que s'il y a un réel danger de contamination... – Kafa marqua un temps d'hésitation. – Ils avaient aussi une installation de ce type à Solro qui fonctionnait, ajouta-t-elle.

À leur retour, Sebastian Koss n'avait pas bougé. La mine renfrognée, il leur fit signe de s'approcher.

— Asseyez-vous.

C'était à mi-chemin entre un ordre et une supplication. Fredrik lui tourna ostensiblement le dos en versant du thermos deux tasses de café fumant. Puis il poussa l'une des tasses sur la table. Gênée, Kafa le remercia. Koss avait les yeux rivés sur lui, les muscles de la mâchoire tendus. Les deux enquêteurs lui parlèrent de l'issue de secours.

— Nous supposons par conséquent que six personnes, maximum, ont séjourné ici, conclut Koss. Deux ont été tuées, ce qui signifie qu'il en reste deux à quatre en fuite.

— Il y a lieu de croire qu'Annette Wetre a vécu ici, avec William. Les frères Hennie faisaient partie du groupe de la cave, le noyau dur de la communauté. Tout comme elle, intervint Kafa.

Koss la regarda Pas méchamment mais las, les yeux vides.

— Cela paraît vraisemblable.

— Le portable de Søren Plantenstedt a été utilisé le long de la route E18 après le massacre. En comptant les frères Hennie, Annette et William, nous savons donc ce que faisaient ces cinq personnes. Est-ce que la sixième était Børre

Drange ? Autrement dit, les deux pasteurs doivent être en fuite, dit Kafa.

Koss ne contesta pas. Au contraire, il continua d'une voix morne :

— Ce qui nous ramène à cette question : qu'est-ce qui s'est passé ici, putain ?

Il tambourinait si fort sur la table que Fredrik craignit de voir son doigt se casser.

— Il n'y a que deux explications possibles, analysa Fredrik. Soit il y a eu une révolte interne. Soit il y a eu une attaque venant de l'extérieur.

— Non, corrigea Kafa. Il n'y a qu'une explication possible.

Koss la dévisagea avec surprise. Fredrik savait qu'il n'avait pas l'habitude de policiers qui contredisaient ses supérieurs. Koss n'aimait pas cela. Mais Fredrik le soupçonnait de faire une exception – une grande exception – quand cela le concernait, lui, Beier.

— Fritjof Hennie a été tué en premier, par une balle dans le dos et à l'arrière de la tête, à l'extérieur du bunker. Ce qu'attestent les traces de sang dehors, n'est-ce pas ?

— En effet..., bredouilla Koss.

— Il a dû être surpris. L'agresseur a caché le cadavre à l'intérieur, mais il n'a pas eu le temps d'effacer les traces de sang. – Le regard de Kafa alla de Koss à Fredrik. – Ce qui veut dire que quelqu'un l'attendait dehors. Quelqu'un qui n'avait pas pu entrer. Quelqu'un qui n'était pas le bienvenu. Un agresseur venant de l'extérieur.

Comme personne ne disait mot, elle poursuivit :

— Quand l'agresseur a ouvert la porte numéro deux, il a déclenché une alarme. Sans s'en rendre compte. Il s'est avancé jusqu'ici, dans le réfectoire, où il a tiré sur Paul Espen Hennie à l'arrière de la tête et dans le dos. Toutes les balles sont logées dans la partie supérieure du corps. Ce qui laisse supposer que Hennie était assis quand il a été abattu. Il a donc été pris de court.

Fredrik vit Koss hausser un sourcil. Visiblement impressionné.

— Bon.

— Ensuite, on retrouve des traces de sang ici. – Kafa se leva pour les montrer sur le mur. – Une troisième personne a reçu une balle ici et je crois pouvoir affirmer qu'il s'agit de l'agresseur.

Fredrik ne put s'empêcher de sourire.

— Ah bon ? Et comment savez-vous que le sang provient d'une tierce personne ? l'interrogea Koss.

— Paul Espen Hennie a été abattu avec une arme automatique, dit-elle. Regardez les blessures. Et les éclaboussures de sang.

Elle contourna l'un des experts accroupis près du cadavre. Les deux hommes se levèrent. Du sang avait giclé sur tout le plan de travail et constellé le mur de la cuisine.

— Ici, on n'a que de petites flaques de sang par terre, ainsi qu'une projection de fines gouttelettes sur le mur. – Elle pointa le doigt vers une marque dans le béton, sur la gauche, à environ cinquante centimètres des fines éclaboussures. – Et voici le projectile. Une balle de 9 mm. C'est-à-dire une arme de poing. – Elle revint vers eux. – Fritjof Hennie a été abattu à l'extérieur avec un pistolet. C'est logique parce que l'auteur s'était caché. Il a pu attaquer au bon moment et à l'heure choisie. Je ne crois pas me tromper en disant qu'il a utilisé un silencieux. Parce que s'il avait agi à découvert, avec le risque d'être repéré, il n'aurait pas pris la peine de dissimuler le cadavre. – Kafa avala une rapide gorgée de café avant de poursuivre. – Mais à l'intérieur, l'agresseur ne savait pas à quoi s'attendre. C'est pour cela qu'il s'est servi de son arme automatique. Il a surpris et tué Paul Espen Hennie avant d'être pris à revers et de se faire lui-même canarder, ici, près du mur. Ce qui a permis aux pasteurs de s'enfuir. L'agresseur les a suivis, en empruntant l'issue de secours, sans nous rencontrer.

Koss et Fredrik se regardèrent avant que Koss, hésitant, s'éclaircisse la voix.

— On verra bien, dit-il lentement. On verra bien ce que révéleront les analyses.

Puis il s'en alla à pas lents.

Fredrik adressa à la jeune femme un sourire en coin.

— Si vous avez raison, nous avons fait un grand pas en avant, dit-il tout bas. Car si le sang sur le mur est bien celui de l'agresseur, nous avons enfin une chance de l'identifier.

76

FREDRIK SE RÉVEILLA EN SURSAUT. Il n'avait guère dormi. Juste assoupi tandis que son cerveau continuait à travailler sur ce qu'il avait vu dans le bunker. Ou plutôt ce qu'il n'avait *pas* vu.

Il ne pouvait s'empêcher de songer à la raison de leur venue : la disparition des deux homosexuels. Où se trouvaient-ils, maintenant ? Eux, ou du moins leurs cadavres ? Y avait-il une autre cachette ?

Quelque chose ne tournait pas rond. Cela l'avait contrarié pendant tout ce temps, et il saisissait enfin de quoi il s'agissait. Les explosifs. Le C4 était un explosif de l'armée, difficile à se procurer. Puisque le C4 avait été utilisé à l'Opéra, il supposa que c'était quelque chose que l'agresseur avait apporté avec lui. Mais pourquoi en avait-il besoin dans l'abri ? Le but n'était certainement pas le dynamitage des portes, lequel aurait occasionné trop de bruit, laissant largement aux deux pasteurs le temps de s'enfuir ou d'organiser une défense. Le but n'était pas non plus de dynamiter l'ensemble de l'installation. La quantité d'explosifs était bien trop insuffisante. Il y avait donc une autre raison, quelque chose, au cœur de la montagne, qu'il fallait détruire, rayer de la carte. Qu'il fallait rendre introuvable.

Tiens donc… Rayer de la carte ? Il se redressa dans son lit. Il faisait encore nuit. L'horloge indiquait 3 h 50. Ils avaient négligé un détail. Maintenant il savait quoi. Cela le réveilla tout à fait. Il se leva, jeta un coup d'œil sur la ville endormie. Il était si sûr de lui qu'il prit le temps de brancher la bouilloire, aller dans la salle de bains pour se débarbouiller le visage. Puis, il noua une serviette autour de sa taille et s'assit à la table qui lui servait de bureau. Alors seulement, il déplia de nouveau les plans du site. Un rapide coup d'œil lui suffit pour en avoir la certitude. C'était évident. Ç'avait été sous son nez, toute cette foutue journée, sans qu'il le voie…

Au téléphone, Kafa était encore somnolente.

— L'entrepôt principal, Kafa, est beaucoup trop petit, dit-il tout à trac, sans lui laisser le temps de reprendre ses esprits. – Je suis en train de regarder les plans du site. Selon la carte, il devrait être beaucoup plus grand. Il y a forcément une pièce cachée dans le bunker. Il doit y avoir une entrée à partir de l'entrepôt principal. Il doit y avoir un autre laboratoire.

Kafa reprit sa respiration.

— Oui… bon…, bafouilla-t-elle en se raclant la gorge. Pourquoi croyez-vous qu'il y ait aussi un laboratoire ?

— La surpression. La surpression dans l'abri n'est pas destinée à éviter une contamination venant de l'extérieur. Elle doit empêcher une contamination venant *de l'intérieur*. Du laboratoire. Pour garantir que l'air en provenance du laboratoire soit ventilé à l'extérieur.

— Et alors ? Mais dans quel but ?

— Je n'en sais foutrement rien. Mais dans dix minutes, rendez-vous dans le lobby pour tirer ça au clair. Je vous laisse avertir la brigade d'intervention pendant que, moi, je préviens Koss.

Il leur fallut une heure entière pour découvrir la porte secrète. Elle était bien cachée.

Fredrik s'était trompé sur un seul point. La porte ne se trouvait pas dans l'entrepôt principal. Le mur qui y avait été monté était solide et compact, et ils envisageaient de percer le béton quand Kafa les appela de la cuisine.

Fredrik, Sebastian Koss et quatre hommes de la brigade d'intervention passèrent avec précaution devant les techniciens qui continuaient leur travail dans le réfectoire. En attente de la morgue, le cadavre de Paul Espen Hennie reposait toujours sous un drap sur une civière. La matière cérébrale était restée au sol.

La cuisine, simple prolongement de la cantine, était constituée d'étagères, de plans de travail, de lave-vaisselle, de deux grandes cuisinières, de congélateurs et de réfrigérateurs. Le tout en alu brossé. Sur les étagères, des centaines de tasses, d'assiettes et de verres sous une épaisse couche de poussière.

Kafa pointa le doigt vers ce qui ressemblait à un conduit de ventilation, à environ deux mètres et demi sur le mur au-dessus de l'un des réfrigérateurs. Puis elle balaya le sol du pied. De fines rayures courbes dans le linoléum indiquaient que le réfrigérateur avait été récemment déplacé.

Fredrik chercha une chaise et mit la main devant la grille du conduit.

— L'air est aspiré hors de la cuisine, constata-t-il.

Kafa se tourna vers les autres pour leur expliquer.

On n'avait pas cherché à camoufler la porte métallique laquée en blanc, derrière le réfrigérateur. Elle était verrouillée, mais après quatre minutes d'efforts au chalumeau, ils entendirent le petit bruit chantant du barillet de la serrure heurtant le sol. La brigade d'intervention enfila des masques à gaz et se mit en position, un homme posté de chaque côté de la porte et deux prêts à forcer le passage.

Fredrik et Kafa attachèrent leur holster, et Koss enfila un gilet pare-balles. Le chef de la brigade d'intervention tourna son regard vers eux, guettant le feu vert de Koss. Au signal, il enfonça la porte d'un coup de pied et s'engouffra dans l'obscurité.

— Police ! hurla-t-il.

Les policiers sur les côtés n'eurent que le temps de franchir le seuil avant qu'une violente explosion les projette en arrière. Ils atterrirent sur le dos, s'enroulant comme des pieuvres anesthésiées.

L'éclair de lumière aveuglant, suivi d'un fracas assourdissant, força tout le monde à se jeter à plat ventre. Fredrik fut immédiatement couvert de sueur. Il avait les tympans en feu et le sang qui lui battait les tempes. Il suffoquait mais essaya de toutes ses forces de garder ses poumons remplis d'air, sentant monter la nausée pour peu qu'il relâche le diaphragme. Il ressentit un picotement dans les bras et les jambes. Et il avait froid. C'était la peur. La scène devant lui rétrécissait. Des cloisons sombres se refermaient sur lui. Son champ de vision s'amenuisait. Il n'allait pas s'en sortir. Koss l'observait à travers le nuage de poussière. Fredrik se pencha en avant et plaqua les mains au sol. Il s'immobilisa ainsi. À quatre pattes. Il lui sembla percevoir des cris. Cela ne venait pas de lui. Il se concentra sur sa respiration. Des inspirations brèves. Respirer. Encore.

Fredrik Beier avait reçu son premier tourne-disque à treize ans. Parfois, il appuyait son pouce si fortement contre le cercle de papier au centre du disque que la rotation s'arrêtait et la musique avec. Puis il relâchait le tout. Il avait toujours été fasciné par ce moment, la fraction de seconde avant que la vitesse redevienne normale. Comme si le temps se suspendait et avait besoin d'un instant avant de reprendre son cours. C'était précisément le sentiment qu'il éprouva en ouvrant les yeux. Il emplit ses poumons de poussière et d'oxygène, et leva la tête.

Le mur entier devant lui était fissuré de guingois. Le chambranle de la porte avait dû bouger sous l'explosion, parce que la porte métallique restée entrouverte émettait un grincement chaque fois que la pompe à vide l'aspirait vers elle. Les deux policiers projetés en arrière par l'explosion s'étaient relevés et se penchaient déjà sur leur collègue étendu au sol : celui qui s'était précipité derrière le chef de brigade.

Kafa et Koss avaient disparu. L'un des techniciens passa devant Fredrik en courant. Sa combinaison de protection blanche était tachée de sang sur le devant et il avait ôté la capuche qui formait dans son dos comme une bosse blanc verdâtre. À la main, il tenait un défibrillateur. Il repoussa la porte métallique et s'enfonça dans l'obscurité.

Puis Fredrik revint complètement à lui.

Le pistolet était toujours dans son holster, à la cuisse. Ses vêtements étaient froids, baignés de sueur. Mais l'arythmie cardiaque avait disparu. Ses sens exacerbés dépistaient toutes les impressions autour de lui, et son cerveau les enregistrait avec une acuité extrême. Fredrik remonta ses lunettes sur son nez et commença à se relever.

En avançant, il vit le regard du policier à terre. Il avait l'air perdu et en colère. Ses collègues étaient en train de bander sa cheville et lui-même tenait une compresse contre son menton.

— Tenez ça !

L'ordre de Kafa était sans appel. Fredrik se trouvait dans l'ouverture de la porte. Dans l'étroit couloir sombre, parallèle au mur de la cuisine, Sebastian Koss et le technicien étaient agenouillés, le chef de la brigade d'intervention allongé entre eux. Kafa tendit une torche puissante à Fredrik. Elle le dépassa au pas de course. Il s'appuya au chambranle.

— Je vais chercher une lampe. L'ambulance est en route.

Koss et le technicien avaient arraché les vêtements sur le thorax du policier blessé et, tandis que Koss effectuait un massage cardiaque avec des pressions rapides et précises, l'autre tentait de fixer les électrodes sur le torse poilu. Le policier avait la peau jaunâtre et luisante, les yeux fermés. Au retour de Kafa avec une lampe halogène puissante, les électrodes étaient déjà en place. À la lumière, Fredrik vit que la jambe gauche du policier avait été emportée, à la hauteur du genou. Un foulard garrottait fermement le moignon. La jambe droite était en place, mais présentait un angle bizarre, en haut du mollet.

— C'était un fil piégé. Comme celui dans le couloir, dit Kafa. – Chacun était assis d'un côté de la jambe restante pour découper le pantalon. – Un dispositif explosif fixé en bas du mur. Une mine, je crois.

Elle se tourna vers Fredrik. Elle avait des gouttelettes de sang sur le visage. Ses grands yeux étaient clairs et lumineux. Elle travaillait rapidement, efficace, consciente de ses moindres gestes. Le tibia était brisé et l'os blanc pointait d'une plaie ouverte.

— Ça va ? Vous allez bien ? demanda-t-elle à voix basse.

Fredrik lui fit oui de la tête.

— Pendant un moment, je n'ai pas pu respirer, répondit-il. J'ai dû prendre de la poussière dans les poumons.

Ils portaient le blessé hors de l'étroit couloir quand les ambulanciers arrivèrent.

— Je l'accompagne à l'hôpital. Vous restez ici. La police de Skien est en route et la brigade spécialisée dans les explosifs a été alertée. Plus personne n'a accès à la zone sans mon autorisation. Plus d'opération commando en solo pour vous deux. Il ne s'agit pas d'une vendetta personnelle ! Compris ?

Les cheveux de Sebastian Koss pendaient, ébouriffés et poussiéreux. Avec ses manches de chemise relevées jusqu'aux coudes et ses gants en latex, il avait l'air d'un agent de change dans une tranchée de tir. Les yeux plissés, il adressa un regard sévère à Beier et Kafa avant de tourner les talons.

L'étroit couloir derrière le mur de la cuisine mesurait sept à huit mètres de long, et à peine un mètre de large. À l'extrémité opposée se trouvait une porte métallique semblable à celle qui avait déclenché l'explosion.

Les mains dans le dos, Kafa fixait le plafond très haut au-dessus d'eux. Elle avait gardé le gilet pare-balles par-dessus sa veste de survêtement et le pistolet pendait à sa cuisse, sur son jean. Autour du cou, elle portait, comme lui, un masque en plastique blanc muni d'un filtre à air.

Dans la lumière du projecteur, il était facile de voir où le détonateur avait été placé. À environ un mètre à l'intérieur du couloir, à vingt-cinq centimètres du sol, le béton était noirci de suie et fendu. Le détonateur avait provoqué un creux à l'endroit où l'explosif avait été posé.

Comment diable la communauté de la Lumière de Dieu avait-elle réussi à obtenir un tel matériel ? Fredrik se passa la main dans les cheveux, poisseux de sueur et de poussière.

Kafa utilisait une pince à épiler pour recueillir les débris de l'explosif qu'elle consignait dans un sac en plastique transparent. La jambe arrachée du policier était partie avec l'ambulance, mais il restait des morceaux de tissus ensanglantés et des lambeaux de peau autour de la mare de sang.

— Vous ne voulez pas laisser ce travail aux enquêteurs ?

— J'ai besoin de m'occuper, marmonna-t-elle.

Il allait répondre lorsqu'elle redressa la tête, telle une biche qui sent le vent tourner. Elle le fit soudain taire d'un geste de la main. Lui aussi l'avait entendu. Un faible cliquetis. Fredrik se faufila vers la porte fermée au bout du couloir. Il entendit à nouveau le son. Plus fort.

— Ça vient de l'intérieur, dit-il. Il y a quelque chose qui… tape ?

Kafa ne répondit pas. Le cliquetis, plus ou moins fort, était irrégulier.

— Entrons, proposa Fredrik.

— Mais… Koss a été très clair à ce sujet…

— Vous venez de reprendre le travail après avoir failli vous faire brûler la cervelle. Mon ami Jorgen a été tué. L'un de nos collègues vient de se faire exploser. Je me fous de ce que Sebastian Koss dira. Oui, c'est personnel et alors ? Vous savez aussi bien que moi que c'est un être humain qui fait ce bruit. Allons-y.

Kafa le regarda d'un air dubitatif quand il passa devant elle pour aller jeter un coup d'œil au réfectoire. Les policiers locaux arriveraient sous peu. Ils prendraient alors la tête des opérations et Fredrik savait bien ce qu'ils feraient. Rien. Rien sans recevoir des renforts. Il se tourna, détacha le pistolet de son étui, plaça son masque sur sa bouche et son nez.

Kafa était déjà prête.

77

Lista, novembre 1943

DANS LA PIÈCE AVEUGLE, Kolbein perdit la notion du temps. Une heure semblait pareille à une minute et les minutes duraient une éternité.

Neuf nuits étaient passées depuis qu'il avait été placé à côté du laboratoire. Chaque matin, Kjell Klepsland le réveillait, maussade et rigide, avec un plateau de petit déjeuner. Du pain sec et du hareng. Ils n'échangeaient jamais un mot.

Après le petit déjeuner arrivait Elias. Kolbein devait faire le ménage dans la pièce où ils avaient pris le thé. Le reste du temps se déroulait au sein du laboratoire.

À l'extérieur des fenêtres sales, les prisonniers de guerre n'étaient que des ombres grises. La pièce rectangulaire faisait huit mètres sur vingt. Kolbein l'avait mesurée tandis qu'il l'arpentait. Près de la porte, surchargé de documents et d'encyclopédies, un banc en acier séparait la salle en deux. Au milieu, une table d'autopsie avec un creux et une gouttière pour l'évacuation des fluides corporels. Au bout, le docteur avait sa place de travail. Sous le plateau de la table, il y avait un coffre-fort et, sur les étagères, des os humains étaient exposés. Doigts, fémurs, crânes et clavicules. Quelques-uns étaient marqués d'un code chiffré et d'un texte. « 00100434 Europe centrale, avril 1942 », « 002004430 Union soviétique, Oural de l'Est, mai 1942 ». Un os décoloré était marqué d'un « Hg », symbole chimique du mercure.

Chaque fin de matinée, Klepsland venait avec un plateau de déjeuner qu'Elias rapportait dans la villa. Le docteur remplissait ses journées de lecture, de prise de notes et de vérification de son travail. Il demeurait à son poste de travail pendant des heures, grignotant un peu de ses sandwichs et fixant l'air avec une mine pénétrée.

Les premiers jours, il avait appelé Kolbein auprès de lui. Mouillant son pouce pour repousser sa mèche.

— As-tu des contacts avec les autres ?

— Non, avait mentit Kolbein.

— Moi, j'en ai, avait dit Elias sans se faire prier. Elsa.

Kolbein le voyait guetter sa réaction. Un signe de colère, de haine, de désespoir. Il avait raison de chercher. Elsa et Elias avaient-ils eu une relation alors qu'elle était toujours avec lui ? Elsa lui avait-elle été infidèle ? Le tabou couvait depuis si longtemps. Mais il s'était fait une promesse : Elias Brinch n'aurait pas le plaisir de constater toute la douleur qu'il lui avait causée. Alors, il soutenait son regard avec des yeux inexpressifs.

— Les autres… se sont dispersés. John est parti en Écosse. Ulf est retourné en Suède. Et Thomas a été appelé. Le Juif doit se cacher avec les rats. La face de cheval, elle a tout simplement disparu, avait dit Elias.

Après cette conversation, Kolbein et Elias n'avaient plus échangé un mot, ou presque. Ce n'était pas que Kolbein s'y oppose, car il avait besoin de comprendre. Comprendre comment il avait convaincu Elsa de lui retirer sa fille. Comprendre pourquoi il avait jeté son dévolu sur elle, quand il aurait pu avoir n'importe quelle autre femme. Il voulait savoir si Elias avait déjà, en son for intérieur, choisi la voie du mal quand il l'avait pris sous son aile à Vienne. À moins que ce soit le mal qui l'ait choisi ? Tant de questions sans réponse. Par où commencer ? Les mots qui se pressaient dans sa poitrine ne passaient pas le seuil de ses lèvres. Et, de son côté, le professeur restait silencieux.

Dans le laboratoire, Kolbein était libre de ses faits et gestes. Elias agitait nonchalamment la main quand il consultait des carnets, examinait les flacons sur l'étagère de produits chimiques et ouvrait des tiroirs d'archives. Tout était là. Tous les écrits de la Confrérie de Vienne, toutes leurs correspondances et les résultats de leurs travaux. Pourquoi le professeur le retenait-il ici ? Kolbein l'ignorait. Alors il lisait. Les recherches que menait ici le professeur n'étaient en réalité qu'une expérience grandeur nature. Elias avait divisé les prisonniers en trois groupes, fondés sur la race. Dans un block, il y avait les soldats soviétiques d'origine asiatique, dans un autre, une garnison de Lettons et, dans un troisième, des prisonniers de guerre de la plaine ukrainienne. Pendant un mois, tous les prisonniers devaient ingérer des quantités massives de vitamine A. Résultat : de grands dégâts à la rate et au foie dans le groupe un, des dégâts internes moindres mais avec des conséquences physiques plus visibles, telles perte de cheveux et décoloration de la peau dans le groupe deux et, pour finir, le plus grand nombre de décès dans le groupe trois. Deux mois plus tard, une autre expérience avait été effectuée, cette fois en ajoutant du mercure à l'eau potable : dépressions, hallucinations, toux avec expectoration sanguine et crampes musculaires… Vivre dans ce camp avait dû être un enfer. Et les expériences s'étaient poursuivies. Avec la vitamine D. Le fer. Le zinc. Des levures. Le Salvarsan, médicament utilisé contre la syphilis, et l'insuline.

Aucun protocole, aucune expérimentation graduelle. Les produits chimiques, les médicaments et les sels nutritifs étaient testés comme sur des rats. Ceux qui décédaient étaient aussitôt remplacés. Ici, pas d'infirmerie. Seulement une salle d'observation. Logique… Si l'on veut voir les effets d'un surdosage, à quoi bon traiter les symptômes ? Kolbein n'en revenait pas. Comme on était loin de la rigueur prônée par le professeur dans son laboratoire à Vienne ! Même à la fin. Cette méthode qui les avait amenés si loin ! Il se réfugiait par conséquent dans la lecture : jamais il n'avait vu un document aussi fouillé, preuves à l'appui, pour démontrer l'inégalité biologique entre les races.

À la fin du déjeuner, l'après-midi du neuvième jour, le professeur s'était levé et lui avait déclaré, en se plantant devant lui :

— Ce soir, nous allons célébrer la prière de repentance avec nos amis allemands. Tu es attendu dans la villa.

78

Il y eut un chuintement quand Fredrik s'appuya sur la porte pour l'ouvrir. Un violent rayon de lumière se projeta sur le béton. Lentement, il tâtonna à la recherche de fils d'alarme éventuels.

— Rien, chuchota-t-il.

Ils tendirent l'oreille. Les coups résonnaient plus fort. Il poussa la porte encore de dix centimètres, contrôla de nouveau le seuil. Encore cinq centimètres, assez pour que Kafa puisse se faufiler à l'intérieur. Elle tenait le pistolet contre sa hanche. Son masque pour respirer lui effleura la poitrine quand elle passa devant lui.

— Oh mon Dieu ! l'entendit-il soupirer. – Elle tourna le visage vers lui. – Vous pouvez entrer.

La pièce faisait la taille d'une salle de gym. Du plafond creusé dans la roche pendaient des néons dont la lumière blafarde se reflétait sur un banc en aluminium, au centre. Le long des murs, on voyait les mêmes étagères, les mêmes instruments et les mêmes armoires réfrigérées qu'à Solro. Un laboratoire. Devant le mur, on avait érigé une cloison d'environ deux mètres de haut, dotée de trois portes menant à ce qui devait être de petits espaces clos à l'intérieur de la grande pièce. Une forte odeur de produit désinfectant leur piqua le nez. Mêlée à une autre odeur. La puanteur douce-reuse et écœurante de cadavres.

Il y avait sur le sol, devant le banc en aluminium, une bâche blanche en plastique avec, étalés dessus, les morceaux découpés d'un corps humain. Un crâne avec des cheveux bruns, lisses, le visage tourné vers la bâche, et une partie sectionnée, rouge sombre, béante, les vertèbres cervicales et le larynx bien apparents. L'abdomen avait été coupé juste sous le nombril et à cinq centimètres du haut des cuisses. Les chevilles et les pieds. La cage thoracique avait été entiè-rement disséquée. Et les mains. Il manquait le petit doigt de la main gauche. Sur le banc en aluminium était posée une tronçonneuse électrique. De celles dont on se sert dans les abattoirs.

Leurs regards se croisèrent. Fredrik serra la crosse de son pistolet et déglutit. Chacun contourna le banc d'un côté. Kafa passa devant les étagères et les armoires. Au moment d'enjamber le cadavre mutilé, Fredrik ne put s'empêcher de jeter un coup d'œil. La cage thoracique abritait toujours le cœur et les poumons. La poche de l'estomac avait glissé, ruinant l'incision nette, et pendait comme un sac de cor-nemuse ratatiné sur le plastique. La décomposition avait commencé. Fredrik déglutit de nouveau et détourna le regard. Les coups étaient plus sonores, à présent. Ils venaient de la première porte.

Après avoir passé le laboratoire au peigne fin, ils eurent la quasi-certitude qu'il n'y avait pas de piège.

Ils ouvrirent une des armoires réfrigérées à double battant, le long du mur. Elle était pleine à craquer. D'un côté, des tubes à essai, par centaines, dans leurs supports en plastique, fermés par un bouchon bleu et contenant une solution aqueuse. De l'autre côté, des boîtes de Petri empilées les unes sur les autres. Dix rangées de dix en hauteur. Quelques-unes paraissaient vides, d'autres remplies de diverses substances. Le contenu de certaines ressemblait à de petites méduses bleues, pour d'autres, il faisait penser à de la moisissure grisâtre et à du sperme séché. Kafa ferma l'armoire réfrigérée et le regarda. Ils n'avaient pas besoin de parler. Ils n'allaient pas tarder à savoir. Clic-clic-clic, entendaient-ils. Fredrik montra la dernière porte dans le mur.

— Commençons par là. Nous ouvrirons celle d'où proviennent les bruits à la fin.

Il prit position. Des deux mains, il tint fermement son pistolet. Sans peur, sans sueur, sans battement intempestif du cœur. Il fit signe à Kafa du canon de son arme et elle ouvrit. La porte était sombre et petite. Près du mur se trouvait un poêle à combustion. Les restes de corps qu'ils avaient vus étaient taillés aux dimensions de l'ouverture carrée du poêle.

Dans la pièce suivante étaient entreposées des étagères, toutes remplies d'ustensiles de laboratoire.

Les coups avaient cessé. Fredrik se mit en position de tir. Kafa le regarda, tendue. Elle avait le front luisant et la mâchoire inférieure crispée. Guettant son signal pour ouvrir la dernière porte.

Les murs et le plafond y étaient enduits de plâtre, comme dans les deux pièces précédentes, avec en sus une épaisse grille en acier, où étaient fixées, le long des murs latéraux, des couchettes étroites. Un imposant radiateur électrique maintenait la température bien au-dessus de vingt degrés. La porte, qui de l'autre côté ne semblait pas très robuste, était renforcée de l'intérieur par une épaisse plaque d'acier. La poignée avait été retirée.

Il n'y avait pourtant aucun danger que l'homme nu, allongé sur une des couchettes, s'enfuie. Le matelas était fixé avec du sparadrap et un drap aux taches jaunies pendait sur la tête de lit. L'homme était de taille moyenne et sa peau, qui avait dû avoir une belle couleur, éclatante de santé, était à présent d'une pâleur maladive. Des boucles sombres et sales tombaient sur son visage amaigri. Un visage recouvert de verrues purulentes. Celles qui avaient été percées laissaient entrevoir une peau jaunâtre et poisseuse. Le visage était le plus attaqué, mais les bras, la poitrine et les jambes aussi étaient envahis de cloques aussi grosses que des grains de café. Son souffle émettait des glougloutements enroués et la poche à perfusion emplie d'un liquide transparent était presque vide. Excréments, urine, odeur graisseuse et douceâtre des vésicules crevées – la puanteur était telle que Fredrik fut saisi de vomissements. Quand l'homme entrouvrit les yeux et les aperçut, il leva doucement les mains de haut en bas, faisant cliqueter les menottes qui attachaient ses poignets aux barreaux du lit.

— C'est Pio, murmura Kafa. Nous avons retrouvé Pio Otamendi et Carl Josefsen.

Pour Fredrik, à partir de là, tout devint confus. Les policiers locaux débarquèrent. Puis des hommes tout en jaune dans leur combinaison intégrale de protection, étanche contre les agents infectieux. Ensuite la voix en colère de Koss au téléphone. Sa respiration découragée. Le message comme quoi le policier de la brigade d'intervention avait succombé à ses blessures.

— Vous avez vu ceci ?

Cette voix déchira le voile qui lui obscurcissait le cerveau et il se tourna vers Kafa. La forte lumière du laboratoire l'aveuglait et il plissa les yeux pour voir ce qu'elle tenait entre ses mains. Une photo.

— Elle était accrochée au mur au-dessus du microscope, là, déclara-t-elle en pointant le doigt.

C'était un cliché en noir et blanc. Huit personnes. Cinq debout, trois assises. La photo avait été prise devant un bâtiment somptueux qui ne lui disait rien. Les personnes debout étaient toutes des hommes, quatre d'entre eux portaient des costumes sombres, et le plus petit, un individu aux cheveux frisés et aux lunettes rondes, portait une blouse comme celle d'un médecin. Ils souriaient. L'un fumait la pipe.

Devant eux était assis l'homme qui, à l'évidence, était au centre de l'image. Il était un peu plus âgé que les autres, la quarantaine, peut-être. Le buste légèrement en avant, il fixait l'objectif. Et il avait deux femmes à ses côtés. On aurait dit le jour et la nuit : l'une avait les traits grossiers, la mâchoire carrée, le visage inexpressif, tandis que l'autre était svelte avec un regard charmeur. « Vienne 1931 », était-il écrit dans le coin à droite, suivi de : « La Confrérie de Vienne continue d'exister. Ton ami Elias. »

Fredrik secoua la tête sans comprendre. Kafa retourna la photo. Au dos, sur un papier kraft, étaient écrits huit noms d'une fine écriture affirmée.

Elle lut à haute voix : « De gauche à droite : Ulf Plantestedt, *en vie.* Thomas Bergmann Hagelin, *décédé.* Kolbein I. Monsen, *décédé.* John Monkland Acton, *décédé.* Sigmund Blatt, *décédé.* Lyobov Pasechnika, *en vie ?* Elias Brinch, *en vie.* Elsa Schrader, *décédée.* »

Fredrik fronça les sourcils.

— Ulf Plantenstedt ? répéta-t-il d'une voix hésitante.

— Moi aussi, ça m'a tout de suite fait tilt, dit Kafa.

Il lui prit la photographie des mains et la retourna pour examiner attentivement le jeune homme un peu gros, dans un costume rayé sombre.

— Ça ne peut pas être un pur hasard.

Ulf Plantenstedt. Søren Plantenstedt. Ce nom n'était pas répandu. Était-il son fils ? Son petit-fils ?

Kafa comprit son raisonnement.

— Les parents de Søren Plantenstedt sont morts, dit-elle. Vous ne vous souvenez pas qu'on en avait parlé ? Avant d'être attaqués dans le grenier ?

Fredrik fit vaguement non de la tête.

— Les parents de Søren Plantenstedt sont morts quand il avait douze ans. Dans un accident de voiture. Ensuite il a vécu chez ses grands-parents. Il est parti de chez eux quand sa grand-mère est morte, ajouta-t-elle.

Fredrik allait lui rendre la photo quand il eut une intuition. Il contrôla les noms au dos, puis scruta l'homme au second plan, debout au milieu : il était de taille moyenne, les cheveux châtain clair et un sourire malicieux sur les lèvres.

— Kolbein I. Monsen, déclara-t-il tout à coup. Cet homme-là, je l'ai rencontré. Il n'est pas mort. – Il fit un pas en arrière et regarda Kafa. – Il était présent lors d'une réunion de vétérans à la Société militaire d'Oslo. Il est très âgé. Un héros de la Seconde Guerre mondiale, ou quelque chose dans le genre. Andreas et moi étions là pour interroger Kari Lise Wetre qui était présente ce soir-là. Il était assis à côté d'elle à table.

79

LE CIEL ÉTAIT BAS SUR L'EAU. Fredrik se tenait au bord du fleuve, avec des petits cailloux dans la main. La matinée n'avait été qu'un songe après l'autre, dans un sommeil agité.

Il en jeta quelques-uns dans les remous du courant près de la rive. Les cailloux furent secoués quelques secondes avant de couler au fond. Accomplissant leur destin. Il était presque seize heures.

Comment concevoir ce qu'il avait vu ? Sur le lit, dans la cellule du prisonnier, dans le laboratoire ? Un homme découpé en morceaux, un autre ravagé par la maladie. Cela changeait tout…

Jusqu'ici, il n'avait poursuivi que des ombres. Un meurtrier suivant un motif incompréhensible qui avait massacré les membres d'une petite communauté, dans une ferme en un lieu reculé. La cave secrète, les tendances sectaires et les préparatifs pour le jour du Jugement dernier ; il avait compris, bien sûr, que quelque chose n'allait pas, là-dedans, mais de là à enlever, torturer et tuer des innocents !

Il tenait bien en main un galet de granit. Il recula d'un pas et visa un vieux poteau fiché dans la vase du fleuve. Puis il se répéta à voix haute :

— Cette communauté a enlevé, torturé et tué des innocents.

La pierre rata la cible de plusieurs mètres.

Alors qui était l'homme qu'ils avaient traqué ? L'assassin de Solro, le monstre sans visage qui avait failli brûler la cervelle de Kafa, qui avait kidnappé et assassiné Annette Wetre. Qui avait kidnappé et éliminé son ami Jørgen. Qui était-ce, putain ? Était-il l'incarnation du mal ou, plus paradoxalement, du bien ?

En tout cas, il comprenait mieux pourquoi Solro avait fait l'objet d'une attaque. *Quelqu'un* était au courant des agissements de la communauté. Et ce quelqu'un était prêt à sacrifier la vie de nombreuses personnes pour que reste secret à jamais ce qui s'était déroulé à Solro et dans le bunker. Il fallait éradiquer le mal par le mal.

Dans la matinée, il s'était rendu compte qu'il connaissait un autre nom sur la photographie : Elias Brinch. Il avait été si épuisé la veille qu'il n'avait pas immédiatement fait le rapprochement. Dans la vieille bible retrouvée dans la chambre à coucher du pasteur Alfsen, il était écrit : « Au professeur E. Brinch, notre plus profonde gratitude. La Société viennoise pour l'hygiène raciale. Vienne, 1936. » Que venait faire ici un chercheur sur la race dans les années trente ? Quel lien avait-il avec les monstruosités commises dans le bunker ?

Il décida de conserver un minuscule quartz d'un blanc scintillant et jeta le reste.

Durant le bref trajet en voiture de Porsgrunn à Skien, Kafa et Koss le mirent au courant des dernières découvertes.

— Le sang dans le réfectoire provient de deux personnes distinctes, dit Koss. La première est Paul Espen Hennie, la seconde s'est fait tirer dessus près du mur et là, nous ne trouvons rien. Nous avons envoyé une demande à Interpol, poursuivit-il.

— Alors vous aviez raison, Kafa. C'est bien le sang du meurtrier.

Avant d'enlever ses lunettes et de les nettoyer grossièrement avec un pan de sa chemise, Fredrik vit la jeune femme esquisser un sourire.

— On en a l'impression, effectivement, confirma Koss avant d'ajouter que les échantillons prélevés au laboratoire étaient en cours d'analyse.

Ils s'arrêtèrent devant la gare de Skien. Kafa, bien malgré elle, devait rentrer à Oslo pour apporter son aide à Andreas.

— La mine qui a sauté est d'origine militaire. C'est une mine antipersonnel, déclara-t-elle en se tournant vers Fredrik sur le siège arrière.

Il fronça les sourcils.

— Je ne savais pas que la Défense employait des mines antipersonnel. Est-ce que ce n'est pas interdit par la convention d'Ottawa ?

Elle haussa les épaules.

— La Défense n'en a plus. Selon le numéro de série, cette mine a été détruite il y a dix ans.

Kafa descendit de la voiture et ils la suivirent des yeux, s'élancer courbée en avant sous la bruine. Koss avait la main sur la clé de contact. Lui non plus ne semblait guère avoir dormi. Il avait la peau terne, des poches sous les yeux.

— Je ne comprends pas comment le meurtrier est arrivé ici avant nous, lâcha-t-il, furieux.

Il démarra, direction l'hôpital de la ville.

Le bureau de la chef du service, Margrethe Hansson, n'avait qu'une fenêtre donnant sur la place en bitume et deux chaises qui les attendaient. Koss s'assit sur l'une, Fredrik préféra patienter debout, et examiner les vieilles seringues encadrées, exposées au mur. La porte derrière lui s'ouvrit et une petite femme robuste, la cinquantaine, les cheveux gris coupés court, entra dans la pièce. Elle referma rapidement derrière elle. Une déformation professionnelle ici, dans le service des maladies contagieuses, songea Fredrik.

Sans les saluer, Margrethe Hansson posa son imposant fessier sur une chaise de type bar, derrière son bureau, et mit ses lunettes.

— Je regrette de vous avoir fait attendre, dit-elle d'une voix grave. J'ai été en réunion toute la journée. C'est une situation assez inhabituelle pour nous.

— Je me présente, inspecteur Koss, et voici mon collègue, Fredrik Beier, dit-il avec un regard glacial. Pouvez-vous nous donner vos conclusions jusqu'ici ?

— Le patient a la variole, dit-elle simplement.

Koss hocha vigoureusement la tête mais l'expression du visage du médecin le fit se raidir.

— Je ne suis pas sûre que vous compreniez ce que cela signifie.

Des nombreuses épidémies qui ont ravagé la race humaine, la variole est peut-être l'une des pires. Rien qu'au siècle dernier, le virus a tué au moins trois cents millions de gens. Soit cinq fois plus de victimes que la Seconde Guerre mondiale.

C'est un malentendu de dire que les Espagnols ont décimé les majestueux Incas au XVIe siècle : le virus de la variole qu'ils ont apporté, extrêmement contagieux, s'est chargé de le faire pour eux. Chez une population qui n'avait jamais connu d'épidémie, il y eut soixante à quatre-vingt-quinze pour cent de mortalité. Autrement dit, dix-neuf personnes contaminées sur vingt ne survécurent pas. Une hécatombe. Et même aujourd'hui, il faut savoir qu'une personne sur trois décède en cas de contamination. La maladie se manifeste par une forte fièvre, des céphalées et des tremblements. Ensuite, le corps se couvre de petits boutons rouges qui se transforment en pustules. Même sur les paumes et sous les pieds, la langue et la bouche. Certains ont de violentes hémorragies sous-cutanées, d'autres meurent d'une hémorragie du foie, de la vessie ou des ovaires. Et ceux qui guérissent gardent leur vie durant d'affreuses cicatrices. Il n'est pas rare de perdre la vue quand la cornée a été infectée par le virus. D'autres ont les membres déformés.

C'est le médecin britannique Edward Jenner qui, en 1796, a mis au point le premier vaccin efficace. On dit que personne n'a sauvé plus de vies que lui. Jenner avait décidé d'examiner pourquoi les jeunes trayeurs et trayeuses restaient beaux : n'étant presque jamais atteints, peu d'entre eux portaient les cicatrices caractéristiques de la maladie. Il s'aperçut qu'en revanche, ils avaient contracté la vaccine (la variole des vaches), une forme beaucoup plus atténuée de la maladie, avec cette vertu extraordinaire : si vous aviez contracté une fois la vaccine, vous étiez immunisé à vie contre la variole.

En 1796, Edward Jenner inocula à un jeune et pauvre garçon de ferme de huit ans, James Philipps, le contenu des vésicules de vaccine dans une petite blessure cutanée. Le garçon tomba un peu malade, mais se rétablit vite. Et un mois et demi plus tard, le médecin lui fit subir une variolisation. Si Jenner se trompait, l'enfant risquait de mourir. Mais il ne se trompait pas. Le reste de sa vie – il devint le jardinier d'Edward Jenner et vécut jusqu'à soixante-cinq ans –, Philipps subit de nombreuses variolisations sans jamais aucun dommage.

— En 1970, un jeune étudiant en médecine fut contaminé en Afghanistan. Au bout de vingt-cinq jours, il mourut à l'hôpital de Copenhague. Ce fut la dernière victime norvégienne de ce virus. La dernière épidémie naturelle remonte à 1977, en Somalie. En 1978, un photographe britannique est mort après avoir contracté le virus dans un laboratoire. Il transmit la maladie à sa mère, mais celle-ci survécut, et en 1980, l'Organisation mondiale de la santé a déclaré la variole éradiquée, expliqua Margrethe Hansson.

Les deux enquêteurs la regardèrent avec de grands yeux.

— Alors, l'homme ici..., balbutia Sebastian Koss en faisant un geste du pouce, Pio Otamendi a été contaminé par une maladie qui n'existe plus ?

— Il n'est pas exact de dire qu'elle n'existe plus.

— Mais vous venez de dire que...

Hansson l'interrompit.

— Officiellement, il existe deux branches du virus dans le monde. L'une est dans un laboratoire aux États-Unis, l'autre dans un laboratoire en Russie.

— Et pourquoi ? s'étonna Koss.

Ce fut Fredrik qui répondit :

— La variole est une arme biologique. Il était question que les deux pays détruisent la souche, mais aucun ne l'a fait. Dans les années quatre-vingt-dix, on a découvert que les Russes essayaient de développer le virus, pour le rendre plus nocif encore. L'on suppose donc que les Américains ont fait de même.

— Dans les milieux professionnels, enchérit Margrethe Hansson, nous craignons que des groupes terroristes ou des États plus instables que la Russie et les États-Unis possèdent le virus. Car la situation est aujourd'hui, à maints égards, plus explosive que jamais. Mieux vaut ne pas trop y penser..., ajouta-t-elle en respirant profondément. En Norvège, les autorités ont cessé la vaccination antivariolique en 1976. Du coup, personne, à moins d'avoir été vacciné à l'époque, n'est plus immunisé. Une majeure partie de la population mondiale n'a jamais été exposée à la contagion. Une épidémie ferait les mêmes dégâts que chez les Indiens, il y a cinq cents ans. Ce serait de nouveau comme la peste noire. – La chef de service recula son siège et joignit les mains. – Comme vous le comprenez, nous avons eu une journée très chargée.

80

FREDRIK FROTTA L'ENDROIT DE LA PIQÛRE AU BRAS. Dans une semaine, il serait immunisé.

Il avait pu emprunter un pantalon blanc et un tee-shirt. Il vit à présent la tenue qu'il devait enfiler dans le vestiaire : la combinaison jaune de protection contre les agents infectieux, la cagoule, le masque respiratoire, le masque facial encore enveloppé dans un plastique stérile, les lunettes, les gants, les chaussures… Un infirmier l'aida à s'habiller.

« Pio Otamendi est très gravement atteint. J'ai de bonnes raisons de penser qu'il ne survivra pas. Mais il est conscient. J'autorise l'un de vous deux à entrer pendant cinq minutes. Cinq minutes, pas plus », avait dit Hansson. Koss avait acquiescé. Fredrik aurait cru qu'il voudrait se charger lui-même de l'interrogatoire mais, avec une humilité inattendue chez lui, il l'avait envoyé à sa place. « Je crois que t'es meilleur que moi pour ce genre de choses », avait-il dit.

Pio Otamendi entrouvrait à peine les yeux quand l'enquêteur sortit du sas. Il avait encore le corps recouvert de pustules, mais Fredrik trouva malgré tout qu'il semblait légèrement mieux que douze heures plus tôt. Otamendi portait le pyjama propre, bleu clair, de l'hôpital. On lui avait fait sa toilette et soigné ses plaies. Il avait une perfusion au bras et un oxymètre de pouls émettait un bruit régulier. Les deux infirmières près du lit le saluèrent rapidement et quittèrent la chambre.

— Je m'appelle Fredrik Beier. Je suis policier. J'étais là quand on vous a retrouvé.

Un sentiment de répulsion l'envahit à l'idée de toucher ce corps infecté et il dut prendre sur lui pour poser sa main couverte de latex dans celle de Pio. Le contact parut tirer le malade de sa torpeur. Lentement, le Basque tourna son visage vers lui.

— J'ai rêvé de voir quelqu'un passer la porte. Quelqu'un d'autre que… lui, ce monstre. – Sa voix était sèche et flûtée. Il ne faisait aucune faute de grammaire mais s'exprimait avec un léger accent. Il serra la main de Fredrik. – Carl ? Où est Carl ? Personne ne veut me dire comment va Carl.

Fredrik soutint son regard. Ses yeux noirs étaient las. Il avait eu la consigne de dire que Carl allait bien.

— Carl… je ne sais pas. Je n'ai pas les dernières nouvelles. Il a été transporté à Oslo.

Ce qui en soi n'était pas un mensonge : Carl avait bel et bien été transporté à Oslo. Mais pour être autopsié à l'institut médico-légal.

— Ils ont les meilleures équipes là-bas, chuchota Pio.

Fredrik opina.

— Oui, c'est là que nous avons les meilleures équipes, répéta-t-il.

— Ils disent que j'ai… la variole ? *Smallpox*, n'est-ce pas ? *La viruela ?*

Le malade l'interrogea du regard.

— Oui.

Pio Otamendi ne se souvenait pas de l'enlèvement. Mais il se souvenait bien de son réveil, attaché au lit où il avait été retrouvé. Carl était allongé sur la couchette d'à côté. Ils n'avaient été séparés que plusieurs semaines après. Il se souvenait de l'homme qui les tenait à sa merci : un blond aux cheveux en bataille. Il s'était tenu au pied du lit, leur avait souri et s'était penché en avant. Mais impossible de croiser son regard, comme si leur corps était transparent et qu'il voyait à travers. C'était le seul jour où il leur avait adressé la parole : « Vous vivez dans le péché, avait-il déclaré. De même que vous avez tourné le dos à Dieu, Il vous tourne à présent le dos. Mais Dieu est pieux. Même pour ceux qu'Il rejette, Il a un plan. Nous faisons tous partie du plan de Dieu », avait-il conclu, justifiant ses actes ignobles.

Selon Pio Otamendi, la première fois qu'ils étaient tombés malades remontait à plusieurs mois. Ils s'étaient rétablis avant de retomber malades. L'homme blond leur donnait de la nourriture, les rasait, les lavait. Il les changeait, aussi, avant de leur enfoncer un cathéter dans l'urètre. Il lui arrivait de fredonner, mais il ne parlait jamais. S'ils criaient, il les laissait crier. Quand la panique, la solitude et l'angoisse s'emparaient d'eux, quand ils s'agitaient dans leur lit, tiraient sur leurs menottes et mordaient leur langue jusqu'au sang, il les laissait se fatiguer. Il attendait qu'ils soient à moitié morts, le corps pantelant et fiévreux, pour les essuyer et mettre un bout de tissu froid sur leur front.

— Il n'a jamais dit son nom ?

— Non.

— C'est lui ? demanda Fredrik en lui montrant la photo de Børre Drange.

— Oui.

— Est-ce que vous avez parfois vu d'autres personnes ?

— Non, jamais.

En revanche, – Pio avait entendu une voix de femme. À moins qu'il n'ait rêvé.

— C'est pour ça qu'Annette Wetre a pris la fuite, dit Fredrik un peu plus tard dans la voiture. Elle a vu la folie de toute cette entreprise et elle a voulu y échapper.

Børre Drange avait dû se tromper au sujet d'Annette. Il avait dû croire que le fanatisme de la jeune femme était suffisamment fort pour qu'il puisse lui montrer son œuvre démoniaque, ses trophées mourants. C'est pour ça qu'elle avait coupé le petit doigt sur le cadavre de Carl Josefsen, pour qu'il y ait une preuve.

Fredrik se massa les joues. Sa peau était sèche et pas rasée. Le bruit fit se retourner Koss.

— Mais comment est-ce que Børre Drange a pu se procurer le virus de la variole ? Et pourquoi ? Qu'est-ce qu'il voulait en faire ? Torturer d'autres homos ?

En guise de réponse, Fredrik poussa un soupir lent et sonore. Pour lui, cela relevait de l'évidence. Børre Drange avait des plans bien plus étendus que le simple enlèvement, ici et là, d'un homosexuel. Il menait des expériences. Dans un laboratoire, dans des conditions parfaitement maîtrisées, il apprenait, en réalité, à mieux connaître ces maladies. De façon à être préparé. De façon à savoir ce qui arriverait le jour où Dieu lui ordonnerait de répandre le virus.

Il continuait à pleuvoir. C'était l'heure entre chien et loup, les réverbères défilaient en silence. Son téléphone vibra et Fredrik reconnut un numéro de TV2. Il songea un instant à ne pas répondre, mais se ravisa. Il mit le haut-parleur pour que Koss puisse entendre lui aussi la conversation.

— Allô ?

— Fredrik Beier ?

— Oui.

— Ici Carl Solli, le rédacteur en chef de TV2. Nous nous sommes croisés chez Turid et Jørgen Mostu. Après que…

— Oui, je me souviens, répondit Fredrik.

— J'ai essayé toute la journée de joindre un responsable chargé de l'enquête des meurtres à Solro, mais personne ne répond.

Fredrik jeta un coup d'œil à Koss. L'inspecteur de police haussa les épaules.

— Je vous écoute.

— J'appelle pour vous dire que nous savons que l'échange de coups de feu qui a eu lieu dans un bunker situé près de Porsgrunn est lié au massacre de Solro. Nous sommes au courant que deux membres de la communauté ont été tués : les frères Paul et Fritjof Hennie. Nous avons également été informés qu'un policier serait décédé suite à une sorte d'explosion.

— Bon, répondit Fredrik.

Koss se cramponna au volant.

— Et vous tenez ça d'où ?

— Nous ne pouvons pas vous le dire.

Ce n'était pas la peine. Flanqué de deux policiers, un prêtre était allé annoncer aux infortunés parents la mort de leurs deux fils, et après, ça n'était plus qu'une question de temps : les rumeurs se répandaient à la vitesse d'un feu de forêt.

— Alors pourquoi vous m'appelez ?

Carl Solli marqua une courte pause.

— Disons que c'est un service. Je sais que vous étiez furieux contre Jørgen à cause de cette histoire avec les anciens adeptes de la secte. Je trouve donc normal de… de vous informer que nous allons diffuser des infos importantes sur l'affaire. D'ailleurs, nous aimerions recueillir le sentiment de la police sur les derniers événements, cela va de soi.

— Bon, répéta Fredrik. Je ne vais ni confirmer ni commenter quoi que ce soit. Alors si c'est pour ça que vous appelez, ne comptez pas sur moi. C'est à Sebastian Koss qu'il faut vous adresser. Il vous répondra s'il le souhaite.

Koss fit non de la tête. Il y eut un silence à l'autre bout du fil.

— Dans ce cas…, conclut Fredrik qui était sur le point de raccrocher. Mais il changea soudain d'avis. Au fait, Carl, vous savez quoi ?

— Non.

— Ce n'était pas un bunker mais un entrepôt troglodyte.

— Ah ?

— Tant qu'à faire, utilisez les termes exacts.

— En effet.

— Et il y avait deux autres personnes, là-bas. Pio Otamendi et Carl Josefsen, l'homme politique local et son petit ami. Josefsen est mort. Otamendi est en vie. Ils ont été torturés.

Ils pouvaient sentir Carl Solli rester bouche bée. Koss faillit verser dans le fossé.

— Ce n'est plus la peine de me téléphoner, conclut Fredrik avant de raccrocher.

En voyant la mine à la fois déconfite, furieuse et perdue de Koss, il se sentit de meilleure humeur

— Voilà, c'est fait, fit-il. Tu aurais été bien obligé de l'annoncer demain en conférence de presse. Ça t'évitera de rester éveillé la nuit entière, à cogiter à la meilleure façon de formuler tout ça.

C'était précisément pour ce genre de comportement que Koss le détestait.

81

COMME LORSQU'UN AVION PIQUE DU NEZ et fonce vers le sol. Le ciel disparaît au-dessus des toits, un brouillard gris enveloppe la carlingue avant que la terre n'arrive à toute vitesse. Sombre, plate, morne. Voilà l'effet que ça faisait de se réveiller.

Les coups frappés à la porte avaient duré un petit moment et il était 8 heures à peine. Insuffisant pour que Fredrik ait pu se reposer.

— C'est pas vrai, putain ! grommela-t-il en voyant son collègue sur le seuil de la porte.

Vidar Saga portait la casquette noire de la police, en plus d'un blouson de cuir sur la chemise de son uniforme. Ses sourcils étaient luisants de sueur, bien qu'il soit peu probable qu'il ait pris l'escalier. Saga l'écarta et entra. Ses yeux parcoururent la pièce – sans doute à la recherche du ballotin de chocolats offert par l'hôtel, songea Fredrik.

— J'ai reçu un appel cette nuit. – Fredrik attendit la suite. – Quelqu'un veut absolument nous rencontrer. Une personne qui a une peur bleue de mourir.

Avec Vidar Saga au volant, ils roulèrent en direction de Skien.

— Tu te souviens de l'incendie, là-bas ?

Fredrik haussa les épaules.

— Il y a toujours un incendie quelque part...

— Je te parle de l'incendie de l'église, dit Saga en faisant la moue. L'église de Gjerpen. Il y a quelques années.

Le souvenir se précisa.

— Ah oui, ça me revient. Celui qui était volontaire ?

Saga hocha énergiquement la tête, faisant trembler ses joues.

— À l'époque, c'est moi qui étais en charge de l'enquête. J'avais un bon contact avec le pasteur. Ou la femme pasteur, si tu préfères, précisa-t-il. Sigrid, Sigrid Hansen qu'elle s'appelle. C'est elle qui m'a téléphoné.

Saga se tut jusqu'à ce qu'ils arrivent devant l'église du Moyen Âge, à quelques kilomètres du centre de Skien.

— Quisling est enterré ici, déclara Saga en jetant un coup d'œil par-dessus le mur en pierre. Et sa femme.

Sigrid Hansen les attendait sur le perron de son église. Elle jeta un regard à l'horloge quand ils descendirent de voiture.

— Je vous remercie d'avoir fait aussi vite, dit-elle d'un ton grave, puis elle baissa la voix. Il est venu avant-hier, mort de peur. Il croit que les autorités veulent le tuer.

Elle joignit ses mains maigres comme pour se rassurer. Fredrik essaya de prendre un air dégagé et Saga remonta ses lunettes sur son gros nez.

La porte de l'église se referma avec un bruit qui se répercuta dans toute la nef. Les murs blanchis à la chaux contrastaient avec les bancs sombres. Pendant un instant, Fredrik crut l'édifice désert, puis il remarqua un mouvement près de l'autel. Ils étaient arrivés à peu près à mi-chemin quand la silhouette se redressa et remonta le tapis rouge cardinal de l'allée centrale, la tête basse, pour venir à leur rencontre.

L'homme était trapu, avec un regard inquiet. Il portait une veste sombre défraîchie, un pantalon noir à plis et des chaussures vernies.

La femme pasteur lui adressa un petit signe avant de s'écarter.

— Voici les policiers dont je vous ai parlé, dit-elle en regardant Saga. J'ai confiance en eux.

Fredrik lui tendit la main. L'homme en face hésita avant de la serrer.

— Fredrik Beier. Commissaire.

L'homme esquissa un sourire ambigu.

— Søren Plantenstedt, dit-il. Je présume que vous me cherchez.

Difficile de croire que l'individu qui se tenait devant lui avait été pasteur dans une communauté, incarnant l'autorité et le pouvoir, tant il avait l'air d'un clochard. Sa peau avait une couleur malsaine, pâle avec des touches orangées et sa lèvre inférieure était gonflée. Sa barbe avait poussé irrégulièrement sur ses joues et son menton. Serrer sa main lui avait fait l'impression de serrer une éponge graisseuse. Plantenstedt cligna des yeux en grimaçant et passa ses doigts à travers ses cheveux bruns, lesquels lui arrivaient presque aux épaules.

Sigrid Hansen les conduisit vers la sacristie où il y avait une table et quatre chaises. Une bougie brûlait dans un bougeoir en argent.

Ils s'assirent, les policiers d'un côté, Plantenstedt et la femme prêtre de l'autre. Elle posa sa main sur celles de son voisin dont l'index tritura longtemps les broderies de la nappe. Il finit par lever la tête et regarda Fredrik droit dans les yeux :

— Qui est l'homme sans visage ? – Sa voix était lointaine mais directe, avec comme l'écho d'une intonation suédoise. – Qui est cet homme qui nous hait au point de vouloir nous tuer ?

Fredrik observa cet individu au front moite. La femme à côté avait des sueurs froides. Ne savait-il pas ? Vraiment pas ? Ou jouait-il les idiots ? Est-ce que la représentation avait déjà commencé ?

Fredrik préféra ignorer la question.

— Où est Børre Drange ?

Le pasteur secoua la tête.

— Je… je ne sais pas… Nous… nous sommes perdus de vue lors de la fuite. Nous avons été poursuivis. Chassés. Par ce monstre..

S'il avait réussi, au début, à soutenir son regard, Plantenstedt clignait à présent sans cesse des yeux, dans un mouvement incontrôlé. Son visage grimaçait tant il avait de tics. Sa tête retomba en avant et il éclata en sanglots.

— Bon, dit Fredrik. Et si vous me racontiez ce qui s'est passé cette nuit-là, à Solro ?

Même la pluie battante n'étouffait pas les râles, les halètements et les coups des barreaux du lit contre le mur en bois.

Il désapprouvait que Bjørn Alfsen prenne ce genre de liberté. Mais papa Per lui avait demandé de ne pas y accorder d'importance, alors il essayait de penser à autre chose. Cependant il était difficile de ne pas imaginer ce que faisait le couple dans cette chambre. Il avait fermé les yeux et fini par s'endormir d'un sommeil agité. Il s'était à moitié réveillé parce qu'on frappait à la porte. Mais encore somnolent, il avait cru que c'était toujours les coups de boutoir dans la pièce voisine et s'était retourné dans son lit. Papa Per avait alors posé une main sur son épaule et l'avait secoué.

— Je dois partir, avait-t-il chuchoté avec précipitation, les yeux écarquillés et le souffle court.

Il avait enfilé une veste mince par-dessus son pull en laine.

Søren Plantenstedt était habitué à le voir aller et venir aux horaires qui lui convenaient. C'était son droit. Per obéissait au Seigneur. Le Seigneur avait conduit papa Per vers eux et le Seigneur leur donnait leurs missions à travers lui. Pourtant, par la suite, il se rappela avoir compris qu'il y avait quelque chose dans ses yeux. Lui qui d'ordinaire était toujours si calme, si empli du Seigneur, avait semblé tourmenté. Sa voix était fluette, ses mots alarmants.

— Je serai à Porsgrunn. Si jamais il y a un problème.

Un problème ? Papa Per avait énuméré une liste de noms.

— Que personne d'autre ne vienne.

— Le groupe de la cave ? avait demandé Søren en se frottant les yeux.

Le pasteur avait opiné, avant de lui donner un rapide baiser sur le front.

— Que Dieu soit avec toi.

— Que veux-tu dire ? s'était inquiété Søren.

— Je ne sais pas. Dieu m'a parlé.

Après cela, Per avait disparu. Søren Plantenstedt avait tendu l'oreille. Le craquement des marches de l'escalier, le ronflement monotone de l'autre côté du mur. Il s'était rendormi. Profondément, cette fois.

Les cris à l'extérieur l'avaient réveillé. Des cris de bête apeurée. Homme, femme ? Il s'était redressé, avait vu la lumière rouge, le signal d'alarme, clignoter au-dessus de la porte. Mais il n'avait pas sauté du lit, il n'avait pas couru, paniqué, jusqu'à sa fenêtre, pas plus qu'il ne s'était recroquevillé pour une dernière prière. Non, il avait joint les mains sur la couette et attendu. Il n'était pas un héros. Il n'avait rien à faire là-dehors. Que la volonté de Dieu s'accomplisse.

C'était une femme qui criait. Il en était sûr à présent. Ses cris couvraient la pluie battante. Ce fut le branle-bas de combat dans les pièces voisines. Des voix d'adultes parlant à voix basse, d'un ton grave. Des voix d'enfants qui gémissaient, terrifiés. Puis la porte s'était ouverte et Annette était entrée, tenant William dans les bras. Ses cheveux blonds étaient trempés, en désordre, plaqués sur son visage humide. Elle avait les yeux écarquillés, les lèvres livides. Elle n'était qu'en tee-shirt et petite culotte, et il avait vu à travers le tissu mouillé de gros tétons sombres.

— Nous avons besoin de vous, avait-elle dit doucement. Per a disparu. Et Bjørn… le pasteur Alfsen est mort.

Cela avait été le premier des jours derniers…

Au fond, tous n'attendaient que ça. Ils en avaient parlé longuement, tout planifié. Ils étaient prêts.

Le petit groupe d'adultes et d'enfants s'était réfugié dans la cuisine. Les femmes avaient sorti leurs sacs, leurs affaires de toilette, leurs médicaments et leur matériel de survie. Les hommes à la fenêtre regardaient leurs frères morts dans le jardin et, plus loin, les voitures sur le point de démarrer.

Il était le seul à ne pas être prêt. Pas une seule fois il n'avait pensé qu'il devrait se tenir devant eux pour leur annoncer qui pourrait partir et qui devrait rester. Il avait eu les mains moites, les enfants ne le quittaient pas des yeux tandis qu'il faisait de son mieux pour contrôler les tics autour de la bouche. Il avait fini par poser la main sur sa joue et cela s'était calmé. Papa Per était censé annoncer ça à la communauté, pas lui. Ou Bjørn. Pauvre Bjørn…

Fredrik toussota et le visage de l'homme en face de lui grimaça. Il cligna fortement des yeux et revint au moment présent.

— Vous avez employé une expression, reprit Fredrik en jetant un coup d'œil à Saga qui notait tout dans un calepin, le « premier des jours derniers » ?

L'enquêteur eut du mal à interpréter le regard que le pasteur lui adressa. Fier et triomphant autant que désemparé et nerveux. Søren Plantenstedt voulut dire quelque chose, puis se ravisa. Il cligna des yeux à nouveau et parvint enfin à énoncer :

— Le Jugement dernier. Le jour du Jugement. – Il leva la tête et sonda Fredrik – Vous êtes chrétien ? Religieux ?

— Pas spécialement, répondit-il, en secouant lentement la tête.

— Nous qui sommes croyants – Søren jeta un coup d'œil vers la femme pasteur –, nous attendons dans la joie le jour du Jugement. Car alors, les portes du royaume des Cieux s'ouvriront. Ce jour-là, le pur sera séparé de l'impur et le bien sera récompensé. Le mal sera puni. – Ses yeux clignèrent fortement. – Dans notre époque sans Dieu, la plupart ont oublié ce que signifie le jour du Jugement dernier. Comme si c'était quelque chose de dangereux. De négatif. Les médias parlent de la comète du Jugement dernier. Et des bactéries. Les gens croient que le jour du Jugement dernier est la fin de tout. – Plantenstedt parut tout à coup rasséréné. – Mais le jour du Jugement dernier, c'est surtout celui où les coupables seront condamnés aux tourments éternels et où les innocents connaîtront une renaissance. Pour nous qui serons sauvés, ce ne sera pas la fin mais un commencement. – Il croisa le regard incrédule de Fredrik. – À Solro, nous n'avions pas peur du Jugement dernier. Nous étions tous pleins d'espérance.

Fredrik plissa le front.

— Mais… qu'entendez-vous exactement par le « premier des jours derniers » ?

Les yeux de Søren Plantenstedt ne papillonnaient plus. Sa respiration s'était faite plus paisible et ses tics du visage avaient diminué.

— Je pense que c'est la fin. Le jour du Jugement dernier arrive.

82

— UNE BÉNÉDICTION, VOUS NE TROUVEZ PAS ?

Bjørn Alfsen Jr le regardait en souriant. Ils étaient assis sur un des bancs à Løvekbakken, le petit parc devant le Parlement. Le courant d'air frais avait disparu et le soleil printanier perçait désormais les nuages, baignant la capitale d'une douce clarté jaune.

Le temps que Søren réponde, un homme s'était déjà avancé vers eux. Ou plutôt avait foncé vers eux. Car avant même qu'ils aient eu le temps de se lever, il s'était planté devant eux, un porte-documents en cuir sous le bras.

— Børre Drange, avait-il dit en leur tendant la main.

Bjørn avait fait un pas en avant et l'avait pris dans ses bras.

— La Main du Seigneur, avait-il déclaré, ravi. Nous sommes si heureux de vous rencontrer.

Le pasteur trapu l'avait longuement serré avant de relâcher son étreinte.

Børre Drange s'était alors tourné vers Plantenstedt. Jamais ce dernier n'avait vu des yeux aussi perçants. Comme s'ils marquaient son âme d'une empreinte au fer rouge.

— Et vous devez être…

— Søren. Søren Plantenstedt.

Le visage de Børre Drange s'était illuminé. Ses cheveux blonds et souples brillaient au soleil.

— Alors c'est vous qui êtes Son instrument, avait dit Plantenstedt avec de la douceur dans la voix.

Il avait jeté un regard inquiet au pasteur Bjørn. C'était son idée à lui de rencontrer cette voix ardente, si active sur Internet.

— Ulf Plantenstedt… Je suis bien au courant des exploits de votre grand-père, avait-il dit en lui serrant fort la main. Dieu m'a fait comprendre qu'Il était le père de votre père et j'ai alors saisi Sa volonté : je devais me faire connaître et que la communauté de la Lumière de Dieu devienne aussi ma communauté. J'ai compris qu'à nous trois, nous formions une nouvelle sainte trinité. – Il avait pris la main de Plantenstedt entre les siennes. – Je suis biochimiste comme vous, avait-il ajouté en lui faisant un clin d'œil complice. Les voies du Seigneur sont impénétrables.

— Il m'a donné une alliance qui aurait appartenu à mon grand-père paternel, continua Plantenstedt. Je ne sais pas comment il l'a eue. Je n'ai jamais osé lui demander. Mon grand-père et moi… disons que nous n'étions pas vraiment en bons termes. D'ailleurs, je n'ai plus cette alliance…

— Et le pasteur Alfsen a reçu une bible, devina Fredrik. Une vieille bible allemande, n'est-ce pas ?

Plantenstedt bredouilla, déboussolé :

— Oui… Comment le savez-vous ?

— Qui est Elias Brinch ? Qu'est-ce que la Confrérie de Vienne ? lui demanda Fredrik en le regardant droit dans les yeux.

Plantenstedt secoua tête.

— Je… je n'en ai aucune idée. Je n'ai jamais entendu parler d'une confrérie… ni de l'homme que vous mentionnez.

— Børre Drange possédait une photo. Une vieille photo de la Confrérie de Vienne où il y a votre grand-père paternel.

Søren Plantenstedt leva les yeux et fixa le plafond de la sacristie blanchi à la chaux.

— Je n'en sais rien, dit-il. Je n'ai jamais vu cette photo.

Fredrik secoua la tête, quelque peu découragé, mais pria Plantenstedt de poursuivre son récit.

Après la rencontre à Løvebakken, Børre Drange avait attendu six mois pour s'installer avec la communauté. C'était à Noël. Il avait alors changé d'identité et choisi de s'appeler Per Olsen, parce que c'était un nom très banal. « Il ne s'agit pas de moi mais de Dieu, avait-il expliqué. Je ne suis qu'un instrument. La voix et l'instrument de Dieu. »

Plantenstedt plissa le front.

— Il voulait que les enfants l'appellent papa Per. Et nous avons tous fini par faire la même chose. Car c'était effectivement ce qu'il était : notre père à tous. Papa Per.

Les journées à Solro n'avaient plus jamais été les mêmes après. Au début, seuls les pasteurs savaient que la fin était proche. La maladie allait nettoyer la terre : le virus du sida, le SRAS, le virus Ebola, la grippe aviaire. Tel était le plan divin. Mais cela n'était rien en comparaison de ce qui les attendait : une peste comme l'humanité n'en avait jamais connue, une peste qui distinguerait ceux qui auraient droit à la rédemption et les damnés. Les chrétiens et les musulmans. Le bien et le mal.

— En bon berger, Dieu prépare Son troupeau à la phase finale. Et Il nous a parlé par l'intermédiaire de Per. Pour que nous ayons le temps de faire le nécessaire. – Il prit un air de béatitude. – Car, comme Dieu a laissé Noé construire son arche pour échapper au Déluge, Il laissera aussi les bons croyants vivre jusqu'au jour du Jugement dernier.

— Et les bons croyants, c'est vous ?

— C'est nous.

La réponse de Plantenstedt ne comportait pas une once d'ironie. Fredrik repoussa sa chaise. Il se leva et retira sa veste en velours côtelé marron qu'il suspendit à un portemanteau près de la porte. Puis il fit le tour de la table. La femme pasteur et Saga l'observaient tandis que Plantenstedt gardait les yeux rivés vers la table.

Saga s'arrêta derrière lui.

— Ces préparatifs, dit-il lentement, de quoi s'agissait-il, au juste ?

Søren Plantenstedt ne chercha pas à tourner autour du pot.

— Papa Per savait que Solro serait attaqué. Dieu lui a dit que quand cela se produirait, cela signifierait que c'était le premier des jours derniers. Alors nous nous sommes préparés. Nous avons installé des alarmes, des caméras de surveillance. On s'est procuré de quoi se défendre. Car il en va ainsi durant les jours derniers… – Sa voix s'était faite lointaine. – Un grand chaos doit régner et le peuple élu de Dieu est exposé. L'homme est faible. Cela provoque l'envie, la colère contre celui qui sera sauvé.

— Et le laboratoire de Solro ? À quoi servait-il ?

Le pasteur eut un rire bref.

— À faire des vaccins. Nous fabriquions des vaccins. Des milliers de doses. Pour le jour où la peste surgirait. – Il regarda Sigrid Hansen pour trouver auprès d'elle un appui. – Je suis moi-même biochimiste. Mais c'est Børre qui nous a montré comment faire, précisa-t-il.

Fredrik secoua la tête.

— Mais pourquoi aviez-vous besoin de vaccins, si la peste allait séparer le bon grain de l'ivraie, et les chrétiens des musulmans ?

La voix du pasteur se fit docte.

— Sous la pluie, nous utilisons à la fois des bottes en caoutchouc et des parapluies, n'est-ce pas ?

Quelle fausse piété ! songea Fredrik. Il retourna de l'autre côté de la table et se pencha loin par-dessus sa chaise. Sa tête était à la même hauteur que celle de Plantenstedt.

— Il y avait un autre laboratoire, dit-il en scandant chaque syllabe.

Il essaya de décrypter ce visage bourré de tics. Cette attitude, du type qui en sait plus long que les autres, avait quelque chose d'irritant. Fredrik se redressa et tapa des poings sur la table si fort qu'il fit tomber le bougeoir.

— Mais regardez-moi quand je vous parle, putain !

Søren Plantenstedt lui jeta un regard effrayé.

— Il y avait un autre laboratoire ! répéta Fredrik. Dans le bunker ! Où vous, Børre Drange et le reste de votre maudite secte avez fait subir des sévices à deux hommes pendant des mois. L'un est mort et l'autre est mourant ! Et vous vous demandez pourquoi un cinglé en a après vous ?

Fredrik resta debout, le corps arc-bouté, sentant cogner ses tempes. Le pasteur avait un regard incrédule, puis il secoua la tête, mal à l'aise. Il avait de la bave aux commissures des lèvres.

— Non, marmonna-t-il. Non, je ne peux rien dire. Je ne peux rien dire. Ce n'est pas exact. Ce n'est pas comme ça. – Il enfouit le visage dans ses mains. – Non, se lamenta-t-il.

Fredrik attendit qu'il cesse de trembler avant de relancer.

— Plusieurs heures après le massacre, vous avez appelé quelqu'un qui se trouvait à Solro. Qui était-ce ? Et où se cache le reste de la communauté ?

Lentement, Plantenstedt posa ses paumes à plat sur la table. Son regard était froid. Lointain.

— Je veux parler à un avocat.

Dans la voiture de police, Fredrik était assis à l'arrière avec Søren Plantenstedt qui avait appuyé sa tête contre la fenêtre. Son regard errait sur les nuages gris au-dessus des champs, tandis que son doigt glissait sur la vitre.

— C'était… des homosexuels… – Sa voix était indifférente. Était-ce une question ou une constatation ? – Comment va celui qui… est toujours en vie ?

— Il s'appelle Pio. Pio Otamendi, crut bon de préciser Fredrik. Il va mal. Les médecins pensent qu'il va mourir.

— Alors que la volonté de Dieu s'accomplisse, répondit Plantenstedt.

Fredrik se retint de lui fracasser la tête contre la portière.

83

— Vous souhaitiez des infos sur la Confrérie de Vienne ?

— En effet, répondit Kafa en tendant la photo à Stein Brønner.

Celui-ci chaussa une vieille paire de lunettes.

Pendant qu'il étudiait la photo, le regard de Kafa fut attiré par le filet de lumière qui s'insinuait entre les deux pans de rideaux. Il courait sur le bureau sombre verni, éclairait les motifs du tapis oriental et, sur le mur, le portrait assez laid d'Otto Ruge, le général qui, en 1940, avait mené le combat contre les Allemands. À côté était pendue une horloge britannique, plate, dont le tic-tac était si fort qu'aucune seconde ne passait inaperçue. Le temps passait. Sans doute les historiens aimaient-ils en avoir confirmation.

Kafa attendait devant le bureau surchargé. L'homme avait avancé une chaise de bureau à roulettes, ce qui permit à la jeune femme de voir autre chose que son crâne roux.

C'était Fredrik qui l'avait priée de contacter Brønner, l'historien de la guerre qu'il avait vu en train de discuter avec Kari Lise Wetre et le vétéran Kolbein Ihme Monsen à la Société militaire. Kolbein I. Monsen, dont le nom était écrit au dos de la vieille photographie retrouvée dans le laboratoire du bunker.

— Vous savez, dit Brønner le visage soucieux, les témoins de cette époque finissent par s'éteindre les uns après les autres. – Il posa la photographie sur son bureau. – Le bâtiment que l'on voit derrière est l'université de Vienne.

Il se cala ensuite dans son fauteuil, croisa les bras et raconta.

Au milieu du XIXe siècle, un homme était né dans le quartier d'Oslo qu'on nomme aujourd'hui Vika. À l'époque où la ville s'appelait encore Kristiania, on disait Pipervika et c'était un quartier pauvre et mal famé. On baptisa l'enfant Elias Brink, mais il changea le k en ch l'automne où il commença à étudier. De condition modeste, il était néanmoins brillant, si brillant que l'université Royale Frederik – autrement dit l'université d'Oslo – lui octroya une bourse. Il partit en Autriche pour faire son doctorat de biologie. Une fois sur place, dans cette Vienne effervescente, il se découvrit deux autres passions : les femmes et la politique. Le 18 mars 1925, la Société viennoise pour l'hygiène raciale fut créée, ce qui donna lieu à une cérémonie solennelle dans la salle de bal de l'université de Vienne. L'un des invités était le professeur Elias Brinch : nazi, adepte de l'hygiène raciale et l'un des plus grands scientifiques de son temps.

Stein Brønner lui envoya, par-dessus ses lunettes, un regard éloquent.

Le jeune Brinch considérait de son devoir de se présenter au monde comme le seul et unique *Encyclopaedia Homo Sapiens Sapiens*. Il voulait établir la carte de toutes les races humaines sur terre. D'un point de vue physiologique, psychologique et culturel. Cela commençait par des données simples, telles que les valeurs normales de poids, de taille, de couleur de peau, de forme de boîte crânienne, de constitution corporelle, d'angles du front et du nez. Petit à petit, il avait cartographié la pilosité, la configuration des organes sexuels, la masse musculaire et graisseuse, la fertilité et le langage. Il s'agissait aussi de tester l'intelligence et les organes sensoriels, le seuil de douleurs, établir le contexte culturel et la langue écrite.

— Bref, une cartographie des races comme le monde n'en avait jamais vu. Pour réaliser ce travail, Brinch a rassemblé sous ses ordres un groupe de jeunes chercheurs. C'est devenu la Confrérie de Vienne, un nom qu'ils se sont choisi.

L'historien de la guerre se caressa si doucement la moustache que Kafa se sentit mal à l'aise. Comment Fredrik appelait-il ça, déjà ? Une larve de lèvre ? C'était peut-être une zone érogène ?

— Mais Brinch ne s'est pas contenté d'établir les traits caractéristiques de chaque race. Il voulait apprendre à exploiter les dissemblances. Comme une avancée dans la perspective de l'hygiène raciale, pour éliminer des groupes humains comme l'entendait la doctrine nazie. Juifs, Tziganes, Slaves et autres *Untermenschen*[1].

Brønner secoua la tête, la mine sombre.

La méthode utilisée était terrifiante. Ils expérimentaient sur des prisonniers, des patients d'asile et des handicapés mentaux. Ils testaient des poisons et contaminaient les gens avec diverses maladies. Puis ils observaient les effets produits par les médicaments selon les différentes origines éthniques. Et pas seulement les médicaments. Certaines « races » absorbaient les éléments nutritifs mieux que d'autres. Vitamines, sels minéraux, vaccins, poisons.

1. En allemand, « sous-hommes », par opposition à *Übermenschen*, les « surhommes ».

— Et c'était avant même que la guerre éclate ! s'écria l'historien en martelant la table du poing.

Kafa le regarda en plissant le front. Quelque chose lui échappait. Si Kolbein Ihme Monsen avait participé à ce genre d'actes abominables, que venait-il faire dans une réunion d'anciens combattants norvégiens ?

Brønner reprit la photo entre ses mains et tapota d'un doigt obstiné sur le front de Brinch.

— Pendant la guerre, le professeur a eu le commandement d'un camp de prisonniers russes à Lista. Les chiffres de mortalité étaient extrêmement élevés. Si élevés que les autorités norvégiennes à Londres ont pris l'affaire en main. Ils ont alors fait appel à Kolbein Ihme Monsen.

Stein Brønner indiqua sur la photo la figure de l'homme sympathique et souriant, avec la raie sur le côté.

— Kolbein avait fait partie pendant plusieurs années de la Confrérie de Vienne, mais il s'était rendu compte qu'il se fourvoyait. Avant la guerre, il rompit avec ses collègues et partit pour Londres. Puis il fut envoyé comme agent à Lista et il comprit que les expérimentations qu'ils avaient menées à Vienne étaient des vétilles par rapport aux actes inhumains que pratiquait Brinch. Notre docteur Mengele à nous. À la fin, Kolbein reçut le feu vert de Londres pour passer à l'action. Il a ainsi sauvé beaucoup de vies.

— Et qu'est-ce qui s'est passé avec Elias Brinch ?

— Il a disparu. Un violent incendie s'est déclaré et il a disparu dans les flammes. Kolbein en porte encore les cicatrices. Il a été décoré pour son engagement. On pourrait dire qu'il a eu assez de bon sens pour changer de bord quand il était encore temps.

Sur le pas de la porte, Kafa le remercia pour son aide.

— À propos, il m'est venu une idée, dit Brønner en

tenant sa main dans la sienne. Il y a d'autres personnes que Kolbein Ihme Monsen lui-même qui connaissent bien cette histoire. Vous devriez parler avec son fils, Gerhard Monsen.

— L'homme politique ? L'armateur ?

— Précisément.

— Ça alors… Merci, dit Kafa, assez secouée.

Elle traversa la place en graviers où l'on passait autrefois les troupes en revue, devant les vieux bâtiments militaires de la forteresse d'Akershus, où l'historien avait installé son bureau. Ainsi, Gerhard Monsen était le fils de Kolbein Ihme Monsen ! Elle sortit son portable, Fredrik répondit aussitôt.

— Vous ne m'aviez pas dit que Gerhard Monsen était à l'enterrement de votre mère ?

— Si.

— Et il vous a dit qu'il était le père de Sebastian Koss ?

— Oui. Et alors ?

— Alors Kolbein Ihme Monsen est le grand-père paternel de Sebastian Koss !

Il y eut un long silence. Tous deux, elle à Oslo, lui à Porsgrunn, dressèrent la liste les événements qui liaient la Confrérie de Vienne à la secte de Solro.

La communauté était l'élue de Dieu. Elias Brinch faisait partie de la race aryenne des élus. Et tandis que la secte jugeait qu'elle était menacée par la décadence religieuse et morale, le sous-homme capable de se reproduire constituait une menace pour le surhomme, l'*übermensch*. Les nazis et les intégristes étaient arrivés à la même solution finale. L'expérimentation sur quelques individus avant la tuerie de masse et une mort volontaire. Là était le seul salut. La peste ou la chambre à gaz. L'idéologie ou la religion. Quelle différence, au fond ?

84

Lista, novembre 1943

DANS LE COL DE LA VESTE, il y avait un petit mot cousu indiquant le nom de son ancien propriétaire, mais l'encre était illisible. Le pantalon était trop court et les manches de la veste élimées.

— Prêt ?

Kjell Klepsland l'attendait. Dehors il faisait doux et il pleuviotait. La lumière des projecteurs se reflétait sur les congères. Dès que Kolbein franchit le seuil de la villa, une bonne odeur d'oignon, de viande grillée et de cigarette lui monta aux narines. Un feu flambait dans la cheminée. Des hommes en uniforme étaient assis dans la salle à manger.

— Messieurs, le voici. Mon étudiant, mon collègue et mon enfant, Brutus.

Elias, un sourire énigmatique aux lèvres, portait un costume gris foncé à la coupe cintrée.

Les Allemands gloussèrent. Elias conduisit Kolbein à la place libre au bout de la table en acajou. Celle-ci avait été dressée avec de la porcelaine blanche, des couverts en argent et des verres en cristal. L'officier le plus près de lui se leva, claqua des talons et lui tendit la main. Il faisait la même taille que lui. Ses yeux le scrutèrent derrière ses lunettes rondes. L'homme devait avoir la trentaine.

— Voici le *Kriminalkommissar* et le *Hauptsturmführer* Randolf Ferner, responsable des opérations de la sûreté à Kristiansand et dans tout le Sørlandet, annonça Elias en allemand.

La poignée de Ferner était molle, indifférente. À côté de lui était assis son aide de camp. Tous deux portaient l'insigne SS sur le col de leur uniforme. Les deux autres étaient des officiers de la Wehrmacht.

— Le *Hautpmann* Heinrich Willüber dirige la construction des bâtiments de la marine dans le coin et il utilise abondamment la force de travail du camp, poursuivit Elias.

Un homme chauve et grassouillet lui tendit une main pâle.

— À en croire les rumeurs, vous voulez dire que j'*abuse* de la force de travail du camp, rectifia l'homme avant de pousser un rire gras.

Les autres eurent un sourire indulgent. Kolbein se tourna vers le dernier invité du professeur.

— Robert Nietzke, *Oberleutnant*. C'est lui qui administre les camps de travail ici, à Lista.

Nietzke, un type aux cheveux bruns, ne daigna pas se lever mais se pencha au-dessus de la table pour le saluer. Kolbein fut parcouru d'un frisson en lui serrant la main. Car l'homme qui, en ricanant, croisa son regard, avait deux phalanges manquantes à l'annulaire. La peau sur le dessus de sa main était dure et irrégulière. Du tissu cicatriciel. Le menton appuyé sur sa main, l'Allemand dévisagea Kolbein d'un air pensif.

— Et quel est votre jugement sur la science qui se pratique ici, professeur Monsen ?

— Eh bien, répondit lentement Kolbein, le professeur Brinch a été une force motrice sur le terrain depuis que j'ai commencé à travailler pour lui. C'est-à-dire il y a plus de quinze ans. La biologie raciale est… complexe. Elle a plusieurs facettes. – Il leva la tête et regarda Elias droit dans les yeux. Ce dernier se tenait à l'autre bout de la table et ne perdait pas une miette de ce qui se passait. – Je ne vais pas vous mentir : je suis inquiet pour certaines des méthodes qui sont pratiquées ici. Mais tout porte à croire que cela donnera des résultats plus rapides que ceux qu'on aurait obtenus en temps de paix.

— Hum, fit Nietzke en lançant un regard vers Elias. C'est un diplomate, votre coursier.

Elias Brinch fit signe à Kolbein de s'asseoir. Lui-même resta debout. Il les remercia tous de leur présence dans ce logement qu'il appelait la villa Østhassel et les invita à se joindre à lui pour cette journée de prière et de repentance.

— C'est ainsi que nous la fêtions dans la Mahlerstraße, conclut-il en laissant son regard s'attarder sur Kolbein.

Le bruit autour de la table devint assourdissant. Ils mangèrent du poisson fraîchement pêché, du steak de renne et, en dessert, des baies arctiques avec de la crème. Il y avait des vins français et du cognac. Kolbein n'avait pas fait pareil repas depuis Vienne.

À un moment, il s'aperçut qu'ils n'étaient plus seuls. On riait. Des rires de jeunes filles. Cela venait du salon avec la cheminée. À ce signal, tous les officiers se levèrent et se rendirent d'un pas résolu dans l'autre pièce.

Les filles et les officiers se connaissaient, ils se regroupèrent autour de la table du salon, chacun devant une coupe de champagne. Les Allemands et cinq jeunes Norvégiennes. Elias resta sur le pas de la porte derrière Kolbein.

Au centre, Willüber était en train de déboucher une autre bouteille. Le bouchon se détacha avec un bruit étouffé et resta dans sa main.

— Oh… Heinrich ! Tu aurais pu le laisser sauter, c'est la fête ! s'écria une des Norvégiennes, dans un allemand étonnamment parfait.

Elle avait les cheveux bruns et bouclés et de petites dents blanches. Une robe d'été écrue dévoilait des hanches généreuses. Avec sa poitrine fièrement dressée, son large sourire et ses yeux d'animal sauvage, elle ressemblait à une créature mystérieuse sortie de la forêt. Elle agrippait fermement les gros biceps de Willüber.

— Tu sais ce qu'on dit, Marianne, répondit-il en tournant son cou plissé. – Leurs visages étaient tout proches. – Il faut que ça résonne comme le soupir d'une femme qu'on a comblée.

Le commentaire osé fit glousser les jeunes filles et la dénommée Marianne agita son index devant les lèvres flasques de Willüber, en faisant mine de le gronder. Elle le laissa ensuite lui apposer un baiser baveux sur la main avant de faire quelques pas chancelants devant la belle flambée dans la cheminée.

À ce moment-là, Kolbein la remarqua. *Elle*. Dans le grand fauteuil en cuir près du feu était assise une jeune femme frêle. Elle portait sur les autres un regard intéressé mais distancié. Tel un chat, elle observait le jeu des chiots. Ses cheveux bruns aux reflets cuivrés lui tombaient sur les épaules et, à la différence des autres filles, elle était vêtue d'une longue robe du soir de couleur sombre, sans doute hors de prix. Une fine chaîne en or avec une perle de la taille d'un petit pois ornait son cou élancé. Son visage était fin, avec de jolis traits. Elle lui rappelait vaguement quelqu'un. Oui, aussi étonnant que ce puisse être, elle ressemblait un peu à Elsa…

Tandis que les sous-officiers ramenaient des chaises de la salle à manger, Willüber se planta devant la cheminée.

— Il est temps de passer aux réjouissances, annonça-t-il.

L'impassible Ferner eut un sourire carnassier en regardant les jeunes filles, tandis que Willüber disparaissait dans l'entrée. Celles-ci tapèrent dans leurs mains et, avant de s'asseoir, tirèrent sur le bas de leurs robes. Et le voilà qui revint. Sur son crâne chauve, Willüber avait posé une fourrure claire de renard et, à la place de sa veste d'officier, il portait un châle blanc en soie sur les épaules. Dans sa main, il tenait une très longue plume rouge et arborait une cigarette allumée au coin de la bouche. Il adressa plusieurs clins d'œil à l'assemblée et déclama d'une voix rauque :

— Quelle belle soirée, messieurs. Et mesdames…

— Tu n'es pas à Londres en train de baiser des Juives ? lança Nietzke.

Préférant l'ignorer, Willüber décrivit un demi-cercle sur la pointe des pieds, dans un mouvement efféminé, puis exécuta une courbette, rejeta une pointe du châle en soie vers l'arrière et se dandina avec son large fessier – lequel s'affaissait dans son pantalon d'officier. Enfin, il prit une pose charmeuse, l'index sur la lèvre inférieure, et entonna d'une voix râpeuse :

Ich bin die fesche Lola, der Liebling der Saison !
Ich hab' ein Pianola zu Haus' in mein' Salon
Ich bin die fesche Lola, mich liebt ein jeder Mann
Doch an mein Pianola, da laß ich keinen ran[1] *!*

---

1. Célèbre chanson interprétée par Marlene Dietrich dans *L'Ange bleu* (1930).

Ce n'était pas une scène délicate. Kolbein cligna des yeux et se remémora la première fois qu'il avait entendu cette mélodie de cabaret : c'était lors de la projection du film *Der Blaue Engel* qu'il avait vu avec Elias et Elsa, dans un cinéma du Volksprater à Vienne.

Ich bin die fesche Lola, der Liebling der Saison !

À présent, les officiers reprenaient le refrain en chœur et Willüber se pencha vers Nietzke qui se balançait sur une chaise en bois devant la table du salon. S'asseyant sur ses genoux, il posa un baiser bien sonore sur le front de l'officier. Les filles applaudirent et Nietzke saisit à pleines mains les fesses de son collègue et les palpa, avant que l'Allemand retourne vers l'entrée.

La seule personne à ne pas avoir participé à cette séance, était la jeune femme à la chevelure brun cuivré. Elle avait seulement applaudi par politesse. La peau de ses maigres bras avait la blancheur de la neige et ses seins pointaient à peine sous l'étoffe. Son sourire timide trahissait son jeune âge, bien que la robe soit censée la vieillir. Elias posa une main ferme sur l'épaule de Kolbein et fit un signe de tête en direction de la jeune femme.

— Ravissante, n'est-ce pas ? chuchota-t-il avant de se faufiler dans la pièce et de s'asseoir sur l'accoudoir du fauteuil, tout près d'elle.

Il posa la main dans le creux de son cou. Elle ferma les yeux et pencha la tête d'un côté à l'autre, l'air pensive.

Petit à petit, l'atmosphère changea. L'ivresse et la brutalité prirent le dessus. Un gramophone jouait dans un coin et un épais nuage de fumée de cigarette flottait dans l'air. Marianne, la jeune fille bien en chair, s'était assise sur les genoux du *Hauptmann* Willüber qui, sans la moindre gêne, avait glissé la main sous ses jupes. L'aide de camp de Nietzke et Ferner étaient affalés sur le canapé avec une fille de chaque côté. Tous s'amusaient à un jeu où il s'agissait de faire ressembler de son mieux des bouts de serviettes mouillées à des parties génitales

Kolbein n'avait pas quitté sa place près du chambranle de la porte et, lorsque Elias fit de nouveau attention à lui, il se leva et fit comprendre à la femme en robe du soir qu'elle devait l'imiter. Il la conduisit jusqu'à Kolbein. Celle-ci semblait presque honteuse.

— Asseyons-nous dans la salle à manger, dit Elias.

En sortant, il chuchota dans l'oreille de Kolbein :

— C'est de cette façon que les Allemands passent une bonne soirée. Ils ont besoin de ça. La responsabilité et l'absence de leurs familles leur pèsent.

La jeune femme passa devant lui quand Elias tira une chaise à son attention. Il émanait d'elle un parfum d'été si léger qu'elle semblait avoir trempé ses doigts dans de l'eau de rose.

— Kolbein, je te présente Karen.

Karen ? Karen. Naturellement. Il la reconnaissait à présent. De près, ses taches de rousseur enfantines ressortaient. C'était Karen Klepsland, la fille de Kjell Klespland. Celle qui l'avait dénoncé. Elle esquissa un timide sourire et lui tendit la main. Kolbein la serra. C'était comme tenir un petit moineau qui venait d'éclore.

— Professeur, dit-elle en inclinant légèrement la tête.

— Mademoiselle, répondit-il.

— Mademoiselle, mais pas pour longtemps, corrigea Elias. Nous nous marierons dès que Karen aura l'âge requis. Alors j'irai chercher mon fils chez Elsa en Allemagne, et nous nous installerons tous les trois dans cette villa Østhassel. Ce sera si bien avec un enfant ici, n'est-ce pas, Karen ?

Il caressa ses pommettes saillantes. Elle rougit et baissa les yeux.

Kolbein retint son souffle. Sa gorge se noua et son cœur battit à tout rompre. Il n'était pas difficile de voir ce que faisait Elias : il prenait un malin plaisir à remuer le couteau dans la plaie… Le professeur voulait le détruire. Quelle était la meilleure méthode ? Elsa ? Ou la fille qui l'avait dénoncé ? Le souvenir de l'enfant d'Elias et Elsa ? C'était apparemment là qu'il voulait en venir. Le professeur utiliserait la petite fille handicapée de Kolbein pour lui porter l'estocade ultime, pour le mettre à genoux. Pour obtenir sa soumission.

Elias Brinch avait tout son temps et ne boudait pas son plaisir de faire durer les choses. Kolbein se força à soutenir le regard du professeur et il déglutit.

— Et Elsa ?

— Elsa ? répéta Elias. – Il sourit, avec une gêne palpable. – C'est mieux ainsi. Elias habite chez ses grands-parents à Bortfeld, maintenant, tandis qu'Elsa est en Grèce. Mais avec la guerre et tout ça… Je veux faire venir mon fils ici. Il commence à être un grand gaillard. Cinq ans. Aucun enfant ne devrait grandir sans son père. Et Karen est de mon avis. Elle a hâte de lui servir de mère. Elle l'aimera comme si c'était le sien.

« Aucun enfant ne devrait grandir sans son père. » Et il osait dire ça ! Kolbein ravala sa colère. Il ne fallait pas qu'il lui donne cette joie.

— Elias ? Tu as baptisé ton fils Elias ?

— C'était le choix d'Elsa. Elias Gerhard Schrader. Mon prénom et celui de son frère. – Il secoua la tête en riant. – Tu connais Elsa… Elle est un peu sentimentale sur ce plan-là. Comme la plupart des femmes. On a même envisagé le prénom Kolbein. Oui, quand elle a été enceinte de toi, naturellement. C'était avant qu'elle sache que ce serait une fille. Et que ce serait une infirme. – Son sourire s'était transformé en un ricanement d'animal qui montre les crocs. – Tu imagines un peu ? Un enfant allemand, avec Kolbein comme nom de baptême ? – Il s'esclaffa. – Non... C'est tout aussi bien que ça n'ait pas été plus loin.

Ça puait les chiottes et un chien aboya quand Kjell Klepsland le poussa de nouveau dans sa cellule.

85

Ils prirent la bifurcation sur la E18 et Sebastian Koss réduisit la vitesse. Mais le ballet des essuie-glaces sur le pare-brise de sa Mercedes était incessant. Recroquevillé sur le siège passager, Fredrik avait mal au cœur. Ils avaient foncé à tombeau ouvert depuis qu'il avait montré à son supérieur la vieille photographie de la Confrérie de Vienne où figurait notamment Kolbein Ihme Monsen. À Koss de rompre le silence. Ce qu'il fit, une fois qu'ils furent arrivés à Horten :

— Mais quelle est la fiabilité de cet historien ?

Fredrik sourit en son for intérieur. La pilule devait être amère à avaler. D'abord, apprendre la vérité. Ensuite, devoir vivre avec le fait que Fredrik soit aussi au courant. Personne n'a vraiment envie d'avoir un spécialiste de la théorie des races dans son arbre généalogique. Mais Koss réussit à le surprendre.

— Au fond, ça ne m'étonne pas tant que ça, dit-il sobrement. Je savais que c'était un scientifique et un résistant. Mais je n'ai jamais entendu parler de cette confrérie. Il faut dire que mon père et mon grand-père n'ont jamais été très proches.

À Horten, le voyage s'arrêta dans une zone industrielle près de Bromsjordet, au sud des anciens chantiers navals. L'inspecteur se gara devant un bâtiment bas en briques.

— Et cet historien de la guerre savait que j'étais le petit-fils de Kolbein Ihme Monsen ? lâcha-t-il soudain.

— Non, mais il savait que Gerhard Monsen était son fils. Et ton père était à l'enterrement de ma mère, au début de l'été. C'est là qu'il m'a appris votre lien de parenté.

Il fallut un moment avant que Koss ne saisisse.

— Je comprends. Tu connais donc mon père ?

— Non. Mais mes parents le connaissaient, à ce qu'il semblerait. Ils sont tous les deux morts, à présent.

Koss ouvrit sa portière en aile de mouette et le regarda.

— Mon père a demandé de tes nouvelles, justement.

Un vigile les laissa entrer dans le hall. Une salle vert clair, peu chaleureuse, avec des palmiers en plastique et une machine à café qui produisait de l'eau sale. Tandis que le vigile prévenait de leur arrivée, Fredrik se tourna vers Koss.

— Il semble qu'il y ait un fil rouge entre la Confrérie de Vienne et la communauté de Solro. J'ai besoin de parler à ton grand-père. Tu n'y vois pas d'inconvénient, j'espère ?

Le visage de Koss était insondable. Il haussa les épaules et fit non de la tête.

— Mais c'est un vieux bonhomme pas facile, je te préviens.

La chef du laboratoire d'analyses médicales, Petra Johanssen, était une femme de constitution fragile, autour de la quarantaine. L'air grave, elle contrôla leur identité. Après avoir fait un signe au vigile, elle les pria de la suivre dans le couloir. Elle attendit d'être sûre que personne ne pouvait les entendre pour s'arrêter et leur parler.

— Les résultats d'analyses sont particulièrement inquiétants. Nous parlons d'une réelle menace pour la santé publique.

Koss eut un toussotement d'impatience.

— Comme si nous ne le savions pas ! Le survivant a été diagnostiqué atteint de la variole.

Elle le regarda, le visage impassible.

— C'est pire que ça. Bien pire.

Petra Johanssen les fit entrer dans une pièce nue, avec une baie vitrée qui courait le long du mur. Devant la vitre se trouvait une rangée de chaises en plastique. De l'autre côté, le laboratoire. Il y avait là au moins une quinzaine de postes de travail, mais seulement deux personnes. Toutes deux en combinaison de protection contre les maladies infectieuses, derrière un énorme microscope. Impossible de voir si c'étaient des hommes ou des femmes. Ils levèrent les yeux vers eux. Johanssen croisa les bras sur sa poitrine et se posta devant la vitre.

— Dans ma branche, nous craignons toujours de tirer des conclusions hâtives, commença-t-elle. – Koss tambourinait des doigts sur sa chaise. – Mais compte tenu des résultats qu'on m'a communiqués, je ne vois pas d'autre explication... continua-t-elle.

Elle appuya sur un interrupteur et la fenêtre s'obscurcit, devenant opaque.

Ce sur quoi ils avaient mis la main à Porsgrunn était la quintessence du terrorisme : tous les moyens nécessaires pour paralyser une société, répandre la terreur, la mort et l'insécurité, créer l'anarchie.

Elle tourna la tête vers Koss.

— Affirmer que nous avons détecté le virus de la variole n'est pas tout à fait exact, car en réalité nous en avons trouvé *trois*. En d'autres termes, trois branches du même virus. Et il ne s'agit pas de mutations accidentelles : ces différentes variantes ont été provoquées...

— Pourquoi ? la coupa l'inspecteur. Pourquoi quelqu'un aurait-il fait ça ?

La chef du laboratoire leva les paumes.

— Pour augmenter la mortalité, dit-elle d'une voix sombre. Laissez-moi vous expliquer.

Petra Johanssen fit la comparaison avec les antibiotiques. Les chercheurs et les grands groupes pharmaceutiques produisent continuellement de nouvelles formes d'antibiotiques, parce que les bactéries développent en permanence, elles aussi, une immunité contre les antibiotiques existants. C'est une course de vitesse. Une lutte au sens darwinien du terme, entre l'homme et la bactérie.

En introduisant dans une population le virus de la variole sous trois formes différentes, on réduirait considérablement les chances de survie. Une personne pourrait avoir développé une résistance à une variante du virus mais pas à une autre. Le virus de la variole attaquerait l'homme, comme l'antibiotique attaque les bactéries. Dans ce cas, c'est l'homme qui est la bactérie. Si l'on ne succombait pas à cause de la première variante, l'autre ferait peut-être plus d'effet.

Elle se redressa.

— Ces analyses prouvent, selon moi, que quelqu'un se prépare activement à lancer des actions terroristes de grande envergure en usant des pires armes biologiques.

— Mon Dieu..., gémit Koss.

La chef de laboratoire resta silencieuse, le temps qu'ils comprennent bien la portée de ses paroles. Car ce n'était pas tout : peu avant l'arrivée des deux enquêteurs, elle s'était entretenue avec l'institut médico-légal. Carl Josefsen n'était pas mort de la variole.

— Hein ? s'écria Koss.

— Il est mort de la maladie du charbon. L'anthrax.

— L'anthrax ? Ces trucs que les terroristes foutent dans des enveloppes pour tuer des gens ?

Elle s'éclaircit la voix.

— Précisément. En outre, nous avons identifié une autre maladie : la morve.

Koss fit de grands yeux.

— C'est quoi encore, ça, la morve ?

— C'est une maladie infectieuse qui touche les animaux, intervint Fredrik. Elle aussi peut être mortelle, si je ne me trompe. Laisse-la expliquer maintenant. Ça représente quoi, cette grande image, ici ?

Koss lui décocha un regard agacé, mais ne dit rien.

— La variole est un virus, comme vous le savez. Un virus très contagieux avec une mortalité forte. L'anthrax et la morve, en revanche, sont des maladies bactériennes.

Son regard alla de l'un à l'autre. Elle précisa ce qui tombait sous le sens : ce n'étaient pas des maladies qui allaient naturellement de pair. Elles n'avaient qu'un seul point commun : toutes les trois étaient des armes biologiques.

Elle joignit les mains devant son ventre et s'adressa à Fredrik :

— Vous avez des enfants ?

Il acquiesça.

— À quoi ressemble une épidémie de variole ? C'est une arme biologique bien connue. En l'espace d'une semaine, les gens commencent à tomber comme des mouches. D'abord par dizaines, puis par centaines. De plus en plus de gens sont contaminés et les services des hôpitaux affichent complet. Très vite, il n'y a plus assez de combinaisons de protection pour les travailleurs de la santé. La situation nous échappe. La maladie peut se nicher partout. Partout où des gens se rassemblent, et les rares vaccins fabriqués valent de l'or. – Elle inspira profondément. – Au milieu de tout ça, il faut compter avec des attaques ciblées à l'anthrax. Par exemple dans les systèmes de ventilation du T-bane, des hôpitaux, des ministères… Et si, en même temps, une épidémie de morve fait rage, je vous laisse imaginer le tableau. Il faudra abattre les cheptels, mais où brûler les carcasses ? Dans de grands feux sur les terres ? Le long des routes ? Impossible d'aller au travail, les enfants devront rester à la maison. Peut-être que vous déménagerez, mais pour aller où ? Dans un chalet de montagne ? Les gens feront main basse sur tous les produits qu'ils trouveront. Les rayons alimentaires des magasins seront pris d'assaut. L'approvisionnement en eau cessera. Il n'y aura plus d'électricité non plus. Le système des eaux usées ne fonctionnera plus.

Fredrik regarda Koss. Sa peau avait de nouveau pris une couleur malsaine. La chef du labo reprit :

— Ce sera la panique généralisée. Chez vous, chez ceux que vous aimez, chez tous ceux que vous connaissez… Dans toute la Norvège. – Silence. – Le chaos total. Nous parlons d'une attaque terroriste à une échelle apocalyptique, dit-elle lentement.

— Le jour du Jugement dernier, marmonna Fredrik. Le premier des jours derniers…

La chef du laboratoire les raccompagna sur le parking.

— Croyez-vous… qu'une seule personne puisse être à l'origine de tout ça ? Ou un petit groupe ? La communauté de Solro, par exemple ?

Petra Johanssen secoua la tête.

— Non, c'est impensable pour le cas présent. Il faut des moyens conséquents. Un grand nombre de personnes hautement qualifiées, ayant accès à des technologies de pointe, avec d'importants moyens financiers et surtout du temps. Beaucoup de temps. Une dizaine d'années. On a du mal à imaginer que de telles choses puissent se faire sans que les autorités du pays soient au courant.

86

Søren Plantenstedt fut hospitalisé au bâtiment 6. Au service de psychiatrie de l'hôpital de Telemark. Il ne mangeait, ne dormait ni ne parlait. Pendant deux jours, il garda les yeux fixés sur le toit et marmonna. Des paroles décousues, incompréhensibles.

Le matin du troisième jour, l'infirmière trouva le lit vide. Mais elle entendit qu'on fredonnait dans la salle de bains. Søren Plantenstedt se tenait devant le miroir, il s'était habillé, peigné et il se brossait à présent les dents. Le pasteur se retourna :

— Je suis prêt. Vous pouvez prévenir la police que je suis prêt.

À la fenêtre, Fredrik Beier guettait le transfert. Ses doigts jouaient malgré lui avec le tissu des rideaux.

Le commissariat de Grenland est un bâtiment en briques à l'architecture contemporaine, situé à l'ouest du fleuve Falkum qui constitue une séparation naturelle entre la ville et la campagne. À l'ouest du commissariat se dresse une colline à moitié peuplée de villas. Fredrik parcourut du regard la montagne dynamitée, les troncs des pins dénudés et les fourrés aux allures de soies de porc.

Kafa et Andreas étaient partis de bonne heure d'Oslo. Dans une dizaine de minutes, Søren Plantenstedt serait assis à la place de Kafa. Koss et elle seraient derrière la vitre sans tain dans la pièce d'à côté, pendant qu'Andreas et lui-même mèneraient l'interrogatoire.

— Il faudra parler de Drange, dit Kafa. Pas question de le laisser déblatérer sur Dieu et lui. Les intégristes adorent prêcher et se glorifier. Il faut qu'il nous dise où se cache le reste de la secte. Et s'il y a d'autres lieux où ils stockent les virus. Il faut que nous sachions quel était leur plan. Bref, des informations, du concret...

Du coin de l'œil, Fredrik vit Andreas tripoter avec nervosité les boutons de sa chemise blanc cassé, signe qu'il réfléchissait. Il préféra ne pas faire de remarque.

Fredrik aperçut à l'arrière de la voiture de police la silhouette tassée de Plantenstedt avant même que le véhicule descende dans le parking souterrain. Alors, il quitta la fenêtre et revint vers ses collègues. Il s'arrêta au passage pour admirer la seule décoration au mur : une aquarelle représentant les plages de sable blanc de Skagen, avec la mer bleu foncé et des mouettes indistinctes sur fond de soleil couchant. L'image était de si mauvais goût qu'il en détourna les yeux.

Andreas avait reculé sa chaise et regarda Kafa par-dessus ses lunettes.

— Avec quoi pourrions-nous l'attirer ? Quel pourrait être son intérêt à nous parler ?

Après leur travail en équipe pour localiser le bunker à Porsgrunn, Andreas et Kafa avaient en quelque sorte conclu un pacte de non-agression, même s'ils continuaient à rivaliser pour défendre chacun leur théorie. Fredrik nota, non sans une pointe de fierté, une estime réciproque quant à leurs opinions, fussent-elles divergentes. Il observa Kafa qui se penchait vers la table. Sans trop savoir pourquoi, ce mouvement lui fit penser à la fois où elle l'avait embrassé.

— Ça peut poser un problème, dit-elle. S'il s'identifie avec les projets terroristes de Drange, s'il croit réellement que le jour du Jugement dernier va arriver, ce sera difficile de le faire parler. Il acceptera simplement son destin. Plus nous le presserons de questions et plus il se fermera. Les extrémistes religieux considèrent toutes les réactions de punition comme des épreuves que Dieu leur envoie parce qu'ils sont élus. Ils sont persuadés d'accomplir la volonté de Dieu. C'est un schéma classique.

Fredrik écoutait. Ils se fourvoyaient tous les deux. Søren Plantenstedt venait pour leur dire la vérité sur Børre Drange, sur les armes biologiques et sur les préparatifs en vue du Jugement dernier. Peut-être l'ignorait-il encore, mais c'était ce qu'il ferait. Fredrik n'en doutait pas une seconde. Quel que soit son lavage de cerveau, le pasteur se laisserait affecter par le destin de Pio Otamendi et Carl Josefsen. Quelque chose au plus profond de lui savait qu'il avait mal agi. Fredrik l'avait lu sur son visage, envahi de tics nerveux. Comme si une voix, que seul le pasteur pouvait entendre, lui criait la vérité à l'oreille. À la fin, il serait obligé d'écouter cette voix. Sa paix intérieure était à ce prix.

— Nous allons jouer sur son sentiment de culpabilité.

Ses collègues interrompirent leur conversation et le dévisagèrent.

— N'oubliez pas que Plantenstedt n'est pas seulement un pasteur intégriste. Il est aussi un éminent biochimiste. Sa religiosité est fondée sur l'intellect et non sur l'émotion : il sait bien ce qu'il a fait de mal. La morale et la foi se livrent un combat en lui. Et c'est là que nous allons creuser.

On frappa légèrement à la porte et la tête d'un policier apparut dans l'embrasure.

— Le prévenu et son avocat sont là.

Søren Plantenstedt avança dans la pièce, tel un rongeur habitué à sortir la nuit. À la place de son costume bon marché, il portait un blouson de sport et, nerveux, mâchait du chewing-gum. Il ne parut pas reconnaître Fredrik avant qu'ils se serrent la main. Alors, il eut un sourire bref et malicieux.

— Voici Andreas Figueras, mon collègue. Nous espérons que…

Fredrik n'eut pas le temps d'en dire davantage.

Car la tête de Søren Plantenstedt explosa.

Comment le dire en d'autres termes ? Quand Fredrik prit la parole, le pasteur tourna les yeux vers lui et au moment exact où leurs regards se croisèrent… la tête vola en éclats… comme soufflée.

Le projectile à haute vélocité avait touché la tempe. Tout le crâne fut arraché jusqu'à l'os de la mâchoire, laissant à découvert la rangée de dents du bas. Des tissus roses et mous de la gorge jaillirent des gargouillis, comme en produisent des toilettes bouchées, avant que le sang clair de l'artère principale ne fuse en geyser, éclaboussant le bureau, le calepin, les chaises… l'avocat, Fredrik Beier et Andreas Figueras.

Aussi rouge qu'un coucher de soleil à Skagen.

87

LA DOUCHE AU SOUS-SOL DU COMMISSARIAT. Le sang sombre et la masse claire du cerveau, dilués à grande eau. Des rigoles roses sur le carrelage blanc.

Du haut de la colline, il avait une vue plongeante sur le commissariat. La vitre présentait un trou simple, parfaitement placé. À l'intérieur, on avait mis un adhésif blanc épais, de sorte que les photographes de presse avec leurs objectifs de trois cents millimètres n'aient pas à chercher.

Muni de chaussures jetables en plastique et de gants bleus en latex, Fredrik s'accroupit près du sapin presque nu, autant que son genou le lui permettait. Il examina le sol sous les branches les plus basses. Les brindilles cassées. Les traces de bottes dans la terre humide. Les creux à l'endroit où l'homme avait enfoncé ses coudes. Aucun doute, c'est d'ici qu'il avait tiré.

L'assassin n'avait eu besoin que d'une balle. La distance était d'à peine cent cinquante mètres. Pas de vent et ciel couvert. Les marquises que l'on baissait d'ordinaire lors des interrogatoires étaient cassées. Fredrik songea que sa propre tête avait dû être parfaitement dans la ligne de mire, elle aussi. La balle était passée à moins de cinquante centimètres de lui. Il était en vie parce que le tueur avait décidé de le laisser vivre. Une nouvelle fois.

— Il faut resituer les choses dans un contexte plus large, cria-t-il par-dessus son épaule. – Kafa se trouvait quelque part derrière. Il n'attendait pas de réponse. – Ce type fait exploser nos échelles habituelles. Nous sommes incapables de prévoir ses mouvements sur l'échiquier. Sa férocité est totalement hors norme : attaquer un commissariat... – Il se releva. – Nous manquons d'imagination. – Il se retourna et découvrit Kafa juste derrière lui. – Mentalement, cet homme ne se trouve pas en Norvège. Il est dans une zone de guerre. Et il agit ainsi parce qu'il est habitué à opérer dans une zone de guerre. Nous cherchons quelqu'un qui a une expérience militaire. Un tireur d'élite, un mercenaire... que sais-je. Quelqu'un comme ça.

Ils furent interrompus par un appel. Derrière le périmètre de sécurité, Andreas leur faisait signe de venir le rejoindre. Fredrik crut voir un reste de sang dans la chevelure bouclée de son collègue.

— Il a disparu du parking un peu plus haut, dit Andreas. Un témoin dit avoir vu un homme tout en noir monter dans une petite voiture rouge. Il portait un sac et une longue tunique.

— Bon, dit Fredrik, pensif. C'était il y a deux heures. Ce monstre a eu le temps de se cacher n'importe où. On y va. On rentre à la maison, précisa-t-il en soupirant.

88

ENTRE GRENLAND ET LA CAPITALE, les chemins de campagne serpentaient parmi les forêts de feuillus vert clair, les sombres épineux et les terres vallonnées. Le parcours était truffé d'embûches, sa douleur à l'épaule le lançait, mais tant pis. Ça prendrait le temps nécessaire. Ce serait l'occasion de méditer sur ses exploits et ses défaites.

Le doute l'avait envahi, avant qu'il aperçoive le pasteur dans son viseur. L'information qu'il avait reçue était donc correcte. Plantenstedt avait effectivement été introduit dans la pièce, comme prévu, au premier étage du commissariat. Et les marquises n'avaient pu être abaissées par le système informatique, défectueux.

Pendant qu'il attendait, il avait réfléchi : quelle était la probabilité pour que les enquêteurs tirent les rideaux ? Cinquante-cinquante, peut-être ? Mais ce n'était pas la brigade d'intervention, pas même une patrouille de police. Ces hommes-là n'étaient pas chargés de stopper la violence et les meurtres, ils venaient après. Ils ne pensaient pas en termes de sécurité, ce qui changeait complètement la donne. Il put constater qu'il ne s'était pas trompé. Cette fois, le plateau de la balance pesait du bon côté. Pas comme dans le bunker de Porsgrunn.

L'opération menée à Porsgrunn avait essuyé un sérieux revers. Pas seulement parce qu'il avait été humilié et s'était fait tirer dessus, laissant derrière lui des traces de sang. Pas seulement parce qu'il avait échoué à liquider sa cible. Mais surtout parce qu'il n'avait pas pu détruire le laboratoire.

Le pasteur, cette ordure habitée par le mal, en avait dissimulé l'entrée. Et la police l'avait trouvée ; elle avait découvert les cultures de virus, les bactéries. Un homo mort et un homo à l'agonie. Il fallait reconnaître une qualité à ce pasteur : celle d'aller au bout des choses. Avoir de la considération pour quelqu'un n'était pas si courant. En ce bas monde, ceux qui arrivaient à quelque chose étaient ceux qui se donnaient précisément les moyens d'y arriver, qui travaillaient dur et longtemps jusqu'à atteindre leur but. Comme lui-même.

L'élimination de Søren Plantenstedt était nécessaire pour calmer la pression que la Baleine exerçait sur lui. Ce dernier s'était montré fort mécontent de la tournure qu'avait prise l'opération. Or ce n'était pas lui qui avait décidé d'y aller seul, mais bel et bien la Baleine, celui dont il tenait ses ordres. L'Organisation.

À présent, la police était au fait des armes biologiques – et ça changeait tout. En un sens, il le vivait avec un certain soulagement. Ce n'était plus son boulot de garder le secret. Il pouvait se concentrer sur ce qu'il savait faire.

Tirer avec son fusil AWSM calé dans le creux de son épaule blessée avait été très douloureux. Mais tant qu'il atteignait sa cible du premier coup, il suffisait de fermer les yeux, suivre les éclats de douleur derrière sa rétine et ravaler le goût du sang. Bye-bye, pasteur Plantenstedt.

Il n'en restait plus qu'un.

89

SUR L'ÉPAISSE PORTE D'ACAJOU, le nom apparaissait en lettres capitales dorées de la taille d'une allumette. Ils frappèrent et, peu après, entendirent une clé tourner dans la serrure.

Les murs de l'antichambre étaient entièrement ornés de boiseries en palissandre. De forme ovale, telle une amande, la pièce sentait bon l'encaustique. Au sol, un épais tapis rouge étouffait les bruits et créait une atmosphère aussi solennelle que l'expression des six hommes dont les portaits s'affichaient dans des cadres dorés. Au beau milieu de la pièce, une secrétaire se tenait assise, face à un bureau élégant. Avec ses lunettes sur le bout du nez, cette créature frêle se fondait parfaitement dans le décor, à croire qu'elle faisait partie intégrante du mobilier danois. Derrière son écran extra-fin, elle leva les yeux. Il y avait un simple papier à en-tête sur le sous-main en cuir à côté de son clavier : « Simon Riebe. Avocat à la Cour de cassation. Député au Parlement. Cabinet d'avocats Riebe & Co ».

— Kafa Iqbal et Fredrik Beier ?

— Tout à fait.

— Entrez. Il vous attend, dit-elle en indiquant d'un geste la porte du bureau derrière elle.

Le portrait de Simon Riebe était accroché près de la porte. À la différence de ses cinq aïeux, le chef de file de la droite avait choisi un artiste au coup de pinceau moderne, lequel avait exacerbé le contraste entre les zones sombres et les zones claires de son visage carré. L'éclairage était tamisé. Fallait-il y voir un trait de sa personnalité ou plutôt le signe que le pays était, en règle générale, gouverné par des sociaux-démocrates ?

Il s'apprêtait à frapper quand la porte s'ouvrit. C'était Ruben Andersen, le conseiller de Riebe. Fredrik le reconnut pour l'avoir vu à la télévision.

— Entrez, dit l'homme d'une petite voix, inclinant la tête en un salut à l'ancienne.

Contrairement à l'antichambre, le bureau était à angles droits, strictement rectangulaire. Simon Riebe était installé à son bureau, au fond. Dans son dos, une bibliothèque tapissait le mur. De longs rideaux de velours brun orangé dissimulaient la vue sur le port et le musée Astrup Fearnley, sur Tjuvholmen.

Placée dans la diagonale de la fenêtre, sur un socle en pierre noire, une statue de marbre blanc, évoquant un corps féminin aux courbes onctueuses, brisait la rigueur de la pièce.

— C'est un Arp, dit l'homme aux cheveux gris cendré qui s'était levé.

Aussi grand que Fredrik, Simon Riebe était impeccablement vêtu. Il leur sourit avec l'assurance de celui qui a une fortune bien établie et… une rutilante dentition. Ils se saluèrent d'un geste de la main avant que l'homme politique ne leur fasse signe de prendre place dans les fauteuils en cuir devant le bureau. Le conseiller se posta debout dans leur dos.

— Vous avez omis de me dire que vous étiez accompagné d'une princesse persane, commença Riebe en regardant Fredrik, tandis qu'il versait du café dans des tasses de porcelaine blanche.

— Merci, répondit Kafa, gênée, mais je suis d'origine pakistanaise. Pas persane, se hâta-t-elle de rectifier.

— La beauté ne connaît aucune frontière, rétorqua Riebe tout sourire en poussant les tasses vers eux.

Le conseiller n'y avait pas eu droit. Quant à sa propre tasse, il ne la remplit qu'à moitié et ajouta de l'eau bouillante d'une carafe en argent. Puis il les observa.

— Bon… En quoi puis-je vous aider ?

Délicatement, Fredrik poussa sa tasse de café sur le côté. Riebe posa ses mains sur la table, l'une sur l'autre, et l'enquêteur ne put s'empêcher d'admirer ses ongles à la courbe parfaite.

— Nous sommes ici parce que nous avons tout lieu de croire que vous avez fourni des informations au journaliste Jørgen Mostu sur l'affaire de Solro. – Fredrik marqua une courte pause pour voir sa réaction. – Celui qui a été tué près de l'Opéra.

Riebe haussa un sourcil.

— Et d'où… tenez-vous ça ?

Il avait dit ça sur un ton anodin, comme si Fredrik lui avait proposé de le rejoindre sur Youngstorget pour partager un kebab.

— Nous savons que Mostu vous a appelé plusieurs fois cet été. Et vous lui avez envoyé des SMS. Le dernier date du jour de sa disparition, répondit Fredrik qui s'efforçait de garder une voix assez neutre.

— Je comprends, dit Riebe qui chassa du revers de la main quelques poussières invisibles de sa veste. Eh bien, l'explication est assez simple : il se trouve qu'on m'a volé mon téléphone ce printemps. Je connaissais naturellement Mostu à cause du Parlement, mais jamais, grand Dieu, je n'ai été une source pour lui. Et encore moins dans cette affaire, celle de Solro. Comment aurais-je pu obtenir des renseignements ? Je suis un homme politique, pas un enquêteur. – Il secoua la tête et adressa un regard découragé à son conseiller. – Je crois qu'en la circonstance, quelqu'un nous mène tous en bateau, ajouta-t-il en s'adossant à son fauteuil.

Avant que Fredrik ait pu ouvrir la bouche, Ruben Andersen avait sorti, comme par magie, deux documents. Il se pencha entre eux et les déposa sur la table.

— Lisez, lâcha-t-il sur un ton tout sauf amical.

Fredrik prit ses lunettes dans sa poche intérieure. Le premier document était un dépôt de plainte à la police, daté de quelques jours seulement *avant* la conversation supposée entre Riebe et Jørgen, comme l'indiquait la puce du portable du journaliste, sur le deuxième document.

— Bon, dit Fredrik après avoir examiné les deux feuilles. Mais vous n'avez pas bloqué votre portable après le vol ?

Riebe sourit.

— Non, malheureusement. Nous étions en pleine préparation de la campagne électorale, et au-delà de ça, du programme politique de notre futur gouvernement. – De nouveau, il regarda son conseiller, l'air de dire que Fredrik ne pouvait bien sûr pas comprendre l'enjeu. – Alors, ce genre de détails… passe vite à la trappe.

Fredrik désigna Andersen, par-dessus son épaule.

— Je croyais justement que c'était pour régler ce genre de problèmes que vous aviez des gens comme lui ?

Une vague protestation derrière son dos trahit que le coup avait porté. Riebe fronça les sourcils puis éclata de rire. Il avait tourné l'anse de sa tasse de cent quatre-vingts degrés de sorte qu'elle pointait exactement vers le thorax de l'enquêteur.

— Ne me dites pas que vous me soupçonnez !

Fredrik fit mine de ne pas avoir entendu.

— Comment saviez-vous que nous allions venir vous poser des questions à ce sujet ? Puisque vous aviez déjà préparé ces documents à notre intention ?

— Je choisis d'interpréter votre question comme un non, répondit Riebe avant de poursuivre. Oh, ce n'était pas difficile à imaginer. Nous autres, dans la politique, nous sommes obligés d'avoir de l'ordre dans nos affaires. Beaucoup de personnes guettent le moindre faux pas. La presse. Nos adversaires. Tous ceux qui savent mieux que les autres… – Le regard qu'il adressa à Fredrik en disait long. – Nous sommes dans cette étrange situation où nous devons sans cesse étayer notre innocence. – Il observa tour à tour Fredrik et Kafa. – Une sorte de saut périlleux juridique, là encore.

Pendant trente secondes, ils restèrent à se fixer. Fredrik trouva que Simon Riebe paraissait plus jeune que sur les portraits qu'il s'était fait faire. Ce devait être le but recherché. Ainsi, le temps semblait ne pas avoir de prise sur lui. En tout cas, ce n'était pas le fait du hasard. Ici, c'était clairement un mot qui n'avait pas cours.

— Je dois dire que je suis surpris de voir que vous sacrifiez une matinée à venir me voir dans mon bureau. Toute la nation attend que cette communauté puisse être retrouvée saine et sauve, vous savez…

Riebe laissa sa phrase en suspens.

Fredrik se força à sourire.

— La nation attend aussi que les coupables soient traduits en justice, vous savez.

Il en avait assez entendu. Fredrik se leva pour prendre congé.

La poignée de main de Riebe fut glaciale.

— Ravi d'avoir fait votre connaissance, mademoiselle Iqbal, conclut-il. Ruben va vous raccompagner.

90

La réponse était juste sous leur nez. Il s'en rendit compte quand il se retrouva au bureau, devant le tableau récapitulatif de l'enquête, avec la photocopie du rapport de police de Simon Riebe. Il savait maintenant où se terrait la communauté !

Neuf minutes plus tard, au volant de la voiture banalisée, Kafa traversait le quartier de Tøyen en direction de Carl Berners Plass, tandis que Fredrik essayait d'abaisser le siège passager. Toujours ce foutu genou.

À l'après-midi gris succédait un soir oppressant. À l'exception de quelques joggeurs, le parc de Tøyen était morne.

Kafa dut freiner net pour laisser un piéton traverser la Finnmarksgata.

— Quoi ? Comment le savez-vous ?

Enfin, un déclic indiqua que le siège était dans la bonne position.

— Cela fait un moment que je le sais, repondit Fredrik. Vous aussi, d'ailleurs. Nous n'en avons pas pris conscience, c'est tout.

— Ah bon ?

— Plantenstedt a appelé un numéro de téléphone anonyme qui se trouvait à Solro. Un numéro qui appartenait à la communauté mais qui n'avait encore jamais été utilisé, vous vous rappelez ?

— Oui…

Elle avait haussé les sourcils en attente de la suite. Fredrik sortit la carte qu'il avait prise sur leur tableau.

— Andreas a dit que Solro était une grande ferme et qu'il y avait moyen d'avoir des terres à part du côté du nord et de l'est. – Il étala la carte couvrant la zone de Maridalen. – Et qu'est-ce qu'on trouve à une centaine de mètres au nord de Solro ? Une maison ! Le couple Kvarvingen. Leurs vieux voisins. – Il tapota du bout du doigt sur l'emplacement. – C'est marqué ici, noir sur blanc. La maison des Kvarvingen est située sur le terrain de Solro. – Il y eut un silence. – La majeure partie de la communauté n'a jamais quitté Solro : le numéro secret est celui du couple Kvarvingen.

— Mon Dieu, lâcha Kafa qui tapa des deux mains sur le volant.

L'entrepreneur qui avait aménagé la cave, Henning Skaug, avait dit qu'un couple âgé vivait à Solro. Et les ex-adeptes, Annabell et Bernhard, avait raconté que la communauté était constituée de gens jeunes mais aussi de quelques vieux. Et de la vaisselle sale s'entassait dans la cuisine quand ils étaient allés interroger le couple. Le vieil homme avait même dit : « Eh bien, vous avez fini par venir. » Comme si ce n'était qu'une question de temps…

— Comment avons-nous pu être aussi aveugles !

Deux policiers continuaient à monter la garde à Solro, à l'endroit où Fredrik était descendu de voiture sous une pluie battante un mois et demi plus tôt. Cela semblait une éternité.

Il revoyait Synne qui l'attendait sous le sapin, la tête penchée au-dessus de sa cigarette.

On avait démonté la tente de la police. L'herbe avait poussé et le parfum des prunes arrivées à maturité embaumait le jardin. Ils retrouvèrent sans peine le chemin couvert d'aiguilles de pin. Dans la pénombre, ils le suivirent en remontant vers le nord et tombèrent sur la clairière. La dernière fois qu'ils étaient venus là, Brynjar Kvarvingen somnolait dans son fauteuil roulant, sur la terrasse. À présent, la façade de la maison semblait déserte et plongée dans l'obscurité. Mais derrière les rideaux blancs, il y avait de la lumière.

Ils n'eurent pas à attendre longtemps pour en être sûrs. Des voix d'enfants, de femmes. Et des ombres rapides aux fenêtres.

— Ils dînent, constata Kafa.

91

Le téléphone de bureau de Fredrik Beier sonna. Andreas tourna la tête. Le répondeur se chargerait du message. Deux minutes plus tard, nouvel appel. Il tendit le bras et décrocha.

— Fredrik ? demanda sèchement une voix d'homme.

— Je suis Figueras, son collègue. Andreas Figueras.

— Je me présente, Hasse Hansson de la brigade criminelle de Stockholm. Ça fait longtemps qu'on n'a pas été en contact.

— En effet, répondit Andreas.

— Nous avons un nom pour votre prélèvement sanguin.

Andreas se leva si brusquement qu'il renversa sa chaise.

— Ah bon ?

— L'homme que vous recherchez s'appelle Staffan Häyhä.

— Ah ! Et quoi d'autre ?

— Il est citoyen suédois.

Andreas obtint son numéro d'identité[1].

1. Ce numéro personnel à onze chiffres est donné à la naissance et vous accompagne toute votre vie, un peu comme le numéro de sécurité sociale en France.

— J'ai eu du mal à trouver son nom. Visiblement, ce type cultive le mystère. Aucune adresse, aucun numéro de téléphone. Il n'a pas de compte bancaire et pas d'historique de déménagement.

— Putain…, fit Andreas.

L'homme au bout du fil émit un grognement rauque.

— Passez le bonjour à Fredrik et dites-lui que je continue à creuser.

Le monstre avait un nom : Staffan Häyhä.

92

IL TAPA DU POING sur la porte peinte en blanc.

— Fredrik Beier, police, ouvrez ! cria-t-il.

Immédiatement, le joyeux vacarme cessa. Un rire d'enfant fut étouffé. Et il s'ensuivit un silence de mort.

Il cogna à nouveau.

— Ouvrez ! Je sais que vous êtes là.

Une clé tourna dans la serrure et le visage pâle de Signe Kvarvingen apparut dans l'entrebâillement de la porte. Comme lors de leur dernière entrevue, elle avait les cheveux noués sur la nuque, en un chignon strict. Elle plissa les yeux, glaciale. Une grosse chaîne de sûreté les séparait.

— Oui ?

— Signe Kvarvingen, vous le savez, nous sommes déjà venus. Je suis enquêteur, comme Kafa Iqbal que vous reconnaîtrez, je pense. – Il s'écarta un peu pour que la vieille femme puisse apercevoir sa collègue. – Nous savons que votre mari et vous avez endossé une grande responsabilité. Nous savons que vous avez fait partie de la communauté de Solro et qu'à présent, des femmes et des enfants se cachent ici.

Signe Kvarvingen n'eut pas la moindre réaction. Elle se contenta de fixer Kafa derrière lui, avec animosité.

— Je crois que vous comprenez que ça ne peut pas durer. Laissez-nous entrer pour qu'on puisse discuter calmement. – Il la regarda avec sincérité. – Je n'ai pas pris ma carte de police, alors nous n'allons pas entrer de force. Mais je peux me procurer un mandat…

— Eh bien, allez vous procurer ce mandat, dit-elle en repoussant la porte.

Mais au moment où le battant allait se refermer, ils entendirent une voix sombre :

— Signe…

C'était le mari. Brynjar.

— Le policier a raison, dit-il d'une voix lasse. Pense aux enfants. Si quelqu'un vient réellement pour… Nous ne pourrons pas résister, Signe. Nous n'avons aucune chance.

Des sanglots réprimés leur parvinrent, puis la chaîne de sûreté fut retirée. Brynjar se tenait derrière sa femme. La dernière fois, il somnolait tel un vieux papi dans son fauteuil roulant. À présent, il se dressait de toute sa hauteur, vêtu d'une salopette bleue de menuisier et d'une chemise rouge à carreaux. Le regard vif. Entre les mains, il tenait un fusil à double canon. Fredrik ne put s'empêcher de penser au poster d'Hemingway dans le bureau du psychologue de la police.

— Ce matin, j'ai vu deux daims jouer, un peu plus bas, sur nos terres. Et je me suis rendu compte à quel point c'était bizarre d'enfermer les gamins, alors que la nature, elle, laisse ses petits courir librement. J'ai pensé que s'il se passait quelque chose de spécial aujourd'hui… ce serait la volonté de Dieu. – Brynjar le regarda, la mine grave. – Croyez-vous que Dieu ait voulu cela, Fredrik Beier ?

— Je ne sais pas grand-chose sur Dieu, Brynjar. Mais pour commencer, ce serait bien de ranger ce fusil…

La trappe de la cave était dissimulée par un tapis sous la table de la cuisine, à l'endroit même où, quelques semaines plus tôt, ils avaient bu du café. Brynjar Kvarvingen poussa la table sur le côté, s'agenouilla et releva la trappe de ses doigts musclés.

— C'est bon, bougonna-t-il au-dessus du trou. Tora et Lisa, vous pouvez remonter.

Ils scrutèrent l'obscurité en bas. Au pied de l'escalier, des visages pâles les fixaient. Fredrik compta cinq femmes et au moins autant d'enfants. Il pensa à une scène de guerre. Des petits visages d'enfants terrorisés dans une cave. Cela lui déchira le cœur. Sur les marches de l'escalier, il y avait de la vaisselle sale : assiettes, casseroles, couverts. Le dîner qu'il avait fallu débarrasser en quatrième vitesse. Tous finirent par remonter.

Sur le seuil de la cuisine, Signe Kvarvingen conduisit les enfants dans le salon. Les plus jeunes n'avaient guère plus d'un an ou deux, les plus âgés presque dix. Signe et trois des femmes emboîtèrent le pas aux enfants. Deux restèrent. Brynjar referma la trappe, remit la table à sa place et disposa des tasses à café.

— On va bien en prendre une petite goutte ? dit-il.

C'était une constatation plus qu'une question. Fredrik opina et s'adressa à Kafa :

— Prévenez Koss. Demandez qu'on nous envoie un minibus. – Il jeta un coup d'œil à Brynjar, tout en continuant à donner des instructions. – Ils n'ont pas besoin de se dépêcher. Dites-lui que nous contrôlons la situation.

Tandis que Kafa sortait pour téléphoner, Fredrik s'assit avec les deux femmes qui étaient restées.

— Voici Tora et Lisa, dit Brynjar en manipulant lentement la cafetière électrique. Tora est... Tora était mariée avec Paul Espen.

Paul Espen Hennie. L'un des frères tués à Porsgrunn. Fredrik pinça les lèvres et s'efforça d'adresser à la femme un regard compréhensif.

— Je suis désolé.

— Paul Espen était le père d'un de ces enfants, poursuivit Brynjar. Johannes. Il n'a que trois ans. Nous ne lui avons pas encore dit, alors...

— Je transmettrai le message. – Il regarda Tora droit dans les yeux. Mais d'après mon expérience, mieux vaut dire les choses. Et le plus tôt possible.

La femme enfouit son visage dans ses mains.

— Je sais, sanglota-t-elle tout bas, le corps tremblant.

Tora était une femme bien en chair, avec d'épais cheveux blonds et une tête ronde comme un ballon de foot. Elle devait avoir une petite trentaine. L'autre femme, qui lui caressait le dos, était sensiblement plus jeune. Lisa. Tout à coup, Fredrik sut de qui il s'agissait : l'amante de Bjørn Alfsen Jr, dont les déserteurs avaient parlé. C'était elle qui, selon les dires de Plantenstedt, dormait dans la chambre d'Alfsen la nuit où il avait été assassiné. Fredrik se pencha par-dessus la table et jeta un regard complice à Kafa qui était revenue et se tenait avec Brynjar près du plan de travail.

— Nos collègues arriveront bientôt et ils vous conduiront à un endroit où vous serez en sécurité. Vous n'aurez plus besoin de vous terrer comme des bêtes, dit-il avec un sourire qui se voulait amical. Nous aurons besoin de parler à chacun d'entre vous. Enfants et adultes. Beaucoup de questions sont encore sans réponse. Les choses que vous savez peuvent nous aider à nous rapprocher de l'homme qui vous a attaqués. – Il regarda Tora. – L'homme qui a tué votre mari. – Il se tourna de nouveau vers Lisa. Je crois que vous avez vu l'agresseur, cette nuit-là, Lisa ?

Son corps gracile se mit à frissonner et ses yeux se remplirent de larmes. Elle saisit la longue natte châtain clair qui lui tombait sur l'épaule, et laissa glisser ses mains jusqu'au bout. Puis elle fit le même geste, de nouveau. Il y avait là quelque chose d'obsessionnel et de douloureux. De grosses larmes roulèrent sur ses joues. Enfin, elle passa le revers de la main sous son nez, s'essuya sur sa chemise et répondit :

— Oui.

Et elle leur fit le récit de cette nuit.

Elle n'avait rien remarqué. Ni que la porte de la chambre à coucher s'était ouverte ni qu'une silhouette de grande taille s'était faufilée à l'intérieur. Pas davantage qu'un silencieux était pointé sur le front du pasteur Alfsen – ce qui l'avait apparemment réveillé. Quand elle-même avait ouvert les yeux, elle avait vu le pasteur par terre avec un homme assis sur son dos. Un homme gigantesque. Tout chez lui était grand : sa tête, son thorax, ses mains… Il portait des vêtements sombres et un bonnet… une cagoule, plus exactement.

— Il a enfoncé un doigt dans l'œil de Bjørn et le pasteur m'a dit de rester calme. De ne pas regarder. Et j'ai dû m'asseoir près de la porte, face au mur. Il m'a bâillonnée, m'a attaché les mains et les pieds. Puis il m'a mis une taie d'oreiller sur la tête. Et il a obligé…

Ses sourcils. Broussailleux, formaient un vague V au milieu. Cela lui donnait un air de bonheur éternel, avec quelque chose de charmeur et de frivole, quelque chose que même les larmes ne pouvaient masquer. Comme si elle lisait dans ses pensées, elle humecta son index pour discipliner ses sourcils, en les couvrant de sa main.

Le pasteur avait dû lire un papier, reprit-elle. Sa voix tremblait affreusement. Il était question du code d'accès à la cave. Et de papa Per. L'homme voulait savoir où il était. Et le pasteur ne pouvait pas répondre.

Elle sanglota.

— Et puis… j'ai entendu un bruit. Comme lorsqu'on referme brutalement un livre. Il a abattu Bjørn. Il l'a exécuté.

Fredrik acquiesça, l'air compatissant.

— Cette cave, à quoi servait-elle ?

Les deux femmes se crispèrent. De même que Brynjar.

— Nous avons construit un abri anti-atomique. Une cachette. Pour quand… viendra le jour du Jugement dernier. Nous n'y sommes jamais descendus. Nous étions divisés en groupes. Nous…

— Je sais, l'interrompit Fredrik. Et votre mari ? demanda-t-il à Tora. Il ne vous a jamais dit ce qu'il faisait ?

— Non, dit-elle en secouant résolument la tête. Jamais.

Ils restèrent un moment silencieux. Kafa s'avança dans la pièce.

— Il manque encore une personne. Quelqu'un à qui nous aurions bien aimé parler, dit-elle. Børre Drange. L'homme que vous appelez papa Per. Per Olsen.

Les femmes échangèrent un rapide regard.

— Nous savons seulement ce que nous avons vu au journal télévisé. Nous n'avons pas eu de contact avec lui depuis l'attaque.

Tora se tourna vers Brynjar. Il confirma en s'éclaircissant la voix.

À la lumière des gyrophares de police, il aperçut Sebastian Koss qui se tenait près du minibus. Fredrik s'arrêta et regarda les visages inexpressifs derrière les vitres. La portière fut refermée en coulissant, et le bus s'éloigna.

— Staffan Häyhä, dit Koss lentement.

— L'homme que nous poursuivons, répondit Fredrik.

Andreas aussi l'avait appelé. Il commença à se diriger vers le parking.

— Beier ? cria Koss qui avait oublié de lui dire quelque chose. Pio Otamendi est décédé. Il est mort à l'hôpital d'Ullevål, il y a une heure.

93

IL Y AVAIT UNE FRAÎCHEUR HUMIDE DANS L'AIR, pas assez pour que ce soit de la bruine, mais suffisamment pour qu'un voile se dépose sur ses lunettes. Il remonta la fermeture éclair de son blouson en cuir et enfonça les mains au fond de ses poches avant d'aller de Majorstua jusqu'à Grønland, à pied, en passant par le centre-ville. Il aurait aimé mettre ses écouteurs et laisser vagabonder ses pensées au son de « Stockholm i mitt hjärta », la chanson d'Oscar Danielson. Mais il était trop tôt. Il n'osait pas se priver de ses oreilles quand il arpentait Oslo la nuit. Il n'était pas policier pour rien. Les fêtards rentraient retrouver leur lit, les taxis pirates en quête d'une dernière course ralentissaient à son passage et quelques prostituées lui lancèrent un « *Hello, handsome* » bien peu convaincu.

Une fois derrière les murs en béton de la préfecture, Fredrik monta l'escalier jusqu'au sixième étage. Sans bruit, il passa devant le bureau de Sebastian Koss d'où s'échappaient des voix : celle de baryton de Koss et celle de basse profonde de Neme, le préfet de police. Il ne distinguait pas leurs paroles mais comprenait l'objet de leur échange.

La presse avait été convoquée à 8 heures et on lui servirait la prise de la veille : la communauté avait été retrouvée, les femmes et les enfants étaient en vie. Sous les conseils avisés de Neme, Sebastian Koss avait réussi là où d'autres avant lui avaient échoué.

Il entra dans l'une des salles de réunion fermées à clé. Éteignit son téléphone, posa ses lunettes sur la table et se couvrit la tête de son blouson en cuir pour s'isoler complètement. Il ferma les yeux et s'assoupit. Chez lui, les borborygmes de Bettina contre l'oreiller, profondément endormie, le dérangeaient, sans parler du ronflement de Crésus dans le salon. Ici, au moins, il était au calme.

Une heure et demie plus tard, des bruits de conversation dans le couloir le réveillèrent. L'horloge au mur indiquait 8 h 24. Et s'il allumait la télévision pour suivre la fin de la conférence de presse ? Non, il n'en avait pas le courage. Il décrocha le combiné du téléphone et le coinça entre l'oreille et l'épaule. Fredrik supposa que l'homme devait être à son bureau maintenant.

— Allô, ici Hansson de la brigade criminelle, dit une voix un peu rauque, avec l'accent chantant du Småland.

— Hasse…, sourit Fredrik. Tu ne dors jamais ou quoi ?

Il y eut un bref instant de silence avant que l'homme à l'autre bout du fil éclate de rire.

— Ah, putain, Fredrik, ça fait du bien de t'entendre.

Fredrik Beier et Hasse Hansson s'étaient rencontrés pour la première fois il y avait dix-neuf ans. Fredrik voulait montrer quelques-uns des aspects les moins glamour de la capitale à un groupe de jeunes recrues de la police. Cinq gars aux yeux bleus et *lui*. Un Suédois venu de Stockholm pour s'installer dans la capitale avec sa femme norvégienne. Il avait l'allure d'un husky, et un drôle de rire. Quand les fêtards du Nouvel An commencèrent à traîner par terre, ivres morts, ils échangèrent un regard complice et ce fut le début d'une amitié. Le mariage avait volé en éclats, Hasse était retourné vivre chez lui, mais leur amitié avait tenu bon.

— Staffan Häyhä, oui..., dit Hansson en laissant sa phrase en suspens.

Fredrik entendit le bruit d'une boîte à chiquer contre la table.

— Citoyen suédois, quarante et un ans, né dans une famille de sept enfants, dans un milieu évangéliste à Gotland. Après son service militaire, il est devenu commando et parachutiste. Il a servi en Yougoslavie pendant la guerre des Balkans. Et c'est là que... – Hansson hésita. – Bon, ce que je vais te dire n'est pas dans le rapport de police. Mon chef communiquera au tien la version officielle après en avoir référé à ses supérieurs. Et Dieu sait ce qu'il restera alors de cette histoire. Mais moi je vais te dire la vérité, on est entre amis, pas vrai ?

— Naturellement. Je ne sais pas comment te remercier.

— Je t'en prie, c'est une joie pour moi, répondit-il à voix basse avant de se racler la gorge. Le Säpo[1] et les mecs là-haut sont en sueur dès que le nom de Häyhä est prononcé, du bout des lèvres. Comme s'il n'avait pas droit d'existence. S'il commence à marchander, c'est de l'info classée direct top secret. Bref, il a fait des choses pour la Suède que la Suède n'est pas censée faire, tu piges ?

Fredrik avait pigé.

Staffan Häyhä était un soldat des forces spéciales, entraîné au départ comme tireur d'élite, raconta Hasse. Son arme préférée était un fusil AWSM avec des cartouches de calibre .338 Lapua Magnum. C'était lors du conflit dans l'ex-Yougoslavie qu'il avait été gravement mutilé. Les

1. *Säkerhetspolisen* : le service de la sûreté de l'État suédois.

circonstances de sa mission demeuraient hautement confidentielles, mais Hasse avait pu obtenir des infos chez une vieille connaissance du MUST, Militära underrättelse-och säkerhetstjänsten[1]. Officiellement, ni la Suède ni les troupes de l'OTAN n'avaient mené d'opérations secrètes dans les Balkans, il n'y avait que des forces chargées du maintien de la paix. Or certains avaient profité de la guerre pour régler de vieux comptes datant de l'ère soviétique.

— Mais que vient faire le MUST dans cette histoire ?

— Je ne sais pas, mais ils ont tout un dossier sur Häyhä dans leurs archives.

Lors d'une mission, Häyhä avait été fait prisonnier par des musulmans bosniaques qui l'avaient torturé, en représailles, semble-t-il, après l'exécution d'un trafiquant d'armes local. Trois jours plus tard, il avait été libéré par une équipe de l'ONU menée par un Suédois. Sans oreilles, sans nez, sans lèvre supérieure et la langue coupée. On l'avait rapatrié à Stockholm, en jet privé, pour le soigner. Personne ne savait pourquoi il n'avait pas été rapatrié à bord d'un vol normal des Nations unies.

Au sortir de l'hôpital, Häyhä était retourné à la vie civile à Stockholm pendant quelques années. Il y avait eu plusieurs plaintes déposées contre lui au cours de cette période. Il faut dire qu'il ne ressemblait pas à l'homme de la rue et son signalement apparaissait dans plusieurs affaires. Des histoires assez glauques. Tapage en ville, viols et usage de violences vis-à-vis de prostituées. Mais jamais de nom.

— « Agresseur inconnu », « Agresseur inconnu », « Agresseur inconnu », lut Hasse.

— Il est protégé par quelqu'un ? demanda Fredrik.

---

1. *Militära underrättelse-och säkerhetstjänsten* : Service de l'intelligence militaire et de la sécurité suédois.

Hasse Hansson toussota.

— Malgré ses mutilations, Staffan Häyhä a tout mis en œuvre pour retourner à la vie de soldat. La version officielle est qu'on ne l'y a pas autorisé, considérant qu'il était devenu un fardeau pour la Défense suédoise.

— La version officielle ?

— Ces dix, douze dernières années, la vie de Häyhä n'a été qu'un grand trou noir. Personne ne veut rien dire. Mais si tous les liens étaient rompus, pourquoi alors ce silence ? demanda Hasse – question purement rhétorique, car il avait la réponse sous le coude. – Tu as entendu parler d'Osmal Abdullah Kamal ?

— Non, ça ne me dit rien.

Osmal Abdullah Kamal était un des hommes les plus craints d'Afghanistan. En tant que gouverneur de Kandahar, un repaire pour terroristes, trafiquants d'armes et de stupéfiants, il était à l'origine d'une série de meurtres et d'attentats. Kamal détestait les étrangers qui avaient envahi son pays et son but était de briser l'influence qu'exerçait l'OTAN dans sa province. Il était considéré comme un allié de poids pour les talibans. Et puis, il s'était passé quelque chose, raconta Hasse, dans des conditions un peu floues. Toujours est-il qu'au printemps dernier, Kamal avait été tué. Cela s'était produit dans une bourgade à une heure environ de Kandahar. Et, fait étrange, il avait été abattu dans la maison d'un des soutiens de l'OTAN dans la région. Tout semblait indiquer que les deux personnes étaient en train de négocier une sorte d'accord lorsqu'un sniper avait brutalement mis un terme à la vie de Kamal.

— Dans un document ultra confidentiel de l'OTAN, Häyhä est clairement soupçonné. J'ai dû insister auprès de mon contact au MUST pour avoir l'info. Il n'est pas précisé ce que les forces de l'OTAN ont sur lui, à part les déclarations de témoins dignes de foi.

— Si je comprends bien, Staffan Häyhä était encore soldat en Afghanistan il y a quelques mois ?

— Tout porte à le croire.

— Oh, putain…

Kafa Iqbal dormit mal cette nuit-là, se réveillant à plusieurs reprises. Auraient-ils dû révéler aux femmes de la communauté la vérité sur Børre Drange ? Ces femmes et ces enfants avaient-ils réellement été en danger, comme ils le croyaient ?

Si Staffan Häyhä avait voulu massacrer l'ensemble de la communauté, l'occasion lui en avait été donnée la première nuit à Solro. La secte était rassemblée, ses membres se sentaient en sécurité, reclus dans un endroit isolé. Pourtant, il avait laissé la vie sauve à la plupart d'entre eux. Quel que soit son degré de cruauté… ceux qui étaient morts n'avaient pas été tués par hasard. Alors pourquoi ces femmes et ces enfants s'étaient-ils cachés chez le couple Kvarvingen, s'ils n'étaient pas au courant de ce que fomentait Børre Drange ?

À six heures moins vingt, elle se leva. Se brossa les dents trente secondes, histoire de chasser le mauvais goût qu'elle avait dans la bouche, avant d'enfiler sa tenue de jogging et de sortir courir. Direction le nord. Dans la lumière blafarde de l'aube, elle traversa Bjølsen et longea le fleuve Aker dans la vallée de Nydalen. Elle alla ainsi jusqu'à l'extrémité sud du lac de Maridalsvannet, et de là emprunta le chemin forestier qui partait à l'est. Son corps débordait d'énergie, elle avait besoin de se défouler. Elle s'arrêta en haut du Kjærlighetsberget. La lumière perçait à présent autant que le permettait la couche de nuages qui flottait entre la capitale et le soleil. Elle contempla la surface du lac et frissonna en sentant l'air vif rafraîchir son corps en sueur. Elle but quelques gorgées d'eau et se remit à courir. Une fois à la chapelle, sur la rive nord de Maridalsvannet, elle saisit où ses pas la menaient. D'habitude, arrivée à cet endroit, elle redescendait vers le sud. Mais pas ce matin-là. Elle continua vers le nord, croisant les premières voitures des gens qui allaient travailler et dut grimper sur une colline avant que la vallée ne s'ouvre devant elle.

D'ici, il lui restait moins de vingt minutes pour rejoindre Solro. Il fallait qu'elle retourne dans la maison du couple Kvarvingen.

— Søren Plantenstedt, se souvint tout à coup Fredrik. Lui aussi a travaillé dans la Défense suédoise. Est-ce que Plantenstedt et Häyhä se seraient rencontrés ?

— Non, répondit Hasse Hansson, qui toussa à nouveau.

Cette pensée l'avait aussi effleuré. Mais le fait est que Plantenstedt n'avait été qu'un modeste pasteur dans un campement militaire à l'extérieur de Malmö. Hasse en avait parlé avec ses supérieurs hiérarchiques : eux aussi avaient vite compris que l'homme n'avait rien d'un militaire. Il se cantonnait à être une épaule sur laquelle pouvaient venir pleurer les jeunes de dix-huit ans qui avaient le mal du pays. Il n'y avait pas le moindre point commun entre un soldat d'élite du gabarit de Häyhä et un rat de bibliothèque comme Plantenstedt.

— Alors qui loue aujourd'hui les services de Häyhä ?

Évidemment, Hasse n'en avait pas la moindre idée. Mais nombreux étaient ceux qui étaient prêts à payer pour s'offrir les compétences d'un homme tel que Häyhä : les conseillers en matière de sûreté, les gens qui avaient besoin de protection, les organisations qui faisaient appel à des mercenaires… ou ceux qui souhaitaient se débarrasser de quelqu'un. Sa propre conscience et sa cupidité étaient seuls juges.

— Et s'il n'a plus de conscience ?

Hasse Hansson respira bruyamment. Le bruit de sa boîte à chiquer fut soudain si fort que Fredrik se demanda s'il ne l'avait pas cognée contre le téléphone. À cet instant, Hasse devait mourir d'envie de tirer sur une cigarette et d'en aspirer la fumée. Fredrik espérait seulement qu'il n'en ferait rien. Cette bronchite chronique, ça ne lui suffisait pas ?

— À dire vrai, je ne suis pas sûr de pouvoir trouver grand-chose d'autre. Quelqu'un qui a une influence considérable a enfermé les éléments essentiels de la vie de Staffan Häyhä dans une pièce fermée à double tour. – Hasse baissa la voix. – N'oublie pas que ces mecs occupent des postes clés à la Défense. On leur remet des décorations secrètes lors de cérémonies qui ne le sont pas moins. Au nom de la Suède, ils ont accompli des opérations qui ne seront jamais reconnues : attentats, soutien à des organisations terroristes, vente d'armes, trafic de drogue… Du moment que c'est pour la bonne cause. Disons que ce sont ces gars qui cassent les œufs pour faire l'omelette, si tu vois ce que je veux dire. – Il était tout heureux de cette formulation. – En signe de gratitude, l'État veille à ce qu'ils puissent vivre en paix. Les plaintes pour viol disparaissent, les témoins oublient, les noms sont effacés.

Fredrik remercia son camarade et ils raccrochèrent. Il se leva et regarda l'heure. Il était encore trop tôt pour ce qu'il voulait faire. Il alla grignoter un morceau à la cafétéria – du pain avec des anchois marinés sur un œuf dur – avant de s'engouffrer dans le T-bane.

La maison dans les bois brillait légèrement sous la rosée.

Kafa avait couru tout ce qu'elle pouvait les derniers kilomètres. Arrivée près des policiers qui montaient la garde à l'entrée de la propriété, elle dut s'allonger dans l'herbe pour reprendre son souffle.

Elle fut enfin seule devant la maison du vieux couple, les clés à la main. Elle se baissa pour passer sous le rubalise et franchit le seuil. Il y avait encore une odeur de nourriture. Dans le salon étaient accrochées les pâles peintures à l'huile de Brynjar Kvarvingen et, de nouveau, elle s'arrêta devant la photo aérienne de Solro, dans le couloir vers la cuisine. La réponse se trouvait dans les détails.

C'était précisément ce qu'elle était venue chercher. Il s'était passé quelque chose, la veille, qui ne collait pas. Elle n'aurait su dire ce que c'était, mais ça lui avait tourné dans la tête toute la nuit. C'est du moins ce qu'elle croyait. Car quand Kafa entra dans la cuisine, il s'avéra que ce n'était pas un détail qu'elle cherchait. C'était quelque chose d'évident et elle l'avait sous les yeux.

La petite casserole avec les pommes de terre qui, la veille, était à côté de l'évier, avait bougé. Elle était à présent sur la cuisinière. Et, à l'intérieur, il y avait un fond de bouillie d'avoine grise qui avait commencé à sécher. Elle la toucha du bout du petit doigt. La bouillie était vaguement tiède. Quelqu'un avait été ici, même après que Fredrik et elle avaient fermé la maison à clé, tard hier soir.

Elle se retourna. Contre le mur, sous la table de la cuisine, elle découvrit un grand éclat de porcelaine cassée. Kafa ouvrit la porte du placard sous l'évier. Il y avait d'autres morceaux dans la poubelle. C'était une des tasses dans lesquelles ils avaient bu un café, la veille au soir. Elle comprit enfin ce qui ne la laissait pas tranquille. La cave. Ils n'avaient pas fouillé la cave. Ils n'avaient pas contrôlé que la cave était vide.

Il n'y avait qu'une explication possible à cette tasse brisée. Quelqu'un avait soulevé la trappe de l'intérieur, ce qui avait ébranlé la table au-dessus et fait tomber la tasse. Kafa tira la table, repoussa le tapis du pied et souleva la trappe.

Quelle rapidité et habilité dans son geste pour faire remonter les femmes et les enfants, avant de refermer la trappe sous leurs yeux ! Ah, Brynjar Kvarvingen les avait bien eus, encore une fois ! Mais il n'y en aurait pas de troisième. Kafa trouva une bougie et des allumettes au fond d'un tiroir. Bien décidée à en avoir le cœur net, elle descendit l'escalier. La cave faisait la taille de la cuisine. Elle pouvait tout juste se tenir droite sans toucher le plafond. Une épaisse couche de tapis en laine avait été disposée sur la terre battue. Une lampe à piles pendait du plafond. Elle l'alluma.

La pièce était aménagée comme une planque parfaite. Dans le coin face à l'escalier traînaient des jeux de société ainsi que des jouets pour les enfants. À côté s'empilaient des bidons d'eau. Deux vieux poufs et une chaise de cuisine se trouvaient au milieu de la pièce et des étagères tapissaient tout le mur du fond pour accueillir des céréales en flocon, des boîtes de conserve, des sachets de soupe, des bocaux de légumes faits maison et des fruits séchés. Un tas de couvertures, de matelas isolants et de sacs de couchage. Chacun avait le sien, apparemment. « Per », pouvait-on lire sur celui-ci, en haut de la pile. Autrement dit, Børre Drange. Et un objet était posé dessus : une bible. Qui avait beaucoup servi. « Appartient à Per Olsen », était-il écrit à l'encre bleue à l'intérieur de la couverture.

Le T-bane s'arrêta à Lambertseter et Fredrik dépassa le centre commercial pour longer la rue principale. En toute hâte, il longea les immeubles de briques, peu élevés, les maisons mitoyennes, les petites villas et les rangées d'habitations qui constituent la banlieue d'Oslo. Des bouts de jardins, des haies sauvages et des arbres fruitiers aux doux parfums. Le ciel avait pris une teinte de gris plus clair, laissant deviner le soleil derrière les nuages. Après sept minutes de marche, Fredrik arriva enfin. Il avait dévalé une petite pente et, en bas, avait pris une rue transversale qui remontait un peu. C'était là, au numéro 31. La modeste maison verte se dressait sur une petite colline. Un étroit sentier en gravier menait du portail jusqu'à la porte d'entrée blanche, à travers un jardin envahi d'herbes folles.

C'était Børre Drange qui avait dormi ici cette nuit.

Kafa passa le doigt sur la tranche jaunie du papier aussi fin que du papier à cigarette. À un endroit, les pages s'ouvraient d'elles-mêmes. Au début du livre de Job. L'Ancien Testament. La raison était qu'on y avait glissé quelque chose. Une photo. Celle d'une maison. Une maison verte, basse, construite sur une petite colline au-dessus d'un jardin luxuriant. Un sentier de gravier conduisait à la porte. Sur le rabat de la boîte aux lettres accrochée à la clôture en bois, on pouvait lire, écrit au feutre noir : « K. Monsen ».

Elle essaya de joindre Fredrik. Pourquoi avait-il éteint son portable, bon sang !

Un homme en jean et chemise bleue lui ouvrit la porte, dit son nom et se présenta comme l'aide à domicile. Il portait une barbe touffue négligée et, aux mains, des gants de latex à usage unique. Des mèches de cheveux blonds s'échappaient de sa casquette noire. L'homme fixa de ses yeux bleus Fredrik qui lui exposait la raison de sa visite.

— Kolbein n'est pas en très grande forme. Mais vous pouvez toujours essayer de lui parler, prévint-il en laissant entrer l'enquêteur.

94

DANS CETTE ENTRÉE PARTICULIÈREMENT EXIGUË, la proximité entre leurs deux corps créa comme un malaise chez Fredrik. Les vieilles boiseries avaient foncé au fil des ans. Seule une fenêtre entrebâillée près de la porte laissait entrer la lumière. Quand Fredrik eut accroché son blouson en cuir, l'aide à domicile lui ouvrit la porte du couloir.

— Kolbein sort d'une mauvaise bronchite, lui confia-t-il.

Le couloir était étroit, avec la cuisine sur la gauche et à droite un bureau. Face à lui, une feuille jaunie était accrochée au mur, dans son cadre en verre. Fredrik s'en approcha. Sous le lion, symbole du royaume, il lut : « Nous, Haakon, roi de Norvège, déclarons remettre la médaille de Guerre à Kolbein Ihme Monsen pour ses mérites envers la Patrie lors de la guerre 1940-1945 ». Signé du roi en personne, en date du 10 mai 1946. La médaille en bronze avec le profil du roi et le ruban rouge aux rayures jaunes pendait à un clou, juste à côté. Fredrik jeta un coup d'œil à la cuisine. Aperçut un réfrigérateur doté d'une poignée ressemblant à celles des automobiles américaines de collection.

— Par ici, dit l'aide à domicile en le conduisant vers le bureau.

Quel chaos… Des étagères sur tous les murs et, devant la fenêtre, de gros rideaux marron, de sorte que la pièce n'était éclairée que par un plafonnier en tissu rouge. Sous la fenêtre se trouvait un bureau et sur le bureau s'empilaient des livres. Des ouvrages connus de philosophie mais surtout de la littérature scientifique, très pointue. Médecine, biologie, chimie. Principalement en langue allemande. Même chose par terre. Partout des piles de magazines. Ils suivirent un autre petit couloir pour rejoindre le salon où se trouvait Kolbein Ihme Monsen. Dans le T-bane, Fredrik avait repensé à la fois où ils s'étaient rencontrés. Il revoyait ses mains tremblantes, agitées, et ses grands yeux noirs.

Rien de tel à présent. Toute énergie semblait avoir abandonné le corps du vieillard allongé sur le canapé sous une couverture en laine. Monsen était légèrement couché sur le flanc, de sorte que ses traces de brûlure au crâne et son oreille déformée étaient bien visibles. Les rares touffes de cheveux dans sa nuque faisaient penser à de fragiles herbes marines et ses narines vibraient comme s'il avait du mal à respirer. De toute évidence, Monsen ne se rendait pas compte de leur présence. Fredrik en profita pour étudier les photographies sur la commode contre le mur. La plus grande était une photo de mariage. La coiffure de la mariée et les favoris du marié révélaient que la photo avait été prise dans les années soixante-dix, dans un salon de style. C'était Gerhard Monsen, le fils de Kolbein Ihme Monsen. Il avait l'air très sérieux et fier. Son épouse était élancée, ravissante, avec de longs cheveux blonds et une expression de légèreté sur le visage. Puis Fredrik reconnut le jeune garçon frêle en habit de communiant, sur la photo d'à côté, avec de l'acné et des oreilles décollées. Veste blanche et cheveux mi-longs.

Sebastian Koss. Cette photo provoqua chez Fredrik le même sentiment que lorsqu'il croisait un collègue à la sortie des toilettes. L'odeur qui racontait de manière irréfutable ce qu'il était venu y faire. Un trop-plein d'infos. La troisième photo représentait deux adolescentes, elles aussi en âge de faire leur confirmation, dans une allée de peupliers. Elles avaient de leur mère les pommettes, la couleur de cheveux et le nez droit. Ce devait être les sœurs de Koss. Des jumelles, apparemment.

L'homme sur le canapé eut un long soupir.

Fredrik se retourna. Sa canne était appuyée près de sa tête. Il l'admira : elle était en ébène et le bas semblait avoir été coupé pour être remplacé par un bout en acier. Le bois dur et verni se terminait par un pommeau de la taille du poing.

L'aide à domicile avança vers le canapé l'unique fauteuil de la pièce, un fauteuil roulant.

— Kolbein, dit-il à voix basse en se penchant au-dessus de lui, avant de faire claquer sa langue pour attirer l'attention du vieil homme. Kolbein, vous avez de la visite. Un policier. Il dit que vous vous connaissez.

Fredrik s'assit. Monsen ouvrit les yeux et posa sur lui un regard vitreux, voilé par une épaisse membrane gris bleuté. Comme une bouillie de farine et d'eau.

— Beiii…, marmonna le vieillard, en sortant la main de dessous la couverture en laine pour essayer de la tendre vers lui.

Fredrik saisit son poing. Il était froid et osseux.

— Beiii…, chuchota-t-il de nouveau.

Sa bouche était pleine de salive. L'homme avait déjà prononcé son nom, à la Société militaire d'Oslo. Il avait l'esprit apparemment assez clair pour se souvenir non seulement de leur rencontre mais aussi de son identité.

— Est-ce qu'il… ? Ça fait longtemps qu'il est malade ? demanda Fredrik à l'aide à domicile.

L'homme se gratta la barbe en secouant la tête.

— Le médecin pense qu'il est sur la voie de la guérison. Il est généralement plus en forme en milieu d'après-midi.

— Est-ce que sa famille sait à quel point il est affaibli ?

— Je ne saurais vous dire. Mais la commune a l'habitude de gérer ce genre de situations. Kolbein ne sera pas laissé tout seul, je peux vous le garantir.

Fredrik plissa le front et s'adressa au vieil homme :

— Kolbein ? Est-ce que vous comprenez ce que je dis ?

Monsen écarquilla les yeux et se racla la gorge mais ne répondit pas. Sa main devint plus molle.

— J'aurais bien aimé vous poser quelques questions sur la Confrérie de Vienne. Sur votre travail au sein de ce groupe.

— Ouiii…, gémit-il. *Wien… Land der Berge…* – Fredrik le regarda sans comprendre. – *Land am Strome*[1]…

L'aide à domicile se pencha. Fredrik lut dans ses yeux de l'inquiétude. Est-ce qu'il demandait trop d'efforts au vieil homme ?

— Kolbein n'aime pas remuer le passé, chuchota-t-il.

Maintenant, il se tenait si proche de lui que Fredrik sentait, contre son dos, la chaleur de son corps.

— Est-ce que vous pourriez nous laisser seuls un instant ?

L'aide à domicile hésita une seconde avant de faire un bref sourire qui s'apparentait davantage à une grimace.

— Bien sûr. Excusez-moi. Je vais ranger dans le bureau. N'hésitez pas à appeler si vous avez besoin de quelque chose.

1. En allemand : « Vienne… Pays de montagne… Pays au bord du fleuve… »

Il ne referma pas la porte derrière lui, ce qui agaça Fredrik. Mais après avoir jeté un nouveau coup d'œil à l'homme sur le canapé, il se dit que cela n'avait pas tant d'importance que ça. Avec ses lèvres pâles et tremblantes, Kolbein Ihme Monsen n'était qu'un corps usé. Le genre de vieillards au regard vide qui peuplent les couloirs des maisons de retraite.

— Je suis désolé d'apprendre que vous êtes tombé si malade, dit Fredrik.

Monsen se racla la gorge et fit un mouvement de tête.

— Vous… préférez peut-être que je revienne un autre jour ?

Le vieillard saisit si fermement sa main qu'un ongle jaune laissa son empreinte sur la peau de son poignet.

— Cela concerne une enquête en cours. Alors si vous pouviez réfléchir et me dire si le nom de Børre Drange vous rappelle quelque chose… ou une communauté du nom de la Lumière de Dieu, je serais heureux de…

Le vétéran de guerre tourna la tête et le fixa intensément.

— Beiii…

— Quoi ?

— Beiiier…, parvint-il à articuler avant de refermer les yeux.

Lorsque Fredrik se leva, l'aide à domicile se tenait sur le pas de la porte, visiblement énervé.

— Je vous prie de le laisser tranquille, maintenant. Kolbein n'est pas à même de répondre à un interrogatoire, dit-il sur un ton péremptoire.

L'enquêteur haussa les épaules.

— C'est le moins qu'on puisse dire, en effet.

Une fois dehors, Fredrik emplit ses poumons d'air frais. Ses pensées s'éclaircirent.

L'atmosphère confinée à l'intérieur de cette petite maison était mortifère. Quelque chose chez ce vieil homme décrépit, dans cet endroit sinistre, lui avait soulevé le cœur. Comme un relent de pourriture. Devait-il prévenir Koss de l'état extrême de son grand-père paternel ? Comment expliquer que Kolbein Ihme Monsen vive dans un logement aussi vétuste quand son fils était un armateur fortuné, qui plus est député au Parlement et ancien ministre ? Qu'avait dit Koss ? Qu'ils n'avaient guère de contact, Gerhard Monsen et son père ?

Fredrik appuya sa tête contre la vitre du T-bane. Non. Cela ne le concernait pas. Le médecin était venu, et l'aide à domicile était là. Même si la famille *aurait dû* être présente, elle aussi, Monsen n'était pas livré à lui-même. Ce n'était pas son boulot de jouer les assistantes sociales.

Téléphoner ?

Il s'aperçut qu'il avait oublié de consulter son portable, depuis qu'il l'avait éteint, tôt ce matin, pour rattraper un peu de sommeil.

Kafa lui avait laissé trois messages. Le dernier d'une voix tremblante.

Le commissaire Fredrik Beier avait vu un vieil homme malade, un aide à domicile, une maison bordélique et à l'abandon. Après une conversation avec Kafa, les choses lui apparurent sous un autre angle. Il avait vu… Børre Drange. Avec des gants, une casquette, une barbe fournie. Sur ses gardes tandis que Fredrik interrogeait Kolbein sur la Confrérie de Vienne. Paniqué quand Fredrik avait demandé des renseignements sur *lui*. Et il avait vu un vieil homme, non pas malade, mais sans défense, suppliant. Il avait vu un foyer non pas en désordre, mais en passe d'être mis sens dessus dessous.

— Passez me prendre à Helsfyr, bougonna-t-il.

95

Lista, novembre 1943

KOLBEIN MONSEN SE RÉVEILLA EN SURSAUT en entendant la clé dans la serrure. Il avait sommeillé. Bizarre. La veille, il était persuadé qu'il n'arriverait pas à dormir.

Lentement la porte s'ouvrit. Une ombre entra sans faire de bruit et referma la porte derrière elle. Puis la lumière s'alluma. Kjell Klepsland était en uniforme, son Luger à la ceinture. Il avait appuyé sa canne contre le mur et tenait dans les mains des vêtements et un sac à dos en toile.

— Vous n'avez pas besoin d'autre chose, dit Klepsland, le visage inexpressif. De l'argent, un document de voyage et des papiers d'identité. Si on vous arrête, vous direz que vous allez à Kristiansand pour vous faire faire une paire de lunettes. Tout est écrit dans le document. Une fois là-bas, vous irez à l'épicerie de Gunda Hansen et vous demanderez si quelqu'un veut vous acheter les paquets de cigarettes que je vous ai mis dans le sac. Ensuite, on vous contactera directement. C'est tout ce que je sais. Il y a aussi deux grenades à poing et un pistolet. Au cas où…

Pendant que Klepsland parlait, Kolbein s'habilla. L'uniforme de la Wehrmacht lui allait bien et sa patte d'épaule indiquait qu'il était sous-officier. Il vérifia que c'était le même grade sur son calot.

— Tous les messages seront transférés ? demanda-t-il.

— Oui, tous sans exception.

Avant d'éteindre la lumière et de se faufiler hors du laboratoire, il se planta devant le soldat.

— Et votre famille ?

— Karen est en sécurité. Sa mère est en route pour la rejoindre. Si tout se déroule comme prévu, nous serons en Suède dans quelques jours.

— Merci pour votre aide, dit Kolbein en lui tendant la main.

La lumière tournante des projecteurs du mirador profilait leurs ombres dans le laboratoire. D'abord dans un sens, puis dans l'autre. Kolbein se mit à quatre pattes et s'approcha du coffre-fort sous le plan de travail. Il s'accroupit et tourna la roue. 0-0-1-0-0-4-3-4. La porte resta verrouillée.

— Le professeur a l'habitude de changer le code en s'inspirant des numéros dans sa bibliothèque, chuchota-t-il par-dessus son épaule, avant de faire un nouvel essai. – Il y eut un déclic. Kolbein tourna la poignée et ouvrit. – « Union soviétique, Oural de l'Est, mai 1942 », murmura-t-il, avant de se tourner vers Klepsland. Nous disposons de combien de temps ?

— Il est trois heures et quart. La relève de la garde aura lieu dans quinze minutes.

— Parfait, ça suffira.

Le coffre-fort abritait une pile de dossiers beige. Kolbein les sortit, lut les titres et feuilleta rapidement les premières pages.

— Qu'est-ce que vous cherchez, au juste ?

— Des rapports terminés. Des communications avec Elsa, son assistante, en Grèce. Des preuves témoignant qu'ils ont fait des expérimentations sur la population locale. Ils ont empoisonné l'eau courante. – Il prit deux dossiers qu'il fourra dans son sac. Quant à son document de voyage, ses papiers d'identité et l'argent, il les mit dans sa poche poitrine. – Tout ce que la Confrérie de Vienne a produit se trouve dans cette pièce. Tout l'héritage scientifique d'Elias Brinch. Toute sa vie comme chercheur se termine cette nuit. Sa vie en tant que personne se terminera avec cette saloperie de guerre. Ces rapports suffiront pour l'envoyer à la potence.

— Je suis ravi de l'apprendre, marmonna Klepsland.

— Pas autant que moi, répondit Kolbein.

Le nazi s'approcha de la porte sans faire de bruit. Près du seuil se trouvait un bidon d'essence. L'odeur doucereuse et puissante se répandit dans l'air. Il commença par les fenêtres, en versa par giclées sur le sol, la table en acier, les murs et les papiers. Kolbein avait presque terminé en même temps que Klepsland.

— Je vous attends dehors, dit celui-ci.

— Et les gardes du mirador ?

— Ils seront assez occupés à échapper aux flammes. Nous profiterons du chaos pour disparaître.

Klepsland retourna dans l'entrée. Kolbein prit encore quelques dossiers qui pourraient intéresser les Britanniques. Pour gagner de la place dans son chargement, il laissa les grenades à poing. À genoux, il mit son sac à dos et vérifia que les lanières étaient bien en place. Il inspira profondément. Il restait une dernière chose. Le moment tant redouté était arrivé.

Il se redressa et se dirigea vers l'armoire des archives, au fond de la pièce. Elias ne jetait jamais rien. Alors c'était forcément ici, quelque part. Il lui fallut une minute, à peine.

Trois lettres. La première datée de juillet 1937. La dernière de juin 1942. Toutes trois portaient l'en-tête « Landes-Heil- und Pflegeanstalt Bernburg ». Autrement dit, le sanatorium et l'hôpital psychiatrique de Bernburg. Kolbein ouvrit la dernière lettre. Elle était adressée à Elias Brinch et contenait seulement un papier gris. Une attestation de décès : « Petite fille anonyme, cinq ans. Pneumonie. »

96

COMBIEN DE TEMPS S'ÉTAIT-IL ÉCOULÉ ? Quarante minutes ? Trois quarts d'heure ?

Kafa Iqbal se gara de l'autre côté de la rue et, ensemble, ils se dirigèrent rapidement vers le sentier en gravier. Cachée dans sa main, Fredrik avait une lampe de poche. Børre Drange comprendrait-il qu'il était découvert ? Peut-être. Il s'agirait alors de le neutraliser le plus rapidement possible.

Fredrik respira profondément avant de frapper à la porte. Des coups fermes mais pas violents. Au moment où ses articulations touchaient la porte pour la troisième fois, celle-ci s'ouvrit toute seule. Ils jetèrent un œil dans l'entrée sombre, peu engageante.

— La porte était restée ouverte quand vous êtes parti ? chuchota Kafa.

Il ne se souvenait pas. Ils tendirent l'oreille. Aucun bruit à l'intérieur.

— Et vous êtes sûr que c'était Børre Drange ?

— J'ai appelé les services sociaux de la commune. Kolbein Ihme Monsen n'a pas d'aide à domicile, grommela-t-il.

Dans un geste furtif, Kafa posa sa main sur la sienne. Leurs yeux se rencontrèrent. Puis ils entrèrent.

— Ohé, Monsen ? C'est Fredrik Beier, le policier.

Il ne restait quasiment plus rien sur les étagères du bureau. Tout avait été jeté par terre : livres, magazines, revues. Sans s'arrêter, Fredrik se dirigea vers le salon. Il pesta tout bas – plus personne sur le canapé. Kolbein Ihme Monsen avait disparu et seul un oreiller froissé témoignait qu'il avait sa tête là moins d'une heure auparavant. Plus de fauteuil roulant non plus. Il ne restait que sa canne sur la table.

— Oh, merde..., dit-il en poussant l'autre porte.

Une chambre à coucher avec un lit une personne. Défait. À côté, une table de chevet sur laquelle il reconnut deux objets. L'un était une ampoule en verre bleue. Identique à celle que la police avait retrouvée dans la voiture qui avait enlevé Carl Josefsen et Pio Otamendi. Un anesthésiant. La seringue à côté contenant encore une bonne dose du produit. Le vieil homme n'avait eu besoin que de quelques gouttes. L'autre objet était son peigne de voyage. Replié, de sorte qu'on ne voyait pas les dents, avec les initiales « K.I.M. » gravées sur le côté. Fredrik avait vu Monsen le sortir lorsqu'il était à la Société militaire d'Oslo.

— Et merde..., répéta-t-il.

De l'autre côté de la pièce, il y avait un miroir sur la porte qui menait à la cuisine. Fredrik se rendit compte que Kafa n'était plus derrière lui.

— Kafa ?

— Je suis ici, dans le bureau.

— Il a embarqué le vieux. Il l'a drogué et l'a embarqué ! rugit Fredrik après avoir passé toutes les pièces en revue.

Kafa se tenait face à la bibliothèque. Elle avait poussé une pile sur le côté, enfilé une paire de gants en latex et était en train de feuilleter un pamphlet aux pages presque moisies. Elle lui en montra la couverture : *Le Programme norvégien pour l'hygiène raciale* par Jon Alfred Mjøen.

— Il y a beaucoup de textes de ce genre, ici, dit-elle lentement. Ceci… – elle agita les feuilles qu'elle avait à la main – se trouvait là-dedans.

Derrière l'étagère la plus basse de la bibliothèque, il y avait un coffre-fort dans le mur. Petit. De quoi mettre juste quelques documents et, avec tous ces livres devant, il restait parfaitement invisible. Fredrik y jeta un coup d'œil. Vide.

— Il a dû trouver ce qu'il cherchait, soupira-t-il, découragé, en se tapant le front.

C'était trop bête. Comment avait-il pu laisser échapper Børre Drange ? Comment expliquer qu'il ne l'ait pas reconnu derrière sa barbe épaisse ? Il l'avait pourtant regardé droit dans les yeux ! Ces yeux brûlants, intenses, de pasteur…

— Quel con ! Mais quel con ! pesta Fredrik tout bas.

Kafa lui caressa le dos.

— Les yeux ne voient que ce qu'ils veulent bien voir, le consola-t-elle. Vous vous souvenez ? C'est vous-même qui me l'avez dit. La première fois que nous avons rendu visite au couple Kvarvingen.

Dans la cuisine, une trappe permettait d'accéder à la cave. Il l'ouvrit. À l'aide d'une lampe de poche, Kafa éclaira la pénombre. Il n'y avait pas d'escalier, mais une échelle raide, aux échelons très espacés. Tous deux descendirent. Une odeur de papier humide et moisi leur monta aux narines. Deux fenêtres jetaient une lumière blafarde sur le sol en béton brut. Des caisses à moitié ouvertes, pleines de lectures, jonchaient le sol. Fredrik allait s'y plonger quand Kafa lui saisit le bras.

— Regardez !

Elle éteignit sa lampe. Dans le faisceau de lumière venant des fenêtres, il vit ce qu'elle avait vu : quelqu'un se déplaçait dans le jardin. Une ombre indistincte glissa sur le sol de la cave.

Ils entendirent des pas lourds et la porte d'entrée s'ouvrir rapidement puis se refermer.

C'était lui.

97

La silhouette imposante se dressait dans le couloir bas de plafond, qui laissait entrer peu de lumière. Et, même s'il leur tournait le dos, Fredrik n'eut pas le moindre doute. Sa gorge se noua, lui coupant le souffle.

Staffan Häyhä poussa un son rauque. Il se retourna. Le contour de son holster apparut, souligné par le trait argenté du contre-jour. Comme Fredrik, il se pencha pour lire la feuille de papier jaunie accrochée au mur. Les traits de son visage se dévoilèrent. Il paraissait presque humain : un nez droit et une lèvre supérieure bien dessinée. Le monstre portait un masque.

Comment était-il arrivé jusqu'ici ? Fredrik n'en avait aucune idée, mais une chose était sûre : ce mercenaire était à la recherche de Børre Drange. Il comprit aussi que dans une, deux secondes tout au plus, Häyhä se retournerait et les verrait. Il était à quatre mètres d'eux seulement. Il fallait réagir, vite. Son cerveau hurla, ordonnant à ses jambes et à ses bras de remonter dans l'entrée et de se précipiter sur l'homme. Cette fois, ils ne seraient pas épargnés. Il n'aurait pu dire pourquoi, mais il en avait la certitude absolue.

Mais comment attaquer un monstre quand on peinait déjà à respirer ? Son cerveau était en ébullition. Devant lui, les murs s'obscurcirent, le couloir se rétrécit. Des gouttes de sueur perlèrent sur l'arête de son nez, il appuya ses paumes sur le sol. Et vomit.

— Fredrik ! Aidez-moi !

C'était la voix de Kafa.

Il releva la tête et vit sa collègue exécuter un mouvement de karaté et atteindre violemment du pied les reins de l'homme, plus grand qu'elle de deux bonnes têtes. Le monstre poussa un gémissement puis émit une sorte de grésillement comme en produit de l'huile froide jetée dans une poêle brûlante. Ses genoux cédèrent et, aussitôt, Kafa frappa son dos et sa nuque à l'aide de la torche. Les coups portaient. Fredrik se releva et entendit le verre se briser quand la décoration militaire heurta le sol.

Il se précipita à l'aveugle. Il était moins une.

Le choc provoqué par le pied de Kafa avait dû sonner l'alerte dans tout le système nerveux de Häyhä. Un instant, il avait semblé perdre tout contrôle sur les muscles de ses jambes. Pourtant, ses grands yeux gris n'exprimaient aucune peur. Rien que de la haine, de la colère et de la confusion. Il para les coups qui pleuvaient et réussit à saisir le poignet de Kafa. Il se laissa alors tomber parmi les livres du bureau, entraînant sous son poids son adversaire. La frêle policière alla valser contre le mur, qu'elle heurta violemment.

Fredrik se jeta sur lui, alors qu'il était étendu sur le dos. En serrant les dents, il fixa un instant le masque en silicone inexpressif. Un sourire figé sur de fausses lèvres, collé sur un visage de cire. Fredrik bourra de coups cette créature grotesque, sans aucune retenue. L'arc des sourcils et le front se recroquevillèrent. Il ne s'arrêterait que lorsque ce monstre serait réduit à un tas de chair. Il cogna. Encore. Encore plus fort. Pour Jørgen. Pour Annette. Pour le petit William et le pauvre Johannes. Dans la tempe, le visage, la gorge et l'épaule bandée. S'acharnant sur le masque de silicone, à l'endroit du trou noir entre le nez manquant et la lèvre supérieure. Chaque fois que son poing s'abattait, il sentait le sang jaillir, chaud, contre le visage et le cou. Mais dans ce déferlement de violence, les yeux vides le regardaient. Comme ceux d'un portrait figé à jamais. Et ce regard le troubla, lui fit baisser la garde. Il perçut le danger trop tard. Soudain, son jean se déchira, mais au lieu de voir apparaître sa peau blanche, il aperçut une entaille béante au-dessus de son propre genou.

— Il a un couteau !

Du coin de l'œil, il vit Kafa tenter de bloquer le bras que Häyhä avait réussi à dégager et qui décrivait un arc de cercle au-dessus de lui. Elle ne parvint pas à prévenir le coup, mais détourna la lame. Le couteau Gerber rata sa cible – la gorge – et entailla l'épaule, juste sous la ceinture scapulaire, côté droit. Avec une telle force que la lame s'enfonça jusqu'à la garde, stoppée par le contact avec l'omoplate. Fredrik fit un bond en arrière. Sonné par la violence de l'attaque ; puis par l'angoisse ; enfin par la douleur. De nouveau, il eut le souffle coupé. Sans en croire ses yeux, il vit le manche nu ressortir de son blouson en cuir, à quelques centimètres de son visage.

Il rampa fébrilement en arrière, par-dessus des livres et des revues ensanglantés, jusqu'à ce que son dos rencontre le bureau, et il continua à tourner, tourner, comme une souris mécanique désorientée. Tout devint noir.

— Laisse-le tranquille ! Regarde-moi, sale monstre, regarde-moi !

Staffan Häyhä se tourna vers Kafa, qui s'était relevée et hurlait, battant en retraite vers le salon. L'homme se mit à quatre pattes, s'essuya le front de la main, sans la quitter des yeux. Impossible de lui asséner un coup de pied. Les magazines et les piles de livres souillés de sang rendaient le sol glissant. S'il lui saisissait la jambe, il la briserait sans problème. Fuir n'était pas non plus une option. Le trajet vers la porte d'entrée était plus court pour lui que pour elle. Et puis,... si elle s'enfuyait, Fredrik était mort.

Au moment où Staffan Häyhä se redressa avec une étonnante agilité, elle courut dans le salon et saisit la canne qui était sur la table. Le temps de se retourner, il était déjà sur le seuil de la porte. Dans sa main, il tenait son masque en silicone, découvrant une cavité nasale béante d'où coulait du sang. Épais. Par caillots. Ses dents blanches à découvert brillaient comme des touches de piano, et laissaient entrapercevoir le bout de langue coupée. Il fit un pas dans la pièce. Laissa tomber sur le sol son masque qui se replia comme la peau du lait. Elle crut un instant qu'il allait prendre son pistolet à la cuisse et elle s'apprêtait à bondir sur lui, mais non. Il s'approcha d'elle, comme un prédateur tétanise sa proie. Et soudain, en poussant un hurlement, se jeta sur elle.

Kafa fit un saut de côté et brandit la canne, qu'elle tenait par la pointe. Le pommeau était plus dur et plus gros qu'une boule de billard. Staffan Häyhä avait beau être costaud, si elle l'atteignait en pleine tête, il s'écroulerait. Mais elle rata sa cible. Car son adversaire n'était pas seulement grand, il était souple et il esquiva le coup.

À présent, c'était Kafa qui avait le dos contre le bureau. L'homme en noir amorça une manœuvre de contournement. Il fallait à tout prix éviter qu'il la repousse dans le couloir. Alors elle passa à l'offensive, en fendant l'air de sa canne, dans l'espoir de lui frapper l'épaule. Nouvelle esquive. Mais au lieu de retenir son arme, elle laissa son corps poursuivre le mouvement dans une rotation complète, et le pommeau s'abattit de nouveau, cette fois de manière inopinée. Même si le coup manquait de force et de précision, il atteignit son but : des os craquèrent. Elle l'avait eu en-dessous de la tempe, là où aurait dû se trouver l'oreille du monstre. Il vacilla.

Kafa leva la canne. Courbé en deux, il loucha vers elle. Chancela. Et soudain se raidit. On aurait dit que le premier acte de cette danse macabre s'achevait et que le deuxième pouvait commencer. Le rythme était plus sourd, les sons plus graves, le volume plus élevé. L'orchestre se préparait au point culminant de l'aria.

Staffan Häyhä se redressa de toute sa hauteur. C'était à peine s'il ne touchait pas le plafond. Il rejeta son épaule blessée en arrière, puis l'autre, bombant le torse. Même sur ce visage mutilé, elle vit s'exprimer la douleur. Un papillon de nuit, sorti de sa chrysalide. Péniblement, mais avec un sentiment de liberté. Il n'était plus aussi agressif, ni rapide, ni souple dans ses mouvements. Mais pire. Plus dangereux. Résolu. Comme une force naturelle livrée à elle-même. Elle fit appel à ses dernières forces et à toute sa concentration pour frapper une nouvelle fois. En plein dans le mille. Car il n'avait pas bougé. Il porta sa main à l'oreille et encaissa le coup quasi mortel, avec cette seule main pour se protéger. Les os se fracassèrent, sans que ça semble l'atteindre. Il saisit le pommeau de la canne, attira Kafa vers lui et la saisit à la gorge. Puis il frappa, frappa de sa main fracturée.

Ce fut le silence qui lui donna le signal. Au lieu de la respiration haletante de Kafa, il n'entendait plus rien. Ou du moins au début. Puis il y eut un faible bruit de déchirure Fredrik était en nage. Il ferma les yeux et parvint peu à peu à apaiser les battements de son cœur, qui lui cognait aux tempes, aux épaules et aux poignets. Il renversa la nuque, serra les dents et, des deux mains, tira de toutes ses forces sur le manche du couteau.

Il aurait voulu hurler de douleur. Sa vue s'obscurcit, le goût du sang dans sa bouche était salé et sec, des billes de couleur explosèrent derrière ses paupières. Rouges. Orange. Et jaunes. Et retombèrent comme des braises. Il osa respirer. Il put ouvrir les yeux et voir. Il regarda fixement la lame crantée du couteau qu'il venait d'extirper de sa propre chair. Son épaule l'élançait, son torse était tout poisseux de sang. Il tenta de remuer le bras qui, de manière insensée, semblait prêt à coopérer. L'adrénaline. Il se mit à genoux. Vision en tunnel. Il s'arrêta, inspira et se releva. Soupesa le couteau dans sa main.

D'un pas incertain, il s'approcha de l'endroit d'où venait le son. Le salon était un véritable champ de bataille. Les photos de Gerhard Monsen, de Koss et de ses sœurs gisaient au sol, au milieu d'éclats de verre. La table basse était renversée et le canapé aspergé de sang. Le bruit provenait de la chambre à coucher. Fredrik s'avança doucement et jeta un œil par la porte entrebâillée. Kafa était étendue près de la tête du lit, les mains et les pieds entravés par du ruban adhésif. Les yeux mi-clos, elle avait un filet de sang qui coulait de son nez et une plaie ouverte à la lèvre supérieure. Mais elle respirait. Fredrik se déplaça légèrement sur le côté. Et l'aperçut. Assis au pied du lit. Le corps luisant lui tournait le dos.

Il avait ôté son pull par-dessus sa tête. Son épaule droite était tout enveloppée de bandages. Le son qu'il entendait était le bruit du large ruban adhésif qu'il enroulait autour de sa main broyée. De temps en temps, il geignait. De douleur, peut-être de rage. Du sang continuait de jaillir du trou béant qu'il avait sur son visage, rougissant ses dents. Des gargouillis remontaient de sa poitrine à chaque aspiration. Le manche du couteau serré dans la main, Fredrik compta jusqu'à trois, avant d'ouvrir la porte en grand.

Dans le miroir de la porte de la cuisine entrouverte, Staffan Häyhä croisa son regard. Ses yeux papillonnèrent entre le couteau et Fredrik. Il fit volte-face, à la manière d'un ours blessé. Ils se jetèrent l'un contre l'autre. Fredrik sentit sa lame s'enfoncer dans la chair du bras, mais l'assassin le plaqua presque aussitôt au sol. Il était trop fort, tout simplement. Trop lourd. Trop déterminé. De la volonté pure. Avec sa main bandée, il tordit le bras de Fredrik, le soumit puis le bloqua en s'asseyant à califourchon sur son torse. Il se pencha ensuite lentement en avant et coinça son avant-bras sur son cou.

Du sang chaud venant de sa blessure à l'épaule envahit ses yeux. Il fut pris de panique, ses yeux clignèrent, la pression sur sa trachée se faisait plus forte. Il ne pouvait plus respirer. Il donna des coups de pied désespérés. Aucune prise. L'autre serrait de plus en plus. Sa vision s'obscurcit…

— Staffan Häyhä !

Une voix de femme. Ténue, apeurée. Häyhä se figea, desserra son étreinte et se redressa. Il parut désorienté d'avoir entendu prononcer son nom. Il comprimait toujours la poitrine de Fredrik, mais l'étranglait à présent sans conviction. Comme décontenancé, l'assassin regardait en l'air. Il tourna la tête et dévisagea Kafa, en sang, debout à côté du lit. De la bave rouge dégoulinait sur sa veste. Elle avait un regard intense, haineux.

— Prends ça, espèce de monstre !

Häyhä sembla tout à coup se désintéresser du policier à terre. Ses yeux se troublèrent, il se pencha en avant, posa les mains par terre et, dans une tentative pour se redresser, s'étala. Fredrik était trop faible pour se défendre, mais l'homme en noir ne semblait plus animé de la même agressivité. Il désirait juste se relever. Il tomba sur le flanc, se remit à genoux, s'écroula de nouveau, essaya encore, parvint à faire deux pas sur le côté, se retourna vers la porte.

Dans sa nuque était plantée une seringue. Le piston pressé au maximum. Le géant perdit l'équilibre et grogna, avant de tituber en arrière jusqu'à la cuisine. Ses yeux erraient de Fredrik à Kafa, et il se mit à chercher son pistolet à la cuisse. Fredrik parvint à peine à soulever la tête. Le monstre poussa un son rauque, dégaina son arme et l'agita devant eux. Encore un pas en arrière. Il ferma un œil, essaya de viser. Un autre pas chancelant, puis il s'effondra.

Au milieu de la cuisine, la trappe de la cave était restée ouverte. Staffan Häyhä posa le pied dans le vide et bascula, cognant sa tête contre l'ouverture. Ensuite, il s'écrasa contre le sol en béton.

98

21 mai, 1.54 PM EDT
NARCOGOUVERNEUR TUÉ
Associated Press

KANDAHAR, Afghanistan (AP) – Le gouverneur bien connu de Kandahar, Osmal Abdullah Kamal, a été tué le 19 mai à Kandahar, Afghanistan. Selon plusieurs sources indépendantes, il aurait été liquidé par un sniper lors d'une visite chez l'un des négociateurs de l'OTAN, Hassam Ali. Ce dernier a lui-même été tué lors de la confusion qui a suivi le tir.

Le gouverneur était lié à une série de meurtres et d'enlèvements dans la région et passe pour avoir été l'un des personnages clés dans le trafic d'armes et de drogue du sud de l'Afghanistan. Osmal Abdullah Kamal était un farouche adversaire de l'ingérence occidentale dans les affaires afghanes, et les autorités locales ont exprimé toute leur perplexité quant à sa présence dans le logement d'un négociateur de l'OTAN. Les forces de l'OTAN, en opération sur place, ne souhaitent pas commenter cet assassinat, mais confirment l'information : Osmal Abdullah Kamal a bel et bien été abattu.

99

AVEC UNE SERVIETTE, Kafa s'essuya doucement la lèvre supérieure, gonflée comme un bec d'oiseau fendu d'une croûte noire. En lisant la dépêche qui remontait à presque trois mois déjà, elle ne pouvait réprimer l'envie de cracher de dépit.

— Selon un rapport de police, l'assassin a tiré d'un minaret. Un vieil imam a été retrouvé là-haut, roué de coups et attaché, dit-elle.

Elle était assise au chevet de Fredrik, dans l'un des bâtiments en béton de l'hôpital d'Ullevål. Elle l'avait aidé à s'asseoir dans le lit, puis avait pris place sur la chaise en plastique inconfortable juste à côté. Longtemps, ils restèrent ainsi en silence. À se regarder, chacun plongé dans ses pensées. Se demandant par quel miracle ils étaient encore en vie.

Enfin, elle ouvrit son sac et sortit les documents transmis par les services du Renseignement intérieur.

— On a aussi découvert une douille dans la tour, lut-elle. Calibre .338 Lapua Magnum. L'arme de prédilection de Staffan Häyhä. La même qui a explosé la tête de Plantenstedt.

Fredrik se racla la gorge et enroula la main autour de son cou pour avoir moins mal en parlant. Après la tentative d'étranglement, sa gorge le brûlait comme s'il avait avalé de l'acide. Avec le minimum de mots, il répéta ce que Hasse Hansson lui avait raconté : dans un rapport confidentiel, les forces de l'OTAN indiquaient que Staffan Häyhä était le sniper.

— Le gouverneur a été tué six semaines avant le massacre de Solro. Häyhä a dû rentrer directement en Norvège, dit-elle.

— Mais pourquoi a-t-il tué un gouverneur taliban qui négociait en cachette avec l'OTAN ? Qui a intérêt à ça ?

Ils ne le sauraient jamais. Kafa lui tendit un document. C'était la copie d'un mail. Un commandant de police local avait annoncé récemment qu'un berger était à l'origine de l'attentat. Un berger qui, *par hasard,* avait été tué lors d'un échange de tirs, quelques heures seulement après avoir avoué le meurtre. Le motif aurait été un désaccord entre sa famille, qui cultivait des champs de pavot, et le clan auquel appartenait le gouverneur. L'expéditeur du mail avait été effacé, mais l'information était parvenue à un agent du service de renseignement à Kaboul. L'enquête était close.

La fatigue le gagna. Fredrik ferma les yeux et se remémora la scène du matin où, à grand renfort de gestes hostiles et de raclements de gorge, il avait refusé d'utiliser le bassin froid que l'infirmière lui avait glissé sous les fesses. Une fois face au miroir de la salle de bains, il avait vu un visage blême qu'il avait à peine reconnu. Des touffes de cheveux gras, une barbe qui avait poussé comme du chiendent et qui rendait sa moustache, auparavant soignée, totalement minable. Ses lunettes lui pesaient sur le nez. Un gros bandage maintenait serré son pansement à l'épaule, là où il avait reçu le coup de couteau. Même chose au genou. Sa nuque portait des marques rouge et bleu. Ses quintes de toux le faisaient couiner comme un porc fraîchement castré.

« Ça ira mieux dans un jour ou deux », l'avait rassuré la jeune infirmière en l'aidant à s'asseoir sur les toilettes. Elle avait jeté un coup d'œil au sachet de gants à usage unique, ne sachant pas si elle devait s'en servir ou s'il arrivait tout seul à pisser droit. « Il ne manquerait plus que ça », avait-il grommelé.

— Les médecins disent que la peau et les tissus graisseux de Häyhä portent les marques d'un traitement chimique, dit Kafa. Souvent, voire tous les jours, il enduisait sa peau avec du chlore et de l'alcool dilués dans de l'eau. Ensuite il se frottait le corps avec une sorte de mélange de graisse rance et de craie.

Il avait du mal à le croire.

— La couche graisseuse se mélange avec la sueur et les peaux mortes. Le relent du suif a, pour ainsi dire, camouflé la propre odeur de Häyhä.

Tandis que le suif entrait dans la peau, la sueur et la graisse cutanée se mélangeaient à la craie sèche et formaient une poudre grisâtre, floconneuse. Résultat : impossible de relever des empreintes digitales, un groupe sanguin ou un profil ADN.

Fredrik essaya de produire un son admiratif qui finit malheureusement en râle.

— C'est pour ça qu'il ne laissait aucune trace. Sauf quand il s'est fait tirer dessus et qu'on a pu récupérer des prélèvements de son sang, ajouta Kafa.

Elle se leva et posa la main derrière la nuque de Fredrik pour tapoter son oreiller. Son geste tendre lui insuffla une nouvelle énergie.

— Comment va-t-il ?

Elle lui écarta quelques mèches et pointa son doigt vers le plafond.

Staffan Häyhä était deux étages au-dessus. En vie, mais c'était un grand mot. Dans sa chute, il s'était brisé plusieurs cervicales. Il ne retrouverait jamais l'usage de ses jambes. Le coup de couteau au bras n'avait fait qu'entailler la chair, même chose pour la blessure par balle à l'épaule. Il s'était fracturé une main et souffrait d'un traumatisme crânien suite au coup massif que lui avait porté Kafa, avec le pommeau de la canne. Des œdèmes au cerveau, inconscient. À ce stade, les médecins ne savaient pas s'il y aurait des séquelles cérébrales.

Fredrik lui adressa un regard grave.

— Mais il va survivre ?

Elle dodelina de la tête.

— Ils ne peuvent pas encore se prononcer.

— J'espère qu'il va survivre, merde ! On doit savoir qui est son ou ses commanditaires, s'écria-t-il.

— Et vous croyez vraiment que Staffan Häyhä nous dira leurs noms ?

Il pinça les lèvres.

— Le monde apparaît différent le jour où l'on se réveille et qu'on comprend qu'on va passer le restant de sa vie dans un fauteuil roulant. En prison.

Les yeux mi-clos, il l'observa. Après le déluge de violence, il était prêt à accepter ce qu'il savait depuis longtemps. Cette tête bien faite à la langue bien pendue. Ce corps aux formes agréables. Oui, même avec un visage abîmé par un mercenaire suédois, il la trouvait séduisante. Si cela ne lui faisait pas aussi mal, il aurait simulé une nouvelle quinte de toux, rien que pour sentir la main de Kafa lui caresser le dos.

Il n'était pas amoureux. Ce mot n'était pas suffisant. Il lui avait sauvé la vie et, à présent, elle avait sauvé la sienne. Les liens entre eux étaient devenus indéfectibles.

Son regard s'arrêta sur le bouquet de roses sur le rebord de la fenêtre : « Je t'aime. Appelle-moi à ton réveil. Ta Bettina (et Crésus) », avait-il lu sur la carte dans l'enveloppe. En un sens, cela l'arrangeait que Kafa travaille pour le Renseignement intérieur et qu'elle doive y retourner quand tout cela serait terminé. Il avait besoin de temps. D'espace. D'un bon laps de temps pour réfléchir.

— Vous ne devriez pas plutôt essayer de retrouver Monsen et Drange ?

Kafa leva les yeux de son téléphone.

— On vient de découvrir un cadavre. Un vieil homme dans une pente au-dessus de la Mosseveien. Il serait nu, apparemment.

100

LORSQU'ELLE PARTIT, Fredrik éprouva à la fois une sensation de manque et du soulagement. Il ferma les yeux, espérant chasser la douleur et la fatigue par le sommeil, quand son portable vibra sur sa table de nuit. Il n'y avait qu'un seul numéro au monde qui pouvait le faire répondre immédiatement, et ce numéro s'affichait sur l'écran.

— Salut, papa, dit une voix pleine de larmes au bout du fil. Maman ne voulait pas qu'on appelle avant. Elle a dit que tu devais te reposer. On est si soulagés que tu sois en vie !

Les voix des deux adolescents, Sofia et Jacob, le rendaient à la fois doux et fort. Tels des adultes, ils écoutèrent son récit après lui avoir instamment prié de raconter en détail ce qui s'était passé lors de la bagarre avec le « meurtrier dément », et tels des enfants, ils ne se calmèrent qu'après avoir reçu l'assurance que l'assassin ne pourrait plus jamais faire de mal à qui que ce soit. Pour finir, Alice saisit le téléphone :

— Dieu soit loué, Fredrik, tu es en vie ! Mon Dieu…

De nouveau, il raconta les minutes sanglantes dans l'appartement de Kolbein Monsen. Tandis qu'il entendait son ex-femme pousser des exclamations d'effroi, il avala un anti-douleur dont il avait retardé la prise jusqu'au dernier moment. Elle en profita pour prendre la parole :

— Tu sais, Fredrik, il faut que je te dise quelque chose. Ça fait un moment que je le sais, mais à cause de… Comme tu devais travailler cet été et que tu n'as pas pu prendre tes vacances avec les enfants, ce qui a créé, comme tu t'en doutes, pas mal de… Bref, ça nous a pris un peu au dépourvu, Erik et moi, et les enfants aussi, bien sûr, alors je n'ai pas trouvé l'occasion…

Il eut la sagesse d'attendre la suite. Erik, le nouvel homme dans la vie d'Alice, avait obtenu un poste à Oslo, un poste de directeur à la Délégation générale à l'emploi et à la formation. À dire vrai, il se foutait royalement de savoir où bossait Erik. Mais les conséquences de cette nomination le concernaient. La petite famille avait décidé de déménager et de rentrer à Oslo.

— Maintenant, tu le sais.

Fredrik ne trouva pas le sommeil. Kafa, Bettina et Alice. Les enfants. Mon Dieu, ça promettait un joyeux bordel.

Il fallait qu'il pense à autre chose. Alors il s'assit dans son lit. La pièce tourna avant que les étoiles devant sa rétine ne disparaissent. Puis il réussit à poser un pied sur le sol froid, s'avança à petits pas vers la fenêtre et écarta les rideaux sombres. Il croyait que la nuit était tombée, mais en voyant les autres bâtiments de l'hôpital, il comprit que c'était seulement le début de l'après-midi. Il enfila une robe de chambre et glissa son portable dans sa poche.

Le couloir était silencieux. Fredrik adressa un rapide sourire à l'infirmière derrière la vitre. Il eut peur que cette femme de caractère le renvoie au lit, mais elle se contenta de lui rendre son sourire. Une fois sorti de l'ascenseur, il aperçut un large escalier qui menait à l'étage supérieur et il franchit les doubles portes du couloir pour gagner le service qu'il cherchait. Secteur 2. Deux hommes en costume discutaient avec un médecin. Veste noire, pantalon noir, chemise blanche et cravate noire. Des gardes du corps du Renseignement intérieur. Fredrik leur fit un signe de la main, mais ils ne le virent pas, le prenant sans doute pour un patient comme un autre.

Il boitilla le long du couloir blanc cassé, aperçut dans un bureau des personnes vêtues de blanc, une infirmière se faufila à l'intérieur d'une chambre, munie d'un bassin et de serviettes. Un lit sur roulettes où gisait un homme inconscient le dépassa. Enfin, après avoir tourné au bout du couloir, Fredrik arriva à destination. Deux policiers en tenue montaient la garde, assis sur une chaise, sans quitter des yeux la porte.

— Salut, chuchota Fredrik.

Pas de réponse.

— Je suis flic, Fredrik Beier. J'ai été blessé lors de l'interpellation de l'homme que vous surveillez.

Ils se levèrent pour le saluer.

— J'aurais bien aimé le voir, dit-il d'une voix rauque.

Les policiers échangèrent un regard, ils hésitaient. Avant d'avoir eu le temps de répondre, une voix tonitruante de baryton résonna derrière lui dans le couloir :

— Fredrik ! Ça fait plaisir de te voir.

C'était Sebastian Koss.

— Je suis passé dans ta chambre et comme tu n'y étais pas, j'ai pensé que tu étais ici.

Fredrik toussota. Koss poussa la porte qui s'ouvrait sur une entrée étroite. Une deuxième porte vitrée donnait accès au patient allongé sur son lit. Une infirmière se tenait à côté de lui et prenait des notes, tandis que divers appareils surveillaient son état.

— Il a été opéré cette nuit. Ils ont failli le perdre. Nous avons décidé de libérer les lits de ce service. Tous les autres patients seront transférés dans le courant de l'après-midi.

— C'est bien, marmonna Fredrik.

Il comprenait ce que pensaient Koss et le directeur de police Neme. Staffan Häyhä représentait un danger non négligeable pour ses commanditaires. Il n'était pas exclu qu'on veuille se débarrasser définitivement de lui. Aussi s'agissait-il de garder ce monstre en vie.

— Nous avons bien avancé ces derniers jours, dit Koss. J'apprécie votre engagement, à toi et Kafa. Nous avons retrouvé la communauté et maintenant nous tenons l'agresseur.

Nous ? Fredrik préféra ne rien dire. Il observa l'homme allongé dont on ne voyait que le visage de profil, le reste du corps disparaissait sous une confortable couverture. Il avait au-dessus de la tête une poche en plastique transparent d'où partait la perfusion. Même à travers la porte, on pouvait entendre son souffle lourd. Fredrik frissonna, se maîtrisa et posa les yeux sur son visage mutilé.

— Qui t'a envoyé, mercenaire ? chuchota-t-il en appuyant la tête contre la vitre.

Il n'en avait rien à faire, de la présence de Koss. Il resta dans cette position, penché en avant, les deux paumes contre la fenêtre. Qui payait les services du mercenaire ? Il tourna lentement la tête, le front toujours appuyé contre la vitre, jusqu'à planter son regard dans celui de Koss.

— Il va falloir réfléchir au moyen de faire parler ce monstre à la langue coupée, dit-il tout bas comme s'il se parlait à lui-même. Qui est prêt à sacrifier autant de vies pour que les plans macabres de la secte ne soient pas divulgués ?

Un bref instant, Fredrik crut voir les yeux de Koss papillonner.

— Oui, dit Koss. Nous avons d'ailleurs reçu d'autres infos des Suédois, même s'ils ne savent pas grand-chose sur lui. Il a été dans l'armée dans les années quatre-vingt-dix. Les mutilations au visage datent d'une opération de l'OTAN, en ex-Yougoslavie. Une sorte d'accident. Après cela, il semble avoir fait cavalier seul. Il a habité quelque temps à Stockholm, puis il a disparu des radars. On n'a retrouvé sa trace que ces dix, quinze dernières années.

— Ah bon, dit Fredrik. Tu es sûr qu'ils t'ont tout dit ?

— Euh… – La voix avait du mal à cacher son agacement. – Pourquoi feraient-ils ça ?

— Oui, répondit Fredrik avec lassitude. Pourquoi feraient-ils ça ?

Les deux policiers, l'un en robe de chambre et pantoufles, l'autre dans un de ses nombreux costumes sur mesure, voyaient leurs reflets danser sur la vitre. Koss rompit le silence :

— Synne Jørgensen va réintégrer ses fonctions. – Son intonation était neutre. – Elle n'est plus visée par une enquête interne. La police des polices a classé le dossier. Elle travaillera moins pendant une période et elle en profitera pour finir ses études de droit.

— Tant mieux, répondit Fredrik, l'esprit ailleurs. – Il avait quelque chose de délicat à dire à Koss. – Je soupçonne que ton grand-père, Kolbein Ihme Monsen, a été enlevé par Børre Drange. Je crois que Kolbein était drogué quand j'étais là-bas.

Koss soupira, visiblement mécontent du tour que prenait la conversation.

— Kafa m'a dit ça, effectivement.

— Il avait un coffre-fort, poursuivit Fredrik. Un coffre-fort caché. Le kidnappeur l'a trouvé. Est-ce que tu as une idée de ce qu'il pouvait y avoir à l'intérieur ?

Sebastian Koss le regarda.

— Non, dit-il. Sur ce, je te souhaite un prompt rétablissement.

Et il tourna les talons.

Longtemps, Fredrik observa l'homme inconscient. La couverture se levait et se baissait au rythme du souffle monotone et rauque, au son du monitoring cardiaque. Il suivit des yeux la courbe de son front. Les canules de perfusion alimentaire s'enfonçaient dans le trou noir au milieu de son visage. Soudain, il sentit son téléphone vibrer. Kari Lise Wetre.

Même si Staffan Häyhä était drogué par les médicaments, il baissa la voix :

— Oui, allô ?

— Fredrik ? Fredrik Beier ? J'ai été informée de ce qui s'était passé. Je suis contente que vous vous en soyez sorti, dit Wetre.

Fredrik bredouilla un vague merci. Elle enchaîna :

— Je dois vous dire quelque chose. – Il y eut un bref silence. – Annette était enceinte. Annette était enceinte quand elle a été tuée.

101

Lista, novembre 1943

La porte fut brutalement ouverte par un soldat allemand, immédiatement suivi d'un autre homme en uniforme. La crosse d'un fusil s'abattit sur Kolbein qui atterrit sur le dos, dans l'entrée. Le coup sur le nez résonna si fort et si douloureusement qu'il eut l'impression de sentir son crâne se ratatiner autour de son cerveau. Sa bouche se remplit de sang. L'odeur de la flaque d'essence dans laquelle il était tombé amplifiait encore la confusion des sens.

— Espèce d'imbécile…, pesta une voix familière.

Il reçut un coup violent dans le bras. C'était Elias, cette fois, qui l'avait frappé avec la canne de Kjell Klepsland. Le professeur s'approcha de lui.

— Portez-le à l'intérieur ! cria-t-il en allemand. Portez les traîtres à l'intérieur !

Les deux soldats traînèrent Kolbein jusqu'au laboratoire. Quand ils le poussèrent contre le mur, il retrouva l'équilibre. Un des Allemands le tenait, tandis que l'autre, celui qui l'avait rossé, pointait le canon de son fusil contre son ventre,

Klepsland fut conduit dans la pièce, les mains sur la tête. Un troisième soldat lui collait un pistolet au creux de la nuque.

— Merde et merde !

Elias entra dans une fureur noire quand il découvrit l'état de son laboratoire. Les ombres dansantes, la lumière qui se reflétait dans l'essence et les papiers éparpillés accentuaient encore l'impression de chaos.

— Espèces de crétins ! hurla-t-il en regardant d'abord Klepsland, puis Kolbein.

Il frappa si fort sur la table avec la canne qu'elle se brisa. Il jeta le bout qui restait, puis ramassa un crayon et l'enfonça légèrement dans la poitrine de Klepsland.

— C'est Nietzke qui m'a conseillé de t'avoir à l'œil, Klepsland. À cause de ta mauvaise volonté... ton aversion... envers mes projets avec Karen.

Kjell Klepsland serra les poings, faisant ressortir ses articulations. Il pinça les lèvres, le visage écarlate.

— Karen est une enfant ! lâcha-t-il sur un ton rageur. Tu en as fait ta proie, quand elle était en position de faiblesse, seule avec sa mère, tandis que, moi, je luttais pour la patrie sur le front de l'Est.

Le soldat derrière Klepsland brandit son arme, prêt à le frapper à la tête. Mais Elias leva le crayon, en signe d'apaisement.

Il se pencha par-dessus la table et sa voix se fit moqueuse comme un cri de mouette :

— Tu sais que je la baise, Kjell ? – Il se passa la langue sur la lèvre supérieure. – Tu sais que je la baise ? Je n'arrête pas de la baiser, jusqu'à ce qu'elle gémisse et me supplie d'arrêter... – Il ricana, les yeux écarquillés. – Tu sais ce que je lui dis alors, Kjell ? Je lui promets, sur mon honneur, que si elle ne me laisse pas la prendre encore une fois, puis une autre, son cher papa apprendra que sa fille n'est qu'une putain. – Il beugla comme un veau et, d'un doigt plein de salive, écarta sa frange. – Et comme ça, je peux continuer à la baiser.

La crosse du pistolet de l'Allemand s'abattit sur Klepsland, juste au-dessus de son oreille droite. Le coup fut porté avec une telle violence qu'une partie de l'oreille fut arrachée et, comme celle d'un labrador, vient pendre contre sa joue. Mais il en fallait davantage pour stopper l'homme. Le visage en sang, il se jeta sur Elias, le saisit à la gorge, le souleva à un demi-mètre du sol avant de le plaquer sur le plan de travail, décidé à en finir avec lui.

Le soldat qui surveillait Kolbein épaula aussitôt son fusil. La balle atteignit le coude gauche de Klepsland, à quelques centimètres du visage d'Elias. Le projectile déchira un premier bras puis termina sa course dans le second, brisant l'os, et ne laissant, en guise de membres supérieurs, que des lambeaux de chairs à Klepsland. Pourtant, ses mains n'avaient pas desserré leur étreinte autour du cou du chercheur, aussi l'un des soldats dut-il lui casser un à un les doigts, tandis qu'Elias s'étranglait à moitié. Klepsland manqua s'évanouir de douleur.

Une fois que celui-ci fut solidement attaché sur la table, Kolbein vit que le crayon d'Elias s'était fiché dans la poitrine de Klepsland. Personne ne daigna le retirer. L'un des Allemands lui jeta de l'eau froide au visage, ce qui le fit cligner des yeux puis grogner. Il souffrait intensément. Elias se pencha sur lui.

— On est quittes maintenant, Klepsland ? dit-il avec un gargouillis dans la voix. À cause de Karen, je vais te laisser la vie sauve. C'est mon cadeau, *beau-papa*. – Elias se détourna, toussa fortement, avant de reprendre. – Car vois-tu, nous allons nous marier. Et faire des enfants ensemble.

Il n'y eut aucune réaction violente de la part de l'homme blessé. Il se racla simplement la gorge et chuchota quelque chose d'inaudible. Elias colla son oreille contre sa tête ensanglantée. La voix de Klepsland s'éleva tout à coup, claire et distincte :

— Karen est en sécurité. Elle ne sera jamais à toi.

Elias se raidit. Puis il se redressa, fit un pas en arrière et lança, sur un ton indifférent :

— Tiens donc.

Il s'accroupit et ouvrit une armoire, sous le plan de travail. Quand il se releva, il tenait une fiole en argent, pas plus grande qu'un index. Il la tendit au soldat qui se tenait à côté, avant d'ouvrir un tiroir et d'en sortir une pipette en verre. Le liquide ressemblait à de l'eau. Elias se plaça tout près de la tête de Klepsland et, avec le pouce, tira la peau sous son œil droit, mettant à nu la partie inférieure du globe oculaire. Il y vida le contenu de la pipette.

Au début, les effets ne furent pas très apparents, à part une traînée humide et brillante qui coulait de son oreille arrachée. Telle une larme. Mais voilà que Kjell Klepsland se mit à cligner des yeux. De manière rapide et incontrôlée. Son souffle s'accéléra, s'amplifia. Ses muscles se gonflèrent de plus en plus comprimés par les cordes qui le retenaient. Luttant de toutes ses forces, il tenta de se soulever en prenant appui sur ses épaules et ses talons. Son corps s'arqua et retomba tout mou, avant de se tendre à nouveau. Il se mit presque en boule malgré les liens qui l'enserraient. Sa respiration n'était plus qu'un halètement. Son ventre se ballonna et, soudain, ses intestins se vidèrent, répandant dans la pièce une odeur infecte. De nouveau, le corps s'arc-bouta, les bras déchiquetés frappèrent la table en acier, tandis que la gorge émettait des sons plaintifs, désespérés. Le corps s'éteignit enfin. Des gargouillis montèrent de la gorge, la tête retomba sur le côté et du sang sombre, épais, s'écoula de la bouche.

Cela avait pris deux minutes, à peine. Les yeux du mort fixaient Kolbein et les soldats qui le surveillaient. L'œil droit était rouge à cause des vaisseaux sanguins qui avaient éclaté. Quant à l'œil gauche, il était devenu globuleux comme celui d'une truite.

La tornade de mort laissa tout le monde tétanisé.

Même Elias avait un pli soucieux au front. Le soldat qui tenait Kolbein s'était détendu, l'homme au fusil continuait à fixer le cadavre et l'Allemand qui tenait la fiole en argent s'était figé, une main devant la bouche. Le jeune visage aux traits purs avait pris une teinte de cendre.

Le prochain à passer sur la table d'opération serait Kolbein. Il le savait. Il allait être torturé comme Klepsland, pour avouer ce qu'il comptait faire et qui étaient ses complices. Elias se montrerait impitoyable.

Kolbein s'était presque fait à cette idée. Au fil des ans, l'absence de sa fille avait fini par moins lui peser. Elle était si petite quand Elsa l'avait confiée. Même si cela avait représenté un grand chagrin pour lui, la certitude que son enfant se trouvait dans un sanatorium, qu'elle était en vie et qu'on s'occupait bien d'elle l'aidait à vivre. Et puis elle était morte. Sa petite fille était enterrée dans les entrailles de la terre, sans même un nom sur une pierre tombale. Tout à coup, tout lui revint et le chagrin lui sembla insupportable. Il n'avait plus qu'à mourir. Mais pas de *sa* main. Ne lui avait-il pas déjà tout pris ? Elias Brinch allait-il aussi lui ôter la vie ? Non. Pas ça.

Il se jeta au sol, entre les jambes de l'Allemand pétrifié qui tenait la fiole en argent.

— Arrêtez-le ! hurla Elias en allemand, tandis que Kolbein s'avançait en rampant.

Un des soldats, qui tenait la garde avec son fusil, essaya de l'intercepter, mais dérapa en raison de l'essence et des papiers au sol. Là ! À côté du coffre-fort, il y avait les grenades… Kolbein en saisit une, la dégoupilla et la lança derrière lui. Il prit l'autre dans la main et se réfugia sous la table en acier, protégée par le coffre-fort, non loin d'Elias.

— *Granat*[1] *!* avertit un des Allemands.

— *Scheiße*[2] *!* cria un autre.

Tous deux se précipitèrent, autant que le sol glissant le permettait, en direction de la porte du laboratoire. Kolbein dégoupilla la seconde grenade et la lança vers la sortie. L'Allemand qui était encore par terre hurla – la grenade devait avoir atterri entre ses jambes :

— *Nein, nein, nein !*

Puis elle explosa. La longue table en acier fut arrachée malgré les vis qui la fixait au sol. Kolbein entendit un bruit sourd quand le corps de Klepsland retomba à terre. Tout le verre de la pièce fut soufflé. Les papiers, les instruments, les livres et le mobilier furent projetés en l'air. Kolbein se recroquevilla pour laisser passer cette pluie mortelle. Mais le coffre-fort absorba le gros de la déflagration et les objets qui l'atteignirent avaient déjà ricoché dans la pièce, épuisant leur puissance destructrice. Le soldat au sol avait cessé de gémir. Soudain, une autre explosion, plus forte encore. Kolbein eut juste le temps de voir une lumière fulgurante, avant qu'une vague bouillante le submerge. Il se mit à genoux. Un enfer. Le plafond et le mur près de la porte d'entrée s'était écroulés et bloquaient la sortie. L'explosion avait enflammé l'essence. Le laboratoire entier était incandescent et les flammes léchaient le sol, faisant craquer le bois. Une épaisse fumée s'éleva.

1. « Une grenade ! »
2. « Merde ! »

Kolbein ne vit plus les soldats. N'y avait-il pas d'autre issue ? Devant lui, sur le ventre, gisait le cadavre de Kjell Klepsman, délivré de ses liens par l'explosion, des éclats plantés sur toute la longueur du dos. Kolbein rampa jusqu'au bout de la table. De là, il restait deux mètres pour atteindre le mur du fond et la fenêtre. À côté, l'armoire d'archives d'Elias flambait déjà. Du vernis qui cloquait émanaient des bouffées de gaz irrespirables. Kolbein se leva, recula d'un pas, s'essuya les yeux et prit de l'élan pour sauter à travers la fenêtre. C'était maintenant ou jamais.

— Si tu penses que tu vas t'en sortir comme ça !

Une douleur l'élança à la cheville, il chuta parmi les flammes. Un homme rampant s'était agrippé à ses pieds et cherchait à l'atteindre à l'entrejambe. Paniqué, Kolbein se débattit pour se libérer, et repoussa de ses mains le mur brûlant. Son talon heurta quelque chose de mou. La prise autour de ses chevilles se relâcha et il put se remettre debout.

Devant lui se tenait Elias, penché en avant, bien campé sur ses jambes, le corps recouvert de sang, de poussière et de suie. Dans la main gauche, il brandissait un scalpel.

— Tu vas brûler ici, hurla-t-il.

— Tu te souviens des petits déjeuners ? lança Kolbein. Chaque soir, dans la cellule où tu m'avais enfermé, je recopiais tes notes. Chaque matin, Kjell les emportait, joliment pliées en quatre sur le plateau du petit déjeuner. À présent, tout le monde sait ce que tu es, cria-t-il.

Elias se ramassa, avant de bondir sur lui, armé de son scalpel. Kolbein recula et la lame découpa l'air, à quelques centimètres de sa poitrine.

— Tu es un assassin. Un assassin d'enfants. Peu importe que ta vie s'arrête ici ou au bout d'une corde. Ce qui est sûr, c'est que tu vas mourir, Elias. Et que ton nom sera noirci à jamais.

Soudain, il y eut une violente détonation derrière Elias . les fioles explosaient à leur tour. Instinctivement, Kolbein s'accroupit et regarda par terre : il avait besoin d'une arme, d'un objet pour tenir à distance ce fou dangereux. Là ! Il aperçut la canne de Kjell Klepsland. Le souffle de l'explosion avait dû la projeter à travers la pièce, elle s'était brisée en deux. Avec des éclats pointus à l'endroit où le bois avait cédé. Quand il s'en saisit, le manche en ébène lui parut froid.

À l'aveuglette, Elias tenta de le blesser à nouveau. Reculant, Kolbein se retrouva cerné par les flammes. La chaleur du mur derrière lui était intolérable. Le sac ! Imbibé d'essence depuis sa chute dans l'entrée lui aussi était en train de prendre feu – d'où cette odeur de cheveux brûlés. En toute hâte, Kolbein ôta le sac de son dos, puis il s'en servit de bouclier pour affronter les flammes qui gagnaient du terrain, avant de le balancer, brûlant, au visage de son adversaire. Des éclats de canne heurtèrent le sol. Elias hurla, mais réussit à parer le coup.

Ils se retrouvèrent dans un ultime face-à-face. Toute la partie gauche du visage d'Elias était carbonisée. Sous le lobe de l'oreille, la peau noircie était racornie comme un parchemin. Mais ses yeux demeuraient les mêmes. Intenses, ardents, animés d'une haine infinie.

— Elsa, dit Kolbein dans un souffle. Ma fille s'appelait Elsa. Comme sa mère.

Leurs regards se croisèrent. Puis Kolbein leva la canne avant de l'abattre définitivement sur celui qui avait brisé sa vie.

Plusieurs fois.

Après, ce fut l'obscurité et le silence. La paix.

102

Le cadavre de Kolbein Ihme Monsen pendait, macabre, sur une pente montagneuse, à équidistance entre le sommet et le ravin.

Non, il n'était pas nu. Il portait un bas de pyjama. Et c'était précisément cela qui s'était accroché au filet de protection. Aussi le corps du vieil homme se balançait-il, retenu par un pantalon ramassé autour de ses chevilles. On aurait dit un plongeur saisi d'effroi, les bras tendus, un sexe de vieil homme ballottant vers son nombril. Kafa ne pouvait détourner les yeux du membre tout rabougri dont le gland découvert ressemblait à une noisette.

— C'est un automobiliste qui nous a prévenus, dit la policière à ses côtés, désignant une voiture au bord de la route. Il raconte que l'homme a jailli d'un fourré, là-haut, et qu'il s'est jeté en bas… Il est resté accroché.

Même si Kafa n'avait jamais rencontré Kolbein de son vivant, la peau fine marquée de cloques, les cicatrices de brûlures sur la tête et la poitrine, l'oreille gauche abîmée et le nez de travers suffisaient pour l'en convaincre : c'était bien l'ancien combattant qui pendait là, au crépuscule, dans une pente au-dessus de la Mosseveien, avec vue sur l'île d'Ulvøya et la plage de Nordstrand. Elle prit une photo avec son portable et l'envoya à Fredrik.

— Le travail ici est plus ou moins terminé. Nous attendons seulement un camion grue, ajouta la policière.

— Il s'est jeté en bas, répéta Kafa, étonnée. Seul ?

La policière fit oui de la tête.

— C'est ce que dit le témoin. Mais c'est arrivé si vite. Et il conduisait, alors il devait surtout regarder la route.

Il y avait un peu plus d'un kilomètre entre la maison de Kolbein Ihme Monsen à Lambertseter et ici. Les collègues continuaient à interroger les voisins, mais jusqu'ici, personne n'avait vu Monsen être embarqué à bord d'un véhicule. Ni vu un certain Børre Drange.

Kafa regarda une dernière fois l'homme suspendu dans le vide. Il avait les yeux fermés et un peu de sang coulait de sa tête.

— Bon, appelez-moi si quelqu'un a vu quelque chose, dit Kafa.

La policière la prit par le bras.

— Vous ne croyez pas que vous devriez... prendre quelques jours de congé ?

Elle pointa le doigt vers la lèvre gonflée de Kafa, ainsi que sa joue et son nez qui avaient pris une drôle de couleur.

Kafa tenta de sourire.

— Ce n'est pas aussi grave que ça en a l'air, répondit-elle en zozotant, avant de s'essuyer un peu de bave au coin de la bouche.

La maison de Kolbein Ihme Monsen à Lambertseter se dressait dans la pénombre, derrière les arbres fruitiers. Un ruban adhésif jaune de police, tendu en travers de la porte, était la seule preuve tangible du combat à mort qui s'était livré ici. Dans l'entrée, Kafa eut l'impression de pénétrer dans une maison qui n'en était plus une. Dépossédée de toute vie. À l'image de son propriétaire, près de la Mosseveien. Où se trouvait donc Kolbein Ihme Monsen au cours des quelques heures de sa disparition ? Avant de venir ici, elle avait inspecté le sommet de la pente et découvert un terrain clôturé, légèrement boisé, au sol irrégulier. Entre la route et le précipice courait une double voie de chemin de fer. Comment diable Drange avait-il réussi à traîner un homme de son âge jusque-là ? Elle fit lentement le tour des pièces. Le chaos de la veille était resté tel quel. Le bureau était jonché de livres et de magazines ensanglantés. Une traînée rouge allait du bureau jusqu'au salon. Le sang de Fredrik.

Elle s'accroupit devant la bibliothèque. Regarda à l'intérieur du coffre-fort vide. Elle crut déceler dans la poussière ce qui ressemblait à l'empreinte d'une bague. De même, le long de la paroi droite, il y avait dû avoir une petite bouteille ou une fiole, de la taille d'un flacon de médecine. En outre, quelque chose avait été collé contre la paroi. Un livre, peut-être ? De l'argent ou de vieilles lettres ?

De la pointe d'un stylo, elle repoussa la porte du coffre-fort. C'était une armoire de sécurité d'autrefois, avec une roue au milieu. Elle avait été fixée directement au mur et ne présentait aucun signe d'effraction.

Des bouts de verre crissèrent sous ses pieds quand Kafa traversa le salon. Sur le sol de la chambre à coucher se trouvaient encore les morceaux d'adhésif que Fredrik lui avait arrachés. Elle se rappelait le bruit de la chute de Staffan Häyhä. Comme lorsqu'on casse les articulations des cuisses d'un poulet déjà cuit.

Son téléphone sonna. C'était Fredrik.

— J'ai dormi, dit-il, presque sans voix. Je viens juste de voir la photo.

— Et vous en pensez quoi ?

— C'est lui, aucun doute, il s'agit bien de Kolbein Ihme Monsen. Des blessures sur le corps ?

— Non, pas apparentes. Une légère commotion à la tête. Mais vu où il était accroché, je n'ai pas pu bien voir.

— C'est bien notre homme en tout cas. Prévenez Koss. – Fredrik soupira. – J'ai été le voir, là-haut... Häyhä, finit-il par lâcher.

Kafa ne répondit pas.

— Bon, vous savez où me trouver de toute façon.

— Bon rétablissement, lui souhaita Kafa.

— Merci. A propos, j'ai croisé vos collègues.

— Comment ça ?

— Eh bien, ceux qui sont chargés de protéger Häyhä.

Il y eut un silence au bout du fil.

— Non, répondit-elle lentement. Vous devez vous tromper. Il n'y a personne de chez nous à Ullevål. La surveillance relève de la responsabilité de la police d'Oslo.

Fredrik écarta les rideaux. Le soir tombait. Bientôt Staffan Häyhä serait l'unique patient du secteur 2.

Il passa outre l'infirmière. Passa outre l'épaule qui l'élançait, les points de suture au-dessus du genou qui se déchiraient et le sang qui se mettait à couler le long de sa jambe, teintant de rouge le bas de son pantalon de pyjama. Il n'attendit pas l'ascenseur. Pas un chat devant le secteur 2. Il poussa les portes du couloir. Passa en courant devant des chambres désertées. Tourna à l'angle et aperçut, tout au fond du couloir, loin devant, des silhouettes habillées de blanc. La porte de la chambre de Häyhä était ouverte. Laissée sans surveillance. Fredrik cria, les appela. Ne l'entendaient-ils pas ?

Un éclair de lumière. Puissant, aveuglant. Puis la déflagration.

103

LE LONG DU CERCUEIL, les poignées en métal évoquaient un sourire figé. Au-dessus, une seule couronne avec une orchidée blanche qui rebiquait. Pas davantage de fleurs que ça.

Le pasteur était un homme maigre, à la bouche triste. Sa voix était si ténue qu'il utilisait des haut-parleurs qui crachouillaient. Les yeux clos, les mains jointes, il faisait de son mieux, au prix d'un effort guttural, pour couvrir l'orgue. Lorsque les tuyaux de l'instrument se turent, il ouvrit les bras comme un berger et promena son regard sur la trentaine de personnes présentes.

— J'ai donné ma démission.

Kafa Iqbal se penchait par-dessus le banc de l'église. Il émanait d'elle un parfum enivrant, très concentré en phéromones. Elle posa sa main à côté de la sienne. Le fauteuil roulant était dans l'allée centrale, au niveau du dernier rang, pour ne pas trop se faire remarquer. Andreas s'était assis devant eux.

— Synne m'a demandé de postuler. Chez vous.

Elle laissa sa main où elle était. Il la recouvrit de la sienne.

— Kolbein Ihme Monsen… Dieu lui a donné une longue vie. Deux guerres mondiales dont la dernière a creusé des sillons profonds. En lui, comme en tant d'autres. Des sillons qui ont marqué à jamais Kolbein et ceux qui lui étaient proches.

Les mots étaient prononcés sans rouler les r, une caractéristique des pasteurs. Le représentant de Dieu sur terre fit une longue pause en regardant fixement Gerhard Monsen, assis au premier rang avec son fils, Sebastian Koss, et ses filles jumelles.

— Nous allons fêter nos héros. Ceux qui se sont sacrifiés, qui ont choisi la voie du bien, ce qui n'était pas facile à l'heure où l'obscurité s'était abattue sur notre pays. – Le prêtre leva les yeux vers l'orgue au-dessus d'eux. – Dans son face-à-face avec le mal, Kolbein a choisi le droit chemin. Il était opiniâtre. Il ne doutait pas. Il a combattu pour sa patrie et il a combattu pour son Dieu.

Le prêtre dirigea un regard plein de dévotion vers le plafond, on ne voyait presque plus que le blanc de son œil. Fredrik ferma les paupières. Les grésillements des haut-parleurs lui rappelaient trop le souffle de l'explosion.

Très lentement, la bonbonne d'oxygène avait rempli de gaz la chambre de Staffan Häyhä. La fuite avait dû survenir quelques heures plus tôt. Voire quelques jours. Mais à un moment donné, l'air était si saturé de ce gaz propre à entretenir la combustion qu'il avait suffi d'une étincelle.

L'on ne savait toujours pas exactement ce qui avait déclenché l'explosion. Un court-circuit, peut-être. Une étincelle dans un des appareils chargés de le maintenir en vie ? La chambre avait été dévastée, carbonisée. Au point que les agents de la police scientifique ne pouvaient pas apporter la moindre réponse. La seule certitude, c'est que l'explosion avait eu lieu quelques secondes avant que Fredrik n'arrive.

Sinon, les éclats de verre, de métal et de bois l'auraient déchiqueté.

Les policiers en faction devant la chambre pouvaient s'estimer chanceux. À ce moment précis, ils se trouvaient à l'autre bout du couloir, sollicités par une infirmière qui avait eu besoin de leur aide pour soulever un patient. Quant à celle qui s'occupait de Häyhä, elle était partie aux toilettes. Un coup de bol inespéré ! Ce que l'homme près de l'autel aurait sans doute qualifié de miracle, songea Fredrik.

Il s'en était sorti avec des acouphènes et l'ordre formel du médecin de rester au calme. Il était pour l'instant en fauteuil roulant. Pourtant, il avait mal. Un mal de chien. Dans la poitrine. Le cœur. Le ventre et la tête. Jamais il n'oublierait ça. Assister à la conférence de presse de la police devant un écran de télévision, du fond d'un lit d'hôpital…

Putain ce que ça lui avait fait mal.

104

SEBASTIAN KOSS AVAIT PRIS LA PAROLE. À sa gauche se dressait, de toute sa hauteur, le préfet de police Trond Anton Neme. Ils étaient flanqués de Samir Bikfaya et Synne Jørgensen. En guise d'introduction, Koss annonça que les plaintes contre Synne avaient été abandonnées. Suite à une enquête préliminaire, la police des polices avait en effet confirmé ce que la direction des services avait toujours su : elle ne pouvait pas être tenue pour responsable des manquements à la règle au tout début de l'investigation. Sur le plan personnel, il regrettait fortement que cette affaire, somme toute interne, ait filtré dans les médias.

— Un manque de collégialité, déplora-t-il. – Il échangea un regard avec Synne, qui prit une mine dégoûtée, puis il tourna la tête vers Neme. – C'est donc avec une grande satisfaction que je peux déclarer cette affaire, que la police estime très compliquée, comme close. Close et élucidée. Cette enquête comportait les meurtres les plus atroces que la police d'Oslo ait eu à résoudre depuis longtemps et la priorité qui lui a été accordée s'est révélée déterminante pour le résultat final, dit-il en regardant l'assemblée.

L'enquête policière avait, selon Koss, mis au jour qu'un certain Søren Plantenstedt, pasteur au sein de la communauté la Lumière de Dieu, avait kidnappé, torturé et tué le couple formé par Pio Otamendi et Carl Josefsen. Plantenstedt était aussi celui qui avait placé la bombe responsable de la mort du policier Ronny Berger, lorsque la police avait lancé l'assaut du bunker près de Porsgrunn.

Le motif de ses actes était la haine, une haine tenace envers les homosexuels. Plantenstedt avait trouvé parmi la communauté la Lumière de Dieu d'autres membres qui partageaient son aversion contre les gays, mais l'enquête avait établi qu'il avait agi seul. Personne d'autre n'était soupçonné dans cette affaire.

Koss redressa le dos avant d'élever la voix, le regard plongé dans les objectifs des photographes massés derrière la vingtaine de journalistes.

— Søren Plantenstedt a été à son tour éliminé par Staffan Häyhä, lors d'un interrogatoire au commissariat de Skien. – Il marqua une pause rhétorique. – Søren Plantenstedt et Staffan Häyhä étaient tous deux, comme l'ont déjà souligné plusieurs médias, des citoyens suédois. Nous avons travaillé en étroite collaboration avec la police suédoise et découvert que Plantenstedt et Häyhä avaient servi dans l'armée en même temps. C'est là qu'ils se seraient rencontrés. Mais quand il a compris que Häyhä était homosexuel, Søren Plantenstedt l'aurait harcelé et se serait opposé à ses plans de carrière. Ce qui aurait provoqué une véritable psychose chez Staffan Häyhä, une psychose qui n'a fait que s'aggraver avec le temps. – Sebastian Koss s'essuya les coins de la bouche avant d'enchaîner. – L'enquête de police a établi que Häyhä, réapparu il y a un an, avait planifié l'assassinat de Plantenstedt, l'homme qui, à ses yeux, avait détruit sa vie. – Sa voix prit une intonation plus grave. – Henrik Grøvn, Nils

Bernt, Viggo Johan Farulven, Brynjar Lissemoen et le pasteur Bjørn Alfsen Jr ont été tués lorsque Staffan Häyhä a attaqué la propriété de Solro, où résidait la communauté, à Maridalen, dans la ferme intention d'assassiner Søren Plantenstedt. À cette occasion, Ivar Tufte a été gravement blessé.

Koss jeta un rapide regard sur sa feuille et expliqua ensuite comment Plantenstedt, qui avait réussi à échapper à l'attaque, avait trouvé refuge dans l'abri anti-atomique de la communauté à Porsgrunn avec, en quelque sorte, sa garde rapprochée : Annette Wetre, son fils et les frères Hennie. À Porsgrunn, Annette Wetre avait découvert les violences commises sur le couple homosexuel et elle avait quitté le bunker pour prévenir la police. C'est là qu'elle avait été kidnappée par Häyhä et plus tard tuée, dans une tentative malheureuse de lui faire avouer où se cachait Plantenstedt.

— Annette Wetre a sacrifié sa vie pour la communauté, dit Koss d'une voix plus étouffée. Elle a perdu la vie en même temps que votre collègue journaliste, le très respecté Jørgen Mostu. Il ressort de l'enquête que Mostu a été en contact direct avec Søren Plantenstedt. Lorsqu'il a refusé de révéler à Staffan Häyhä la cachette de sa source, lui aussi a été éliminé. Quant aux membres de la communauté Paul Espen Hennie et Fritjof Hennie, tous deux ont été abattus lorsque Staffan Häyhä a attaqué leur bunker à Porsgrunn. – Koss toucha le premier bouton de sa chemise avant de passer sa main dans ses cheveux, un geste qui se voulait décontracté. – Comme vous le savez tous, Häyhä a succombé dans l'explosion qui a eu lieu à l'hôpital Ullevål, la semaine dernière. C'est pourquoi aucune action disciplinaire ne sera engagée dans cette affaire profondément… tragique. Après concertation avec le procureur général, la police a décidé de clore l'enquête.

105

LA CÉRÉMONIE PRÈS DE LA TOMBE fut vite expédiée. Fredrik pria Kafa et Andreas de l'attendre à la voiture. Puis il poussa son fauteuil roulant jusqu'à la Mercedes de Sebastian Koss.

L'inspecteur descendit le sentier gravillonné pour rejoindre le parking, paradant bras dessus bras dessous avec sa femme. Elle était grande, blonde et belle, bien sûr, comme sortie d'un magazine de mode. Lui ne paraissait pas spécialement attristé par la mort de son grand-père paternel. À la vue de Fredrik, il s'arrêta, confia sa femme à son père et marcha résolument vers lui.

— Beier ! C'est gentil d'être venu.

Sa voix était un poil trop aiguë. Fredrik alla droit au but :

— La conférence de presse, hier, Koss… Je n'aurais jamais cru que je verrais ça un jour dans ma vie. Pas ici. Pas en Norvège. – Il se racla la gorge. – Staffan Häyhä ne cherchait absolument pas à se venger de Søren Plantenstedt et tu le sais aussi bien que moi. Six semaines avant le massacre à Solro, il se trouvait à Kandahar. En Afghanistan ! Häyhä n'a jamais rencontré Søren Plantenstedt à l'armée.

Une lueur sombre était passée dans le regard de Koss. Il reboutonna sa veste de costume.

— Et cette histoire d'homophobie… – Fredrik cracha ces mots. – À la différence de tous ceux qui ont été impliqués dans cette enquête, j'ai rencontré à la fois Staffan Häyhä et Søren Plantenstedt. Le premier était une panthère, le second un rat. Le pasteur n'aurait jamais osé menacer un homme comme Häyhä. – Fredrik souffla d'exaspération. – Une secte qui fabriquait des armes biologiques, pour lancer le jour du Jugement dernier ! Et voilà que vous autres, vous inventez de toutes pièces une histoire pour cacher ça ? Tu peux m'expliquer ce qui se passe ?

Sebastian Koss s'était arrêté à quelques pas de lui. Il se pencha en avant, l'air glacial.

— L'enquête est close. Elle est close parce qu'elle n'a désormais plus d'objet, dit-il en accentuant chaque mot, puis il agita l'index devant le nez de Fredrik. Il y a un seul mensonge. Et encore, un mensonge blanc : nous avons volontairement omis de raconter l'enfer que les terroristes de la Lumière de Dieu avaient projeté pour nous tous. Parfois, Beier, la fin justifie les moyens. Le danger est passé. Toutes les personnes impliquées sont mortes. Il n'y a aucune raison de répandre la panique. Personne n'y gagnerait. Personne.

Fredrik le regarda, interloqué.

— Et Børre Drange, alors ? Vous avez complètement écarté ce type, c'est… n'importe quoi ! Il a quand même tué ton grand-père, bordel !

Son visage bronzé s'empourpra légèrement. Les yeux de Koss se réduisirent à deux fentes. Encore plus noires.

— Le fait est que tu te trompes, Beier. Børre Drange est mort. Børre Drange est mort il y a six ans. En mer Arctique. Exactement comme son père le raconte. Exactement comme c'est consigné dans le registre d'état civil. Rien dans cette affaire n'a permis de découvrir autre chose. La vérité, Beier, c'est que tu as pourchassé un fantôme. – Il se pencha si près que Fredrik sentit son haleine mentholée. – Tu te prétends enquêteur criminel, Beier. Et pourtant tu ignores la question la plus fondamentale de toutes : pourquoi ? Pourquoi quelqu'un aurait-il souhaité la mort de mon grand-père paternel ? Quel motif aurait eu ton fantôme ?

Fredrik eut l'impression de sentir la terre vibrer sous lui.

— Le passé, dit-il avec lassitude, le passé les a liés, Koss. Tu ne vois donc pas les similitudes entre l'horreur que voulait perpétrer la Confrérie de Vienne et les atrocités que la secte de Solro a commises ? Mais apparemment, on n'en saura jamais plus, puisque le meurtre de ton grand-père paternel a été classé comme étant un accident et que l'enquête a été abandonnée !

Koss secoua la tête.

— À la conférence de presse, nous avons exposé nos conclusions, basées sur des preuves tangibles, irréfutables. C'est ce qu'on appelle une enquête de police moderne, Beier.

Fredrik resta un instant bouche bée avant de lâcher, troublé :

— Est-ce que tu es… bête ?

Il avait lui-même croisé Drange. Déguisé en aide à domicile chez Kolbein Ihme Monsen. Ils avaient trouvé sa bible chez le couple Kvarvingen. Son sac de couchage. Le couple d'ex-adeptes avait confirmé qu'il était en vie. Ils avaient même des vidéos des caméras de surveillance où apparaissait cette ordure ! La clé USB. Qu'est-ce qu'il leur fallait de plus ? C'était Børre Drange que Staffan Häyhä pourchassait ! Ce Børre Drange qui était le lien entre la secte et la Confrérie de Vienne, qui avait ouvert la voie aux armes bactériologiques. Ça sautait aux yeux, bordel !

— Tu laisses donc cet homme en liberté et ça ne te pose pas de problème ?

De la pointe de sa chaussure cousue main, Koss traça une ligne étroite dans le gravier. Un symbole de l'abîme entre eux.

— Il t'a dit son nom quand il s'est présenté, l'aide à domicile ? – Fredrik resta interdit. – C'est toi qui t'es fait tout un cinéma, Beier. Pourquoi ce serait Børre Drange, hein ? La maison de mon grand-père a toujours été dans un désordre indescriptible, avec des livres partout, des revues et des magazines. Kolbein Ihme Monsen était un vieil homme malade qui n'avait plus toute sa tête : il est sorti de chez lui, s'est égaré et il a fait une chute dans un ravin, un point c'est tout.

Koss se redressa avant de poursuivre. Ce que les anciens adeptes de la communauté avaient confirmé, c'est qu'un *homme* habitait Solro, un homme du nom de Per Olsen. Le pasteur Per Olsen. Le nom de Per Olsen apparaissait sur la bible qu'ils avaient trouvée et c'était Per Olsen qui avait signé tous les documents juridiques de la communauté.

— Pour la bonne raison qu'il s'appelle Per Olsen et pas autrement.

Que répondre à ça ? Fredrik s'était attendu à ce qu'il se dédouane, à ce qu'il lui fasse comprendre que mieux valait garder le silence. Voire, au besoin, qu'il le menace d'être mis au placard s'il n'obéissait pas. Mais certainement pas à ça…

— Qui a prononcé le nom de Børre Drange ? insista Koss. Staffan Häyhä, dans un message à Kari Lise Wetre. Tandis qu'il poursuivait Søren Plantenstedt, il nous a donné cette piste, en sachant pertinemment que nous mettrions tout en œuvre pour trouver cet homme-qui-n'existe-pas. Comme ça, il avait le champ libre et pouvait frapper dès la première occasion venue. Tu es tombé dans le panneau et tu as offert Plantenstedt à Häyhä sur un plateau. Cela a coûté la vie au pasteur. – Koss brossa du revers de la main la poussière au bas de son pantalon. – Tu ne vois pas à quel point c'est évident ?

Fredrik n'avait-il pas lui-même pris Plantenstedt pour un cinglé ? lui rappela Koss. Un dangereux fanatique ?

— Søren Plantenstedt avait une formation de biochimiste. Quelles sont les chances pour que surgisse un autre biochimiste fou, aussi génial, aussi mégalo que lui pour tenir le rôle de Dieu ? ricana Koss. Et là, Beier, en interpellant Plantenstedt, tu as commis une bourde. J'ai moi-même lu le rapport. Tu lui as demandé où était Børre Drange ! – Koss plaqua ses paumes l'une contre l'autre. – Søren Plantenstedt n'avait aucune idée à ce moment-là de qui était ce Børre Drange. Mais il a compris que tu lui offrais l'unique moyen de s'en sortir, en rejetant la faute sur quelqu'un d'autre. Quelqu'un qui serait le cerveau de l'affaire, un homme qui n'existait pas ! Il n'a fait que répéter le nom que tu avais prononcé. Il a réussi à te faire croire qu'il te donnait son explication, alors qu'en vérité, tout n'était qu'un long mensonge, élaboré à partir de détails que tu lui avais fournis. En gros… comme le font les diseuses de bonne aventure.

Fredrik ne se rendit pas compte que du sang coulait de son nez.

— Ce que Staffan Häyhä faisait chez mon grand-père ? Aucune idée. Mais la photo que vous avez découverte dans le laboratoire prouve que le pasteur Plantenstedt nourrissait une indéniable fascination pour le travail auquel s'était livré mon grand-père avant la guerre. Il est là, leur lien.

— Et Per Olsen ? rétorqua Fredrik. On va le laisser filer ?

— Tu veux que je te dise, Beier ? Per Olsen ne m'intéresse pas. L'enquête est close. Les deux suspects, Plantenstedt et Häyhä, sont morts. On ne peut pas les traduire en justice. Per Olsen n'a pas enfreint la loi.

Ces mots se déposèrent comme de la neige humide. C'était peine perdue. Quoi qu'il dise, Koss ne l'écouterait pas. Toute la faute avait été rejetée sur deux hommes qui ne pouvaient pas se défendre. Fredrik voulut inspirer, mais il avait l'impression d'avoir déjà les poumons pleins d'air. Seul un cri aurait pu libérer sa poitrine.

— Et l'Émir ? Et le paysan qui s'est fait éventrer dans la grange ? Tu n'as pas dit un seul mot sur eux lors de la conférence de presse !

Koss secoua la tête.

— Häyhä les a tués. Il a tué l'Émir pour nous induire en erreur. Ottar Skaren a été tué parce qu'il est tombé sur Häyhä dans la grange. Il les a tués pour sauver sa peau. – Koss respira profondément. – Nous sommes plusieurs à partager ce point de vue. Tu n'as qu'à demander à la DCRI. À Neme. À Synne Jørgensen. Ils sont tous derrière moi.

Sur ce, la discussion était close. Koss s'installa au volant et mit le moteur en marche. Assis dans sa chaise roulante, Fredrik l'observa à travers la vitre ouverte, côté passager. La grosse cylindrée vrombit, agressive comme un nid de guêpes. Koss dut se contorsionner pour lui dire un dernier mot :

— Il ne s'agit pas d'une conspiration motivée par le mal. Nous avons seulement effacé quelque chose qui n'aurait jamais dû exister. – Des pas crissèrent sur le gravier, Koss baissa la voix. – Mon intention n'était pas de... t'attaquer. Personne ne te fait de reproches, Fredrik. Tu as suivi ton instinct. Tu as stoppé Staffan Häyhä. Quand tu seras remis sur pied, d'autres affaires t'attendront. Alors on tire un trait là-dessus. On apprend, on corrige le tir et on continue, d'accord ?

Fredrik posa sur lui un regard vide. Il était épuisé. Complètement au bout du rouleau. Il avait la sensation que tout foutait le camp : pensées, sentiments, paroles…

L'épouse modèle de Koss jeta sur lui, cloué dans son fauteuil roulant, un regard plein de compassion, avant de se glisser d'un mouvement élégant dans le coupé sport. Du revers de la main, Fredrik s'essuya le sang qui coulait de son nez.

— Prompt rétablissement, dit-elle en souriant.

La portière aile de mouette s'abaissa.

— Vous saviez ?

Kafa ne répondit pas et se concentra sur le bitume gris bleuté de la route.

— Vous saviez ce qui allait arriver ? À la conférence de presse ?

Elle jeta un rapide regard dans le rétroviseur à Andreas, assis à l'arrière, avant d'opiner.

— Oui. Plus ou moins. Nous en avons été informés à la réunion du matin.

— Et… à votre avis ?

L'ombre du pare-soleil se projeta sur son visage. Andreas se pencha entre les deux sièges. Il resta silencieux jusqu'à ce qu'il montre du doigt un sac en cuir posé aux pieds de Fredrik.

— Jettes-y un coup d'œil. C'est le rapport d'autopsie de Staffan Häyhä. Le cadavre a été entièrement carbonisé. Tout est méconnaissable. Impossible de relever la moindre trace d'ADN, pas de sang, rien. Le corps s'effritait comme du charbon. – Son collègue aux cheveux gris frisés posa une main sur son épaule. – Staffan Häyhä a passé sa vie à perfectionner l'art de ne pas être vu. Jusque dans la mort, il n'a laissé aucune trace qui puisse être exploitée. Tous ses secrets sont partis en fumée. Tout comme notre espoir de mettre un nom sur le ou les commanditaires. – Andreas renifla avant de poursuivre. – Aussi friable qu'une biscotte. Après une explosion de gaz ? Voilà qui est pour le moins inhabituel.

Fredrik se frotta les yeux derrière ses lunettes. Kafa toussota tout bas.

— Savez-vous quel genre de température il faut pour mettre un cadavre humain dans cet état ?

Il renversa la nuque contre l'appuie-tête. Son regard erra du côté des immeubles de bureau sinistres, le long de la route vers le centre-ville.

— Ça, je n'en ai pas la moindre idée, Kafa. – Il esquissa un sourire. – Mais je suis sûr que vous le savez, vous…

106

Automne

LE SOL DE LA FORÊT ÉTAIT DOUX. Le feuillage jaune tourbillonnait au-dessus d'eux, emporté par le vent venu du fjord d'Oslo dont le chant se perdait entre les tilleuls. À chaque nouveau souffle, des feuilles lâchaient prise et tombaient sur le sol.

Après une poignée de main formelle, ils avaient marché sans un mot. Elle n'avait brisé le silence qu'en apercevant la mer.

— C'est bien ce que je pensais, dit-elle lentement.

Sa voix n'était pas chargée de chagrin. C'était plutôt une constatation. Ils s'arrêtèrent à la hauteur du bâtiment un peu bas, construit tout au bout de Hukodden[1], conçu au départ comme une villa balnéaire pour Vidkun Quisling, avec vue sur le fjord, vers Fornebu à l'ouest et Nesoddtangen au sud.

— Je suis désolé.

1. Nom donné à la pointe de la presqu'île de Bygdøy, très chic, où se trouve un restaurant très apprécié des Norvégiens.

— Il n'y a pas de quoi, répondit-elle. C'est un fait, un point c'est tout.

Kari Lise Wetre s'éloigna de quelques pas. Dans son épais manteau de laine rouge, le dos tourné à la forêt, elle contempla la mer agitée, sa main droite en visière contre le soleil. Ses cheveux bruns flottaient au vent.

— Le fœtus avait six semaines. Cela a dû se passer… juste avant l'attaque de Solro. À peu près au moment de notre première rencontre.

Elle se retourna et planta son regard dans le sien. Fredrik ouvrit la fermeture éclair de son pull et inspira l'air frais et iodé de la mer. Une odeur de fientes d'oiseaux et d'algues séchées. Puis il jeta le bout de quartz brillant entre ses doigts, avec lequel il n'avait cessé de jouer.

— Six semaines, répéta-t-il. Alors, peut-être qu'Annette n'était même pas au courant ?

Wetre haussa les épaules.

— Si seulement…, sourit-elle, en laissant apparaître de fines ridules au coin de ses yeux. Vous savez ce qui me fait sourire ? Je vous ai dit que ma fille n'était pas une fille de ce genre. Que jamais elle n'aurait pu faire une chose pareille. Cela… – Elle fit un pas en avant. La distance d'un bras seulement les séparait à présent. – Cela me rend à la fois triste et joyeuse de penser que… Nous croyons toujours connaître nos enfants, dit-elle.

Ils firent lentement le chemin en sens inverse.

— Ça vous va bien, dit-elle en effleurant son bras.

Dans sa main, il tenait en effet une canne en ébène au pommeau en forme de tête cabossée et dont la pointe était en acier. Il s'était habitué à s'en servir.

De retour au parking, ils se serrèrent la main à nouveau. Le chauffeur lui ouvrit la portière. Elle monta dans la voiture et le salua. Il se pencha à la vitre.

— Au revoir. Et bonne chance pour votre travail.

Fredrik Beier attendit que la voiture noire de la ministre soit loin pour ouvrir le dossier. À l'intérieur, il y avait deux feuilles. La première portait l'en-tête d'un laboratoire d'analyses, le texte était succinct :

« Objet 1. Enfant non né, fœtus (6 semaines). Il y a plus de 99,997 % de probabilités pour que la personne ayant le numéro d'identité 251068 28356 soit le père biologique.

Objet 2. William David Wetre Andersen (4 ans). Il y a plus de 99,997 % de probabilités pour que la personne ayant le numéro d'identité 251068 28356 soit le père biologique. »

Le second document était une copie d'acte de naissance. Au nom de Børre Andreas Drange. Numéro d'identité : 251068 28356.

Épilogue

Serifos, Grèce, novembre 1943

TRAHISON.

Lorsque le soleil disparut derrière le sommet de la colline, il restait à peine une heure avant la tombée de la nuit. De sa grotte, il vit le bateau de pêche glisser sur les eaux turquoise en direction des quelques maisons blanches, peintes à la chaux, lovées tout au fond de la baie. La lune éclairait déjà Chora, ce village du Moyen Âge bâti à flanc de montagne au-dessus de la baie de Livadi, dans une tentative d'échapper aux pirates, aux voleurs et aux envahisseurs.

Mais, contre la machine de guerre allemande, ils n'avaient aucune chance. Leur emplacement ne les avait pas non plus protégés des épidémies qui avaient ravagé l'île ces dernières années.

Qui l'avait trahi ? Est-ce que son supérieur avait été informé ?

Du côté de la montagne où il se trouvait, à environ un kilomètre et demi des maisons blanches, on ne distinguait entre les constructions que des taches vert marronnasse : il s'agissait des soldats qui défilaient dans les rues, au pas cadencé. Les aboiements agressifs des bergers allemands parvenaient jusqu'à lui, de l'autre côté de la baie.

L'accord passé entre eux était parfaitement clair : à la tombée de la nuit, le soir juste après l'opération, il rendrait visite à son contact local pour la dernière fois. On lui avait remis des armes, de l'argent, des vivres et du matériel. Mais en retournant à sa grotte à l'aube, il comprit que quelque chose ne tournait pas rond. Le poste de garde, cent mètres plus haut dans les rochers, était déserté. Est-ce que les Allemands avaient fini par les trouver ? Le matériel des Américains entreposé dans la grotte avait disparu. Il ne restait que son sac à dos, son sac de couchage et quelques conserves. Des boulettes de viande en sauce. Ses préférées. Et un petit mot. Fixé sur son sac : *« Sorry. »*

Sorry ? Putain !

Elsa, il l'avait seulement entrevue, ici ou là. On l'avait allongée de manière à ce que les soldats puissent la voir de l'entrée de la grotte, mais suffisamment loin pour que les ombres gomment les détails. En s'approchant, il l'avait entendue respirer. Un souffle saccadé, par le nez. Sa bouche était bâillonnée. Les soldats du commando lui avaient fait enfiler une combinaison gris-vert par-dessus ses vêtements. Celle-ci était ample, trop grande, de sorte que les formes de son corps disparaissaient. Elle était couchée sur le côté, les mains attachées dans le dos, et une corde reliait les bras aux chevilles. Très inconfortable, apparemment.

Il avait croisé son regard. Elle l'avait reconnu. Elle ne semblait ni en colère ni apeurée. Seulement étonnée. Et ravissante, même en cet instant. Son joli minois aux traits fins, sa peau claire, son petit nez, ses lèvres charnues et ses cheveux foncés. Il s'était agenouillé près d'elle. Avait caressé sa joue de l'index. Elle avait frissonné.

Ce fut le dernier moment entre eux. Sans un mot.

Ils l'avaient donc emmenée avec eux.

Il n'y aurait pas de cour martiale à Londres. Elsa Schrader n'aurait jamais à répondre de ses actes. Il comprenait cela, maintenant. Elle n'avait eu qu'à changer d'employeur.

John Monkland Acton ramassa le sac en toile, roula son sac de couchage et attendit l'obscurité.

DÉJÀ PARUS DANS

LA BÊTE NOIRE

Tu tueras le Père
Sandrone Dazieri

Les Fauves
Ingrid Desjours

Tout le monde te haïra
Alexis Aubenque

Cœur de lapin
Annette Wieners

Serre-moi fort
Claire Favan

Maestra
L. S. Hilton

Baad
Cédric Bannel

À PARAÎTRE DANS

LA BÊTE NOIRE

L'Affaire Léon Sadorski
Romain Slocombe
(août 2016)

Une forêt obscure
Fabio M. Mitchelli
(septembre 2016)

Imprimé en France par CPI
en mai 2016

Cet ouvrage a été composé et mis en pages
par Étianne Composition
à Montrouge.

Dépôt légal : mai 2016
N° d'édition : 55379/01 – N° d'impression : 135391